MIKE

Farbexplosion

(Wild Boys 2)

ANNIE STONE

Coverfotos: shutterstock.com / Gabriel Georgescu und shutterstock.com / Ensuper
Lektorat: ScriptLounge
ISBN: 1515361950
ISBN-13: 978-1515361954

Kontakt: anniestone81@gmail.com

Annie Stone
c/o MarantBusiness
Angerstraße 40-42 Haus B
04177 Leipzig

These boys are no saints,

but saints are no fun.

Yale hat *Skulls & Bones*, in Harvard gibt es den *Porcellian Club*, Cornells Geheimbund ist bekannt als *Sphinx Head* und in Cambridge treiben die *Apostles* ihr Unwesen. Aber wir, wir in Oxford hatten die *Society of badass debauchery*.

Okay, okay, vielleicht hatten wir nicht das Format der großen Geheimbünde, aber dafür waren wir umso geheimer. Niemand wusste, dass es uns gab. Nur wir elf. Aber das reichte schon. Wir gingen durch dick und dünn, konnten uns blind aufeinander verlassen und heute, vierzehn Jahre nach unserem Kennenlernen, ist es noch immer so, auch wenn wir in alle Winde verstreut leben.

Wir sind uns an einem lauen Sommertag im Jahre 2001 in Oxford begegnet. Wahllos durch das Schicksal zusammengewürfelt, halten wir alle es für den besten Zufall der Weltgeschichte. Wer hätte aber auch gedacht, dass drei Engländer, vier Australier und vier Amerikaner die beste Mischung seit dem Martini sind?

Auch wenn Jace, Simon, Nick und Mike wieder in den USA sind und Evan, Tyler, Ethan und Jonathan Downunder, trifft sich die *Society of badass debauchery* einmal im Jahr irgendwo auf der Welt zum Klassentreffen. Doch irgendwas ist dieses Jahr anders. Ganz anders.

Society of badass debauchery

KAPITEL EINS

»Hey.« Ich sehe auf, als ich diese Worte höre, und lächel.

»Hi, wie geht's?«, frage ich und stehe von der Couch auf. Sie kommt zu mir, umarmt mich. Ihre Lippen fühlen sich so gut auf meinen an. Sanft lässt sie ihre Zunge durch meinen Mund gleiten. Schön, so begrüßt zu werden, oder?

»Ach ja. Wie war dein Tag?«, fragt sie.

Ich nicke. »Gut, sehr gut. Ich bin ein großes Stück weitergekommen.«

»Kann ich es sehen?«, fragt sie lächelnd.

Ich schüttel den Kopf. »Du weißt doch, erst, wenn ich fertig bin.«

Sie lächelt, küsst mich erneut. »Du und dein Perfektionismus.«

Ich grinse, streiche ihr eine Strähne aus dem Gesicht. »Du kennst mich.«

Sie geht in die Küche, zieht auf dem Weg ihre High Heels aus, hängt ihr Jackett über die Stuhllehne und gießt uns beiden ein Glas Rotwein ein.

»Wie war dein Tag?«, frage ich sie.

»Frag nicht. Ich muss die ganze Flasche leer trinken, um den Tag zu vergessen, nur was trinkst du dann?«

Sie knetet mit einer Hand ihre Schulter und ich trete hinter sie. Ich lege meine Hände an den Übergang zwischen Hals und Schultern und beginne sie zu massieren. Sie lässt ihren Kopf nach vorn fallen. Ich weiß, dass sie die Augen schließt, es genießt, wenn meine Hände sie durchkneten.

»Das ist gut, Lovely«, murmelt sie leise.

Ich drücke ihr kleine Küsse auf Schultern und Hals, lecke an ihrem Ohrläppchen, knabber sanft.

Sie seufzt leise. »So leid es mir tut, Lovely, aber heute sehne ich mich nach etwas anderem.«

Ich höre auf. »Und nach was?«

Sie dreht sich zu mir, schließt ihre Hände um mein Gesicht, küsst mich sanft. »Ich brauche heute einen Mann.«

Ich schlucke und nicke dann. »Okay.«

»Du weißt, ich liebe dich mehr als alles andere.«

»Ich weiß.« Ich versuche zu lächeln. Es misslingt wie jedes Mal, wenn sie mir sagt, dass ich ihr gerade nicht genug bin, sondern sie einen Kerl braucht. Einen Mann. Einen Schwanz.

Ich kann das überhaupt nicht verstehen. Mir fehlt in unserer Beziehung nichts. Ich liebe sie von ganzem Herzen, habe nie eine andere so sehr geliebt, wie ich sie liebe. Ich kann mir nicht mal vorstellen, dass ich jemand anderen wollen würde, und schon gar keinen Mann!

Vielleicht liegt es daran, dass ich eigentlich schon immer wusste, dass ich auf Frauen stehe. Ich habe noch nicht mal einen Mann geküsst, geschweige denn irgendwas anderes mit ihm gemacht. Nein, meinen ersten Kuss bekam ich von einem hübschen blonden Mädchen in der neunten Klasse. Wir waren heimlich ein Jahr zusammen, dann zog sie in eine andere Stadt. In der Zwölften hatte ich eine neue Freundin, aber auch mit ihr machte ich es nicht öffentlich. Obwohl es jede Menge Gerüchte gab. Kinder können so grausam sein! Am schlimmsten trieb es Meghan Query. Ich werde heute noch wütend, wenn ich an das denke, was sie damals sagte. Ich wollte nie, dass wir zum Gespött der ganzen Schule werden. Wie gut, dass es nur die Mädels waren. Wenn die Jungs auch noch mitgemacht hätten ... Aber das verhinderte mein Schwager Derek. Er bedrohte sie. Und damit meine ich nicht so einen Unsinn, auf den andere Jungs dann erwidern können: »Soll das eine Drohung sein?« Nein, Derek ließ keinen Zweifel offen, was er wirklich meinte. Es kam nie eine Gegenfrage.

Trotz allem, was wir gemeinsam durchstehen mussten, trennten wir uns, sobald wir die Highschool beendet hatten. Wie das so ist. Sie blieb in Mississippi und ging an die Ole Miss. Ich zog nach New York, um an der Kunsthochschule zu studieren. Grafikdesign. Mittlerweile beschäftige ich mich mehr mit Malerei. Es ist nicht leicht, davon zu leben, aber es funktioniert irgendwie. Die Scheine, die mir meine Eltern heimlich zustecken, helfen dabei ungemein. Sie haben gemeinsam eine Vereinbarung getroffen, dass sie ihren drei Töchtern nach dem College nicht mehr finanziell zur Seite stehen, dass wir selber für uns aufkommen müssen. Beide halten sich nicht dran, verheimlichen das aber vor dem jeweils anderen, weil sie nicht wie der Softie der Familie dastehen wollen. Wir drei Schwestern verraten sie natürlich nicht.

Als ich zwanzig war, lernte ich Piper kennen. Ich verliebte mich sofort in sie. Sie war so schön und stark, hatte diese unglaubliche Ausstrahlung. Für mich war es Liebe auf den ersten Blick. Für sie ... nicht. Sie fand mich zu jung, zu unerfahren, zu naiv. Sie wollte eine Partnerin und kein Baby, da könne sie sich auch einen Beagle zulegen, meinte sie. Ich mein, uns trennen acht Jahre. Das ist nicht die Welt.

Ich konnte sie von mir überzeugen, konnte sie verführen, bis sie sich schließlich auf mich eingelassen hat, voll und ganz. Mit einer Ausnahme. Wenn es sie nach einem Schwanz gelüstet, darf sie sich einen nehmen.

Ich war einverstanden. In meiner naiven Kleinstadtmädchen-aus-Mississippi-Art war ich einverstanden, weil ich dachte, dass mir so ein Penis keine Konkurrenz machen kann.

Wir sind jetzt fünf Jahre zusammen. Ich liebe sie immer noch wie verrückt. Ich hatte gehofft, dass ich genug sein würde, aber in den letzten Jahren nahm sie sich immer mal wieder einen Schwanz. Nicht oft, aber es hat jedes Mal ein wenig gebrannt. Nicht viel, aber immerhin genug, um einen winzigen Schatten über unsere Beziehung zu werfen. Doch so lange er nur winzig ist, ist das okay, denke ich.

Ich weiß, es hört sich jetzt traurig an, aber das ist es nicht. Sie braucht eben manchmal etwas für ihre Befriedigung, was ich ihr nicht geben kann. Ja, ich hab sie auch schon mal mit einem Strap-on gevögelt, aber es scheint nicht die Penetration zu sein, die sie braucht. Sie ist die Starke in unserer Beziehung, sie hat die Hosen an.

Vielleicht muss sie manchmal das Gefühl haben, auch klein und zart und zerbrechlich zu sein. Vielleicht muss sie manchmal das Gefühl haben, nicht stark sein zu müssen, sich fallen lassen zu können.

Und dafür bin ich eindeutig nicht die richtige Person. Ich mag es viel zu sehr, dass sie mich mitzieht, dass sie meinem Leben Struktur gibt, dass sie auch manchmal schwierige Entscheidungen für mich fällt, die ich selbst nicht treffen will oder kann. Ich ordne mich ihr gern ein wenig unter und sie mag es, dass ich das tue.

Es passt für uns beide perfekt. Aber ich kann mir vorstellen, wenn man immer stark sein muss, dann braucht man auch Momente, in denen man schwach sein kann. Und sie kann das nur mit einem Kerl. Einem echten Kerl. Mit Muskeln, die sein T-Shirt sprengen, und einem Riesenschwanz.

Ich verstehe es, ich akzeptiere es. Und doch ... tut es irgendwie weh.

Sie streichelt meine Wange. »Du weißt, es hat nichts mit dir zu tun. Ich liebe dich.«

»Ich weiß«, sage ich und lege meine Hand auf ihre.

»Es ist nur Sex, nichts weiter.«

Ich nicke. »Ja, nur Sex.« Wie gut, dass es nur Sex ist. Wenn sie eine Beziehung oder eine Affäre mit jemand anderem führen würde, könnte ich das nicht verkraften.

Sie legt mir die Hand in den Nacken, zieht mich nah an sich. Ihre Lippen berühren meine, sie sind weich und perfekt. Ihre Zunge leckt über meine Unterlippe, schlüpft in meinen Mund. Ich öffne ihn, gebe ihr Raum. Sie spielt mit mir, reibt sich an mir, schenkt mir diesen wunderbaren, süßen Moment.

Ihre Hand wandert in meinen Ausschnitt. Sie umfasst meinen Busen, knetet ihn sanft. Ich stöhne leise, während ihre Lippen über meine Haut streichen, über meinen Hals, mein Dekolleté. Sie küsst die volle Rundung meiner Brust, zieht T-Shirt und BH runter, nimmt den Nippel in den Mund. Meine Hände schlingen sich um ihren Nacken, streicheln sie, zeigen ihr, wie verrückt sie mich mit ihren Berührungen macht.

Sie löst sich, zieht mich wieder an. Bedauernd sagt sie: »Heute leider nicht, Lovely.«

Sie küsst mich noch einmal auf die Lippen und geht nach oben in unser Schlafzimmer. Sie will sich wahrscheinlich umziehen, bevor sie auf der Suche nach der perfekten Beute durch die Bars zieht.

Ich setze mich auf die Couch, suche nach meinem Briefpapier. Vor einiger Zeit habe ich von einem Briefprojekt erfahren und war von Anfang an begeistert. Man schreibt Liebesbriefe, obwohl man sie eher als Briefe des Zuspruchs bezeichnen müsste. Man erzählt jemandem, dass er toll ist, dass man ihm nur Gutes wünscht und hofft, dass das Leben es gut mit ihm meint. Und dann lässt man den Brief irgendwo liegen. In der U-Bahn, im Café, in der Bücherei.

Es gibt unzählige Möglichkeiten und ich mag es, mir auszudenken, wo ich sie liegen lassen könnte. Aber noch mehr liebe ich es, mir vorzustellen, wer die Briefe finden wird. Mann oder Frau, jung oder alt? Lächelt die Person bei meinen Worten und hebt sie wie einen kostbaren Schatz auf oder wirft sie das Papier unbeachtet fort? Meine liebste Vorstellung ist allerdings, dass sie den Umschlag verschließt und den Brief erneut auf die Reise schickt, um noch mehr Menschen zu erreichen. Das Geschenk, das weiterhin Freude schenkt.

Ich hoffe, dass ich jedes Mal das Leben der Person für zumindest eine Sekunde besser machen kann. Mehr wünsche ich mir gar nicht. Eine Sekunde. Das reicht schon, um einen kleinen Fingerabdruck in der Welt zu hinterlassen.

Mike steht gelangweilt an der Bar. Vor drei Wochen ist er nach New York gezogen, doch besser als Boston ist es auch nicht. Er schaut auf seinen kleinen Bruder. Naja, vielleicht ein bisschen besser. Immerhin kann er Drew hier öfter sehen. Der ist gerade dabei, seiner Freundin Emma die Mandeln zu massieren.

Er muss lächeln. Die beiden haben es nach Monaten voller Missverständnisse und gleichmäßig verteilter Idiotie geschafft, endlich zueinander zu finden. Mittlerweile sind sie seit fast anderthalb Jahren zusammen, Emma ein fester Bestandteil der Familie.

Aus dem Augenwinkel nimmt er eine Blondine wahr, die ihn anstarrt. Er schaut sie von oben bis unten an, woraufhin sie sich in Position wirft. Dann zuckt er mit den Schultern. Nein, wenn er hier heute eine aufreißt, dann eine mit dicken Möpsen. Silikon oder natürlich, er ist da nicht wählerisch. Seine Frau hatte kleine Brüste. Seit sie sich vor drei Jahren trennten, bevorzugt er es üppig.

Er dreht sich wieder zu Drew um, der Emma beinahe auffrisst.

»Okay, Kleiner«, meint er und lässt Drew die Hand auf den Rücken krachen. »Du musst Emma auch mal die Chance geben zu atmen.«

Drew löst sich von Emma und funkelt seinen Bruder an. »Reiß dir irgendeine auf und geh ficken.«

Emma grinst frech. Das bewundert er an ihr, sie kann nichts schrecken. Fluchen, geschwisterliche Rangeleien, Wutausbrüche, weil man von seinem eigenen Bruder gecockblockt wurde. Emma steht in der Mitte des Sturms und reicht Drew die Waffen. Von seinen Schwägerinnen ist ihm Emma die liebste. Gut, es gibt nur sie und Jasons Freundin und die hat einen Knall. Er mag Emma wirklich gern.

»Ich würd ja gern ficken«, sagt er ein wenig zu laut, »aber alle Weiber hier haben winzige Tittchen. Emma ist die einzige, die ordentlich Holz vor der Hütte hat.«

Drew starrt auf ihr Dekolleté, als hätte er das noch nie gesehen. »Emmas Titten sind die Besten.«

Mike lacht. »Seh ich auch so.«

Drew lässt seine Faust gegen seine Schulter krachen. »Guck da nicht hin!«

Emma schmiegt sich gegen ihn und er vergisst seinen Bruder voll und ganz. »Hmmh, Bug«, murmelt er gegen ihre Lippen.

Mike schnappt sich sein Bier und schlendert durch die Bar. Es ist zum Verrücktwerden. Nirgends eine Frau, die er ansprechen will, die er flachlegen will. Verdammt, von den meisten will er sich nicht mal einen blasen lassen. Außer von der da vielleicht ...

Als er sich gerade in ihre Richtung aufmachen will, stellt sich ihm eine große, schlanke Frau in den Weg. Ihre langen blonden Haare und blauen Augen verleihen ihr das Aussehen einer Barbie. Er schaut auf ihre Titten. Die allerdings nicht. Die sind eher erbärmlich.

Sie legt ihre Hand auf seinen Arm, stellt sich auf die Zehenspitzen und haucht ihm ins Ohr: »Ich brauche heute Nacht harten Sex. Meinst du, du bekommst das hin?« Sie schaut ihn fragend an.

Ein kleines Lächeln liegt auf seinen Lippen. Keine Titten, aber Selbstvertrauen. Das findet er nicht schlecht.

Er beugt sich zu ihr runter, seine Lippen streichen kurz ihren Hals, bevor er sagt: »Ich kann dich die ganze Nacht ficken, Prinzessin. Die Frage ist, wie viel kannst du aushalten?«

Sie erschaudert, als er seine Zunge an ihrem Ohr entlangfahren lässt. »Ich werd nicht die Erste sein, die aufgibt.«

»Dann testen wir das mal.« Er greift nach ihrem Arm, aber sie bleibt stehen.

»Zwei Sachen noch.«

»Was?«

»Erstens, das ist nur Sex. Ich will nichts weiter.« Er nickt. Damit ist er mehr als einverstanden. »Zweitens, sag mir, du hast mehr als sechzehn Zentimeter in der Hose.«

Er grinst lasziv. »Damit kann ich dienen.«

»Ich hoffe, du kannst damit auch umgehen.«

»Auch das, Prinzessin. Auch das.«

Er stellt sein Bier auf dem Tisch ab, reicht ihr seinen Arm und verlässt gemeinsam mit ihr die Bar. Sie nehmen sich ein Taxi in seine Wohnung. Sie hat was von einer Mitbewohnerin erzählt. Er ist zwar noch nicht wirklich dazu gekommen, sich einzurichten, aber ein Bett ist bereits vorhanden. Und das reicht für so einen One-Night-Stand allemal.

Er ist beeindruckt, dass sie ihm so klar gesagt hat, was sie will. Dass sie in der Lage ist, ihre Wünsche zu artikulieren. Und dann auch noch auf so krasse Weise. Das deutet auf jede Menge Spaß hin.

Sie fahren mit dem Aufzug in den obersten Stock, er schließt die Tür auf. »Willst du was trinken?«

Sie legt ihm eine Hand in den Nacken, zieht ihn für einen harten Kuss an sich, dringt grob mit ihrer Zunge ein. Die Kleine hat Feuer, freut er sich innerlich. Sie beißt in seine Lippe. *Oh nein*, denkt er. Er greift hart in ihre Haare und zieht ihren Kopf nach hinten.

Sie faucht. Seine Augen brennen sich in ihre. »Hör zu, Prinzessin, wenn du willst, dass ich dich die ganze Nacht ficke, dann spielen wir nach meinen Regeln. Ist das klar?«

Sie widersetzt sich, versucht ihren Kopf aus seinem Griff zu winden. Aber sie hat keine Chance. Sein Blick bohrt sich in ihren und er erkennt den Moment, in dem sie seine Dominanz akzeptiert.

Er lässt ihre Haare los, legt seine Hand zärtlich an ihr Kinn und küsst sie sanft, bevor er seinen Kuss intensiviert. »So ist es gut, Prinzessin«, murmelt er.

Er legt seine Hände auf ihre Schultern, schaut ihr in die Augen und drückt sie leicht nach unten. Sie geht zügig auf die Knie und öffnet seine Hose, zieht sie ein Stück runter, befreit seinen Schwanz.

Sie schleckt über seine Eichel, bevor sie sie in den Mund nimmt. Sie fährt mit der Zunge um sie rum, saugt an ihr. Sie schließt ihre Lippen um seinen Schaft und beginnt kräftig zu saugen. *Wie so ein verdammter Pornostar*, schießt ihm durch den Kopf. Er schaut zu ihr runter, sieht die Stelle, an der sein Schwanz in ihr verschwindet. *Ja*, denkt er, *fuck ja!* Das ist so dermaßen gut, dass er schon fast bei dem Anblick allein kommt.

Als er merkt, dass er bald soweit ist, entzieht er sich ihr, hält ihr die Hand hin.

»Ab ins Schlafzimmer«, antwortet er auf ihren fragenden Blick. Sie nickt und lässt sich aufhelfen.

Er lässt ihr den Vortritt. Als sie im Zimmer steht, tritt er hinter sie und greift ihr an die Oberarme, zieht sie hart an seinen Körper. Sie keucht auf und ihr Körper erzittert bei ihrem Kontakt.

»Ich fick dich gleich, bis du vollkommen erschöpft bist. Und dann fick ich dich noch ein bisschen länger«, murmelt er und reibt seinen Ständer an ihrem Hintern. Er spürt die Vorfreude, die durch ihren Körper strömt, und grinst.

»Bitte«, haucht sie.

Er schiebt sie sanft vorwärts, bis sie vor dem Bett steht. »Zieh dich aus«, flüstert er in ihr Ohr, während er zärtlich ihren Hals küsst. Seine Berührungen stehen in hartem Kontrast zu den krassen Worten, die er gebraucht. Als sie ihr Kleid auszieht, ihre Schultern entblößt, sieht er die Gänsehaut, die sich gebildet hat. Er pustet ihr in den Nacken, sieht, wie sich die Härchen aufstellen.

Sie wackelt leicht mit den Hüften, um den engen Stoff über die Rundung ihres Arschs zu bekommen, lässt ihn fallen. Sie öffnet den Verschluss des BHs und lässt ihn ebenfalls zu Boden gleiten. Seine Finger legen sich auf ihre kleinen Brüste und kneten sie sanft. Sie drückt sich gegen ihn und gleichzeitig ihre Titten in seine Finger. Er streicht sanft mit den Lippen an ihrer Schulter entlang.

Er hilft ihr aufs Bett, bringt sie dazu, sich hinzuknien. Er drückt ihren Oberkörper nach vorn und beginnt sanft ihren Rücken zu liebkosen. Er küsst die Wirbelsäule entlang. Sie zittert leicht.

»Ganz ruhig, Prinzessin«, murmelt er. »Bei mir geschieht dir nichts.«

Seine Finger fahren vorsichtig über ihren Hintern, schieben sich unter den Hauch von Nichts, der offenbar als Lingerie verkauft wird. Er reibt sie leicht und sie stöhnt leise. Als er die kleinen Schleifen an den Seiten ihres Höschens bemerkt, öffnet er sie mit geübten Griffen. Er sieht zu, wie das Spitzenteilchen auf die Matratze segelt. Nachdem er sich hinter sie gekniet hat, öffnet er ihre Beine ein Stückchen und lässt seinen Atem über ihre Schamlippen fliegen.

Als sie erschaudert, streicht er mit den Lippen über eben diese Stelle. Ihr Atem beschleunigt sich, er meint, ihren Herzschlag zu spüren, und sieht, dass ihre Beine anfangen zu zittern. Er lächelt leicht. Ja, die Kleine will ihn wirklich.

Mit der Zunge fährt er über ihre zarte Haut, zerteilt die kleinen Schamlippen, saugt kurz an ihnen. Sie gibt leise Stöhnlaute von sich, die ihm sagen, dass er auf einem guten Weg ist. Er fährt mit der Zunge zwischen ihre Schamlippen, leckt an ihr entlang. Als er über ihre Klit streicht, zuckt sie zusammen. *Die Kleine hatte wohl schon lange keinen Sex mehr*, denkt er.

Seine Zunge taucht in sie ein. Das Zittern ihrer Muskeln wird stärker. Lange wird sie es in dieser Position nicht aushalten.

»Geh auf die Ellenbogen, wenn du dich nicht halten kannst«, murmelt er, bevor seine Zunge wieder ihr Ziel findet. Langsam und rhythmisch lässt er sie vor und zurück gleiten, während sie mit einem dankbaren Geräusch eine andere Position einnimmt.

Er stützt sich mit einer Hand und seinen Knien ab, die andere massiert ihren Hintern, reibt sanft, streichelt, lässt seine Finger über ihre Haut wandern.

Er richtet sich wieder auf, streicht mit einer Hand durch ihre Nässe, bevor er zwei Finger in sie gleiten lässt. Sie stöhnt leise, reckt ihm den Hintern entgegen. Sein Daumen findet ihre Klit.

»Ja, Prinzessin«, murmelt er leise, als sie sich gegen seine Berührungen drängt. »Du brauchst es dringend.«

Sie nickt leicht, aber er braucht diese Bestätigung nicht, hat es schon vorher von ihrem Körper erfahren, der sich ausgehungert an ihn drängt.

Er zieht sich mit einem Ruck das Shirt über den Kopf, öffnet seine Jeans. Er nimmt ein Kondom aus der Tasche, reißt es mit den Zähnen auf, zieht es über und lässt seine Eichel an ihrer Muschi entlangfahren. Er sieht, wie sie feuchter wird, und lächelt leicht.

Langsam senkt er sich in sie, seine Eichel dehnt ihre Scheidenwände Sie ist eng, was seine Vermutung bestätigt, dass sie schon lange nicht gefickt wurde. *Aber wieso*, fragt er sich. Sie ist schön, weiß, was sie will. Wieso hat eine solche Frau keinen Sex oder zumindest nicht regelmäßig?

Je tiefer er in sie dringt, desto lauter stöhnt sie, desto stärker zittern ihre Beine, desto mehr Gänsehaut bekommt sie. Seine Hände legen sich um ihre Hüften. Er stößt in einem kontrollierten Rhythmus in sie, hält ihren Körper stabil, will nicht, dass sie sich von ihm wegbewegt.

»O Gott«, stöhnt sie immer und immer wieder.

Zeit, das Tempo anzuziehen, denkt er.

»Ja, ja, ja«, ist das nächste, was er von ihr zu hören bekommt. Er mag es, wie sie ihn anfeuert, wie sie ihn anbettelt, ihr mehr zu geben.

Er pausiert einen Moment, streichelt über ihren Rücken, lässt seine Hände über ihren Nacken fahren, freut sich, als er die Schauer fühlt, die durch sie rennen.

»Ist das zu hart?«, fragt er besorgt.

Sie schüttelt den Kopf. »Nein, perfekt. Danke.«

Er beugt sich über sie, stützt sich neben ihren Ellenbogen mit den Händen ab, küsst sanft ihr Ohrläppchen. Er zieht ihre Ohrmuschel zwischen die Lippen und fährt sacht mit den Zähnen an ihr entlang.

Sie schnurrt beinahe. Er bewegt sich gemächlich in ihr, eine Hand findet ihren Busen und neckt ihre Nippel, bis sie klein und steinhart sind. Er küsst sich ihren Rücken entlang, schließt seine Hände um ihre Hüften und beginnt hart in sie zu stoßen. Sie keucht auf, drückt ihr Becken gegen ihn, will mehr.

Seine Stöße werden schneller und härter, er zieht sie jedes Mal zu sich, treibt sie weiter und weiter in Richtung eines explosiven Höhepunkts. Ihre Muschi krampft sich um ihn, massiert seinen Schwanz. Seine Hand löst sich von ihr und schiebt sich zwischen ihre Beine. Er reibt ihre Klit im Gleichklang seiner Stöße. Sie wird lauter, schreit leise. Er merkt, dass sie dem Höhepunkt immer näher kommt. Er verändert den Winkel ein wenig, schenkt ihr mehr Lust.

»Gott«, keucht sie. »O mein Gott!« Und kommt dann wild zuckend. Ihre Muschi pulsiert, schmiegt sich eng um seinen Schwanz. Er zieht ihr Becken ein paar Mal hart an sich und kommt dann ebenfalls. Sein Stöhnen ist so tief, dass es sich wie Knurren anhört.

Dann zieht er sich aus ihr zurück, streift das Gummi ab, verknotet es, lässt es einfach auf den Boden fallen. Er legt sich hin und zieht sie in eine Umarmung.

Er ist zwar nicht der Kuscheltyp – und schon gar nicht bei einem One-Night-Stand –, aber sie macht den Eindruck, als bräuchte sie es jetzt unbedingt. Also tut er es für sie. Sie drängt sich gegen ihn, ihre kleinen Hände legen sich auf seinen Bauch.

Ihr Atem beruhigt sich, ihr Puls ist schon fast wieder normal. Er genießt diesen Moment der Ruhe, bevor er eine zweite Runde mit ihr wagen wird. Er lächelt leicht. Sie war ein echt guter Fick. Dicke Titten sind also nicht alles.

KAPITEL ZWEI

Als ich morgens aufwache, ist Piper noch nicht zurück. Ich wundere mich ein wenig, normalerweise schläft sie nicht bei den Männern, die sie aufreißt. Aber vielleicht war es auch einfach so gut, dass sie da bleiben musste.

Ich ziehe mir Shorts und ein T-Shirt an, binde meine langen, dunkelblonden Haare zu einem Pferdeschwanz.

Wir wohnen in Clinton, was außerhalb Manhattans eher als Hell's Kitchen bekannt ist. Hier gibt es nicht viele Parks, aber man kann am Hudson entlang joggen, was ich gern mache. Ich versuche an jedem Wochentag zu laufen. Manchmal klappt es nicht, weil mich die Muse küsst, und ich dann wie eine Besessene in meinem Atelier arbeite. Und manchmal laufe ich am Wochenende, so wie heute.

Piper könnte es sich auch leisten, in einem besseren Stadtbezirk zu leben, doch mir war es wichtig, dass ich etwas zu unserem Leben beisteuere. Sie hat das verstanden, also haben wir eine Wohnung gesucht, die nicht über alle Maßen teuer ist. Wir haben keine gefunden.

Manhattan ist eben kein billiges Fleckchen Erde. Als wir diese Maisonette-Wohnung vor einem halben Jahr fanden, kam sie uns zu gut vor, um wahr zu sein. Sie sprengte unseren finanziellen Rahmen bei Weitem, aber sie war einfach perfekt. Sie hat ein Arbeitszimmer für Piper und ein Atelier für mich, sie ist hell und freundlich, geht über zwei Etagen, ist nah am Fluss. Wir waren beide sofort verliebt und ich habe akzeptiert, dass Piper den Großteil der Miete zahlt und ich nur den Strom übernehme. Aber diese Wohnung ist es wert, seinen Stolz herunterzuschlucken.

Es ist noch früh und die Temperaturen sind somit auszuhalten. Im Juli flieht jeder aus Manhattan, weil es einfach zu warm ist. Nur Workaholics wie Piper bleiben in der Stadt. Und die Freundinnen von Workaholics bleiben auch.

Ich genieße die frische Luft und die Tatsache, dass am Wochenende um diese Uhrzeit noch nicht so viele Menschen unterwegs sind und sich Manhattan dadurch leer anfühlt. Nach etwa einer Stunde laufe ich die Stufen zu unserer Wohnung hoch, schließe auf. Piper ist immer noch nicht da. Ich geh duschen und male anschließend an meinem neuen Meisterwerk. Naja, wenn ich es so betrachte, weiß es noch nicht, dass es mal eines werden soll.

Ich tauche den Pinsel ein und in diesem Moment vergesse ich alles um mich herum. Der Pinsel wird eine Verlängerung meines Seins, ich bin gefangen in meiner eigenen Welt, die ich mir auf der Leinwand erschaffe. Ich male abstrakt, in vielen bunten, lauten Farben, eine wahre

Farbexplosion. Ich sehe nicht nur Gefühle vor mir, sondern ganze Universen, die entstehen. Es ist wie das Eintauchen in eine wahrgewordene Fantasie.

Ich wache erst wieder aus meiner eigenen Welt auf, als Pipers Arme mich umschlingen.

»Hey, Lovely«, murmelt sie an meinem Ohr, bevor sie mich sanft auf den Hals küsst.

Ich drehe mich zu ihr und halte ihr die Augen zu. »Nicht gucken!«

Sie lacht und lässt sich gutmütig von mir aus meinem Atelier führen. Im Flur umarmt sie mich und legt ihre absolut großartigen Lippen auf meine. Leise seufzend öffne ich meinen Mund, stupse meine Zunge gegen ihre Lippen. Sie lächelt leicht, bevor sie mich einlässt. Nach einer halben Ewigkeit löst sie den Kuss.

»Ich muss ein bisschen schlafen«, meint sie dann, während sie meine Wange streichelt.

»Tu das, Honey, ich male weiter.«

Sie grinst. »Es ist jetzt schon atemberaubend.«

»Du solltest doch nicht gucken«, tadel ich sie.

Sie lacht. »Hättest du nackt gemalt, hätte ich nur auf dich geachtet.« Sie gibt mir einen Klaps auf den Hintern, bevor sie die Stufen ins Schlafzimmer hochsteigt.

Sie sieht befriedigt aus, denke ich. Wie jedes Mal, wenn sie von einem Mann zurückkommt. Nicht, dass sie nicht auch befriedigt aussieht, wenn wir es tun. Aber es ist irgendwie was anderes. Für sie zumindest. Ich kann es nicht erklären, aber in mir steigt ein Glücksgefühl auf. Ich mag es, wenn sie glücklich ist, auch wenn ich es nicht war, die diese Emotion hervorgerufen hat.

Ich gehe zurück ins Atelier und vertiefe mich wieder in mein Werk.

Als ich einige Zeit später ins Wohnzimmer gehe, kommt sie gerade frisch geduscht die Treppe runter.

»Gehen wir zu Tony's?«, fragt sie.

»Ich zieh mir nur schnell was anderes an«, sage ich.

Sie streicht mir eine Strähne aus dem Gesicht. »Ich mag dich, wenn du nur ein altes Hemd trägst.«

Ich lache und gebe ihr überschwänglich einen Kuss. »Aber willst du wirklich, dass jeder bei Tony's inklusive Tony meine hübschen Beine bewundern kann?« Ich zeige sie ihr noch einmal neckisch.

Sie lacht. »Hast recht. Ich will dich nur für mich.«

Ich küsse sie erneut, streiche durch ihre langen blonden Haare. »Gib mir fünf Minuten.«

»Deine fünf Minuten kenn ich schon.«

Ich halte beide Hände mit ausgestreckten Fingern hoch. »Okay, zehn.«

Sie lacht und ich husche nach oben, versuche ihr zu beweisen, dass ich schnell sein kann. Uups, doch nicht.

Als ich wieder runterkomme, sitzt sie ausgehfertig auf der Couch. »Du bist unmöglich, Lovely«, neckt sie mich.

»Schuldig.«

Wir laufen Hand in Hand durch die Straßen. Wie immer müssen wir an diesem kleinen Laden mit Krimskrams haltmachen, weil ich noch eben kurz ... Ihr wisst schon.

Es ist gerappelt voll bei Tony, wie so oft. Aber für zwei schöne Frauen hat er immer Platz, wie er uns jedes Mal versichert. Und tatsächlich, er findet immer noch ein Tischchen für uns. Einmal baute er uns einen Klapptisch in der Küche auf, wo wir dann mit der Crew Fußball schauten. Sie kommen alle aus Italien oder Lateinamerika, daher schauen sie so eine merkwürdige Sportart, die ich nie verstehen werde, auch wenn ich irgendwann neunzig bin. Nicht, dass ich Football verstehen würde ...

Er führt uns zu einem Ecktisch, macht jede Menge Wind um uns, wie beinahe immer, und reicht uns die Karten. Obwohl er ganz genau weiß, dass Piper einen Salat mit Meeresfrüchten nimmt und ich den Burger mit Bacon und Käse bestelle. Unsere Essgewohnheiten passen nicht zusammen, das ist klar. Piper isst lieber weniger und muss dafür keinen Sport machen, ich dagegen esse lieber mehr und gehe jeden Tag joggen. Beinahe jeden Tag. Gut, die Wochenenden lasse ich normalerweise aus, weil ich es genieße, mit Piper im Bett zu kuscheln.

»Hast du gesehen, dass im Guggenheim eine Gaitonde-Ausstellung läuft?«, frage ich sie.

»Oh, bitte, Lovely, schlepp mich nicht wieder in eine Ausstellung! Frag Chrissa«, bittet sie.

Ich grinse. »Komm schon. Ein bisschen Kultur tut dir in deinem supermodernen Leben gut.«

Sie trinkt von ihrem Weißwein. »Muss ich?«

»Naja, was heißt müssen ...«, antworte ich und zwinker ihr zu.

»Du Biest.«

Ich weiß, ich hab gewonnen. »Gehen wir morgen?«

»Was ist da für mich drin?«, fragt sie amüsiert.

Ich lasse meinen Fuß an ihrem Bein entlanggleiten. »Ein Spaziergang im Central Park, nur du und ich.«

»Hmmh.«

»Ein gemeinsames Bad mit viel Schaum.«

»Besser.«

»Eine Massage mit diesem grandiosen Öl.«

»Okay.«

Ich lache.

»Aber nur, wenn du meinen ganzen Körper massierst und ebenfalls nackt bist.«

»Deal«, flüstere ich bedeutungsschwer. Ich sehe, dass sie das nicht kalt lässt. Der kleine Schauer, der ihr über den Rücken lief, ist weithin sichtbar.

Beim Essen klaue ich ihr eine Krabbe und sie nimmt – wie immer – genau drei Pommes. Sie ist wirklich diszipliniert.

»Vielleicht sollte ich auch gesünder essen«, sage ich.

»Quatsch, du siehst wahnsinnig gut aus. Ich liebe alles an dir.«

Das hört man doch gern. Ein wahrer Schub fürs Selbstvertrauen, wenn die heißeste Frau so etwas zu einem sagt. Also, für mich ist sie die Beste und Tollste und Hübscheste.

»Hast du das Buch gelesen, das ich dir rausgelegt habe?«, fragt sie.

Ich nicke.

»Und?«

»Ehrlich?«

»Immer ehrlich.«

Ich trinke einen Schluck von meinem Bier. »Ich frage mich, wo da die Verantwortung der Autorin ist. Das Buch ist sexistisch, rassistisch und homophob.«

»Interpretierst du da nicht zu viel hinein?«, fragt sie.

»Ich bitte dich. Sie sieht einen schwarzen Mann im Anzug und denkt: ›Huch, ich könnte vergewaltigt werden.‹ Sie sieht einen schwulen Mann und denkt: ›Huch, ob der wohl bei allen auf Analsex steht.‹ Sie sieht eine hübsche Frau und denkt: ›Ich hoffe, sie verreckt.‹ Und dann der Kerl! Ich kann überhaupt nicht nachvollziehen, was sie an ihm findet. Er ist ein Stalker, ein Vergewaltiger und ein

Alkoholiker. Ich bitte dich. Erzähl mir doch nicht, das heterosexuelle Frauen das attraktiv finden.«

Sie grinst. »Aber er ist sexy, reich, intelligent und charmant.«

»Der erste Sex ist Vergewaltigung. Sie sagt nein und er tut es trotzdem.«

»Manchmal heißt nein eben ...«

»Komm mir nicht mit so einem Scheiß! Nein heißt immer nein, außer man hat ein Safeword, das nein bedeutet.«

»Du siehst das ganze zu logisch«, meint sie.

Ich grinse. »Hast du mich gerade logisch genannt?«

Sie verdreht gespielt die Augen. »Das ist doch für dich ein Schimpfwort.«

»In der Tat. Aber jetzt mal ehrlich. So einen wie ihn können doch heterosexuelle Frauen nicht gut finden. Er ist doch ein totaler Neandertaler.«

Sie schüttelt den Kopf. »Schon, aber das ist nicht das Entscheidende. Er ist sexy und gut im Bett, da verzeiht man schon mal so einiges.«

»Oh, bitte! Nur weil jemand gut vögeln kann, vergibt man ihm doch nicht dieses Machogehabe.«

Sie zuckt mit den Schultern. »Manche Frauen stehen eben darauf, sich zu unterwerfen. Du magst es doch auch, wenn ich die Zügel in der Hand halte.«

»Aber ich unterwerfe mich doch nicht«, erwidere ich und trinke noch einen Schluck. Die Hälfte meines Burgers liegt verlassen auf dem Teller.

»In gewisser Weise schon. Nicht vollständig, das würde ich auch gar nicht wollen, aber schon so, dass klar ist, wer von uns beiden die Hosen anhat.«

Ich grinse. »Aber doch nur, weil du schon so viel älter bist als ich.«

»Du Biest«, meint sie amüsiert und greift nach meiner Hand. Sie spielt mit meinen Fingern. »Vielleicht ist es für dich schwer zu verstehen, weil du nie das Verlangen gespürt hast, mit einem Mann zu schlafen.«

Ich nicke. »Das kann natürlich sein, aber es gibt ja auch durchaus heterosexuelle Erotik, die mir gefällt. Aber eben nicht, wenn sie so plump daher kommt wie diese. Zum Beispiel diese neue Geschichte. *Kiss the frog to get the prince*. Die mag ich.«

»Turnt es dich an, wenn du liest, dass er ihr den Schwanz reinsteckt?«, fragt sie interessiert.

Ich schüttel den Kopf. »Nein, aber es macht mich an, ihre Empfindungen dabei zu ... hmmh ... naja ... zu beobachten. Ich mag es, wenn die Autoren beschreiben können, was sie dabei fühlt. Ich mag es, weil es mir das Gefühl gibt, dich vielleicht ein bisschen besser zu verstehen.«

Sie schaut mich überrascht an. »Du willst herausfinden, was es mir gibt, mit einem Mann zu schlafen?«

Ich nicke. »Ja, du bist mir wichtig.«

»Dann frag mich doch einfach, Lovely«, meint sie entspannt.

»Das wäre ja zu einfach«, winke ich gespielt ab.

Sie lacht. »Was willst du wissen?«

Aus irgendeinem Grund bin ich verlegen. »Warum brauchst du es manchmal?«

Sie streicht sich eine Strähne ihres perfekt liegenden Haares aus dem Gesicht. »Können wir versuchen darüber zu reden, ohne dass wir es persönlich nehmen?«

Ich nicke. »Ja.«

»Okay. Unser Sex ist toll, ich liebe es mit dir zu schlafen, mit dir zu kuscheln und zu knutschen. Du küsst unglaublich gut. Ich hab noch nie jemand anderen getroffen, der so gut küssen konnte wie du. Und ich weiß, größtenteils liegt es daran, dass du es mit Liebe tust, und das habe ich vorher nie in dem Maße erlebt.« Sie streichelt meine Hand. »Aber manchmal reicht es mir nicht zu kuscheln, es reicht mir nicht, dass deine Finger und deine Zunge mich fünf Mal zum Höhepunkt bringen. Ich will es ... nun ja ... grober, rauer. Der Sex an sich muss nicht mal so sein, aber die Idee, dass es so sein könnte, macht mich unglaublich an.«

Sie trinkt noch einen Schluck. »Zwischen uns wird es immer nur liebevoll sein, was perfekt ist. Ich will nicht, dass du glaubst etwas ändern zu müssen. Aber es wird nie auf dieser Ebene wild sein.«

»Aber bei uns geht es manchmal auch sehr leidenschaftlich zu. Erinnere dich an das Mal, als du mir beinahe mit deinem High Heel das Auge ausgestochen hast.«

Sie lacht. »Ja, Lovely, bei uns ist es auch leidenschaftlich, wie denn auch nicht? Du bist superheiß und machst mich unglaublich an. Aber es ist anders, wenn ich mit einem Mann zusammen bin. Wir achten nicht auf Gefühle, nicht darauf, dem anderen nicht wehzutun. Er beißt mir in den Nippel, ich zerkratz ihm den Rücken. Er zieht an meinen Haaren, ich beiß in seine Lippe. Das sind alles Dinge, die wir nicht tun.«

Ich schaue sie unverwandt an. »Willst du, dass ich dir in den Nippel beiße?«

»Nein. Ich will, dass du an ihm saugst und leckst und vielleicht ein bisschen knabberst, aber ich will es nicht animalisch mit dir treiben. Und es sind nicht nur diese Sachen. Ich weiß, es gibt diesen Mythos, dass nur die Klit für die Lustempfindung der Frau zuständig ist. Aber die Klitoris ist soviel größer als die kleine Perle, die man gemeinhin so bezeichnet. Sie wird auch durch penetrativen Sex gereizt. Und es ist gut! So gut! Du kannst es dir nicht vorstellen, vielleicht ist es für dich auch nicht so, aber es fühlt sich gut an, wenn du von einem Schwanz ausgefüllt bist. Er drückt gegen dich an allen richtigen Stellen. Es soll ja mehr Lustpunkte als nur das berühmte G geben. Das kann ich mir vorstellen, warum sonst sollte es sich so unglaublich gut anfühlen?«

»Vielleicht fehlt mir dafür wirklich das Verständnis oder ganz einfach die Erfahrung. Aber für mich fühlt sich nichts besser an, als wenn du mich leckst.«

Sie lächelt versonnen. »Ich verstehe, was du meinst, und es ist auch unglaublich schön, aber einen Schwanz in sich zu spüren, ist einfach was anderes. Und es ist ja auch nicht so, dass ich es immer will.«

»Das wäre mir dann auch nicht so recht«, gebe ich zu.

Sie schaut mich liebevoll an. »Ich bin froh, dass du mir die Chance gibst mich auszuleben. Für mich ist das die perfekte Beziehung.«

»Ich will, dass du glücklich bist. Ich will, dass du mit mir glücklich bist.«

Sie zieht meine Hand an ihre Lippen. »Ich bin mit dir glücklich, Mara. Glücklich wie nie zuvor. Ich weiß, wir hatten keinen einfachen Start, aber ich bin so froh, dass du nicht locker gelassen hast.«

»Das lag nur an deinem heißen Hintern in Yogapants«, necke ich sie.

»Na, dass es nicht an meinem Busen lag, war mir klar«, grinst sie.

Ich schenke ihr einen bösen Blick. »Dein Busen ist perfekt, wie er ist.«

Sie strahlt. »Danke, Lovely.«

»Hey, Alter!«, ruft Jace durch die Bar. Mike dreht sich zu ihm um und grinst. Sie reichen sich die Hand und umarmen sich.

»Wie geht's, Mann?«, fragt Mike ihn.

»Mann, wir haben uns erst vor ein paar Wochen gesehen, aber es fühlt sich wie Jahre an!«, meint Jace und lacht. »Ich hab unsere Klassenfahrt auch total vermisst.«

»Und wer hatte Schuld?«

Jace hebt die Hände. »Ist ja gut. Ich weiß, dass ich Schuld war.«

»Aber es hat sich ja gelohnt«, meint Mike. »Chrissa ist umwerfend.« Er nickt zu ihr herüber. Sie ist klein und schlank, gut, sie hat nicht die tollsten Kurven, aber es passt alles zusammen. Chrissa Hawthorne ist ganz sicher eine der hübschesten Frauen der Stadt. Er hat sie offiziell noch nicht kennengelernt, kennt nur Fotos. Aber da Jace hin und weg ist, müssen ihre Qualitäten nicht nur in ihrem Äußeren liegen.

»Das ist sie«, grinst Jace und schaut mit einem Anflug von Besitzerstolz auf seine Freundin.

»Wer ist die andere?«, fragt Mike.

»Das ist ihre beste Freundin Lila«, antwortet Jace. »Sie hat vor ein paar Wochen ihren Bräutigam vor dem Altar stehen gelassen. Das muss aber auch ein Langweiler gewesen sein. Keiner weiß, warum sie überhaupt mit ihm zusammen war. Jedenfalls war sie die letzten zwei Wochen allein in den Flitterwochen auf Aruba. Sie ist gestern wiedergekommen und sucht nach Spaß.« Er betont Spaß, so dass Mike versteht, dass er sein Glück versuchen sollte.

Mike betrachtet sie. Sie ist mittelgroß, schlank, wenig Hintern, passable Oberweite. Sie hat kurze braune Haare, hübsche Augen, so weit er das von hier aus sagen kann. »Ganz nett. Vielleicht versuch ich nachher mal mein Glück.«

Jace schlägt ihm auf die Schulter. »Tu das. Sie braucht einen guten Fick. Das sagt sie selbst.«

Mike grinst. »Da bin ich ja froh, dass du da auf mich gekommen bist.«

Jace lacht laut auf. »Komm schon, Mann. An der Uni hast du nichts anbrennen lassen, eine nach der anderen vernascht. Alle Weiber haben von dir geschwärmt, jede wollte mal ein Stückchen von Mike probieren.«

Mike lächelt zufrieden. »Oh ja. Vögeln kann ich.«

Jace trinkt einen Schluck aus seinem Bier. »Hast du mal wieder was von Diane gehört?«

Mike schüttelt den Kopf. »Sie ist in Florida, aber das weißt du ja.« Er trinkt auch einen Schluck. »Oh, doch, sie soll schwanger sein. Keine Ahnung, wer mir das erzählt hat.«

»Sie wollte doch nie Kinder«, meint Jace.

Mike zuckt mit den Achseln. »Ja, das war eine der wenigen Sachen, in der wir uns einig waren.«

Jace meint: »Vielleicht wollte sie nur mit dir keine Kinder.«

»Kann auch sein«, meint Mike achselzuckend. »Die drei Jahre Ehe waren jedenfalls die schlimmsten Jahre meines Lebens. Ich mach das bestimmt nicht noch einmal mit. Keine feste Beziehung mehr für mich. Ich vögel lieber so durch die Gegend.«

»Ich bin froh, dass ich Chrissa gefunden habe«, meint Jace. »Das bedeutungslose Rumgeficke war auf die Dauer nichts.«

»Du weißt, ich wünsch dir nur das Beste, Alter.«

»Mach dir keine Sorgen um mich. Sie ist die Eine.«

Mike lacht. »Ihr seid gerade ein paar Wochen zusammen.«

Jace schüttelt den Kopf. »Aber wir kennen uns seit zehn Jahren.«

»Ach ja, ich hatte vergessen, dass sie Mystery-Girl ist.«

»Genau, Mystery-Girl. Hättest du gedacht, dass ich sie tatsächlich mal finden würde?«

Mike schüttelt den Kopf. »Nie. Aber selbst, wenn ich gedacht hätte, dass es möglich ist, hätte es keine Garantie gegeben, dass sie noch genauso toll ist, wie sie damals war.«

»Das stimmt. Umso besser, dass sie es ist«, grinst Jace und schaut wie ein Hundewelpe in ihre Richtung.

»Pussy«, grinst Mike.

Chrissa und Lila kommen zu ihnen und Jace stellt sie vor. Chrissa lächelt warm und umarmt ihn.

»Ich bin so froh, dich endlich kennenzulernen, Mike! Jace hat mir schon so unglaublich viel von dir erzählt.«

Mike verzieht das Gesicht und sie lacht. »Nein, nein, nur Gutes. Du bist sein bester Freund.«

Mike schaut zu Jace, der die Schultern hochzieht. »Stimmt halt.«

Lila reicht ihm die Hand und checkt ihn aus. Er hat das dringende Bedürfnis seine Muskeln zu flexen, aber er lässt es. Er weiß, dass das beschissen aussieht.

Chrissa dreht sich zu Jace. »Da vorne sind Damian und Lorrie. Wollen wir kurz hallo sagen?«

Jace nickt und nimmt ihre Hand.

»So, du bist also Mike«, sagt Lila.

Mike grinst. »Ich bin Mike.«

»Ich hab auch schon so einiges von dir gehört. Unter anderem, dass du einen gewissen Ruf an der Uni hattest.« Sie wirft ihm einen fragenden Blick zu.

Er lacht und kratzt sich nachdenklich am Nacken. »Das stimmt.«

»Stimmt das denn immer noch?«, fragt sie frech.

Er beugt sich zu ihr runter und flüstert in ihr Ohr: »Ich kann dich öfter kommen lassen, als es jemals jemand zuvor geschafft hat, inklusive dir selbst.«

Sie erzittert, als sie seinen Atem an ihrem Hals spürt. »Wow.«

Er grinst. »Willst du einen kleinen Vorgeschmack?«

Sie nickt und er greift nach ihrer Hand. Er zieht sie aus dem Raum in den Flur zu den Waschräumen. Auf der anderen Seite ist eine kleine Nische, in die er sie führt. Er drückt sie mit dem Rücken gegen die Wand. Sie blickt zu ihm auf, ihr Atem geht schneller. Sein Daumen streicht über ihre Unterlippe, bevor seine Hand an ihrem Körper heruntergleitet. Er geht in die Knie, schiebt seine Finger unter den Saum ihres Rocks und wandert ihren Oberschenkel herauf. Sie öffnet wie von selbst ihre Beine.

Sie schauen einander die ganze Zeit in die Augen, während seine Finger zielstrebig ans Ziel gelangen. Er schiebt den Spitzenstoff zur Seite und lässt einen Finger in sie gleiten. Sie keucht schwer, als er beginnt, leicht an ihrer Scheidenwand entlang zu streicheln. Als er an der richtigen Stelle ist, stöhnt sie leise auf. Er zieht ihr Bein nach oben, legt es um seine Hüfte, öffnet sie weiter, um sie leichter stimulieren zu können. Er schiebt einen zweiten Finger in sie, krümmt sie beide und stößt sie immer und immer wieder gegen den G-Punkt.

Ihre Hände schließen sich um seine massiven Oberarme. Sie stöhnt immer und immer wieder. Als sein Daumen um ihre Klit zirkelt, schreit sie leise auf. Er grinst sie frech an, bevor er seine Lippen auf ihre drückt. Er presst leicht gegen sie, um sie zum Öffnen zu animieren, und erforscht dann mit seiner Zunge gründlich ihren Mund. Ihre Laute sind der Wahnsinn und er freut sich bereits darauf, sie nachher zum Schreien zu bringen.

Ihre Finger schließen sich fester um seinen Bizeps, ihre Muschi hat seine Finger im Griff. Sie ist soweit. Sanft drückt er mit dem Daumen gegen ihre Klit und sie kommt beinahe sofort. Sie zuckt wild um ihn, ihre Nägel bohren sich in seine Haut. Sie würde schreien, wenn er nicht ihren Mund beherrschen würde.

Er streichelt sie durch ihren Orgasmus, küsst sie noch einmal zärtlich. Er zieht seine Finger aus ihr, streicht mit ihnen ihre Unterlippe entlang, bevor er sie ihr zum Lutschen gibt. Sie saugt gierig an ihnen.

»Fuck, Beauty, wenn du bei meinen Fingern schon so abgehst, wie hart wirst du meinen Schwanz blasen?«, fragt er sie mit einem dreckigen Lächeln auf den Lippen.

Sie erwidert seinen Gesichtsausdruck und steigert ihr Tempo noch. Seine freie Hand wandert an ihre Brust und drückt leicht. Er nimmt die Finger aus ihrem Mund und leckt an ihren Lippen entlang, bevor er seine Zunge noch einmal tief eintaucht.

»Genug Vorgeschmack, um den Hauptgang zu wollen?«, fragt er sie.

Sie nickt. »Oh, ja, ich kann es kaum erwarten.«

»Eine Warnung, Beauty. Ich ficke nur, Gefühle kannst du behalten.«

Sie stimmt zu. »Ich will momentan auch nichts weiter als ein bisschen Spaß. Guten Sex, ist das denn zu viel verlangt?«

Er schüttelt ernsthaft den Kopf. »Manche Kerle haben leider gar keine Idee, was sie eigentlich tun.«

Sie legt ihre Hand an seinen Nacken. Sie zieht ihn an sich, küsst ihn leidenschaftlich. »Wie gut, dass es auch Ausnahmen gibt«, murmelt sie.

Er lässt ihr Bein los, zieht ihren Rock runter. »Bei dir oder bei mir?«

»Wie du willst«, antwortet sie.

Mike denkt kurz nach. Gestern hatte er ja schon die Barbie ohne Brüste bei sich. Aber eigentlich mag er es lieber, wenn er sich verabschieden kann. Er fühlt sich immer mies, wenn er sie rausschmeißt, nachdem er bekommen hat, was er wollte.

»Bei dir, Beauty«, murmelt er und sie nickt. Er greift nach ihrer Hand. »Lass uns noch ein bisschen mit Jace und Chrissa abhängen, bevor wir abhauen.«

Sie schaut ihn so dankbar an, dass er beinahe Schuldgefühle bekommt. Er weiß nicht mal weswegen, aber irgendwie fühlt er sich mies, weil diese Frau so dankbar auf Aufmerksamkeit reagiert. *Männer sind manchmal echte Arschlöcher*, denkt er und zählt sich in Gedanken dazu. Er hat auch das ein oder andere gemacht, was gewiss nicht ganz das Verhalten eines Gentleman widerspiegelt, aber er hat nie mehr versprochen, als er halten konnte.

Er küsst sie noch einmal und lässt sie dann allein in die Bar zurückgehen, um sich kurz die Hände zu waschen. So sehr ihn ihr Geruch auch anmacht, wäre es doch ein wenig fehl am Platz, ihn den ganzen Abend an den Händen zu haben.

Als er zurückkommt, sind Jace und Chrissa auch wieder da. Jace grinst ihn wissend an und Mike zuckt mit den Schultern. Wer kann, der soll.

Sein Handy vibriert. Normalerweise würde er es ignorieren, wenn er mit einer Frau zusammen ist, aber da sich Lila gerade angeregt mit Chrissa unterhält, geht das wohl klar.

Ethan: Ich heirate nächste Woche.

Mike zieht überrascht die Brauen hoch. Er wusste nicht mal, das Ethan gerade eine hat. Er schaut zu Jace, der ebenfalls mit einem erstaunten Gesichtsausdruck sein Handy betrachtet.

»Äh, was?«, fragt Mike.

»Keine Ahnung, Mann«, murmelt Jace, während er auf die Nachricht antwortet.

Jace: Du tust was?

Pete: Ja, klar ...

Evan: Mein Beileid.

Mike: *What the fuck?*

Simon: Tu's nicht ...

Jace: Mal ganz langsam. Ich wusste nicht mal, dass du eine Freundin hast. Und jetzt sagst du uns, dass du heiratest?

Jacob: Das ist ein Scherz.

Mike: Kommt da vielleicht auch noch eine Antwort von dir, du Sack?

Ethan: Was denn? Simon war verheiratet, Mike war's auch und Pete ist es noch. Oder?

Pete: Ja, wir sind noch verheiratet. Ich hab nur keine verdammte Ahnung, wo sie ist.

Tyler: Wie kann einem denn die Frau abhanden kommen?

Pete: Ethan will heiraten.

Tyler: Gute Ablenkung ...

Mike: Wie du siehst, drei haben geheiratet und alle drei haben's bereut.

Pete: Ich hab es nicht bereut.

Mike: Nur, weil sie dir abhanden gekommen ist.

Evan: Okay, okay, Ethan, spuck's aus.

Jace: Wenigstens einer, der vernünftig ist ...

Jonathan: Klar, Mommy.

Jace: Fick dich.

Ethan: Nur, weil ihr zu doof wart, eure Weiber zu erziehen, heißt das nicht, dass meine Ehe zum Scheitern verurteilt ist.

Pete: Hahahahaha! Weiber erziehen ...

Mike: Ich gebe dir maximal ein Jahr.

Simon: Ich nehme Wetten an. Mike, ein Jahr. Wie viel setzt du?

Mike: Hundert Dollar.

Simon: Okay. Notiert. Wer noch?

Jace: Achtzehn Monate.

Pete: Sechs Monate.

Evan: Drei.

Simon: Jahre?

Evan: Wochen.

Mike: Du hast ja Vertrauen in unseren Ethan.

Evan: Immer.

Ethan: Ihr seid solche Pisser.

Jonathan: Selber Pisser.

Jacob: Ihr Pisser schuldet mir einen ONS.

Jace: Bah, geh weg!

Jacob: So meinte ich das nicht, du Wichser.

Jace: ;-)

Pete: Wenn ich mich recht erinnere, schulden dir Mike und Tyler einen ONS. Mich brauchst du damit nicht belästigen. So gut siehst du auch nicht aus ... Und du stinkst.

Jacob: Wenigstens seh ich nicht aus wie meine Mutter ...

Pete: Ja, aber deine Mutter ist so behaart, dass sie zuerst gestreichelt wird, wenn sie mit dem Hund rausgeht.

Jacob: Nicht witzig.

Jace: Doch, schon.

Mike: Ethan, jetzt mal ehrlich, was ist das für ein Scheiß?

Ethan: Wieso Scheiß? Ich hab mich verliebt und heirate.

Mike: Wie heißt sie?

Ethan: Miranda.

Mike: Wo hast du sie getroffen?

Ethan: In einer Bar.

Jacob: In einer Bar? Ach, so eine ist das ... Aber, Alter, so eine heiratet man doch nicht.

Ethan: Nennst du Melissa gerade eine Hure?

Jace: Wie heißt sie denn nun? Miranda oder Melissa? Beides sind Strippernamen.

Mike: MELISSA?

Pete: Großartig. Er kennt nicht mal ihren Namen.

Ethan: Fick dich, du Frauenverlierer.

Pete: *Fuck you.*

Mike: Ethan, komm schon! Das war nicht nett.

Ethan: Nicht nett? Ihr seid alle nicht nett. Da will man euch mal reinlegen, aber stattdessen glaubt mir nicht mal einer von euch ...

Tyler: Ich wusste, das konnte nur ein Scherz sein.

Mike: Das liegt daran, dass du kein Anwalt bist ...

Jace: Also, ich könnte diese Lüge viel besser bringen ...

Jonathan: Ja, klar, J. Aber nur, weil hier jeder weiß, dass du unter der Fuchtel stehst ...

Mike schüttelt belustigt den Kopf und grinst Jace an.

»Diese Penner«, grummelt Jace vor sich hin.

»Wo sie recht haben, haben sie recht«, lacht Mike.

»Ey, du Wichser. Ich kann dich gar nicht leiden.«

»Doch, du liebst mich, Alter. Du liebst mich.«

Ich liege in unserem Bett und warte, das Piper aus dem Bad kommt. Als sie endlich in einem dünnen Fetzen von La Perla aus dem Raum tritt, werden meine Augen groß.

»Komm sofort her«, murmel ich und setze mich auf.

Sie schaut zufrieden, als sie langsam auf mich zuläuft. Sie bleibt vor dem Bett stehen und ich umarme ihre Hüften. Ich lege meine Wange an ihren Bauch, woraufhin sie sanft mit meinen Haaren spielt.

»Du bist so wunderschön«, murmel ich und bedecke ihren Bauch mit tausend kleinen Küssen.

Sie lächelt auf mich herab, lässt sich runtergleiten. Kniet breitbeinig über meinem Schoß.

»Küss mich, Lovely«, sagt sie leise und ich lasse meine Zunge an ihren Lippen entlang fahren. Sie stöhnt auf und ich nutze den Moment, meine Zunge in ihren Mund zu tauchen. Unsere Lippen necken einander, unsere Zungen tanzen miteinander. Ihre Hände legen sich um meine Brüste, während ich ihren Rücken streichel.

»Gott, Lovely, ich will dich so sehr«, murmelt sie und bringt mich zum Lächeln. Sie drückt mich in die Kissen, legt sich auf mich. Meine Hände umfassen ihren göttlichen Hintern und kneten ihn sanft. Ihr Mund wandert meinen Hals entlang, saugt und küsst zärtlich, leckt an meiner Haut. Sie drückt ihre Lippen gegen meine Halsschlagader, spürt den beschleunigten Rhythmus meines Pulses. Sie richtet sich ein wenig auf, hält mir ihre Brust vors Gesicht. Ich küsse sie durch den Stoff, lecke am Nippel. Ich löse eine Hand von ihrem Hintern und umfasse ihre andere Brust, streichel zärtlich über die Brustwarze, schaue zu, wie sie sich steil aufrichtet. Ich sauge den Nippel tief in den Mund, lasse meine Zunge über ihn flattern, benetze ihn mit meinem Speichel. Sie stöhnt, ihre Hände sind um meinen Kopf gelegt, sie hält mich in Position.

»Mehr, Lovely«, flüstert sie und ich knabber sanft an ihr. Sie reibt sich an mir, ich kann riechen, wie erregt sie ist.

Sie zieht meinen Kopf nach oben, küsst mich sanft, schaut mir tief in die Augen und ich sehe all die Liebe, die sie für mich empfindet.

Sie steigt von mir, legt sich auf den Rücken und gibt mir einen auffordernden Blick. Ich lächel leicht, platziere mich zwischen ihren Beine, presse meine Lippen gegen ihre Klit.

Kaum hat sich die Wohnungstür geschlossen, presst Mike Lila gegen diese. Er hebt sie hoch, greift an ihr Knie und schließt es um seine Hüfte. Sie macht dasselbe mit dem anderen. Er schüttelt sich die Lederjacke von den

Schultern, bevor seine Lippen ihre suchen, und er lässt seine Zunge hart in sie stoßen. Sie keucht auf und erwidert seinen Kuss mit ebenso viel Leidenschaft. Er ist grob, nicht zärtlich, und sie tut es ihm gleich.

Als er sich von ihr löst, sieht er, dass ihre Lippen geschwollen sind. Er grinst. Er mag es, wenn man Beweise seiner Leidenschaft auf den Körpern der Frauen sieht. Nicht Langfristige, aber so, dass sie sich am nächsten Tag noch daran erinnern.

Er nimmt ihre Unterlippe zwischen die Zähne und knabbert leicht, bevor er einmal fester zubeißt. Sie stöhnt laut und presst ihre Muschi gegen ihn. Er grinst und beißt sie erneut. Seine Hände legen sich auf ihre Titten und er knetet kräftig, bis sie sich ihm entgegendrückt.

»Oh, Beauty, wie geil du reagierst«, murmelt er.

»Fick mich«, haucht sie. »Fick mich.«

»Gleich, keine Sorge. Ich kann es kaum erwarten, in dir zu sein«, flüstert er.

»Ja, ja«, ruft sie leise.

»Du bekommst alles von mir, was du brauchst. Wo ist das Schlafzimmer?«

Sie deutet in die Richtung und er bringt sie beide sicher ans Ziel. Statt sie sofort aufs Bett zu werfen, drückt er sie wieder gegen die Tür. Er reißt die Knöpfe ihrer Bluse auf, öffnet den BH und leckt sich die Lippen, als er ihren nicht zu großen, aber schönen Busen vor sich sieht. Seine Hände legen sich um ihn, pushen ihn ein bisschen nach oben. Er grinst sie an und kann sehen, was allein dieser Blick in ihr auslöst. Er fährt mit den Lippen über ihre Nippel, bevor er einen tief in den Mund saugt. Er nimmt ihn zwischen die Zähne und beißt erst zärtlich zu und dann ein wenig fester. Sie stöhnt und schreit, windet sich in seinen Armen. Ihre Finger pressen sich in seine Schultern.

»Mike«, stöhnt sie wieder und wieder. Er widmet sich dem anderen Nippel in gleicher Weise. Ihre Schreie werden lauter und spitzer. Eigentlich sollten sie in seinen Ohren wehtun, aber er ist so angeturnt, dass sie sich gut anhören, richtig, lebendig. Sie reibt ihre Muschi an seinem Bauch und er spürt ihre Erregung im ganzen Körper. Sein Schwanz wird noch härter, obwohl er nicht glaubte, dass das noch möglich sei.

Ich schiebe den Stoff zur Seite, stelle ihre Beine auf. Ich fahre an der warmen Haut ihrer Schamlippen entlang. Sie greift ins Laken und stöhnt leise.

»Komm schon, Lovely, nicht so lange necken«, bittet sie.

»Jetzt hab ich das Sagen«, murmel ich und puste leicht gegen ihre Scham.

Sie murrt leise, liebt es aber viel zu sehr, als dass sie mich stoppen würde.

Ich fahre sanft am Eingang ihrer Scheide entlang. Meine Fingerspitzen streicheln und necken sie. Ich lasse die Kuppe eintauchen, verteile ihre Nässe auf ihrer Haut. Sie stöhnt leise, während ich sie betrachte.

»Lovely«, jammert sie zärtlich. »Bitte.«

Ich lasse einen Finger in sie gleiten, ziehe ihn wieder raus, fahre um ihre Klit, gleite wieder in sie. Ihr Stöhnen wird lauter.

»Bitte!«, fleht sie mich an.

Ohne Tam-Tam schiebe ich schnell zwei Finger in sie, stoße fest gegen ihren G-Punkt, den ich nach fünf Jahren im Schlaf finden würde, und sauge heftig an ihrer

Klit. Sie wölbt sich vom Bett, drückt ihr Becken gegen mich, reibt sich an mir.

»Ja, ja«, schreit sie leise. Ich spüre wie sie sich verkrampft. *Sie braucht nicht mehr lange, bis sie kommt*, denke ich. Ich stoße wieder und wieder gegen den Punkt, knabber an ihrer Klit. Und als wäre das der Startknopf zum Orgasmus, kommt sie stark pulsierend. Ich lecke an ihren Schamlippen entlang.

Sie wimmert leise. Ich greife in das Nachtschränkchen und hole ihren Vibrator raus. Sanft führe ich ihn ein, schalte ihn an. Ihre Finger verkrampfen sich stärker im Laken und sie stöhnt so laut, dass ich allein bei dem Geräusch kommen könnte.

Er wirft sie aufs Bett, schiebt ihren Rock hoch, reißt ihr Höschen runter. Sie schaut ihn begierig an, während er seine Hose aufmacht, seinen Schwanz befreit, einen Gummi überstreift. Er öffnet ihre Beine weit und ist mit einer kräftigen Bewegung in ihr drin. Sie schreit auf und er beginnt in sie zu stoßen. Er beginnt langsam, steigert sein Tempo aber immer und immer mehr. Seine Stöße werden hart und er kann an ihren Lauten hören, wie sehr es sie anturnt, von ihm genommen zu werden.

»Ja, Beauty, das gefällt dir«, murmelt er. Er nimmt ihre Beine nach oben, legt sie sich über die Schultern. Seine Hände sind neben ihrem Körper auf der Matratze abgestützt, seine Knie geben ihm Halt. Er fickt in sie. Sie schreit nach mehr und nach härter und er gibt es ihr. Er hatte schon lange nicht mehr so animalischen Sex, nicht mal mit der Barbie von gestern. Sie hat er auch hart gefickt, aber bei Lila kennt er kein Halten.

Er zieht aus ihr raus, dreht sie um, zieht ihr Becken nach oben und rammt in sie. Eine Hand legt sich ihr in den Nacken, presst sie in die Kissen. Sie schreit und jubiliert und feuert ihn immer und immer wieder an. Seine Oberschenkel zittern bereits, aber er hört nicht auf, in sie zu hämmern.

Seine andere Hand krampft sich um ihre Hüfte, zieht ihren Körper immer und immer wieder an sich heran. Ihre Laute machen ihn wahnsinnig, sie machen ihn so unglaublich an, dass er sich kontrollieren muss, nicht zu schnell zu kommen, schließlich soll sie auf ihre Kosten kommen.

Seine Finger finden ihre Klit und reiben sie fest. Sie schreit immer wieder auf, ihre Muschi krampft um seinen Schwanz und er stöhnt bei diesem Genuss. Nachdem sie gekommen ist, löst er sich von ihr, wird den Gummi los.

»Blas«, sagt er und sie bewegt sich unglaublich schnell. Innerhalb von Sekunden hat sie seinen Schwanz im Mund. Sie schaut zu ihm auf, lächelt, zeigt ihm, dass es ihr Spaß macht. Er ist gleich so weit.

»Du musst nicht schlucken, Beauty«, murmelt er und streichelt sanft ihre Wange.

Sie nickt, und als er kurz vorm Kommen steht, zieht er seinen Schwanz aus ihrem Mund, umfasst ihn kräftig, pumpt mehrmals auf und ab und verziert dann ihren Busen mit seinem Samen.

Ich lasse den Vibrator vor und zurück gleiten, schalte zwischen den verschiedenen Stufen hin und her, gebrauche ihn mal schneller, mal langsamer, lasse ihn mal durchgehend vibrieren und mal pulsieren. Immer wieder drücke ich die Spitze gegen ihren G-Punkt. Sie windet sich unter meinen Liebkosungen, drückt ihren Schoß immer wieder zu mir, damit ich sie erlöse.

Ich lecke mir die Lippen, bevor ich den Vibrator gegen ihren G-Punkt drücke und fest an ihrer Klit sauge. Sie schreit auf. Ihre Hände lösen sich aus dem Laken, sie greift in meine Haare, hält mich in Position. Sie lässt mich nicht entkommen, drückt sich hart gegen mich. Ich sauge fester und fester, der Vibrator ist direkt auf die Stelle gerichtet, die sie wahnsinnig macht.

»Fuck, Lovely«, schreit sie auf, wölbt sich vom Bett und kommt hart. Sie lässt meine Lippen nicht entkommen, drückt sich weiter gegen mich, während ich sauge und lecke.

»Ja, ja«, stöhnt sie laut. »Noch einmal, Lovely.«

Ich taste nach den Schaltern des Vibrators und stelle auf Pulsieren. Sie kippt zurück in die Kissen und schreit laut, immer und immer wieder schreit sie *ja*. Ich stoße mit dem Vibrator in sie, lecke an ihrer Klit und sie kommt erneut. Ich schmecke sie auf meiner Zunge intensiver, wie jedes Mal, wenn sie kommt.

»Noch mal«, befiehlt sie, lässt mich nicht los. Ich lächel leicht und schenke ihr noch einen Orgasmus, bevor sie ermattet auf die Matratze sinkt.

Ich entferne den Vibrator, lasse ihn irgendwohin auf die Matratze fallen. Ich küsse mich ihren Körper nach oben, verweile bei ihren Brüsten, lecke sie, knabber an ihnen. Sie schlingt die Arme um mich. Ich küsse ihren herrlichen Mund, sauge an ihrer Lippe, spiele mit ihrer Zunge. Sie öffnet ihre Beine, so dass ich mich zwischen sie legen kann. Ich reibe mich an ihrer Scham.

Sie lässt eine Hand zwischen uns gleiten, findet meine Klit und massiert sie, bis ich stöhnend komme. Sie dreht uns um, legt sich zwischen meine Beine und leckt mich zum Höhepunkt, bevor wir mit den Gesichtern zueinander liegen, uns langsam und gemächlich küssen. Sie kuschelt sich in meine Arme, ich umfasse sie so eng ich kann. Ihre Hände liegen an meinem Gesicht und das letzte, was ich sehe, bevor ich einschlafe, sind ihre wunderschönen Augen, ihr Mund, der zu einem Lächeln verzogen ist. *Meine Piper*, denke ich, und mein Herz quillt über vor lauter Liebe.

KAPITEL DREI

Wir wandern langsam die Rotunde des Guggenheimmuseums hoch. Piper ist etwa zehn Meter vor mir, wie immer. Ich lass mir Zeit, um mir die Gemälde anzusehen. Besonders die roten, kräftigen Gemälde des indischen Malers, dessen frühere figurative Werke von Paul Klee beeinflusst waren, und der sich später dem abstrakten Expressionismus nach den Prinzipien von Kandinsky verschrieb, gefallen mir ausnehmend gut. Obwohl er selber nie als abstrakter Künstler bezeichnet werden wollte.

Ich mag die Art und Weise, wie seine Bilder so lebendig wirken, sie haben eine eigene Dynamik. Dies ist die erste Retrospektive seiner Arbeit, obwohl er schon mehrere Ausstellungen sowohl in Indien als auch im Ausland hatte.

Ich laufe langsam die Bilder ab, verweile hier und da, schaue mir einiges genauer an, überlege mir, wie er bei diesem oder jenem Bild vorgegangen sein könnte. Gaitonde hat die Aura des Intellektuellen. Er soll ein sehr ruhiger und besonnener Mann gewesen sein, der es geschafft hat, seine Energie in seine Werke fließen zu lassen.

Piper sitzt oben auf einer Bank und wartet auf mich. Ich küsse sie und setze mich zu ihr.

»Wie fandest du es?«

Sie lächelt mich an. »Ich mag die roten Bilder.«

Ich grinse und lege meinen Arm um sie. Ich lehne meinen Kopf an ihre Schulter. »Ich auch. Sie sind lebendig und leidenschaftlich und so voller Kraft.«

Sie nickt. »Sie sind schön.«

»Banause«, spotte ich.

Sie nimmt meine Hand, verflechtet unsere Finger. »Ich mag es, dich zu beobachten, wenn du etwas schön findest. Deine Augen fangen an zu leuchten, du beugst dich immer ein bisschen in die Richtung, willst ihm scheinbar näher sein, eine Verbindung aufbauen. Du bist konzentriert, deine Stirn legt sich in Falten, deine Nase kräuselt sich. Das sieht total süß aus.« Sie küsst mich auf die Stirn. »Ich liebe dich, Mara.«

Ich richte mich auf, schaue ihr in die Augen. »Ich liebe dich auch.«

Wir spazieren Hand in Hand durch den Central Park, essen ein Eis. Sie will von meinem probieren. Ich halte es ihr hin und stupse es gegen ihre Nase. Ich lache, als sie empört prustet, bevor ich ihr das Eis von der Nase lecke.

»Du Biest«, schimpft sie belustigt.

Wir beschließen nach Hause zu laufen. Die Sonne brennt auf die Stadt nieder, aber die Hochhäuser spenden genug Schatten, sodass man es aushalten kann. Es ist zwar ein ganz schönes Stück, aber wir haben Zeit und müssen uns nicht hetzen. Das ist etwas, worauf ich bestanden habe. Piper darf an den Wochenenden nicht arbeiten. Dafür arbeitet sie meist fünfzehn Stunden pro Tag in der Woche. Ich denke, da ist es nur gerecht, wenn sie mir die Wochenenden schenkt.

Wir lachen und quatschen, necken einander, kehren in einem kleinen Café ein, trinken ein Glas Wein, laufen am Wasser entlang. Wir beide sind nicht aus New York, aber wir beide lieben es abgöttisch und können uns nicht vorstellen, jemals woanders zu leben, als in der besten Stadt der Welt.

Abends sitzen wir auf der Couch, schauen uns Chickflicks an, schmunzeln immer an unterschiedlichen Stellen, wissen nie, warum der andere das so witzig findet, und lachen, bis uns die Bäuche wehtun. Wir kuscheln uns aneinander und ich denke mal wieder, was für ein Glück ich hatte, Piper vor fünf Jahren in dem Sportstudio gesehen zu haben. Wir ziehen irgendwann ins Bett um, knutschen noch ein bisschen, bevor wir in den Armen der anderen einschlafen.

Piper ist morgens schon weg, wenn ich aufwache. Aber das ist okay. Ich bin eh schlecht gelaunt, wenn ich früh aufstehen muss. So umschiffen wir diese Klippe gemütlich. Sie geht zur Arbeit und ich stehe irgendwann später auf, koche mir Kaffee, gehe joggen, danach duschen, mache mir anschließend eine Schüssel mit Chocopops und setze mich auf die breite Fensterbank, um das Treiben auf der Straße zu betrachten. Schön.

Später ziehe ich mein altes Hemd an, gehe in mein Atelier und male an meinem Werk. Ich telefoniere mit meiner Mom und mit meiner Schwester Carrie, mache Pläne, an einem Wochenende im nächsten Monat nach Mississippi zu reisen, um mir Carries Tochter anzuschauen, die ich immer noch nicht kennengelernt habe.

Piper brauche ich nicht zu fragen. Sie wird nicht mitkommen. Sie kann meine Familie nicht wirklich leiden. Obwohl das stimmt nicht. Sie kann nur nichts mit ihnen anfangen. Sie sind eben anders als sie und ihre ultramodernen Freunde. Meine Eltern leben in einer kleinen Stadt und haben oftmals eine Kleinstadtmentalität. Aber das macht sie nicht weniger liebenswert. Im Gegenteil. Sie sind unglaublich freundlich und nach anfänglichen Gewöhnungsschwierigkeiten haben sie mich in meiner Homosexualität immer unterstützt.

Meine Schwestern folgen meinen Eltern, haben in der gleichen Stadt ihre Häuschen gebaut, haben gute, christliche Männer geheiratet, machen viele Babys. So viele, dass ich eines noch nicht einmal gesehen habe. Ja, ihre Welt ist ein wenig eingeschränkt, aber das macht sie nicht zu schlechten Menschen. Vielleicht haben sie noch nie von Foie Gras gehört, aber sie haben das Herz am rechten Fleck. Wenn jemand Hilfe braucht, sei es auch eine vollkommen fremde Person, dann wird geholfen. Sie decken immer einen Extrateller an jeder Tafel, falls ein hungriger Mensch hereinschneien sollte.

Okay, vielleicht haben sie keine Ahnung, was Louboutins sind, und wissen auch nicht, wer Marc Jacobs ist, vielleicht glauben sie, dass Benetton hip ist, aber sie würden niemals auf jemanden herabsehen, nur weil er anders ist. Sie haben Piper mit offenen Armen empfangen. Und Piper hat sich umgedreht und ist nie wiedergekommen. Nicht wortwörtlich zu verstehen. Sie ist nicht unhöflich, sie würde sich nie anmerken lassen, dass sie sie blöd findet. Sie denkt sich immer großartige Ausreden aus und meine Familie, die sich sowieso nicht vorstellen kann, dass irgendjemand nicht nett ist, hat keine Ahnung, wie es um Pipers Gefühle steht. Dafür bin ich dankbar, denn ich könnte es nicht ertragen, wenn meine Familie schlecht von ihr denken würde.

Ich werde also allein nach Florence in Rankin County, Mississippi, fahren. Als ich Piper das erste Mal erzählte, dass ich aus Florence komme, sagte sie: »*Oh, che bello. Una italiana.*«

Und ich sagte trocken: »Nein, aus Rankin County in Mississippi.«

Sie lachte und meinte: »Und das County ist nicht zufällig nach dem coolsten Modefotografen der Welt benannt?«

»Ich befürchte nein. Aber vielleicht ist es andersrum.«

»Willkommen in der großen weiten Welt.«

Gegensätze ziehen sich an. Das passt besonders auf Piper und mich. Es gibt kaum Dinge, die wir beide mögen, aber wir akzeptieren sie einfach, interessieren uns trotzdem für die Sachen, die der andere macht. Piper geht mit mir in Ausstellungen und ich gehe mit ihr zu langweiligen Partys und am Wochenende in Clubs.

Es funktioniert. Weil wir einander wirklich, wirklich lieben.

Mike läuft gelangweilt durch den Raum. Solche Businesspartys hat er immer gehasst. Er mag es nicht, immer und immer wieder Small Talk machen zu müssen. Will nicht über das Wetter reden oder wie die Aktien stehen. Er weiß nicht mal, wie sie stehen, weil es ihn so wenig interessiert. Wie die Yankees gespielt haben, geht ihm auch am Arsch vorbei. Würde jemand mit ihm über das letzte Spiel der Boston Bruins sprechen wollen, wäre er Feuer und Flamme. Oder die New England Patriots. Er würde sogar über die Boston Celtics sprechen, aber doch nicht über irgendeine dahergelaufene New Yorker Mannschaft.

Und so läuft er den ganzen Abend durch den Saal, schüttelt hier und da eine Hand und wünscht sich woanders zu sein. Beim Zahnarzt, bei einem Krokodil, das sein Maul um sein Bein geschlossen hat oder im Auge eines Hurricanes.

Wieso hat er sich von Jace nur überreden lassen, hierher zu kommen? Dieser hatte argumentiert, dass man es sich als Anwalt in einer neuen Kanzlei nicht leisten könne, eine Einladung des Chefs auszuschlagen. Außerdem war es nicht mal wirklich eine Einladung, sondern eine Pflichtveranstaltung, nur höflicher formuliert. Jace selbst ist nur deshalb nicht da, weil einer seiner Mandanten fünf Minuten vorher anrief und verlangte, dass er unbedingt sofort kommen müsse. *Lucky bastard.*

Also macht er gute Miene zum bösen Spiel und lächelt debil durch die Gegend. Wie er so ein Schaulaufen hasst. Vielleicht ist es doch nicht so eine gute Idee gewesen von seiner kleinen Kanzlei in Boston in diese Tretmühle zu wechseln. Warum noch mal wollte er Karriere machen? Und dann auch noch im Anzug. Was würde er dafür geben, wenn er Jeans und Lederjacke anhätte. Tja, dafür hat er sich ganz eindeutig den falschen Beruf ausgesucht.

Sein Blick fällt auf eine große blonde Frau. Hey, ist das nicht die Barbie ohne Titten? Er grinst leicht. Die

Kleine war ein echter Knaller im Bett. Wie die geblasen hat! Vielleicht sollte er eine zweite Runde mit ihr wagen. Bei dem Gedanken wird es eng in seiner Hose. Sein Schwanz erinnert sich auch an die Genüsse.

Langsam geht er auf sie zu. Sie lächelt ihn an, als sie ihn erkennt.

»Hey«, sagt er und fragt sich gleichzeitig, ob ihm denn nichts Geistreicheres einfallen könnte. Immerhin hat er in Oxford studiert, Herrgott.

Sie lächelt verführerisch. »Hey.«

Er grinst. »Ich bin Mike.« Er hält ihr die Hand hin.

Sie lacht. Ihr ist offenbar auch aufgefallen, dass sie keine Namen ausgetauscht hatten. »Piper.« Er hält ihre Hand einen Moment zu lange.

»Möchtest du was trinken?«

»Gern«, sagt sie und reicht ihm ihr leeres Glas.

Er holt sich einen Scotch und ihr ein Glas Champagner. Als er zurückkommt, unterhält sie sich gerade mit einem anderen Mann. Irgendwie gefällt ihm das nicht. *Eifersucht*, fragt er sich einen Moment. Dann schüttelt er den Kopf. Nein, er will nur nicht darauf verzichten, heute noch zu vögeln.

Er gesellt sich dazu, reicht Piper ihr Glas, woraufhin sie ihn dankbar anlächelt.

»Mike, darf ich dir Henry Rostow vorstellen? Wir arbeiten zusammen. Henry, das ist Mike ...« Sie bricht ab, als ihr einfällt, dass sie seinen Namen gar nicht kennt.

»Mike Tate«, sagt er und reicht dem Kerl die Hand, der ihn mit einem merkwürdigen Blick bedenkt. So als wäre sie seins und er sollte sich fernhalten. Aber das wird er natürlich nicht tun.

»Wenn du uns entschuldigen würdest, Henry?«, fragt sie süß. Es passt ihm nicht, aber er kann auch schlecht etwas dagegen sagen.

Sie hakt sich bei Mike ein und gemeinsam gehen sie ein paar Schritte zur Seite.

»Puh, ich mag ihn nicht«, sagt sie dann und lächelt ihn an.

»Nur zu verständlich«, antwortet er und lässt sein Glas gegen ihres stoßen.

»So ...«, fängt sie an.

»So?«

»Was machst du hier?«, fragt sie lächelnd.

»Ich arbeite für Lemmon, Jackson und Stowe.«

»Du bist Anwalt?«, fragt sie überrascht.

»Ja, und ich weiß nicht, ob es mich anpissen sollte, dass du so erstaunt bist«, grinst er.

Sie lacht leise. »Sorry, so war das nicht gemeint. Ich hätte nur nicht gedacht, dass Anwälte nackt so gut aussehen.«

Er grinst. »Du findest, dass ich gut aussehe?«

Sie streicht sich eine Strähne aus dem Gesicht. »Du weißt, wie heiß du bist.«

Er zuckt mit den Schultern. »Ja, aber ab und zu höre ich das auch gern, vor allem von einer Frau, die ich heiß finde.«

Sie lächelt geschmeichelt. »Danke.«

»Und was machst du?«, fragt er.

»Ich arbeite an der Wallstreet.«

Er zieht die Augenbraue hoch. »Kann ein Guppy wie du denn mit den großen Haien spielen?«

Sie lächelt arrogant und kratzt sich mit einem perfekt manikürten Mittelfinger an der Wange. Er lacht und hebt gespielt beide Hände. »Okay, okay, vielleicht bist du kein Guppy, sondern ein Clownfisch.«

»Nemo ist den Haien auch entkommen«, entgegnet sie.

Er ist überrascht. »Du siehst nicht aus wie jemand, der Zeichentrickfilme kennt.«

Sie lacht. »Meine Freundin zwingt mich immer, so was zu schauen.«

Er nickt. »Manche Frauen sind schon komisch.«

Sie lächelt. »Sie ist komisch im guten Sinn.«

Irgendwas an der Art wie sie das sagt, so liebevoll und warm, lässt ihn aufhorchen. »Ist sie deine Freundin oder deine *Freundin*?«

Sie lächelt. »Letzteres.«

»Oh.« Mehr fällt ihm nicht ein, bevor dann doch eine Million Fragen in seinem Kopf auftauchen, die er aber alle nicht stellen kann.

Sie zieht eine perfekt gezupfte Braue hoch. »Das ist alles, was dir einfällt?«

»Naja, der Rest ist zu unhöflich.«

»Sag es trotzdem.«

Er fährt sich mit der Hand über den Nacken. »Wieso fickst du mit Männern, wenn du auf Frauen stehst? Du warst gut im Bett, also machst du es öfter, aber du warst so eng, dass klar war, dass du es schon länger nicht gemacht hast. Und wieso fickst du überhaupt rum, wenn du in einer Beziehung bist?«

Sie nimmt einen Schluck. Er beobachtet sie, fragt sich, ob sie nach den krassen Worten angepisst ist. Aber so sieht sie nicht aus.

»Ich *ficke* Männer, weil ich nicht nur auf Frauen, sondern auch auf Schwänze stehe. Ich hatte Sex mit dir, obwohl ich in einer Beziehung bin, weil ich das mit meiner Freundin geklärt habe. Wir sind eigentlich monogam, aber wenn ich einen Schwanz brauche, darf ich ihn mir nehmen. Und du hast recht, ich mache es nicht oft, weil ich mit meiner Beziehung sehr zufrieden bin.«

»Wieso machst du es überhaupt?«, fragt er sie.

Sie überlegt kurz. »Weil es ... Weil es manchmal schön ist, sich einfach nur hinzugeben, sich in die Hände eines anderen zu begeben, einmal nicht stark sein zu müssen.«

Ihm fällt auf, dass es ein sehr intensives Gespräch ist, das eventuell nicht für ein zweites Treffen – und dann auch noch das Postsex-Gespräch! – geeignet ist. Aber er kann auch nicht aufhören, weil es ihn interessiert, was sie denkt.

»Das heißt, du bist die Dominante in eurer Beziehung? Warum switcht ihr dann nicht mal, wenn du auch mal schwach sein willst?«

Sie schüttelt leicht den Kopf. »Sie ist nicht der Typ, der die Zügel in die Hand nimmt.«

»Aber dir zuliebe ...«

Sie lacht. »Mir zuliebe bräuchte sie einen Schwanz.«

Er grinst anzüglich. »Schon mal an einen Strap-on gedacht?«

Sie wird nicht einmal rot, was ihm gefällt. »Schon ausprobiert, aber es braucht auch ein bisschen Attitüde.«

Er nickt verstehend. Er hat genug gevögelt, um zu wissen, dass es viele Frauen, und gerade solche, die in ihrem Leben dominant sind, danach gelüstet, sich auch mal schwach und ... ja ... weiblich zu fühlen. Gar nicht im negativen Sinn.

»Ich steh zur Verfügung«, grinst er verwegen und sie lächelt eindeutig angetan.

»Vielleicht nächstes Wochenende?«, fragt sie.

Er nickt. »Ich hab Zeit. Was wird deine Freundin sagen?«

»Sie wird bei ihrer Familie in Mississippi sein.«

»Fährst du nicht mit?«, fragt er überrascht.

Sie schüttelt den Kopf. »Nein, ich versteh mich nicht so gut mit ihrer Familie.«

»Weil du lesbisch bist?« Er fragt sich wirklich, warum er ihr solche persönlichen Fragen stellt. Das ist doch nicht das passende Gesprächsthema für einen One-Night-Stand.

»Hmmh, nein. Sie sind da offen, aber sie ... naja, sie kommen halt aus einer Kleinstadt und das ist alles, was sie kennen. Das ist nicht so leicht.«

Er runzelt die Stirn. Das kommt ihm ziemlich kalt vor. Er würde von seiner Freundin erwarten, dass sie ihn zu Familienfeiern begleitet. Aber vielleicht auch nur, weil er die coolste Familie überhaupt hat.

»Okay. Ich geb dir meine Nummer, ruf mich an, wenn du Zeit hast.« Er will das Thema nicht vertiefen, sonst würde er vielleicht anfangen, sie unsympathisch zu finden.

Sie reicht ihm ihr Handy und er trägt sich ein.

Sie grinst, als sie den Namen sieht. »*Best Fuck Ever*? Meinst du wirklich?«

Er beugt sich nah an ihr Ohr und flüstert: »Wir wissen beide, dass es so ist.« Dann leckt er langsam an diesem entlang. Sie zittert und er ist zufrieden.

Als er zu Hause im Bett liegt, fragt er sich, was das für eine Beziehung sein muss. Piper hat nicht gesagt, dass sie eine offene Beziehung führen, also darf wohl nur sie mit

Männern vögeln, ihre Freundin ist aber treu. Oder muss treu sein?

Welche Frau lässt sich darauf ein? Er denkt nach. Hmmh, welche Frau würde sich nicht darauf einlassen, wenn sie verliebt ist? Piper liebt ihre Freundin sehr, das konnte man genau sehen. Ihre Augen waren warm, ihr ganzer Ausdruck wurde träumerisch. Die Wahrscheinlichkeit, dass ihre Freundin sie ebenso liebt, ist groß. Wieso also?

Er kann sich das nicht vorstellen. Wenn er in jemanden verliebt ist, will er nur diese eine Person. Das war bei seiner Frau Diane so und auch bei allen Freundinnen, die er hatte. Wenn er nicht in einer Beziehung ist, vögelt er herum, aber er ist absolut treu. Und das ist nicht mal schwer. Wenn er sich für eine Frau und gegen alle anderen entscheidet, dann weil er sie liebt. Dann ist sie die tollste, schönste, beste Frau von allen, wieso sollte er eine andere wollen?

Eigentlich geht ihn das ja auch nichts an, aber es interessiert ihn. Und er muss zugeben, sie interessiert ihn auch. Sehr sogar. Sie ist hübsch, gut im Bett, selbstbewusst. Er hat nie gewusst, wie sexy er Frauen findet, die in sich ruhen, stark sind. Aber Piper ... wow. Die ist ein Knaller. Wenn sie nicht in einer festen Beziehung wäre – noch dazu in einer glücklichen! –, wäre sie vielleicht auch was für mehr als nur ein bisschen Spaß.

Als ich am Flughafen in Jackson ankomme, wartet mein Vater schon auf mich. Er steht in der Eingangshalle mit einem Blumenstrauß. Ja, so ist mein Dad. Lieb. Über alle Maßen lieb.

»Dad!«, rufe ich und falle ihm lachend um den Hals.

»Mein Engel«, murmelt er. »Wir haben dich viel zu lange nicht mehr gesehen.«

Ich küsse ihn auf die Wange. Er nimmt meinen Koffer, reicht mir die Blumen. Ich rieche an ihnen. Sie duften wunderbar. Ich hake mich bei ihm ein.

»Ich muss noch kurz da zu den Bänken«, sage ich und deute auf sie.

Er nickt, kennt mich und mein Hobby. »Du bist ein gutes Kind.«

Ich stecke einen Brief, auf dem ›für dich‹ steht, in die Ritze, so dass eine Ecke noch rausschaut.

Dann laufen wir zum Ausgang.

»Was meinst du, wer findet ihn?«, fragt er mich interessiert. Das ist das Besondere an meinem Dad. Auch, wenn er absolut keinen Zugang zu etwas hat, hat er Interesse daran, weil er Interesse an mir hat.

»Bestimmt eine Geschäftsfrau, die völlig gestresst ist und erst genervt ist, wenn es unter ihrem Hintern knistert. Sie zieht den Brief raus, denkt sich: ›Was für ein Unsinn‹, und dann läuft ihr doch eine kleine Träne die Wange runter.«

Er drückt meine Hand. »Ich liebe, dass du versuchst, die Welt ein wenig schöner zu machen.«

»Danke, Dad.«

Als wir aus dem klimatisierten Gebäude raustreten, klatscht mir eine Hitzewand entgegen. Ich hab das Gefühl, das meine Kleidung sofort durchgeschwitzt ist. Ich will nicht mal darüber nachdenken, wie meine Haare aussehen müssen.

»Wo-ow«, mache ich und mein Dad lacht.

»Da glaubt ihr da oben, ihr wüsstet, was Hitze heißt, was?«

»Gott, Dad! Wie viel Grad sind das?«

»Du sollst den Namen des Herrn nicht unnütz gebrauchen, Kind«, tadelt er mich sanft.

»Entschuldige«, murmel ich reflexhaft.

Er schaut mich liebevoll an. »Schon gut, Cookie.« Wie ich diesen Spitznamen hasse!

Er bringt mich zu seinem Auto, hält mir die Tür auf. Alte Schule. Im ruppigen New York vermisse ich manchmal die netten Umgangsformen des Südens. Ja, alles nur Show, aber trotzdem. Ist es nicht nett, wenn einem die Tür aufgehalten wird?

»Wir sind alle so froh, dass du endlich mal wieder da bist, Cookie. Wir vermissen dich alle sehr.«

»Ich vermisse euch auch«, sage ich wahrheitsgemäß.

»Dann komm doch wieder nach Hause.«

Ich seufze leise. »New York ist mein Zuhause.«

Er schüttelt den Kopf. »Nein, dein Zuhause ist bei deiner Familie.«

Ich nicke. »Piper ist ebenso meine Familie.«

Er nickt. »Sie kann auch hier wohnen.«

Ich lache auf. »Ach, Dad, Piper würde hier keine Sekunde überleben.«

Er grinst. »Naja, vielleicht nicht. Ihre Schuhe wären auch nicht geeignet.«

Ich muss ihm recht geben. Das einzige Mal, das Piper mit mir im Süden war, hatte sie wirklich nicht für den Anlass gepackt. Sie wollte einen besonders guten Eindruck machen und hatte ihre teuersten Schuhe dabei. Leider sind Aktivitäten, die meine Familie liebt, Rasenmäherrennen, *Mudding* und Pferdereiten. Da war sie definitiv nicht passend für gekleidet. Was ich ihr natürlich vorher sagte, aber sie wollte mir nicht glauben.

»Wie geht's dir, Dad?«, frage ich ihn und lege meine Hand auf seinen Arm.

»Gut, Cookie. Jetzt, da ich alle meine Mädels wieder um mich habe, geht's mir blendend.« Er lächelt mich mit so viel Liebe und Zuneigung an, dass ich einen Kloß im Hals bekomme. Gott, nur ein Vater kann diese Dinge auf solche Weise vortragen und nicht kitschig wirken.

»Oh, Dad ...«, flüstere ich heiser.

»Nicht doch, Cookie. Kein Grund zum Weinen.«

Er tätschelt mir das Knie. Mein Dad ist der geborene Tröster. In allen Büchern und in allen Filmen wird immer gezeigt, dass Männer mit weinenden Frauen nicht umgehen können, aber mein Dad ist da anders. Schon immer gewesen. Er war immer der, der Carrie, Stacey und mich in die Arme schloss, wenn wir Wehwehchen hatten. Bei jedem Liebeskummer stand er an der Seite meiner Schwestern und selbst bei dem gefakten Liebeskummer, den ich einmal hatte, nachdem ich hörte, wie meine Tante zu meiner Mutter sagte, dass es doch nicht normal sei, nicht einmal um einen Jungen zu trauern, ließ er mich nicht im Stich, sondern tröstete mich. Ich musste die Tränen auch gar nicht erfinden. Dass mich meine Tante als unnormal bezeichnet hatte, reichte vollkommen aus, um wahre Sturzbäche zu produzieren.

Als wir nach einer guten halben Stunde in die Auffahrt meiner Eltern fahren, stehen sie schon alle da. Mir treten Tränen in die Augen, als ich sehe, wie sie strahlen. Gott, ich war wohl wirklich viel zu lange weg.

»Cookie!«, ruft meine Mutter in ihrer hohen Stimme, die bei jeder anderen Frau aufgesetzt wirken würde.

Sie schließt mich in die Arme und dann werde ich rumgereicht. Zu Carrie und ihrem Mann Bob, zu Stacey und ihrem Mann Derek. Und dann sind da die sieben Kinder meiner Schwestern. Fünf sind von meiner ältesten Schwester Carrie und zwei von Stacey, die momentan mit Zwillingen schwanger ist und somit fast gleichziehen wird.

Ich herze sie alle und unter lauter Lachen und Scherzen und warmen Worten werde ich ins Haus meiner Kindheit gelotst. Meine Mom hat schon gekocht, der Tisch beladen, als wäre eine Armee anwesend. Obwohl ... ist ja auch fast so. Wie immer gibt es keinen Kindertisch, weil unsere Eltern glauben, dass Kinder ein Geschenk Gottes sind, daher sollte man sie auch so behandeln und ihnen zeigen, dass sie wichtig sind, jedes auf seine Weise.

Ich glaube nicht, was meine Eltern glauben – wie könnte ich auch einer Kirche angehören, die das, was ich fühle, als unnormal bezeichnet? –, aber ich respektiere sie und ihren Glauben. Denn sie gehören zu den wenigen Menschen, die ihn wirklich leben. Sie sind gute Menschen, die versuchen nach der heiligen Schrift zu leben, Liebe zu verbreiten statt Hass. Sie nehmen jeden Menschen an, wie er ist. Sogar mich, das schwarze Schaf der Familie, das sie aber nicht weniger lieben.

Sie gehen sonntags in die Kirche und danach in die Suppenküche, um denen, die nicht so viel Glück haben, zu helfen. Sie spenden viel Geld, meine Mutter arbeitet ehrenamtlich mit sozialschwachen Kindern. Mein Dad gibt kostenlose Rechtsberatung, und wenn es zu Verhandlungen kommt, dann macht er auch das kostenlos. Meine Schwestern helfen in verschiedenen Organisationen, ihre Männer betreuen Feriencamps für benachteiligte Kinder. Ehrlich, wenn ich sie nicht so lieben würde, müsste ich kotzen, weil sie so gut sind.

Und hier bin ich, ach so modern, weil ich nicht an Gott glaube, und was tue ich? Was tun Piper und ich? Was tun all unsere hippen, modernen Freunde? Nichts. Wir leben unser Leben, interessieren uns nur für unsere Dinge, verschwenden kaum einen Gedanken an das Elend um uns herum. Wir könnten uns eine Scheibe von diesen Menschen in dieser gottverdammten Kleinstadt in Scheiß-Mississippi abschneiden, doch stattdessen schauen wir auch noch auf sie hinab, weil sie ja so hinterwäldlerisch sind.

Jedes Mal, wenn ich hier bin, fühle ich das. Jedes Mal denke ich, du hast es in der Hand, das zu ändern. Wenn nicht für deine Freunde, dann aber doch für dich. Und dann komme ich nach Hause und alles bleibt wie es wahr. Weil es so einfach ist in einer Metropole wie New York, die quasi das Synonym für Anonymität ist, sich nur um sich selbst zu kümmern.

Wie jedes Mal nehme ich mir vor, dieses Mal etwas zu ändern.

»*Auntie*, kann ich auf deinem Schoß sitzen?«, fragt mich Priscilla und schaut mich aus großen grünen Augen an.

Ich hebe sie hoch, was dazu führt, dass Dean auch auf mir sitzen will. Wozu hat man zwei Beine, oder? Als dann aber auch noch Kimberly kommt, kann ich leider keine weiteren Wünsche erfüllen, was zu einem wahren Tränenstutz führt und vielen »Auntie hat mich gar nicht lieb« und folgenden »Mich hat Auntie viel lieber als dich!«.

Nach vielem guten Zureden, Versprechungen, gleich mal zu tauschen, beruhigen sie sich dann doch wieder und beginnen die Geschenke auszupacken, die ich ihnen mitgebracht habe. Ohne Anlass, schließlich bin ich die supercoole Tante Mara oder Auntie, wie sie mich nennen.

Während die Großen beschäftigt sind, legt mir Carrie das neuste Mitglied der Clares in die Arme, oder besser der Johnsons, schließlich ist das kleine Bündel David Johnson, Sohn von Carrie und Bob Johnson. Und so süß! So süß, dass meine Eierstöcke Tango tanzen. Bisher habe ich das noch nie gespürt.

»Hey, David, öffne mal die Augen«, flüstere ich ihm zu.

Carrie lacht. »Natürlich hat David die Clare-Augen.«

Bob sieht leicht säuerlich aus. »Braune Augen sind dominant vererbbar und trotzdem scheint euer Grün sich wie Unkraut zu vermehren.« Bob, der Arzt, muss es ja wissen.

Wir grinsen alle, also alle, die wir grüne Augen haben. Meine Mutter hat auch braune Augen, die sich nicht durchsetzen konnten. Alle Mitglieder der Familie Clare – es gibt allein in Mississippi um die fünfhundert Verwandte von uns – haben seit Generationen dunkelgrüne Augen. Eine Laune der Natur.

»Wir haben ja noch nie versucht, sie mit grauen Augen zu mischen«, werfe ich ein. »Blau«, ich zeige zu Derek, »und braun«, ich zeige zu Bob und Mom, »scheinen ja nichts zu ändern. Vielleicht grau. Oder vielleicht ein zweites Paar grüne Augen. Vielleicht gibt das Gold oder so.«

Mein Dad schaut mich streng an. »Cookie, wir wollen das Grün gar nicht wegbekommen, ist dir das klar?«

Ich lache. »Natürlich, Dad! Ich liebe meine Augenfarbe. Solche Augen hat sonst niemand.«

»Weil wir besonders sind«, wirft Stacey ein und wir heben getreu unserem Familienmotto die Gläser. Wir sind besonders.

Wir essen das vorzügliche Essen, das nur eine Hausfrau aus den Südstaaten zaubern kann, in schweigsamer Zufriedenheit, bevor Stace mich fragt: »Was macht die Malerei?«

Ich schlucke das frittierte Hühnchen gepaart mit Okra runter und sage: »Es läuft sehr gut. Ich hab vor kurzem ein Gemälde an einen privaten Sammler verkauft. Mein erster größerer Verkauf. Ich bin unglaublich stolz auf mich.«

Sie alle beteuern mir, wie stolz sie auf mich sind, dass ich es verdient habe, dass ich hart dafür gearbeitet habe. Es ist nicht der Weg, den sie sich für mich vorgestellt haben, aber sie unterstützen mich hundertprozentig. Wie kann man sie nicht lieben und vergöttern?

»Wow«, staunt Mike, als Piper ihn in ihre Wohnung lässt.

Sie schaut ihn erfreut an, hat sich extra für ihn in Schale geworfen, wie es aussieht. Die Haare fallen in weichen Wellen ihren Rücken hinab. Sie hat sich sorgfältig geschminkt und duftet unglaublich gut. Er schließt die Tür hinter sich und zieht sie an sich. Seine Lippen suchen ihre und sie gibt sich ihm schon beim ersten leisen Anklopfen seiner Zunge hin.

Gutes Mädchen, denkt er, sie hat also gelernt.

Eine Hand hält sie im Nacken, die andere schiebt sich zwischen ihre Beine. Sie trägt kein Höschen und seine Finger dringen sofort in sie ein. Sie stöhnt leise, krallt sich an seinen massiven Schultern fest.

»Fuck, du willst es dringend«, murmelt er und sie nickt.

Er drängt sie zur Treppe, lässt sie auf eine Stufe nieder, öffnet seine Hose, streift einen Gummi über und kniet sich auf die Stufe unter ihr. Er reibt seinen harten Schwanz an ihrer Öffnung und dringt dann in sie ein.

»Fuck«, stöhnt er, als er spürt, wie sich ihre Muschi um ihn schmiegt. Sie ist eng, aber so schön nass, dass er leicht in sie reinkommt. Er legt seine Hände unter ihren Hintern und hebt sie an, so dass er schnell in sie stoßen kann.

Sie krallt ihre Finger in die Treppenstufe, hat ihren Kopf zurückgeworfen und gibt kleine, geile Schreie von sich, die ihn dazu bringen, seinen Schwanz tiefer in sie zu treiben.

»Schrei für mich, Prinzessin«, knurrt er, weil er merkt, dass sie sich zurückhält, als hätte sie Angst zu laut zu sein.

Sie lächelt dankbar und lässt sich gehen, genießt mit einem geilen Lächeln auf den Lippen, dass er sie nimmt, wie er es will, ohne sie zu fragen. Seine Augen leuchten bei so viel Hingabe auf. *Die Kleine ist schon speziell*, denkt er und rammt härter in sie.

Er treibt sie auf ihren Höhepunkt zu. Als sich ihre Muschi um ihn krampft, reibt er ihre Klit und lässt sie fliegen. Sie stöhnt und schreit und keucht, zuckt unter ihm, immer und immer wieder, ihre Muschi massiert seinen Schwanz. Er reißt ihr Kleid runter und kneift ihr hart in den Nippel, was sie augenblicklich noch einmal abheben lässt. Er fickt sie durch die Schockwellen. Als sie abgeklungen sind, gibt er ihr einen harten Schlag auf eine Titte. Sie schaut ihn empört an, aber er grinst nur und hämmert erneut in sie.

»Ich kann nicht mehr«, stöhnt sie abgehackt.

»Doch, Prinzessin. Du kannst noch«, sagt er und beginnt es ihr zu beweisen. Als sie protestieren will, reibt er ihre Klit erneut, woraufhin sie wieder kommt. Sie schreit laut auf, als ihr Orgasmus über sie schwappt. Wieder kneift er sie in den Nippel, um ihr einen zweiten Höhepunkt zu schenken, der auf den ersten folgt.

Als sie noch in den höchsten Sphären hängt, beginnt er ihre Klit abermals zu reiben. Sie zuckt zusammen, ist schon äußerst sensibel. Er macht weiter, fingert sie, bis sie wieder kommt. Sie keucht, ist vollkommen erledigt.

»Mach dich bereit, Prinzessin, ich komm in deinem Mund«, murmelt er. Ihre Augen weiten sich leicht. Sie schluckt und nickt dann.

Er zieht aus ihr raus, befreit sich vom Gummi und kniet sich auf eine höhere Stufe. Sie leckt sich die Lippen, öffnet den Mund und nimmt ihn auf. Sie leckt und saugt und küsst und reibt ihn, bis sich sein Hoden hochzieht, seine Arschbacken sich verkrampfen und er mit einem lauten Fluch seinen Samen in ihren Mund spritzt.

»Schön schlucken, Prinzessin«, sagt er leise und sieht, wie sich ihre Rachenmuskeln bewegen.

Als er aus ihr rauszieht, leckt sie hingebungsvoll seinen Schwanz sauber. Er setzt sich neben sie auf die Stufen und zieht sie fest in seine Arme. Er küsst sanft ihren Kopf und sie schmiegt sich wohlig an ihn.

»War das zu viel, Prinzessin?«, fragt er besorgt.

Sie schüttelt den Kopf. »Es war gut, Mike. Ich wusste gar nicht, was mir fehlt.«

Er denkt lange darüber nach, was er sagen soll. »Meinst du, deine Freundin würde einem mehr permanenten Arrangement zustimmen?«

Sie versteift sich in seinen Armen. Dann flüstert sie heiser: »Du willst mich?«

Er zuckt mit den Schultern. »Ich will dich ficken«, stellt er klar. »Ich finde dich interessant und heiß. Sex mit dir ist Wahnsinn. Ich hab keine Gefühle für dich, aber die brauchst du ja auch nicht von mir, dafür hast du deine Freundin.«

Sie nickt zögerlich. Sie schaut zu ihm auf. »Ich weiß nicht, ob sie das will. Bisher war es immer nur Sex ...«

Er unterbricht sie. »Es ist auch weiterhin nur Sex, Prinzessin. Ich will dich nicht heiraten.«

Sie nickt wieder. »Ich muss mit ihr sprechen.«

»Willst du es denn?«, fragt er sie sanft.

Sie schließt kurz die Augen. »Ich will dich.«

Er grinst und zieht sie an sich. »So lange unser Arrangement läuft, bin ich der einzige Mann in deinem Leben. Du kannst mit deiner Freundin rummachen und mit mir, sonst mit niemandem.«

»Ja«, haucht sie.

Er steht auf, hebt sie hoch und trägt sie die Treppe nach oben.

KAPITEL VIER

Ich schließe die Wohnungstür auf, freue mich wieder zu Hause zu sein. Ich liebe meine Familie, aber nichts ist besser als bei Piper zu sein.

»Ich bin wieder da!«, rufe ich. Totenstille.

Hmmh, wo ist sie? Ich bringe meinen Koffer ins Schlafzimmer, packe aus und nehme eine Dusche. Ich suche mein Handy, das ich vergessen hatte mit nach Mississippi zu nehmen. Piper hat es für mich aufgeladen. Ich checke meine Nachrichten. Nichts. Dann rufe ich sie an, aber sie geht nicht ans Telefon. Sieht ihr ähnlich, die beiden Tage durchgearbeitet zu haben. Wenn ich nicht da bin, um auf sie aufzupassen ...

Ich bestelle Pizza und lümmel mich vor den Fernseher. Es ist schon fast Mitternacht, als die Tür aufgeht. Sie kommt mit einem strahlenden Lächeln herein. Als ihr Blick auf mich fällt, scheint sie überrascht zu sein, bevor sie noch mehr strahlt.

»Lovely! Du bist zurück!« Sie knallt die Tür zu und kommt zu mir, schlingt die Arme um mich, küsst mich stürmisch.

Ich halte sie, bin verwundert über die Leidenschaft, aber wer bin ich denn, sie nicht zu erwidern? Ich küsse sie ebenso zurück, lasse meine Küsse an ihrem Hals entlang wandern. Ich lege sie auf die Couch, ziehe ihr Oberteil hoch, ihren BH runter, beginne ihre Brüste zu liebkosen. Was ist das? Ich stutze. Sie hat Bissspuren auf den Brüsten. Ich bin einen Moment geschockt, aber sie drängt mich weiterzumachen, also tue ich es. Dabei will mir nicht aus dem Kopf gehen, dass sie wohl dieses Wochenende nicht zum Arbeiten, sondern zum Rumvögeln genutzt hat.

Ich weiß gar nicht, wie ich mich fühlen soll. Also mache ich erst mal weiter und hoffe, dass sich meine Emotionen zu erkennen geben. Ich schiebe ihren Rock hoch, lege mich zwischen ihre Beine. Ich zieh ihr Höschen aus. Und stocke wieder. Sie hatte eindeutig gerade erst Sex, so nass kann ihr Höschen nach drei Sekunden gar nicht sein. Und es riecht auch anders als frische Erregung. Nicht schlecht, nur anders.

»Mach schon, Lovely, leck mich«, murmelt sie und greift an meinen Kopf, um meinen Mund zu ihrer Muschi zu dirigieren.

Mir treten Tränen in die Augen, als ich beginne ihren Wunsch zu erfüllen. Ich will es nicht tun, aber gleichzeitig kann ich es auch nicht *nicht* tun, da ich sie liebe und es liebe, sie zu lecken. Ich bin durcheinander und verwirrt und weiß nicht, was ich davon halten soll. Sie hat mir nicht mal vorher Bescheid gesagt wie sonst immer, sie hat es einfach getan. Mehrmals. Die Male auf ihrem Busen sind nicht von heute, aber ihre Muschi ist von heute nass, von gerade eben.

Tränen tropfen mein Gesicht runter, benetzen sie. Ich schmecke, dass es salziger wird. Sie stöhnt leise, bevor sie sich versteift.

»Weinst du?«, fragt sie und stützt sich auf die Ellenbogen. Ich verstecke mein Gesicht in meiner Armbeuge.

Sie richtet sich auf, zieht mich in die Arme. »Lovely!«, ruft sie geschockt. »Was ist? Was ist geschehen?«

Ich schaue sie aus tränenfeuchten Augen an, sehe, dass sie besorgt ist. »Du hattest Sex«, schluchze ich.

Sie schaut mich einen Moment entsetzt an, bevor sie ihre Hand vor den Mund schlägt. »O Gott«, flüstert sie schmerzverzerrt.

Ich richte mich auf, robbe weg von ihr, weil sie es nicht mal leugnet. Ich weiß, dass sie Sex hatte, aber ich wünschte, es hätte eine andere Erklärung für ihre Nässe gegeben. Möglicherweise, weil sie den ganzen Tag an mich gedacht hat. Oder was auch immer. Aber die Wahrheit tut weh.

»Lovely ...«, flüstert sie heiser. »Es ... es tut mir leid.«

Sie greift nach mir, aber ich weiche aus. »Was tut dir leid? Es getan zu haben oder dass ich es herausgefunden habe?«

Sie schaut mich traurig an. »Dass ich vor Glück von Sinnen war, als ich dich gesehen habe, dass ich vollkommen vergessen habe, wo ich herkomme.«

Ich sehe sie furchtbar traurig an und stehe dann auf. Sie greift noch mal nach mir, aber ich ziehe meinen Arm weg.

»Lovely, bitte!«, flüstert sie erstickt.

Ich gehe die Treppe hoch, lege mich ins Bett und weine. Zum ersten Mal in unserer Beziehung, in fünf Jahren, weine ich wegen ihr, weil sie mir wehgetan hat. So weh.

Es dauert eine Weile, bis ich ihre Schritte höre. Sie bleibt einen Moment stehen, dann spüre ich, wie die Matratze nachgibt. Sie legt sich dicht hinter mich, zieht mich an sich und hält mich fest. Ihre Lippen pressen sich an meinen Hals. Ihre Haare sind nass, sie war also unten duschen.

»Es tut mir so leid, Mara«, murmelt sie immer und immer wieder.

Ich lasse sie mich halten, weil ich es brauche. Ich brauche ihre Arme um mich, wenn ich traurig bin, aber ich reagiere nicht weiter, bleibe einfach nur liegen und weine.

Sie streicht über meinen Kopf, meine Arme, meinen Bauch. Liebkost meinen Hals, meinen Nacken, zieht mein T-Shirt über meine Schulter, küsst mich auch da.

»Ich wollte dir nicht wehtun, wirklich nicht. Ich dachte, es wäre für dich okay, wenn ich mit einem Mann schlafe. Ich ... ich wollte dir nicht wehtun.«

»Du hast es mir nicht mal vorher gesagt«, schluchze ich vorwurfsvoll.

Sie streicht über meinen Kopf. »Oh, Lovely, es tut mir leid, wirklich. Ich liebe dich so sehr. Verzeih mir bitte. Bitte, Lovely, du musst mir verzeihen.«

»Du wolltest, dass ich dich lecke, nachdem ein Mann in dir war«, kommt meine nächste Anklage.

Sie versteift sich leicht. »Er hatte einen Gummi an.«

Empört will ich mich von ihr lösen, aber sie hält mich fest. »Das ist ja wohl das Mindeste!«

»Was soll ich denn sagen? Ich war so froh, dich wieder zu sehen, da hab ich es einfach vergessen.«

»Du hast vergessen, dass du mich betrogen hast?«, frage ich giftig.

Als hätte ich sie verbrannt, lässt sie mich schlagartig los. »Was?«

Ich schaue sie an. »Hast du oder hast du es nicht das ganze Wochenende mit ein und demselben Mann getrieben?«

Sie schließt die Augen und nickt dann.

Ich drehe mich von ihr weg, lege mich wieder hin, ziehe mir das Laken über den Kopf.

»Es bedeutet nichts«, murmelt sie.

»Ja, klar«, fauche ich.

»Ich liebe nur dich«, versucht sie es noch einmal.

»Mich und Schwänze. Und ich bin da nur Nummer zwei.«

Sie schnaubt frustriert und wird auch sauer. »Wieso hast du damals gesagt, dass es okay für dich ist, wenn es das offensichtlich nicht ist?«

»Es ist okay für mich, so lange es dir um Sex geht! Aber du hast mir nicht die Wahrheit gesagt und es geht nicht mehr nur um Sex. Du magst den Kerl.«

Ich kann hören, wie sie sich die Haare aus der Stirn streicht. »Ich hab dich nie angelogen.«

»Nein, du hast mir einfach was verschwiegen, das ist auch Scheiße. Wir wollten immer ehrlich sein. Und es sollte klar sein, das ein Arrangement wie unseres nur dann funktioniert, wenn wir ehrlich sind.«

»Ich war immer aufrichtig!«

»Aber dieses Wochenende nicht!«, rufe ich aufgebracht und springe aus dem Bett.

»Du machst es in deinem Kopf größer, als es ist«, versucht sie mich zu beschwichtigen.

»Das ist mir egal! Du bist meine Freundin und ich kann erwarten, dass du ehrlich bist.«

Ich sehe ihr an, dass ihre Geduld am Ende ist. »Verfickte Scheiße, Mara!«, schreit sie mich an. »Ja, ich hab es dir verschwiegen, es wird nicht wieder vorkommen. Ich sag dir jetzt direkt die ganze Wahrheit. Ich werde ihn wiedersehen. Sex mit ihm ist grandios und er befriedigt jede einzelne Faser in mir!«

»Was?«, hauche ich entsetzt. Meine Beine geben nach und ich sinke zu Boden.

Sie schaut mich zerknirscht an. »So meinte ich das nicht.«

Sie kommt zu mir, nimmt mich in die Arme. Ich versuche sie wegzustoßen, aber sie hält mich fest. »Lovely, so meinte ich das nicht. Du befriedigst mich über alle Maßen, weil du auch mein Herz und meine Seele glücklich machst, nicht nur meinen Körper. Ich liebe dich so sehr und ich weiß, dass du mich auch so sehr liebst. Das ist mein größtes Glück.«

Sie zieht meinen Kopf an ihre Schulter und hält mich, während ich mir die Augen ausheule. Nach einer Weile hilft sie mir beim Aufstehen und bringt mich ins Bett. Sie zieht mich eng an sich, umschlingt mich mit ihren Armen und Beinen.

Mein Kopf ist an ihre Schulter gelehnt und nach einer Weile fasst sie an mein Kinn, zieht mein Gesicht zu sich und küsst mich sanft. Meine Lippen teilen sich wie von allein und ihre Zunge schlüpft in meinen Mund. Erst ist unser Tanz sanft, dann wird er immer leidenschaftlicher. Ihre Hand greift an meinen Busen, knetet ihn kräftig. Ich dränge mich gegen sie. Sie dreht mich auf den Rücken, zieht mir das T-Shirt über den Kopf. Ihre Hände sind auf meiner Brust und sie ist nicht zärtlich. Ihre Finger kneifen in meine Nippel, kneten meinen Busen. Ich öffne die Beine, so dass sie dazwischen Platz findet. Sie küsst mich hart und fordernd. Ich keuche und stöhne, weil es mich erregt, dass sie so anders ist als sonst. Sie lässt meinen Busen los, schiebt ihre Hand in meine Schlafanzughose und greift kräftig zu. Ich drücke mich gegen ihre Finger.

»Gott, Piper«, murmel ich immer und immer wieder.

Sie dringt mit zwei Fingern in mich ein. Sie macht das eigentlich nie, weil ich das nicht so mag, aber jetzt ist es ihr egal. Sie stößt kräftig in mich, kommt immer wieder gegen einen Punkt, der mich wahnsinnig macht. Sie beißt mir in die Lippen, bewegt ihren Mund gen Süden, beißt fest in meine Nippel, einen nach dem anderen.

Ihre Zähne kratzen über meinen Bauch, sie beißt in meinen Venushügel und ich schreie auf, weil es so überraschend kommt, sie das noch nie gemacht hat. Und es gut ist! So gut!

Sie stößt ihre Finger weiter in mich, leckt an meinen Schamlippen entlang, bevor sie ihre Zähne auch in diese senkt. Ich schreie so laut auf, wie ich noch nie beim Sex geschrien habe. Es ist Lust, kein Schmerz, der mich dazu bringt.

Ich greife in ihre Haare. Sie saugt an meiner Klit, leckt an ihr, lässt mich immer wieder ihre Zähne spüren. Ich pulsiere um ihre Finger, alles ist geschwollen, alles pocht. Sie beißt mich wieder und wieder und ich komme und komme und komme.

Als ich wieder runterkomme, hockt sie sich über mein Gesicht und drückt mir ihre Muschi gegen den Mund. Ich fasse an ihre Hüften und beginne sie zu lecken. Ich dringe mit der Zunge in sie ein, stoße sie vor und zurück. Sie hält sich am Kopfteil des Bettes fest, reibt sich an mir und meinem Mund, während ich sie mit der Zunge ficke.

»Weiter, Lovely«, stöhnt sie. »Mach es mir gut!«

Ich dringe mit zwei Fingern in sie, sauge an ihrer Knospe, baue so viel Unterdruck auf, wie ich kann. Sie genießt es, ich kann es sehen und spüren und schmecken. Es ist so gut, ihr so viel Lust zu schenken. So gut! Ihre Bewegungen werden immer heftiger und heftiger.

»Mehr«, fordert sie und fasst mit einer Hand in meine Haare. Sie presst meinen Kopf gegen ihre Muschi und drückt sich gleichzeitig gegen mich. Ich ficke sie mit Fingern und Zunge. Sie hat den Kopf zurückgeworfen, stöhnt laut. So habe ich sie noch nie gehört, sie ist praktisch entrückt. Sie stößt alle Bedenken über Bord, gibt sich vollkommen dem Moment hin. Ist das irre! Sie macht mich so dermaßen an, wenn sie so ist! So, wie ich sie noch nie erlebt habe!

»Schneller«, befiehlt sie.

Ich stecke ihr noch einen Finger mehr rein und lasse sie schnell vor- und zurückfahren, immer gröber, immer kräftiger.

»Ja, ja, ja«, schreit sie, während sie mein Gesicht reitet.

Meine Lippen, meine Zunge und meine Finger werden müde, aber sie ist noch nicht so weit. Sie genießt es viel zu sehr. Ich löse auch meine zweite Hand von ihrer Hüfte und streiche ihren Bauch nach oben, bis ich an ihrem Busen ankomme. Kraftvoll drücke ich ihr A-Körbchen, finde den Nippel und kneife sie so heftig wie noch nie. Sie explodiert förmlich, kommt hart und lang. Aber sie hört nicht auf, sich an mir zu reiben.

»Weiter, Lovely, weiter! Ich will noch mal kommen«, ordnet sie an und ich mache weiter, genieße ihren geilen Geschmack, der so anders ist, nachdem sie gekommen ist.

»Nicht nachlassen«, kommandiert sie und greift fester in meine Haare. »Mach schon!«

Ich lasse meine Finger schneller in sie stoßen, immer härter, und sie schreit immer nur ›ja!‹ und ›mehr!‹. Ich kann fast nicht mehr, ich bin am Rande der Erschöpfung. Ich beiße ihr in die Schamlippen und sie kommt erneut.

»Weiter«, befiehlt sie knapp.

Sie reitet weiter mein Gesicht, schießt sich selbst erneut in den Olymp. Dann hört sie auf sich zu bewegen. Bleibt auf mir sitzen, löst ihre Hand aus meinen Haaren. Sie schaut mit so viel Liebe zu mir runter, dass ich schlucken muss.

»Ich liebe dich, Lovely«, sagt sie leise und streichelt meine Wange.

Ich kann nur nicken, meine Lippen immer noch gegen sie gepresst, meine Finger noch in ihr. Sie steht langsam auf und legt sich auf den Rücken.

»Einmal noch, Lovely, einmal noch«, murmelt sie und öffnet ihre Beine weit.

Ich lege mich zwischen sie und beginne sie sanft zu lecken, zu necken, an ihr zu saugen, sie zu küssen. Sie stöhnt wohlig, genau was sie wollte. Sie braucht Zärtlichkeit nach der Leidenschaft, realisiere ich. So hatten wir noch nie Sex miteinander, ich konnte noch nie erleben, dass sie danach Liebe braucht.

So stelle ich mir den Sex zwischen ihr und einem Mann vor. Plus Penis. Grob beinahe, animalisch. Und so geil! Es hat mich so angeturnt, dass sie sich genommen hat, was sie brauchte, dass sie mich dazu brauchte, ihr mehr zu geben und immer mehr. Sie ist so wild geworden, so aufgegangen in ihrer und meiner Leidenschaft. Das war unglaublich geil!

Ich lecke ganz zärtlich an ihren Schamlippen, fahre sanft mit der Zungenspitze an ihrem Eingang entlang, massiere dabei ihre Hüften, streichel ihren Bauch. Ihre Hand findet meine und wir verschlingen die Finger.

»Gott, Lovely«, stöhnt sie immer und immer wieder. »Du bist perfekt.«

Ich bringe sie noch einmal zum Höhepunkt, schaukel sie dahin. Und als sie kommt, krabbel ich schnell zu ihr nach oben, ziehe sie fest in die Arme. Meine Hand drückt sich gegen ihre Scham, während sie leicht in meinen Armen erzittert.

Als sie wieder runtergekommen ist, küsst sie mich immer und immer wieder, ihre Hände umfassen mein Gesicht. Ihre Lippen drücken sich gegen meine, ihre Zunge liebkost meine. Sie drückt ihren Körper gegen meinen, kuschelt sich enger an mich. Ich schließe meine Arme fest um sie, lege mein Bein über ihre Hüfte. Gott, wie ich sie liebe!

»Ich liebe dich so sehr, Lovely«, murmelt sie immer und immer wieder gegen meine Lippen.

»Bitte verzeih mir«, sagt sie dann leise und schaut mich an.

Ich bin einen langen Moment still, denke nach, horche in mich hinein. »Ich hab nichts dagegen, wenn du mit Männern schläfst, aber ... aber ich hätte sehr was dagegen, wenn du dich in einen verliebst.«

Sie schüttelt den Kopf. Ich lege ihr einen Finger auf die Lippen. »Nein, Piper, lass mich aussprechen. Ich liebe dich so sehr, ich will, dass du glücklich und befriedigt bist.

Und wenn du dafür einen Mann brauchst, ist das okay, aber ich kann dich nicht verlieren, ich will dich nicht verlieren. Ich liebe dich so unglaublich, ich will dich in meinem Leben. Bitte, bitte verlieb dich nicht in jemand anderen als mich.«

Sie küsst mich immer und immer wieder. »Ich liebe nur dich, Mara, nur dich! Und ich liebe dich so sehr, dass ich zerbrechen würde, wenn ich dich nicht mehr hätte.«

Mir läuft eine Träne über die Wange. »Okay.«

»Du verzeihst mir?«, fragt sie hoffnungsvoll.

Ich nicke. »Ja, ich verzeihe dir. Aber bitte, komm nicht noch mal ungeduscht nach Hause.«

Sie küsst meine Lippen. »Versprochen, Lovely.«

Wir knutschen noch ein bisschen.

»Wie ist der Kerl so?«, frage ich dann und könnte mir im nächsten Moment in den Arsch beißen.

»Willst du das wirklich wissen?«

Ich nicke. »Ja. Erzähl mir von ihm.«

Sie schaut mich unsicher an. »Also, er heißt Mike Tate, ist Anwalt und Mitte dreißig. Er kommt aus Boston, ist erst vor kurzem hierher gezogen.«

Sie stockt und ich schaue sie fragend an. Sie grinst. »Mehr weiß ich eigentlich gar nicht. Außer, dass er scheißeheiß ist und einen großen Schwanz hat.«

Sie kichert und irgendwie bin ich beruhigt. Wenn sie ihn mögen würde, verliebt in ihn wäre, dann wüsste sie mehr, oder?

»Wie groß?«, frage ich sie.

Sie zeigt mir einen Abstand mit den Händen an und ich bin total schockiert. »Was? Das steckt er in dich?«

Reflexartig lege ich meine Hand um ihre Muschi, als wollte ich sie beschützen.

Sie lacht leise und küsst meine Lippen. »Es fühlt sich so geil an.«

»Das ist doch zu groß! Das muss doch wehtun!«, sage ich fassungslos.

»Im Gegensatz zu dir liebe ich es, wenn mir was in die Muschi geschoben wird«, neckt sie mich und wird dann ernst. »Entschuldige, dass ich dich mit den Fingern gefickt habe. Ich weiß, du magst das nicht so.«

Ich schüttel den Kopf. »Nein, es war gut.«

»Ehrlich?«, fragt sie überrascht.

Ich nicke. »Ehrlich.«

Ihre Hand wandert zwischen meine Beine und sie lässt wieder zwei Finger in mich sinken. Sie stößt sie gegen diesen wunderbaren Punkt und mit einem kleinen Schrei komme ich. Sie leckt sich die Finger ab, grinst mich dabei frech an. Ich muss sie einfach küssen, wieder und wieder.

Irgendwann schlafen wir ein, ineinander verschlungen, Körper, Herzen und Seelen.

Als Mike durch die Tür des Pubs tritt, sieht er seine Kumpel Jace, Ben und Evan sofort. Er grinst. Jace sieht er zwar momentan häufiger, aber Ben und Evan hat er bereits eine halbe Ewigkeit nicht gesehen. Ben ist der einzige seiner Freunde, der das Studium abgebrochen hat. Seinem Dad ging es damals nicht gut. Herzinfarkt und dann kurz darauf ein Schlaganfall. Er konnte die Firma nicht mehr selber leiten, daher musste sein Sohn nach Hause kommen und die Aufgabe übernehmen.

Evan hat zwar sein Studium durchgezogen, hat dann aber alles an den Nagel gehängt, um seinen Traum der großen Wellen zu leben. Er hat es bisher noch nicht geschafft, den Rekord zu knacken, aber er ist dicht dran.

Sie schütteln sich die Hände in einer männlichen Geste, schlagen sich auf den Rücken. Er sieht die Freude auf ihren Gesichtern und weiß, dass seines die gleiche zeigt.

»Alter, siehst du Scheiße aus«, lacht Ben übers ganze Gesicht.

»Nicht so Scheiße wie deine Mutter«, gibt er ebenso gut gelaunt zurück.

Evan lässt seine Riesenhand auf seine Schulter krachen. »Mann, ist das scheißlang her.«

Das ist es. Mike wirft Jace einen wissenden Blick zu, der die Hände hebt.

»Ich weiß, ich weiß. *Mea culpa.* Alles meine Schuld, dass wir uns so lang nicht gesehen haben.«

»Dafür musst du die erste Runde ausgeben«, grinst Ben.

Jace lacht. »Das mache ich gern, wenn das bedeutet, dass ich vom Haken bin.«

Evan schaut ihn prüfend an. »Ich hab gehört, Chrissa ist heiß, es sei dir also verziehen.«

»Sie ist heiß«, bestätigt Mike.

Jace grinst zufrieden und ein bisschen stolz. »Was ist mit dir und Lila?«

Mike winkt ab. »Gut für eine Nacht.«

»Fuck, Mann! Ich hoffe, sie heult jetzt Chrissa nicht die Ohren voll, denn dann weiß ich, an wem sie das auslässt.«

Mike lacht. »Seit sie dich aus dem Knast geholt hat, scheint sie die Hosen in eurer Beziehung anzuhaben.«

Jace haut ihm auf den Rücken. »Das glaubt sie bloß.«

»Was machen eigentlich deine Sozialstunden? Kommst du klar?«

Jace nickt. »Yep. Auch wenn es die Hölle ist, mache ich es echt gern, wenn ich dabei an die Alternative denke.«

Evan lacht. »Hattest richtig Angst um deinen Arsch, was?«

»Das kannst du laut sagen.«

Was Evan auch gleich tut und alle Blicke auf sich zieht. Mike grinst. Er hat seine Freunde vermisst.

Sie bestellen Bier und Burger und gehen dann zu diversen anderen Alkoholika über. Mike trinkt seinen Scotch und fragt Evan: »Hast du deine Flamme hier besucht?«

Evan grinst schief. »Was immer Josie ist, mein ist sie ganz sicher nicht. Sie und ihr Mann haben ein Mädchen bekommen. Sie ist so süß, echt. Sie hat mein Herz geklaut.«

»Also kein Gewinsel mehr über Josie?«, fragt Ben.

Evan schüttelt den Kopf. »Nein, sie gehört zu Liam. Das sieht man auf zehn Kilometer Entfernung.«

»Ist er gut genug für sie?«, fragt Jace nach.

»Der Typ ist so verknallt in sie, das ist schon abartig. Sie ist abgehauen und er ist dreimal zu diversen Orten, weil er gehofft hatte, sie da zu finden. Wer macht das schon?«, fragt er in die Runde. »Er hat sie definitiv verdient.«

»Ist schon krass, zwei Jahre einfach abzuhauen«, meint Mike. »Wenn Diane das gemacht hätte, wär es früher zwischen uns aus gewesen.«

»Ja, aber Diane war auch keine Traumfrau wie Josie«, wendet Evan ein und trinkt aus seiner Flasche.

Mike nickt. »Eine Traumfrau war sie nicht. Eher ein Albtraum.«

Jace grinst. »Keiner weiß, wie du je mit der Alten was anfangen konntest.«

Mike streicht sich verlegen über das Gesicht. »Ich war jung und dumm«, grinst er dann und hebt seinen Scotch, um ihnen zuzuprosten.

Sie lachen alle vergnügt.

»Was machst du denn jetzt eigentlich, Ben?«, fragt Jace.

Dieser kratzt sich am beinahe kahlgeschorenen Kopf. »Keine Ahnung. Simon hat da vielleicht was für mich. Aber ich hab eigentlich keinen Bock auf Kalifornien.«

»Kannst du überhaupt hier arbeiten?«, fragt Mike.

Ben nickt. »Ich hab die doppelte Staatsbürgerschaft. Meine Mom kommt aus Maine.«

»Ach, da war ja was«, grinst Mike. »Probier das doch einfach aus. Simon wird dir ja keinen Scheißjob anbieten.«

»Ich wünschte nur, ich wäre gar nicht auf Almosen angewiesen«, meint Ben und leert sein Bier.

Evan legt ihm die Hand auf die Schulter. »Das sind keine Almosen. Simon gehört zu deinen besten Freunden, außerdem war es nicht deine Schuld.«

»Ey, Alter, ich wusste schon immer, dass du auf mich stehst«, scherzt Ben und schüttelt Evans Hand ab. Sein Versuch, die Stimmung wieder zu heben, ist ganz eindeutig erfolgreich.

»Okay, ihr Säcke, lasst mich an eurem turbulenten Liebesleben teilhaben«, grinst Jace plötzlich. »Und lasst bloß keine Details aus.«

Evan schaut auf. »Wer will zuerst?«

Sie alle zeigen auf Mike, der sie empört anblickt. »Wieso immer ich?«

»Weil du am meisten zu erzählen hast«, grinst Ben.

Er schnaubt. »Da gibt es nicht viel zu erzählen. Ich vögel momentan mit einer süßen Braut, die ich ganz interessant finde. Ich könnte mir sogar mehr vorstellen, aber sie sieht das anders.«

»Wieso will sie dich nicht?«, fragt Evan.

»Sie ist in einer festen Beziehung.«

Sie ziehen alle drei die Augenbrauen hoch. »Ja, ja, ich weiß. Das macht man eigentlich nicht. Aber sie führt eine irgendwie offene Beziehung mit ...«, er macht eine dramatische Pause, »ihrer Freundin.«

Sie schauen ihn alle entgeistert an. »Freundin? Hast du gerade Freundin gesagt?«, fragt Jace.

»Yep, hab ich. Sie hat mit ihrer Freundin das Arrangement, dass sie auch mit Männern vögeln darf, wenn sie Lust darauf hat.« Mike leert seinen Scotch und winkt der Kellnerin.

»Und jetzt stellst du dir vor, dass die Kleine dich zu einem Dreier einlädt?«, fragt Ben.

Mike kratzt sich am Kinn. »Ehrlich? Ich würd nicht nein sagen. Es war geil, sie in ihrem gemeinsamen Bett zu vögeln. Aber ich sag auch zu der einen alleine nicht nein. Sie ist heiß.«

»Vielleicht entscheidet sie sich auch für dich«, meint Jace.

Mike schüttelt den Kopf. »Nein, sie liebt ihre Freundin. Das sieht man bei jedem Wort. Und so was richtig Festes sehe ich dann doch nicht, eher was Lockeres. Dafür sollte sie ihre Beziehung nicht aufgeben.«

Jace greift nach seinem neuen Bier. »Was ich mich frage, wie kann sie denn so verliebt sein und dann mit anderen rummachen? Ich würde Chrissa nie betrügen. Okay, sie würde mir auch die Eier abschneiden und sie mir zum Frühstück servieren«, grinst er.

»Ich hab keine Ahnung. Ich hab nicht mal Diane betrogen. Und ehrlich, ich weiß nicht, ob sie mir als Frau gefällt, oder ob ich einfach die Situation so interessant finde.«

»Das solltest du rausfinden, Mann«, meint Evan.

Mike nickt. »Ich muss eindeutig herausfinden, ob ich Piper mag.«

Jace zieht die Augenbrauen zusammen. »Piper?«

»Ja, so heißt sie.«

»Piper Sutton?«

»Ja.«

»Fuck!« Jace fährt sich durch die Haare.

»Du kennst sie?«

Jace nickt unglücklich. »Ihre Freundin Mara ist neben Lila Chrissas beste Freundin.«

Mike zieht die Stirn kraus. »Scheiße, Mann.«

Jace streicht sich die widerspenstigen Strähnen aus dem Gesicht. »Ich glaube nicht, dass Chrissa weiß, dass die beiden so ein Arrangement haben.«

Mike zuckt mit den Schultern. »Es geht sie ja auch nichts an.«

Ben fragt neugierig: »Dürfen sie denn eigentlich beide mit Männern schlafen?«

»Willst du dich anbieten?«, fragt Evan lachend.

Ben zuckt nonchalant die Schultern. »Vielleicht.«

Mike schüttelt den Kopf. »So weit ich weiß, steht nur Piper auch auf Männer.«

»Was soll ich Chrissa sagen?«, fragt Jace.

Mike schaut ihn an. »Nichts. Das geht sie nichts an.«

Jace schaut ihn zweifelnd an. »Ich kann ihr nicht nichts sagen. Sie reißt mir den Kopf ab, wenn sie das jemals erfährt.«

Ben schaut sich suchend um.

»Was?«, fragt Jace gereizt.

»Ich suche nur nach deinen Eiern«, gibt Ben zurück.

»Sehr witzig«, grummelt Jace, während die anderen drei herzlich lachen.

»Lovely, ich muss mit dir sprechen«, sagt Piper. Sie setzt sich an die Küchentheke, während ich Nudelwasser aufsetze. Wir hassen es beide zu kochen, können es auch nicht. Wir gehen lieber aus, als in der Küche zu stehen. Aber wir haben gestern in diesem kleinen Laden die beste Spaghettisauce der Welt probiert und uns entschieden, sie mitzunehmen. Nudeln kann ich nämlich kochen. Piper kann nicht mal Wasser heiß machen.

»Worüber denn?«, frage ich und lächel sie an, während ich den Parmesan reibe.

»Es wird dir nicht gefallen.«

»Musst du das Wochenende arbeiten? Ach, Piper ... Du hattest es versprochen«, sage ich ein wenig frustriert.

»Nein, alles okay damit. Wir fahren dieses Wochenende in die Hamptons. Ich habe auch schon ein Zimmer für uns gebucht.«

Ich schaue sie erleichtert an. »Puh, einen Moment hast du mir wirklich Angst gemacht.«

»Ich treff mich heute mit Mike.«

Einen Moment machen ihre Worte keinen Sinn. »Ähm, wie bitte?«

»Du hast mich verstanden, Lovely. Ich treffe Mike heute.«

»Wieso?«, frage ich fassungslos.

»Weil ich Lust auf Sex mit ihm habe.«

Ich werfe mit dem Parmesan nach ihr und sie weicht aus. »Hast du gerade Käse nach mir geworfen?«, fragt sie ungläubig.

»Wir waren heute verabredet!«, rufe ich aus.

»Mara, beruhige dich!«

Ich verschränke die Arme vor meiner Brust. »Ja, dann geh«, sage ich tonlos.

»Nicht so, Lovely, komm schon. Du hattest gesagt, es ist okay, wenn ich ihn wiedersehe.«

»Ich sag doch, geh.« Ich drehe mich um und beginne das Geschirr zu spülen, das sich mal wieder in der Spüle türmt. Unsere Maschine ist kaputt und wir sind bisher nicht dazu gekommen, sie zu ersetzen.

»Lovely ...«

»Ist okay, Piper. Geh, lass dich von deinem Schwanz ficken.«

Sie stellt sich neben mich. Ihre Hand legt sich an mein Gesicht und dreht es nicht gerade zärtlich zu sich. »Es reicht, Mara! Wir haben darüber gesprochen, du warst einverstanden. Du kannst nicht alle zehn Sekunden deine Meinung ändern.«

Ich befreie mich aus ihrem Griff. »Ich ändere meine Meinung nicht, aber ist es denn zu viel verlangt, dass du Verabredungen mit mir einhältst und mich nicht für einen Mann in die zweite Reihe schiebst?«

»Das tue ich gar nicht! Ich fahre mit dir dieses Wochenende weg, oder?«

Damit sagt sie eindeutig das Falsche. »Weißt du was, tu mir keinen Gefallen. Fahr doch mit dem Schwanz.«

Sie schaut mich ärgerlich an. »Benimm dich nicht so kindisch!«

Mit ihren Worten trifft sie einen wunden Punkt. Schließlich hatte sie mir am Anfang unserer Beziehung immer und immer wieder gesagt, dass ich zu jung sei. »Okay, bevor wir noch weitere Dinge sagen, die uns hinterher leid tun, sollten wir das hier abbrechen.«

Sie nickt. »Ich komm spät wieder.« Sie dreht sich um und ich kann am lauten Zuknallen der Tür hören, wie sauer sie ist. Ich werfe frustriert den Teller in die Spüle, der in tausend Teile zerspringt.

Ich setze mich auf den Boden und ziehe die Beine an. Hab ich Recht? Hab ich Unrecht? Vielleicht will ich tatsächlich nicht, dass sie mit diesem Mann vögelt, und das mit unserer Verabredung war nur vorgeschoben? Ich lasse mein Gesicht in meine Hände gleiten.

Wir streiten nie. Und wegen diesem Mann haben wir uns jetzt schon zum zweiten Mal gestritten. Ich spüre, wie sie mir entgleitet, und weiß einfach nicht, was ich tun soll, um den Prozess aufzuhalten. Ich spüre es tief in mir drin. Dieser Mann, dieser Mike wird unsere Beziehung von Grund auf ändern.

Mir laufen Tränen die Wangen runter. Ich will sie nicht verlieren! Gott, ich werde sie verlieren. Was kann ich tun?

In all dem Nebel, der meinen Kopf durchzieht, taucht die ganze Zeit nur ein Gedanke auf: Ich muss es akzeptieren, wie es ist. Wenn ich sie in meinem Leben will, und das will ich ohne Frage, dann muss ich es akzeptieren. Dann muss ich Mike akzeptieren.

Ich merke, spüre, dass ich sie verlieren werde, wenn ich sie einenge. Also gibt es nur eine Möglichkeit: Ich muss ihr ihre Freiheit lassen. Auch wenn es mich umbringt ...

Mein Handy klingelt und ich steh auf.

»Chrissa!«, sage ich erfreut, als ich ihr Bild auf dem Display sehe und die grüne Taste drücke.

»Hey, Süße, was machst du?«

Ich wische mir die Tränen ab. »Ich koche Nudeln.«

»Ist Piper da?«

»Nein.«

»Gut, kann ich vorbei kommen?« Chrissa und Piper können nicht wirklich miteinander. Zwei Alphaweibchen im Raum fördern die Bissigkeit.

»Klar. Bring ein paar Bier mit.«

»Okay«, lacht sie und legt auf.

Ich hab Chrissa in meiner ersten Uniwoche kennengelernt. Das Café, in dem ich kellnerte, lag in der Nähe ihrer Anwaltskanzlei. Das ist so eine Fließband-Kanzlei, in der erwartet wird, dass jeder mindestens achtzig Stunden pro Woche arbeitet. Wenn man sich auszeichnen will, sogar hundert oder so. Die jungen Anwälte leben von Kaffee und Ambitionen, Chrissa ist da keine Ausnahme. Ich hab noch nie jemanden kennengelernt, der so ehrgeizig ist wie sie. Und es war ganz klar, dass sie all ihre Kollegen in die Schranken weisen würde. Sie hat nicht hundert Stunden gearbeitet, sondern hundertzehn. Wie sie das auch immer angestellt hat.

Am Anfang kam sie ständig ins Café, dann bat sie mich, ihr im zwei Stunden Takt Kaffee und über den Tag verteilt zwei Zimtschnecken ins Büro zu bringen. Sie bezahlte gut für diesen Extraservice, so dass mein Chef nichts dagegen hatte. Und so kam es, dass wir uns anfreundeten. Trotz der fünf Jahre Altersunterschied. Sie war witzig, klug und vor allem ließ sie sich von niemandem was sagen. Sie konnte wie kein anderer in Hintern treten.

So kam sie zu dem Ruf, ein wahrer Barrakuda zu sein, was ihr nützte, als sie Jace kennenlernte.

Ich lasse die Nudeln ins Wasser gleiten, öffne die Sauce und wärme sie auf, suche nach dem Stück Parmesan, das ich Piper an den Kopf geworfen habe. Ich hatte schon fast alles abgerieben, daher macht es nichts aus, dass ich den Rest jetzt in den Müll schmeißen muss.

Ich decke den Tisch für Chrissa und mich, als sie bereits klingelt. Das ging schnell. Ich lasse sie herein und werde sofort umarmt. So stürmisch bin ich es von Chrissa gar nicht gewohnt.

»Alles klar?«, fragt sie besorgt.

»Ja, sicher, wieso?«, frage ich verwundert.

Sie zieht ihre Jacke aus und setzt sich an den Tisch. Ich stelle die Nudeln, die Sauce und den Parmesan vor uns. Sie holt das Sixpack aus der Tasche. Ich grinse, öffne zwei Flaschen und stelle den Rest in den Kühlschrank.

Als wir anfangen zu essen, sagt sie: »Jace hat mir was erzählt und ich weiß nicht, ob ich es ansprechen sollte, weil es mich an sich nichts angeht, aber es wäre untypisch für mich, etwas nicht anzusprechen, was mir auf der Seele brennt.«

»Allerdings«, gebe ich trocken zurück.

Sie schaut mich prüfend an. »Einer von Jace' besten Freunden ist Mike. Mike Tate.«

Ich schaue sie fassungslos an. Mike Tate. Der Name hat sich in mein Gehirn gebrannt.

»Der Name sagt dir also was«, stellt sie fest.

Ich nicke.

»Du weißt also, dass Piper mit ihm schläft.«

Ich nicke wieder.

»Und das ist für dich in Ordnung?«, fragt sie ungläubig.

Ich zucke mit den Schultern.

»Gott, Süße, wie konntest du dich denn auf so was einlassen?«

Ich zucke erneut mit den Schultern und lasse den Kopf hängen. Sie setzt sich neben mich und umarmt mich fest.

»Du willst das gar nicht«, stellt sie fest.

»Ich will, dass sie glücklich und zufrieden und befriedigt ist«, sage ich leise.

Sie schaut mich an. »Süße, die richtige Person für dich wäre das alles mit dir, nur mit dir. Sie bräuchte niemanden sonst dazu.«

»Es ist nicht jeder gleich«, sage ich und schaue ihr in die Augen. »Ich habe eigentlich kein Problem damit, aber ich fühle, dass sie sich in Mike verliebt, dass sie ihn will statt mich. Wenn es nur Sex wäre, wäre das okay. Damit komme ich klar, aber ich merke, dass es mehr ist. Heute hat sie mich für ihn versetzt.«

Sie schaut mir fest in die Augen. »Sieh mir in die Augen und sag mir, dass es für dich okay ist, wenn sie mit Männern schläft.«

Ich erwidere ihren Blick. »Es ist für mich in Ordnung, wenn sie mit Männern schläft.«

Sie zieht die Augen ein wenig zusammen, dann nickt sie. »Okay. Aber du hast ein Problem mit Mike?«

Ich nicke. »Ja, bisher hat sie immer nur einmal mit Kerlen geschlafen, aber mit Mike trifft sie sich öfter, immer wieder. Sie hat sogar das Wochenende, das ich in Mississippi war, bei ihm verbracht.«

Chrissa beißt sich auf die Lippen und ich frage mich, ob Jace noch etwas erzählt hat. »Dann rede mit ihr«, sagt sie.

»Sie antwortet dann, dass sie nur mich liebt, dass das mit ihm nur Sex ist, geiler Sex, aber eben nichts mit ihren Gefühlen zu mir zu tun hat.«

»Aber du bist unglücklich mit dieser Situation! Ich verstehe sie nicht.«

»Ich auch nicht«, muss ich zugeben. »Außer, wenn sie Gefühle für ihn hat, dann verstehe ich es schon.«

»Du weißt, ich kann sie nicht leiden, aber ihr hattet immer so eine tolle Beziehung! Ich hab immer gedacht, so eine Beziehung will ich auch mal haben. Sie liebt dich, Mara, sie liebt dich wirklich.«

Ich nicke. »Ich weiß. Aber was, wenn sie ihn auch liebt?«

Sie blickt mich traurig an. »Ach, Süße. Es tut mir so leid für dich.«

Wir schweigen beide, weil es darauf einfach nichts zu sagen gibt.

»Wieso hast du mir das eigentlich nie erzählt?«, fragt sie dann.

»Ich wollte dir nicht noch einen Grund geben, sie nicht zu mögen.«

Sie lächelt. »Aber wenn das für dich okay ist ...«

Ich lege den Kopf schief. »Trotzdem. Du bist meine beste Freundin. Selbst wenn es für mich okay ist, muss es ja für dich nicht okay sein.«

Sie nickt und ich sehe ihr an, dass es ganz und gar nicht in Ordnung für sie ist. »Soll ich Jace bitten, mit Mike zu reden?«

Ich schüttel den Kopf. »Das ist lieb, aber das hat im Endeffekt ja nichts mit ihm zu tun.«

Sie schaut mich überrascht an. »Naja, er steckt seinen Schwanz in sie.«

Ich grinse, bevor ich wieder ernst werde. »Aber das Vögeln an sich ist ja nicht das Problem. Das Gefühlentwickeln ist es. Wenn zwischen uns alles in Ordnung wäre, wäre es egal, was er macht. Aber Piper sehnt sich offensichtlich nach Dingen, die ich ihr nicht geben kann. Wenn sie sich in eine andere Person verliebt, verlieben kann, dann sagt das viel über uns aus, über unsere Beziehung und dass sie vielleicht in einer monogamen Beziehung doch nicht glücklich ist. Oder dass sie bisher glücklich war, es aber jetzt nicht mehr ist. Es gibt so viele Möglichkeiten und alle sind zwischen ihr und mir. Mike hat damit gar nichts zu tun. Es könnte auch ein Peter, Bob oder Justus sein.«

Sie nickt. »Manchmal frage ich mich, wie du in deinen jungen Jahren nur so verständig sein kannst. Ich würde Jace die Eier abschneiden.«

Ich grinse. »Aber frag doch mal Jace, ob er es schlimm fände, wenn du mit einer Frau rummachst.«

Sie lacht. »Touché.«

KAPITEL FÜNF

»Was ist denn, Piper?«, fragt Mike zum wiederholten Mal, nachdem sie aufgelöst zu ihm gekommen ist. So hat er sie noch nie gesehen. Er hat das Gefühl, dass dies ein Wendepunkt in ihrer Beziehung sein könnte. Wenn er jetzt für sie da ist, dann könnte vielleicht mehr entstehen.

Er fragt sich, ob er überhaupt mehr will. Einen Moment ist er ruhig, dreht und wendet die Frage in seinem Kopf. Eigentlich nicht. Er findet sie nach wie vor interessant, der Sex mit ihr ist großartig, aber Gefühle hat er für sie nicht, zumindest keine, die über Freundschaft hinausgehen. Und trotzdem sorgt er sich um sie, will nicht, dass sie verletzt ist.

»Wir haben uns gestritten«, sagt sie leise und eine Träne läuft ihre Wange entlang.

Er ist entsetzt. Er war sich nicht einmal sicher, ob sie überhaupt weinen kann. Wenn es eine starke Frau auf dieser Welt gibt, dann ist sie das. Er weiß nicht so recht, was er tun soll, und vertraut dann einfach seinem Instinkt.

»Komm her, Prinzessin«, murmelt er und zieht sie in seine Arme.

Mit einem herzzerreißenden Schluchzen wirft sie sich an seine Brust. Es dauert lange, bis sie sich beruhigt. Er streichelt ihren Rücken, ihre Arme, ihren Kopf, murmelt ihr süße Nichtigkeiten ins Ohr, versucht sie zu trösten. Er hat zwei Schwestern und weiß, dass es manchmal raus muss.

Irgendwann löst sie sich und man sieht ihr an, dass es ihr furchtbar unangenehm ist, so zusammengebrochen zu sein. Sie streicht sich verlegen die Haare aus der Stirn.

Er fasst an ihre Wange, bringt sie dazu, ihn anzuschauen. »Alles okay, Prinzessin. Kein Grund, dass dir etwas peinlich sein muss.«

Sie lächelt traurig. »Das ist so dämlich«, murmelt sie. »Ich komme her, damit wir eine gute Zeit verleben können, und dann heule ich mir hier die Augen aus.«

Er lächelt leicht. »Was denkst du denn? Dass ich über dich herfallen will, wenn du traurig bist? Ich dachte, wir sind mittlerweile so was wie Freunde geworden.«

Er zieht sie zurück in seine Arme, küsst sie auf den Kopf und sie lässt es zu. »Danke, Mike.«

»Lass uns Pizza bestellen und einen Film schauen.«

Sie nickt. »Okay, aber ich nehm einen Salat.«

Er lacht. »Als müsstest du auf dein Gewicht achten. Du bist scheißeheiß, Piper.«

Sie lächelt geschmeichelt und hebt ihr Gesicht. Seine Hand streicht über ihre Wange, gleitet in ihre Haare, hält sie fest. Seine Lippen finden ihre und er küsst sie sanft und zärtlich. Sie stöhnt leise in seinen Mund, was er als Aufforderung versteht, sie intensiver zu küssen.

Nach ein paar Minuten sind Pizza und Film vergessen und sie zerren einander die Kleidung vom Leib. Es ist schon lange her, seit er ein und dieselbe Frau ständig ficken wollte. Immer und immer wieder. Wenn er ihr seinen Schwanz tief reinstößt und sie diese leisen Sexlaute von sich gibt, fühlt er sich wie ein Halbgott. Und wenn sie sich dann auch noch so scheißgeil hingibt, dann könnte sie ihn glatt vergessen machen, dass er eigentlich keine Gefühle für sie hat.

Piper und ich reden seit ein paar Tagen nicht mehr miteinander. Sie verbringt momentan wenig Zeit zu Hause, ist die meiste Zeit bei Mike, zumindest glaube ich das. Wir sind auch nicht in die Hamptons gefahren. Sie war das ganze Wochenende nicht da. Vielleicht hat sie gearbeitet, vielleicht mit Mike gevögelt. Wer weiß das schon so genau.

Ich bin zickig und unausstehlich. Die Welt kann wirklich froh sein, dass ich von zu Hause arbeite und nicht in einem Großraumbüro, denn dann wäre ich bereits Amok gelaufen.

Am Samstag Abend sagt mir Chrissa, dass meine schlechte Laune endlich aufhören muss, dass ich nicht die ganze Zeit wie sieben Tage Regenwetter rumlaufen kann, sondern eine Entscheidung treffen muss. Egal wie schmerzlich sie auch ist. Wenn ich Piper will, dann muss ich sie mir verdammt noch mal nehmen.

Ja, Chrissa hat leicht reden. So viel Selbstvertrauen wie sie hat, haben normalerweise keine zehn Frauen zusammen. Wie soll ich das schaffen? Ich bin nicht Supergirl, sondern nur Mara.

Sie kommt vorbei, sagt wir gehen aus. Sie steckt mich in ein viel zu kurzes Kleid, bei dem meine Brüste beinahe rausfallen, schminkt mich, aber so, dass ich mir nicht angemalt vorkomme. Sie frisiert meine Haare. Ich schaue in den Spiegel und erkenne mich kaum wieder. Ich sehe ... o mein Gott! Ich sehe heiß aus! Also, ich würd mich sofort flachlegen ...

Wir treffen uns mit Lila in einer angesagten Bar. Eigentlich bin ich nicht der Typ, der ausgeht. Wenn, dann tue ich es Piper zuliebe. Der Gedanke an sie macht mich traurig, daher versuche ich ihn so weit wegzuschieben, wie es nur geht. Ich konzentriere mich auf meine Umgebung. Die Musik ist super, die Getränke zahlreich und das Lachen mit Lila und Chrissa ist nie weit. Das perfekte Rezept, um die häusliche Misere für einen Abend zu vergessen.

Wir werden alle drei ständig von Männern angegraben, aber wir verscheuchen sie immer wieder. Chrissa und ich aus bekannten Gründen und Lila, weil sie sagt, dass es heute darum geht, mich aufzuheitern. Gott, ich liebe die beiden.

Irgendwann später legen sich Chrissa starke Hände um die Taille. Sie grinst, weil sie natürlich Jace' Griff sofort erkennt. Er küsst sie stürmisch und ich sage ihnen, sie sollen sich ein Zimmer nehmen. Jace grinst mich an, bevor sich seine Augen weiten.

»Fuck, Mara! Dass du so geil aussiehst, ist doch eine wahre Verschwendung«, lacht er.

Ich fühle mich geschmeichelt. Auch wenn es Jace ist, der das sagt, der für mich so was von asexuell ist. Aber das sind ja eigentlich alle Männer.

»Danke«, murmel ich.

Lila lacht. »Ja, sie sieht so heiß aus, dass ich sie flachlegen will.«

Jace grinst schmutzig. »Lass mich bitte, bitte zusehen.«

Männer, denke ich.

Chrissa lacht. »Oh, nein, mein Freund! Wenn Lila und Mara rummachen, hast du da nichts zu suchen.«

Jace schaut uns beide bedauernd an. »Diese Frau hasst mich.«

Chrissa meint: »So sehr, dass ich die nächsten drei Wochen Migräne habe.«

Er schaut sie entsetzt an, während sie anfängt zu lachen. »Du hättest mal dein Gesicht sehen sollen!« Sie kriegt sich kaum noch ein vor Lachen.

»Du freche Krabbe«, schimpft er und zieht sie fest in die Arme.

Er flüstert in ihr Ohr und was er auch sagt, danach ist sie ganz handzahm.

Lila und ich lachen uns über die beiden kaputt. Sie gibt mir Zeichen mit den Augen, so dass wir uns auf die Toilette verabschieden, um ihnen ein bisschen Freiraum zu geben. Chrissa lächelt uns dankbar an. Jace legt einen Arm um ihre Taille, den anderen um ihre Schulter. Sie verwebt ihre Hände mit seinen und lächelt glücklich.

Bevor sie Jace kennenlernte, hat sie sich nichts aus festen Beziehungen gemacht. Und ehrlich, sie hatte auch ganz sicher kein glückliches Händchen bei der Auswahl ihrer Partner. Um so mehr freut es mich, dass sie ihn gefunden hat. Er ist die perfekte Mischung aus witzig und forsch, genauso wie ein Freund von Chrissa sein muss. Sie ist stark, gibt gern den Ton an, aber Lila und ich wissen, dass sie auch eine schwache und zarte Seite hat. Jace kennt diese Seite mittlerweile. Und er tut alles, was er kann, um sicherzustellen, dass sie nie verletzt wird. Er ist schon perfekt. Für einen Mann.

Lila und ich lassen uns extralange Zeit. Nachdem wir auf der Toilette waren und unsere Nasen gepudert haben, hängen wir einige Zeit im hinteren Bereich der Bar ab.

»Mara, sei nicht böse, wenn ich dich das frage, aber was ist mit dir und Piper los?«, fragt sie irgendwann.

Ich zucke mit den Schultern. »Wir haben uns gestritten.«

»Ihr streitet nie«, stellt sie fest. »Ihr habt die perfekte Beziehung.«

»Keine Partnerschaft ist perfekt«, sage ich.

»Doch, eure ist es. Ihr wart immer mein großes Vorbild! Weil ich gesehen habe, was zwischen dir und Piper ist, wie eine Beziehung sein kann, konnte ich Trevor nicht heiraten. Ich wollte und will, was ihr beide habt. Es ist so besonders.«

Ich streiche ihr über den Arm. »Du wirst irgendwann den richtigen Mann finden, Lila.«

Sie seufzt. »Ach, mittlerweile glaube ich da nicht mehr dran.«

Ich umarme sie. »Doch ganz bestimmt. Liebe kommt, wenn man es nicht erwartet.«

Sie lächelt. »Ach, Süße, das kann nur jemand sagen, der die große Liebe bereits gefunden hat.«

Mike und Piper haben beschlossen, auszugehen. Eigentlich hatte sie ihm gesagt, am Wochenende keine Zeit zu haben, aber dann stand sie gestern Abend vor seiner Tür. Sie ist über Nacht geblieben und sie hatten den Tag miteinander verbracht. Je mehr Zeit sie außerhalb des Bettes zusammen verbringen, desto mehr Dinge gibt es, die ihn nerven. Was ihn am meisten stört, ist, dass sie gar nicht mehr die toughe Superfrau ist, die er kennengelernt hat. Ja, er erwartet Hingabe im Bett, aber doch nicht außerhalb. Er will sich mit einer Frau unterhalten können, will interessante Gespräche, vielleicht auch Streitgespräche führen, die in heißem Sex enden. Wenn es all das nicht gibt, warum sollte er sich dann auf eine Frau beschränken?

Dann könnte er auch weiterhin mit vielen Sex haben. Monogam zu sein – wenn auch nicht in einer ernsthaften Beziehung – sollte doch Vorteile mit sich bringen. Aber die sieht er mit Piper nicht. Vielleicht hätte er am Anfang nicht so sehr den Macho raushängen lassen sollen, denn nun ist sie plötzlich äußerst unterwürfig, was er außerhalb des Bettes gar nicht leiden kann.

Vielleicht ist es Zeit, die Sache zu beenden. Er ist sich gar nicht mehr so sicher, ob er sie überhaupt leiden kann. Und das sollte wirklich ein *No go* sein. Er fragt sich, wie er ihr nett sagen kann, dass es vorbei ist. Er will kein Arsch sein, aber gleichzeitig auch nicht mehr so viel Zeit mit ihr verbringen, damit sie nicht beginnt, ihm noch wirklich auf den Geist zu gehen. Möglicherweise sagt er sonst noch Dinge, die sie in ihrem aufgewühlten Zustand nicht verkraften kann.

Bevor es so weit kommt, schlägt er vor, zusammen auszugehen. Ein bisschen tanzen, was trinken. Irgendwas, wo sie nicht reden müssen und unter Menschen sind. Piper hat eine Bar ausgesucht – er selbst kennt ja noch nicht so viele – und schon sind sie mit einem Taxi losgefahren. Beinahe ist er erleichtert, dass sie nicht mehr aufeinander kleben.

Sie drängeln sich durch die Menschenmenge zur Bar. Er bestellt ein Bier für sich und einen Cosmopolitan für sie. Als sie gerade anstoßen, schaut er ans andere Ende der Bar und sieht Jace und Chrissa.

»Hey, da sind gemeinsame Freunde von uns«, sagt er in ihr Ohr und schiebt sie dann in die Richtung.

Jace schaut auf, als sie bei ihnen ankommen. »Hey, Alter«, sagt er überrascht, sein Blick wandert von ihm zu ihr.

Chrissa schaut ebenfalls zu ihnen und ihr Blick gefriert, als sie Piper sieht.

»Hey, ihr Süßen, habt ihr nicht Lust auf ein Abenteuer?«, flirtet uns ein Typ an, der ganz eindeutig schon viel zu tief ins Glas geschaut hat.

Lila blickt ihn an. »Ich befürchte, du bist schon hinüber.«

Er lacht. »Meinem Schwanz ist es egal, wenn ich betrunken bin. Der steht immer wie eine Eins. Soll ich euch das beweisen?« Er beginnt an seiner Jeans rumzufummeln.

Lila und ich lachen auf und ich sage ihm, er solle sich nicht bemühen, wir wären ein Paar. Er wirft uns einen begehrlichen Blick zu, als ich meinen Arm um ihre Schulter lege und wir lachend zurück zu Chrissa und Jace laufen.

Wir halten uns in den Armen und lachen immer noch, als wir in die kleine Runde treten, die sich an unserem Platz gebildet hat.

Lila sagt: »Das müssen wir euch ...« Sie bricht erschrocken ab und starrt geradeaus. Ich folge ihrem Blick.

»Mara«, sagt Piper entsetzt. Mein Blick fliegt zu ihrer Hand, die in der eines Mannes liegt.

Ich kann das gar nicht begreifen, nicht richtig verarbeiten. Wieso liegt ihre Hand in der eines Mannes? Sie sollte doch in meiner liegen. Tränen bilden sich, als mir klar wird, dass sie tatsächlich lieber das Wochenende mit Mike verbracht hat als mit mir.

»Mara«, flüstert sie diesmal.

Ich schaue mit tränenblinden Augen auf.

Fuck, denkt Mike, *das ist also ihre Freundin*. Sie schaut sie mit einem solch verzweifelten Blick an, dass ihm ganz eng um die Brust wird. Er begreift, was er für ein Bastard ist, weil er es mit einer Frau getan hat, die in einer festen, einer glücklichen Beziehung ist. Dieser Blick! Er wird ihn nie wieder vergessen können. Er hat nicht geglaubt, dass ein Mensch so abgrundtief verletzt schauen kann.

Wie konnte er das tun? Wie konnte er etwas so Wunderbares wie eine wahre Liebe zerstören? Und er wollte die Sache mit ihr beenden, weil er keinen Bock mehr auf sie hat. Nein, verdammt, er hätte die Sache nie anfangen dürfen! Hätte sich niemals in ihre Beziehung einmischen dürfen. *Aber Piper sagte, dass es okay sei*, wirft eine kleine Stimme ein. Aber die lässt er nicht gelten und fühlt sich plötzlich wie der letzte Arsch.

Er spürt, dass er immer noch Pipers Hand hält, was ihm unglaublich unangenehm ist, aber er will sie nicht loslassen, weil er Piper nicht verletzen möchte. Was für eine Scheißsituation!

Hilfesuchend schaut er zu Jace, der nur mit den Achseln zuckt, weil er auch keine Ahnung hat, was er tun soll. Chrissa funkelt Piper an und er bezweifelt keine

Sekunde, dass sie ihr am liebsten an die Gurgel springen würde.

»Lovely«, flüstert Piper erstickt.

Es kommt Bewegung in die Situation, als sich Mara umdreht und flieht.

»Das wird dir leidtun«, zischt Chrissa aufgebracht. Jace hält sie fest, weil sie sich auf Piper stürzen will.

»Das geht dich gar nichts an«, faucht Piper zurück.

»Es geht mich nichts an, wenn du meine Freundin verletzt, du Schlampe? Du hältst immer noch seine verfickte Hand! Statt den Schaden einzugrenzen, hast du ihn vergrößert! Statt ihr hinterher zu laufen, stehst du hier. Du hast dich doch schon entschieden, Piper. Steh wenigstens dazu.«

Mike reißt entsetzt die Augen auf. Was? Piper hat sich entschieden? Für ihn? Fuck, nein! Das kann doch nicht wahr sein! Er will sie gar nicht, wie kann das passieren?

In dem Moment löst Piper ihre Hand aus seiner und läuft Mara hinterher.

»Fuck, was soll das heißen, Chrissa?«, fragt er, zugegeben ein wenig hysterisch.

Sie schenkt ihm einen abschätzigen Blick. »Sie ist total in dich verschossen.«

»Nein«, knurrt er. »Wir ficken nur.«

Lila schüttelt den Kopf. »Was immer du dir einredest, Mike. Die Frau hat Gefühle für dich.«

Er fährt sich frustriert mit der Hand über das Gesicht.

Wie durch ein Wunder finde ich nach draußen an die frische Luft. Gerade fährt ein Taxi vor und ich reiße die Tür auf. Das Paar, das eigentlich einsteigen wollte, protestiert, sieht dann aber mein Gesicht und verstummt. Ich muss schrecklich aussehen, schlimmer als jeder Waschbär.

Wie konnte sie mir das antun? Wieso sagt sie unser Wochenende ab und verbringt dann Zeit mit ihm? Anständig wäre gewesen, wenn sie durchgearbeitet, sich in ihre Arbeit vergraben hätte, weil sie nicht an uns und unsere Situation denken will. Stattdessen hat sie bei Mike geschlafen, wie jeden verfickten Tag der letzten Woche.

Und dann steht sie da, hält seine Hand! Die ganze Zeit! Nimmt sie nicht einmal weg, als sie mich sieht. Ich kann es nicht glauben. Wie kann man sich denn so in einem anderen Menschen täuschen?

Der Fahrer wartet auf das Fahrtziel, woraufhin ich ihm unsere Adresse nenne, weil ich nicht weiß, was ich sonst sagen soll. Außerdem wird sie eh nicht kommen, sie bleibt bei Mike. Mike, der ihre Hand hält. Mike, der sie küsst. Mike, der ihre Brüste streichelt. Mike, der seinen Schwa... O Gott, mir wird schlecht!

Ich bezahle den Fahrer, gehe in unsere Wohnung. Ich schließe die Tür. Und es ist, als hätte ich fünftausend Kilo Last auf den Schultern. Ich schlurfe die Treppe hoch, ziehe mich auf dem Weg aus, lasse alles fallen.

Ich geh ins Bad, stelle mich unter die Dusche, lasse das warme Wasser auf mich prasseln. Meine Knie geben nach und ich rutsche an der Wand nach unten. Ich schlinge meine Arme um meine Beine, lege den Kopf auf die Knie. Meine Tränen sind heiß und laut. Eindeutig hässliches Weinen und nicht das hübsche Hollywood-Weinen, nachdem der Held die Jungfrau in Nöten in die Arme geschlossen hat, um sie nie wieder loszulassen.

Wir hatten doch die perfekte Beziehung! Alle sagen das. Alle. Wieso nur?

Ich weiß nicht, wie lange ich da sitze, aber irgendwann wird das Wasser abgedreht, Hände ziehen mich aus der Dusche, trocknen mich ab. Ich zitter, irgendwann war das heiße Wasser aufgebraucht und es ist nur noch eiskalt auf mich hinabgeprasselt. Piper wickelt mich in ein flauschiges Handtuch, entwirrt meine Haare, schlingt ein weiteres Handtuch um meinen Kopf. Sie stützt mich, legt mich ins Bett, steckt die Decke um mich fest.

Sie geht nach unten und kommt nach einiger Zeit mit einer Kanne Tee zurück. Sie reicht mir eine dampfende Tasse, setzt sich neben mich und schaut mich traurig an.

Nach einer ganzen Weile sagt sie: »Ich mag Mike.«

»Ich weiß.«

»Ich liebe dich.«

Ich zucke mit den Schultern.

»Das weißt du, Mara! Du weißt, wie sehr ich dich liebe.« Ihre Stimme klingt flehentlich.

»Vielleicht glaubst du das auch nur«, sage ich. Mir wird langsam wärmer. Zumindest mein Körper, mein Herz ist weiterhin gefangen im ewigen Winter.

Sie seufzt. »Ich verstehe, dass du verletzt bist, Mara, aber es wird dir nicht besser gehen, wenn du mich verletzt.«

»Es wird mir überhaupt nicht mehr besser gehen«, murmel ich und drehe mich auf die andere Seite, um die Tasse auf den Nachttisch zu stellen.

»Können wir darüber nicht wie Erwachsene reden?«, fragt sie genervt.

Ich lege mich auf den Rücken. »Ich weiß ehrlich nicht, was du reden willst. Du bist in Mike verknallt. Du hast ihn mir vorgezogen. Was sollen wir dazu sagen?«

»Wir müssen eine Lösung finden«, bittet sie.

»Es gibt nur zwei Möglichkeiten. Entweder wählst du mich oder ihn.«

»Stellst du mich vor die Wahl?«, fragt sie und ihre Stimme wird eine Spur härter.

»Nein, aber es gibt keine andere Lösung. Ich kann das so nicht, Piper. Es verletzt mich, dass du Gefühle für ihn hast. Ich liebe dich, aber ich kann dein Herz mit niemandem sonst teilen. Es ist schwer, deinen Körper zu teilen, aber das ist okay. Dein Herz muss mir gehören, sonst kann ich das nicht.«

»Sag das nicht«, fleht sie.

Ich zucke mit den Schultern. »Es ist aber wahr.«

»Können wir nicht ... Können wir nicht eine Lösung zu dri...?«

»Was?«, frage ich entgeistert. »Schlägst du allen Ernstes vor, dass wir eine Ménage-à-trois starten?«

Sie wirkt verlegen. »Du musst ja nicht mit ihm schlafen.«

»Oh, danke«, sage ich sarkastisch.

»Sei nicht so.«

»Wie bin ich denn?«

»Arschig.«

Ich übergehe das. »Wie würdest du dich fühlen, wenn ich hier eine andere Frau anschleppen und dir erzählen würde, das ist Hanna Banana, ich bin in sie verknallt, teil mich?«

»Scheiße«, murmelt sie betroffen.

»Dann weißt du, wie ich mich fühle, wenn du vorschlägst, dass du sowohl eine Beziehung mit ihm als auch eine mit mir führen möchtest.«

»Lovely ... Ich ...«

»Könntest du mich bitte bei meinem Namen nennen? Du ruinierst so deinen Kosenamen für mich.«

Sie schluckt. »Mara, ich weiß, das ist viel von dir verlangt. Aber ich kann es nicht ändern. Ich will euch beide.«

Ich schaue in ihr trauriges Gesicht. »Man bekommt nicht immer, was man will.«

»Ich schon.«

Genau das scheint unser Problem zu sein. Sie bekommt immer alles, was sie will, und ich gebe immer alles, was sie will. »Ich hab keine Lust mehr darüber zu sprechen.«

»Wir müssen das klären.«

»Herrgott, Piper!«, rufe ich aus. »Da gibt es nichts zu klären! Du bist in Mike verknallt und ich kann dich nicht teilen.«

»Ich will, dass wir es versuchen«, sagt sie mit fester Stimme. »Ich will, dass du dem Ganzen eine Chance gibst.«

»Bist du noch ganz bei Trost?«, frage ich sie aufgebracht und setze mich im Bett auf. »Du willst, dass ich dabeistehe, während du dich immer mehr in diesen Mann verknallst, mich irgendwann wegen ihm verlässt, und du willst, dass ich dir auch noch applaudiere? Fein, Piper, du machst das ganz prima! Fuck, nein!«

Ihre Hände legen sich hart an mein Gesicht. »Wenn du mich liebst, Mara, dann versuchst du es.«

»Wenn du mich liebst, entscheidest du dich für mich«, gebe ich zurück und versuche mich zu lösen.

Sie hält mich fest. »Du wirst dich dieser Diskussion jetzt nicht entziehen«, sagt sie eisig. »Wir werden jetzt eine Lösung finden!«

»Es gibt keine Lösung! Siehst du das nicht?«

Sie küsst mich liebevoll auf den Mund. »Mara, Liebling, ich bitte dich. Du weißt, wie sehr ich dich liebe. Wirf das nicht weg. Du willst doch, dass ich glücklich bin, oder?«

Ich schließe die Augen und nicke.

Sie lächelt, zieht mich in ihre Arme. »Komm schon, Lovely, lass es uns versuchen. Wenn es nicht klappt, dann entscheide ich mich für dich. Versprochen. Aber gib dem Ganzen eine Chance.«

Alles in mir sträubt sich dagegen. Aber ... aber ich will sie nicht verlieren. Ich realisiere, dass ich meine Gefühle für sie nicht abstellen kann, auch wenn mein Verstand mich Närrin schimpft. Muss man nicht manchmal auch Kompromisse eingehen? Wenn man jemanden liebt, ist dann sein Glück nicht wichtiger als das eigene?

Sie spürt, dass sie mich hat, und beginnt mich über und über zu küssen. »Oh, Lovely, ich danke dir. Ich liebe dich so sehr. So sehr! Du bist der wichtigste Mensch in meinem Leben. Ich liebe dich. Sag, dass du weißt, wie sehr ich dich liebe.«

»Ich weiß es«, murmel ich und erwidere ihre Küsse hungrig. Gott, ich bin pathetisch, aber ich habe ihre Küsse vermisst! Fünf ganze Tage hat sie mich nicht mehr geküsst, dabei bin ich doch so süchtig nach ihren Lippen!

»Ich hab dich vermisst«, murmelt sie und knabbert an meinen Lippen. »Liebe mich, Lovely.«

Sie zieht mir beide Handtücher weg, knetet sanft meinen Busen, bevor sie sich auf den Rücken dreht. Ich beginne sie auszuziehen und küsse jeden Fleck, den ich freilege. Meine Lippen streichen über sie, saugen zärtlich an ihrer Haut, küssen und liebkosen sie. Ihre Hände verweben sich in meinen Haaren und sie dirigiert mich in Richtung ihrer Scham.

Ich lege mich zwischen ihre Beine und beginne sie zärtlich zu lecken.

»Genau so, Lovely, zeig mir, wie sehr du mich liebst«, murmelt sie.

Und das tue ich. Ich gebe ihr so viel Zärtlichkeit, wie ich nur kann, bringe sie mehrmals zum Höhepunkt, bevor sie mich zu sich hochzieht, mich lange küsst, bevor sie in meinen Armen einschläft.

Ich liege noch lange wach. Ich denke über alles nach, was sich ereignet hat. Ich bin noch nicht ganz überzeugt von der Sache, aber ich weiß tief in meinem Inneren, dass ich es irgendwann bereuen werde, wenn ich es nicht versuche. Ich liebe Piper so sehr, will sie in meinem Leben, will eine Zukunft mit ihr. Da kann ich nichts unversucht lassen, auch wenn es schmerzt. Vielleicht wird es gar nicht so schlimm?

Es dauert lange, bis ich am nächsten Tag in Gang komme. Piper ist morgens schon in unser Lieblingscafé gegangen und hat uns jede Menge Leckereien besorgt. All die kleinen Teilchen, die ich so liebe. Sie küsst mich voller Gefühl und ich merke, dass es zumindest für den Moment die richtige Entscheidung ist.

Sie ist glücklich und so liebevoll wie vor der Episode mit Mike.

Eine Stunde später muss ich dann allerdings feststellen, dass das ganze Frühstück nur Bestechung war, denn plötzlich steht Mike vor unserer Tür. Ihrem Gesichtsausdruck nach zu urteilen, ist es kein bisschen plötzlich für sie. Sie hätte mich ja wohl vorwarnen können! Was stellt sie sich denn jetzt vor? Dass sie mit ihm mitgeht? Dass sie mit ihm in unserem Bett vögelt?

»Lovely, das ist Mike«, stellt sie ihn mir aufgeregt vor.

Ich stehe langsam auf und ergreife seine ausgestreckte Hand. Ja, ich weiß! Ich weiß, glaubt mir. Aber nachdem ich mich dafür entschieden habe, das Ganze einmal auszuprobieren, will ich es auch anständig versuchen. Schlussmachen kann ich mit Piper immer noch, wenn ich merke, dass es so nicht geht. *Sie sagte, dass sie dich wählen würde, wenn es nicht klappt,* erinnert mich mein Herz, das bei der Erwähnung des Worts *Schlussmachen* beinahe einen Infarkt bekommt.

»Hi«, sagt er und sieht ein bisschen unsicher aus.

»Hi«, sage ich auch.

Piper streicht ihm sanft über den Arm. »Ich möchte, dass ihr euch kennenlernt.«

Ich nicke. Das hatte ich mir schon gedacht, als er hier auftauchte.

Er ist verlegen, als er sagt: »Es tut mir sehr leid. Das alles. Ich will keine Probleme verursachen. Ich dachte, es wäre alles zwischen euch abgesprochen. Aber ... hmmh, ich wollte niemanden verletzen. Es tut mir leid, Mara.« Er schaut mich an, sein Blick ist offen und ehrlich. »Wenn ich gewusst hätte, wie du darüber denkst, hätte ich mich nie in eure Beziehung gedrängt.«

Ich nicke leicht.

»Ich werde mich ab jetzt zurückziehen. Es war mir nur wichtig, mich zu entschuldigen.«

Ich nicke wieder.

»Mike, nein«, sagt Piper und legt ihm die Hand auf die Schulter, als er aufstehen will. »Mara und ich haben dir ein Angebot zu unterbreiten.«

Ich glaub mir wird schlecht. Aber da muss ich jetzt wohl durch.

Er schaut sie verwirrt an. »Piper, ich will mich nicht in eure Bezieh...«

»Hör es dir bitte an«, fleht sie beinahe. Ich wundere mich über ihr Verhalten. Sie ist doch sonst so stark und dominant, hat immer die Hosen an und bei ihm ist sie ein kleines Püppchen? Nein, das will ich nicht!

»Piper, wenn er gehen möchte, soll er gehen«, sage ich.

Sie funkelt mich an. »Mara, wir haben das besprochen!«

»Ja, aber da wusste ich noch nicht, dass du vorhast ihn anzuflehen«, entgegne ich.

Mike schaut sie interessiert an. Sie ist schön, wirklich schön. Genau sein Typ. Groß, aber nicht zu groß. Schöne, große Augen, die einen ungewöhnlichen Grünton haben. Er hatte gestern schon gesehen, dass sie ein echter Hingucker ist, aber da lag sein Augenmerk noch auf ihrem Schmerz, jetzt sieht er ihre Schönheit.

Sie trägt heute kein Make-up und er findet sie doch tausendmal schöner als Piper, die völlig zurecht gemacht ist. Maras dunkelblonde Haare sind in einem wirren Knoten auf ihrem Kopf aufgetürmt, Piper hat ihre langen blonden Haare sorgfältig frisiert. Mara ist so scheißeheiß, dass er merkt, wie es in seiner Hose eng wird. Und die Kurven!

Er hatte ja Piper schon für ein Törtchen gehalten, aber die Kleine da ist der Knaller. Er wünscht sich nichts sehnlicher, als seinen Schwanz in ihr zu versenken.

Und dann überrascht sie ihn, indem sie sagt, er solle gehen, wenn er gehen will. Eigentlich hatte ihm Piper zu verstehen gegeben, das Mara die Unterwürfige in ihrer Beziehung ist, aber scheinbar sind gerade die Rollen vertauscht.

»Ich will doch nur, dass er sich anhört, was wir zu sagen haben«, meint Piper aufgebracht.

»Reisende soll man nicht aufhalten«, sagt Mara.

Er muss grinsen, weil sie Feuer hat. Das gefällt ihm unglaublich gut.

»Was grinst du so?«, funkelt sie ihn auch gleich an.

Er lacht sie an und sieht, wie sich ihre Mundwinkel verziehen. Hmmh, scheinbar lässt er sie nicht vollkommen kalt.

»Okay, was ist das für ein Angebot?«

»Oh, tu uns keinen Gefallen«, spottet sie und er kann nicht anders, als ihr zuzuzwinkern, was ihre Wangen erröten lässt.

Piper ist erleichtert, dass er offensichtlich bleiben will. Sie setzt sich neben Mara und hält ihre Hand. »Also, Mike ... Mara und ich haben lange geredet und ... und ...«

Sie schaut zu Mara, die sie mit großen Augen anblickt. Piper zupft nervös an ihrer Bluse. Mara schnaubt und sagt: »Wir wollen einen Dreier mit dir.«

Er reißt die Augen auf. Hat er das richtig verstanden? Das kann doch nicht sein! Seine absolute Traumfrau sagt ihm gerade, dass sie von ihm gefickt werden will? Scheiße, vielleicht sollte er heute Lotto spielen.

»Äh, was?«, fragt er nach.

»Naja, nicht nur Sex«, meint Piper einschränkend. »Eine Dreiecksbeziehung, wenn man es genau nimmt.«

Aber das ist ihm egal. Er erträgt Piper, wenn er dafür Mara haben kann.

»Ich muss mir das Ganze erst einmal anschauen«, meint Mara dann aber. Er ist enttäuscht, als sie sagt: »Ich weiß nicht, ob es ein echtes Dreieck sein kann. Ich hatte noch nie Sex mit einem Mann. Bisher hatte ich nicht das Bedürfnis, doch Piper möchte es gern ausprobieren, also versuchen wir es. Ich kann nichts versprechen, vielleicht ist das einfach nichts für mich.«

Sie will, dass er sie entjungfert? Ihm ist bewusst, dass er nur selektiv hört, nur die wichtigen Sachen, aber Scheiße, ja! Er will verfickt noch eins ihr erster Mann sein. *Und ihr letzter*, fügt er im Stillen hinzu.

Piper streichelt nervös ihre Hand. »Was sagst du?«

»Ja«, sagt er ohne zu zögern.

Sie schaut verwundert auf. »Wirklich?«, haucht sie. Auf ihrem Gesicht geht die Sonne auf. Einen Moment fühlt er sich gemein, weil er nicht wegen ihr zusagt, sondern wegen der Frau mit den tollen Titten, aber dann geht ihm durch den Kopf, dass sie ja auch etwas davon haben wird.

»Hast du den Teil verstanden, dass ich eventuell nicht mit dir schlafen will?«, fragt Mara.

Er nickt. »Was verleitet dich zu der Annahme, dass ich mit dir schlafen will?« Im nächsten Moment will er sich für diesen Spruch in den Arsch beißen.

Sie lächelt leicht. »Touché. Wir machen es also beide für Piper, weil wir beide Gefühle für Piper haben.«

Er nickt einfach mal, obwohl er gar nicht richtig zugehört hat. Dass sie ihn anlächelt, hat ihn aus der Bahn geworfen. Fuck, er ist so was von erledigt! Diese Kleine wird sein Herz brechen. Sie wird sein Untergang sein.

Mir gefällt ganz und gar nicht, wie sich Piper in seiner Gegenwart verhält. Seit wann ist sie denn so ein Mädchen? Sie ist selbstbewusst und stark! Verdammt! Das ist ein Großteil ihrer Anziehungskraft, aber sie ist doch nicht so ein Weibchen.

Ich betrachte ihn unauffällig. Wenn man auf Männer steht, steht man wahrscheinlich auf ihn. Er ist groß und massiv. Er trägt ein enganliegendes T-Shirt, das sich über seine Brust spannt. Seine Muskeln sind definiert. Sein Bizeps sprengt beinahe den Stoff und so tolle Unterarme habe ich noch nie gesehen. Sie sind mit schwarzen Linien verziert und ich frage mich unwillkürlich, ob er auch an anderen Stellen Tattoos hat.

»Also, wie geht es weiter?«, fragt Mike und lässt seinen Blick über mich streichen.

Piper schaut mich unsicher an. »Mara?«

Wo ist bloß meine Piper hin? Ich hoffe, dass sie nur aufgeregt ist, dass sich das legen wird. »Regeln.«

»Okay, was für welche?«, fragt er.

Piper schaut mich überlegend an. »Was für Regeln, Lovely?«

Ich kaue auf meiner Unterlippe. »Ihr drängt mich nicht. Keine Ahnung, wann und ob ich zu euren Sexspielchen hinzukomme, aber ihr drängt mich nicht.«

Sie nicken beide voller Verständnis.

»Ich will, dass alle offen und ehrlich sind. Wenn ihr vögeln wollt, dann vögelt, aber lügt mich nicht an, verschweigt mir nichts.«

Da das Mike eigentlich nichts angeht, wundert es mich nicht, dass er keine Reaktion zeigt. Piper leckt sich über die Lippen. »Ich verspreche es, Lovely. Und ich verspreche auch, dass ich mich an unsere Verabredungen halte.«

Ich nicke. »Okay.«

»Irgendwelche weiteren Regeln?«, fragt Mike. »Etwas, dass du nicht tun möchtest?«

Ich fixiere ihn mit meinen Augen. »Ich weiß nicht, ob ich überhaupt was tun möchte.«

Er nickt leicht und ich meine einen Anflug von Bedauern auf seinem Gesicht zu sehen.

»Ähm ... Lovely ...?«, fragt Piper zögernd.

Ich schaue sie an. Eigentlich sollte ich sie in ihrem Saft schmoren lassen, sollte sie aussprechen lassen, was sie will, aber es ist Piper, die Frau, nach der ich total verrückt bin. »Du brauchst meine Erlaubnis nicht, um mit ihm zu schlafen.«

Sie schaut mich erleichtert an, nagt an ihrer Lippe.

Ich seufze. »O mein Gott, Piper! Wenn du ihn jetzt vögeln willst, tu das.« Ich stehe auf und sie ebenfalls.

»Ich will dich nicht verletzen«, murmelt sie.

Ich ziehe sie an mich, schaue ihr in die Augen. »Es ist alles geklärt.« Ich küsse sie zunächst sanft, bevor ich meine Zunge durch ihren Mund lecken lasse und den Kuss vertiefe. Meine Hand wandert zu ihrem Hintern und ich ziehe sie eng an mich.

Ich höre ein tiefes Grollen hinter uns und schaue überrascht auf. Mike schaut gequält zu uns. Ich muss grinsen, als ich die Beule in seinem Schritt sehe.

»Keine Sorge, Mike«, sage ich. »Du kannst sie jetzt haben.« Ich wende mich an Piper. »Ich bin im Atelier.«

Sie nickt und küsst mich noch einmal. Ohne mich umzudrehen gehe ich und frage mich, ob ich eigentlich noch richtig im Kopf bin. Ich spüre es ganz deutlich. Das hier ... das ist der Anfang vom Ende. Und ich kann nicht anders, als mich auf das Spiel mit dem Feuer einzulassen ...

Piper fasst in seinen Schritt, legt ihre Finger um seinen harten Schwanz, freut sich, dass er bereit für sie ist. Aber es ist nicht sie, die für die Erektion verantwortlich ist, sondern Mara. Mara, die Piper ausgiebig küsst, ihre Hand an ihren Hintern legt. Mara, die lacht, als sie sieht, dass es ihn erregt. Mara, die ohne Umschauen den Raum verlässt, während seine Augen an dem Hammerarsch festkleben.

Er bezweifelt, dass das hier eine gute Idee ist. Er kann jetzt schon spüren, dass er sein Herz verliert. So was kann auch nur ihm passieren. Sich in eine Lesbe verknallen, noch dazu in eine, deren Freundin er fickt.

Piper öffnet seine Hose, kniet vor ihm nieder und beginnt an ihm zu lecken und zu saugen. In seiner Fantasie sind es keine blauen Augen, die zu ihm aufstarren, sondern grüne, die lächeln, ihm zeigen, wie sehr sie es genießt, seinen Schwanz im Mund zu haben.

Wenn ihm jemand erzählen würde, dass er sich nach einer anderen sehnt, während er gerade den perfekten Blowjob von einer heißen Braut bekommt, würde er ihn für verrückt erklären. Das wird böse enden.

Bevor er kommt, zieht er sie hoch, dreht sie in Richtung Treppe. »Ab nach oben mit dir«, knurrt er und betrachtet die Gänsehaut, die sich auf ihrem Körper ausbreitet.

Sie läuft los, erklimmt die Stufen, lässt ihren Hintern lasziv schwingen. *Pipers Arsch ist ihr bestes Feature, aber der kann bei weitem nicht mit ihrem mithalten,* denkt Mike und folgt ihr. Ob sie nach oben kommt, wenn er Piper zum Schreien bringt?

KAPITEL SECHS

Drei Monate später

Ich sitze mit hochgezogenen Füßen auf Chrissas Couch, ein Bier in der einen, ein Eis am Stiel in der anderen Hand, und schaue ihr zu, wie sie Kisten packt. Ich bin hier, um ihr zu helfen, aber da sie ein Kontrollfreak ist, macht sie es doch lieber selbst.

»Armer Jace«, lache ich und sie funkelt mich an.

»Was soll das denn heißen? Er kann sich glücklich schätzen, mich zu bekommen, so dass er von nun an nicht mehr in dem Saustall, der sich seine Wohnung nennt, leben muss.«

Ich proste ihr zu. »Ja, er kann sich unglaublich glücklich schätzen, dass er von nun an Glasuntersetzer benutzen muss, seinen OJ nicht mehr aus der Packung trinken darf und seine Unterhosen bügeln muss.«

Sie grinst und wirft mit der Rolle Klebeband nach mir. »Ja, aber dafür darf er mit mir einschlafen und mit mir aufwachen.«

Ich mache Würgegeräusche, woraufhin sie mich böse anschaut. »Du Miststück!«

Ich lache nur und werfe das Klebeband zurück. Sie fängt es auf und klebt den Karton zu.

»Warum bin ich eigentlich heute hier?«, frage ich sie.

Sie hält einen Moment in ihrer Arbeit inne, dann setzt sie sich neben mich. »Ich wollte mit dir reden.«

»Wieso?«

»Über die Sache mit Mike.«

Ich versteife mich. Ich hab ihr nichts von unserem neuen Arrangement erzählt, aber offensichtlich hat Mike mit Jace gesprochen. »Da gibt es nichts zu sagen.«

»Das sehe ich anders.«

Ich schnaube. »Also gut. Was hast du zu sagen?«

Sie streichelt über meinen Arm. »Du bist wieder glücklicher.«

Ich nicke. Es stimmt. Irgendwann hat sich alles eingerenkt. Piper ist glücklich, was wiederum mich glücklich macht. Mike kommt zweimal die Woche zu uns, vögelt sie und den Rest der Woche gehört sie mir. Sie benutzen unser Schlafzimmer. Ich dachte, dass es mich stören würde, aber merkwürdigerweise stört es mich sehr viel weniger, als wenn sie zu ihm gehen würde. So habe ich das Gefühl, irgendwie ein Teil davon zu sein, zumindest einen Zipfel von Piper zu behalten, auch wenn sie von ihm gevögelt wird. Außerdem wechselt sie danach die Laken. Ich nehme an, dass sie ohne Gummi mit ihm schläft, weil sie mir ihre und seine Testergebnisse gezeigt hat. Sie hat sich vor zwei Jahren die Spirale einsetzen lassen, daher droht an der Front auch kein Ärger.

Ich habe mich immer noch nicht zu ihnen gesellt. Ich höre meist Musik, wenn sie zugange sind, aber manchmal höre ich zu. Meist sind sie nicht besonders laut und ich muss die Ohren spitzen. Es interessiert mich, es interessiert mich sehr, aber bisher habe ich nicht den Mut gefunden, nach oben zu gehen, während sie es tun.

»Ich weiß von eurer Dreierbeziehung«, sagt sie dann.

Ich seufze leise. »Dabei wird Frauen immer Tratschen vorgeworfen.«

Sie grinst. »Männer sind so viel schlimmer.« Dann wird sie wieder ernst. »Ist es wirklich okay für dich?«

»Komisch, aber ja. Es ist wirklich in Ordnung. Ich ...«

»Was, Süße?«

Ich kaue auf meiner Unterlippe. »Hmmh ... Ich höre manchmal zu.«

»Und?«

Ich schaue verlegen auf den Boden. »Und überlege, wie es wäre, wenn ich zu ihnen gehen würde.«

Sie lächelt. »Findest du ihn attraktiv?«

Ich ziehe die Nase kraus. »Er sieht gut aus, aber ich finde ihn nicht wirklich sexuell anziehend. Die Idee, dass er Piper vögelt, hmmh, die finde ich allerdings schon erregend.«

»Fragst du dich, wie es ist, mit einem Mann zu schlafen?«

Ich nicke. »Irgendwie schon. Ich meine, bisher mochte ich nicht ...« Ich breche ab, unsicher, ob das nicht zu intim ist.

Sie legt mir den Arm um die Schultern. »Du kannst mir alles sagen. Immer. Ich würde dich für nichts verurteilen und es wird niemals etwas von unseren Gesprächen nach außen dringen. Ich würde es nicht mal Jace erzählen.«

Ich lehne meinen Kopf an ihre Schulter. »Bisher mochte ich keine Penetration, aber inzwischen frage ich mich, wie es ist, wie es sich anfühlt. Warum Piper so versessen darauf ist.«

»Ich bin auch versessen darauf«, grinst sie.

Ich schaue sie an. »Wie fühlt es sich an?«

Sie schaut mich überrascht an. »Du hattest also nie Finger in dir? Spielzeug?«

»Nie Spielzeug, Finger nur selten, weil es mir nie viel gegeben hat.« *Bis auf das eine Mal*, denke ich.

»Es lässt sich schwer beschreiben, man fühlt sich komplett ausgefüllt. Naja, wenn der Schwanz groß genug ist, bei manchen fragt man sich, ob er schon drin ist.« Sie kichert leise. »Am besten ist es, wenn du den Typen magst, dann fühlt sich nicht nur dein Körper, sondern auch dein Herz ausgefüllt. Es gibt so viele Punkte in dir, gegen die er stößt und an denen er reibt. Ich mag auch, dass ich mich in dem Augenblick ... hmmh, naja. Nur, wenn Jace mich vögelt, fühle ich mich gleichzeitig so zerbrechlich und schwach und doch so viel stärker als sonst. Ich mag es, mal die Kontrolle abzugeben.«

»Ist es anders als mit einer Frau?«, frage ich sie.

Sie grinst. »Da kann ich wenig zu sagen, Süße, weil ich ja nicht auf Tamara stand, es nur ums Ausprobieren ging. Es war klar, dass das nichts für die Ewigkeit sein würde. Also, für mich war es anders, einfach weil ich dieses sexuelle Feuer nicht gespürt habe.« Chrissa hatte im College mal mit einer Frau rumgemacht, was sie mir vor Jahren erzählt hatte.

»Meinst du, ich sollte mal zuschauen?«, frage ich verlegen.

Sie zuckt mit den Schultern. »Du solltest das tun, was sich für dich richtig anfühlt, Süße. Wenn du interessiert bist, geh mal die Treppe hoch. Wenn du es gar nicht willst, dann lass es. Sie haben doch beide versprochen, dass sie dich zu nichts drängen werden. Einfacher kann es dir doch gar nicht gemacht werden.«

Hmmh.

Ich lasse den Pinsel über die Leinwand gleiten, aber irgendwie bin ich heute nicht inspiriert. Ich nehme den einen Stecker aus dem Ohr, lausche. Nichts zu hören. Ich nehme den anderen raus. Ganz leise Geräusche kann ich vernehmen. Ich kaue auf meiner Wangeninnentasche.

Ich öffne vorsichtig die Tür und höre Pipers leises Stöhnen. Ich laufe langsam zur Treppe.

»Gott, Mike«, schnurrt sie gerade. Ihre Stimme klingt erregt, angestrengt. Ich kann den Sound von Körpern, die gegeneinander schlagen, vernehmen. So hört es sich jedenfalls in Pornos an, die ich mir in den letzten Wochen immer mal wieder angeschaut habe, fasziniert von der Idee, mit Mike zu schlafen.

»Fuck«, knurrt er, während ich die erste Stufe erklimme. »Krampf deine Muschi um mich.«

Ich muss kichern und fühle mich wie in der vierten Klasse, als Jimmy Miller ein Heftchen mit nackten Brüsten mitbrachte, das wir uns alle verschämt anschauten. Das hier ist noch mal ein anderes Kaliber. Eine Live-Sex-Show.

Ich gehe eine Stufe höher. Pipers lautes Atmen ist nun sehr deutlich zu vernehmen. Ich versuche keinen Laut zu machen, will nicht, dass sie mich zu früh bemerken, will sehen, wie es für sie ist, wenn sie sich unbeobachtet fühlt. Außerdem will ich mir die Option offenhalten zu fliehen, wenn ich den Anblick nicht ertragen kann, ohne dass sie es wissen.

Mit jeder Stufe, die ich erklimme, höre ich mehr von ihren Geräuschen. Pipers leise Stöhnlaute, sein Knurren, Haut gegen Haut, das Rascheln der Laken. Die Worte, die sie wechseln. Er sagt ihr keine zärtlichen Dinge, wie ich das tue. Eigentlich sind seine Worte ziemlich krass. »Du liebst es, wenn ich dich ficke, oder?« und »Deine enge Muschi ist wie gemacht für mich« und »Dein Arsch ist so geil, wenn er vor mir wippt«.

Und dann stehe ich auf der obersten Stufe und sehe das Bild, das sich mir darbietet. Piper ist auf allen Vieren am Rande des Betts. Mike steht hinter ihr, seine Hände an ihren Hüften. Er zieht sie immer wieder zu sich, während er in sie stößt. Hart in sie stößt. Seine Pobacken spannen sich im Rhythmus seiner Stöße an, ebenso seine Arme, sein Rücken, seine Oberschenkel. Der ganze Mann besteht aus kontrahierenden Muskeln. Sein Rücken ist übersät mit Tattoos, seine Oberarme ebenso. Er hat auch ein Tat auf der rechten Wade, aber ich kann nicht genau erkennen, ob es nur ein Tribal ist oder etwas anderes.

Ich muss zugeben, dass er heiß aussieht. Kein Gramm Fett ist an ihm und sein Hintern ... Nun ja, sagen wir mal so, ich fand einen männlichen Hintern noch nie so anziehend. Ich versuche die Gedanken zu verscheuchen und konzentriere mich auf Piper.

Jedes Mal, wenn er in sie trifft, stöhnt sie. Sie hat den Kopf zurückgeworfen, krallt ihre Finger ins Laken.

Es sieht ... wunderschön aus. Ja, ich sehe auch, dass sie verschwitzt sind, ja, ich höre auch, dass die Geräusche nicht immer die heißesten sind, ja, ich kann erkennen, dass diese Position nicht die vorteilhafteste für Piper ist, weil ihr Bauch sich wölbt. Aber das ist alles egal. Die beiden sind so in ihrer gemeinsamen Welt gefangen, dass all das egal ist. Und hierin liegt die ganze Schönheit der Szenerie.

Ich hatte es mir nicht so vorgestellt. Er nimmt sie hart und sie liebt es. Alles an ihr, ihre ganze Haltung besagt, dass sie es genießt, von ihm gevögelt zu werden. Sein Blick brennt auf sie nieder. Er beobachtet die Stelle, an der er in sie gleitet. Sein Keuchen ist Beweis genug, dass er ebenso angeturnt ist wie sie.

Ich komme mir wie eine Spannerin vor, irgendwie pervers, aber ich kann nicht aufhören zu schauen, weil ich es so wunderschön finde, weil es mich anturnt, Piper so zu sehen.

Mike löst eine Hand von Pipers Hüfte und greift in ihre Haare. Sie schreit leise auf, als er nicht gerade sanft an ihnen zieht, ihren Körper nach oben zieht. Seine andere Hand legt sich besitzergreifend über ihre Brust. Sie dreht ihren Kopf nach hinten und sein Mund findet ihren. Der Kuss dauert lange, ist grob und animalisch. Er hört nicht auf, sie zu vögeln, keine Sekunde. Sie stöhnt in seinen Mund, ist laut, wird wild. Gott, sie ist so wunderschön in diesem Moment.

Ich spüre, wie ich feucht werde, von diesem Anblick angemacht werde. Meine Brustwarzen stellen sich auf, ziehen sich eng zusammen. Ich muss mich zusammenreißen, dass ich nicht anfange zu stöhnen.

Mike drückt ihren Oberkörper wieder zurück und ich laufe langsam vorwärts. Ich setze mich auf den Rand der Matratze.

Er spürt, wie sich die Matratze bewegt, und schaut nach rechts. Dort sitzt sie, die Frau, die ihm schlaflose Nächte bereitet, die Frau, die er heißer findet als irgendeine andere. Er kann gar nicht mehr zählen, wie oft er sich einen runtergeholt hat und dabei nur ihr hübsches Gesicht vor sich gesehen hat. Nach verfickten drei Monaten ist sie endlich bereit, einen Schritt weiterzugehen. Er kann es kaum glauben, hat sich nichts sehnlicher gewünscht.

Er hatte die Hoffnung schon beinahe aufgegeben, wollte das Arrangement mit Piper schon beenden, weil er es doch nur begonnen hatte, um Mara nahe zu sein, um mit ihr zu schlafen, um sie zu küssen. Er weiß, dass es Piper gegenüber nicht besonders fair ist, weil sie Gefühle für ihn entwickelt hat, aber er ist von Anfang an ehrlich zu ihr gewesen. Er hat ihr nie das Gefühl gegeben, dass mehr zwischen ihnen sein könnte als Sex.

Er kann nicht anders, er lächelt, als er sie sieht. Außerdem hat er das starke Verlangen, sich in Pose zu werfen, ihr seine Schokoladenseite zu zeigen.

»Lovely«, murmelt Piper liebevoll. Sie löst eine Hand aus dem Laken und streckt sie aus. Mara rutscht näher und ergreift sie, streichelt sie sanft. Er wünscht sich, dass sie ihn anschaut, aber sie hat nur Augen für Piper, wie es scheint.

Piper lächelt sie an und Maras Augen leuchten auf. Sie ist so wunderschön!

»Küss mich, Lovely«, sagt sie leise.

Ja, ja, küss sie! Er spürt, wie er härter wird.

Mara krabbelt ganz aufs Bett, will Piper küssen. Er greift in Pipers Haare, zieht ihren Oberkörper an sich, schlingt seine Arme um sie. Piper zischt leise. Mara wirft ihm einen irritierten Blick zu, kommt aber näher.

Mike kann sich ein Lächeln nicht verkneifen. Er will den Kuss aus der ersten Reihe sehen. Maras Hände streichen über Pipers Bauch, über ihre Brüste, was Mike stöhnen lässt. Sie zwirbelt sanft die Nippel, bevor sie über ihr Dekolleté fährt, dann über den Hals. Sie legt ihre Hände um ihr Gesicht, lächelt sie mit so viel Liebe an, dass sich sein Herz verkrampft. Er will, dass sie *ihn* so anschaut! Nur *ihn*!

Sie leckt sich die Lippen und dann küsst sie Piper. Sie streicht sanft über ihre Lippen, bevor sie ihre Zunge in ihren Mund gleiten lässt. Mike schluckt bei dem Anblick. Er verlangsamt seine Stöße, will dieses unglaubliche Schauspiel beobachten. Er zieht Piper ein wenig rum, so dass er sie beide im Profil sieht. Ihre Zungen spielen miteinander, sie haben beide die Augen geschlossen.

Er legt Piper eine Hand in den Nacken, zögert kurz, legt dann aber auch Mara die Hand in den Nacken. Sie stockt einen Moment, lässt sich dann aber darauf ein. Er spürt, wie er härter und härter wird. Er kommt gleich ohne weitere Bewegung, weil dieser Anblick einfach nur geil ist.

Piper öffnet langsam die Knöpfe des farbverschmierten Hemdes. *Ja*, kann er nur denken, *zeig mir ihre Titten!* Seine Augen wandern von ihren Mündern zu Pipers Fingern und wieder zurück, immer und immer wieder. Piper ist beim letzten Knopf angekommen, streichelt wieder nach oben und streift ihr das Hemd von den Schultern. Sein Blick wird sofort von den üppigen Rundungen angezogen. Die perfekten Titten! Voll und saftig. Er kann ihre harten Nippel sehen.

Piper greift hinter sie, öffnet ihren BH. Er will am liebsten jubeln, weil sie das für ihn tut. *Scheiße, ist das heiß*, denkt er immer und immer wieder. Seine Stöße in Piper vergisst er allmählich, alles, was ihn jetzt noch interessiert, sind Maras Titten.

Piper streift ihr die Träger ab, die Körbchen geben den Blick frei. Ihre Nippel sind klein und hart, rosa. Er kann sich nicht kontrollieren, löst seine Hand von Piper und legt sie um ihre Brust. Sie zuckt kurz zurück, drückt sich dann aber in seine Hand. Er dankt allen Göttern dafür, dass er ihre Titten berühren darf!

Er knetet sanft, rollt ihre Nippel zwischen seinen Fingern, umfasst die andere Brust, lässt ihr die gleiche Behandlung zuteil werden. Er schluckt hart, will ihre Nippel in den Mund nehmen, sie aber auch nicht verschrecken. Sein Blick richtet sich auf ihren Mund, während er ihre Brust massiert.

Sie knutschen immer noch miteinander. Er lehnt sich zu ihnen, lässt seine Lippen über Pipers Schläfe gleiten, ihre Wange, erreicht schließlich ihre heißen Münder. Er lässt seine Zunge gegen Pipers Lippen schnellen und dann gegen ihre. Sie stöhnt leise, was ihn animiert weiterzumachen. Er küsst ihre Wange, fühlt ihre weiche Haut unter seinen Lippen. Er beobachtet ihren Kuss. Als er eine winzige Unterbrechung sieht, zieht er an ihren Haaren, löst sie von Piper und lässt seine Lippen auf ihre krachen.

Eigentlich hatte er fantasiert, dass ihr erster Kuss sanft sein würde, aber er sieht, dass er sie nicht zum Denken kommen lassen darf. Also löst er seine Hand von ihrem Busen, wandert zu ihrem Gesicht, hält ihren Kopf in Position und fickt ihren Mund hart mit seinem. Sie ist überrascht, das spürt er genau. Ihre Hände legen sich an seine Gelenke, aber halten ihn nicht ab. Ihr Kuss mit Piper war zwar leidenschaftlich, aber zärtlich. Er küsst Mara hart und grob und mit all dem Begehren, das seit drei verdammten Monaten in ihm schlummert.

Sie unterbricht den Kuss nicht, kommt ihm entgegen, lässt ihre Zunge mit seiner spielen. Piper ist nun außen vor, aber das interessiert ihn nicht. Er ist nur darauf fokussiert, dass er endlich, endlich seine Traumfrau küssen kann.

»Mike«, hört er Pipers Stimme und ist von ihrem jammernden Tonfall genervt.

»Mike«, jammert sie wieder. Er löst die linke Hand von Mara, fasst Piper im Nacken und drückt sie an Maras Brüste. Gerade ist ihm alles egal! Der Anblick ist ihm scheißegal, weil er gerade mit Maras Zunge wrestelt.

Er ist absolut ruiniert für jede andere Frau auf diesem Planeten! Nie, nie wurde er so geküsst, wie diese Frau ihn küsst. Sein Schwanz flutscht aus Piper, als er sich mehr zu Mara dreht. Er hört sie winseln, aber auch das ist ihm egal. Seine Erektion wird gegen Maras Seite gepresst, die einen Moment stockt. Er zieht das Kondom ab, das er beim Sex mit Piper immer benutzt. Er weiß, dass sie clean ist, aber es ist ihm zu intim, ohne Gummi mit ihr zu schlafen.

»Mike, lass mir mehr Platz«, bittet Piper, aber er reagiert nicht.

Mara löst eine Hand von seinem Handgelenk, legt die Finger auf seine Brust. Sanft, fragend, ob es in Ordnung sei. Er intensiviert seinen Kuss noch und ihre Finger streichen nach unten, fahren über seine Brustwarzen, die harten Ebenen seines Bauches. Und dann ... dann berührt sie federleicht die Spitze seines Schwanzes.

Explosionsartig schießt sein Sperma aus ihm heraus, seine Eier ziehen sich eng an seinen Körper. Es ist ihm unglaublich peinlich, aber nicht mal das kann seinen Kuss stoppen. Keine Ahnung, wo sein Samen landet, kein Interesse, es zu wissen.

Er drückt leicht gegen sie und sie lässt sich auf das Bett sinken, unterbricht ihren Kuss nicht. Sie atmen beide bereits schwer, sind beide angeturnt von diesem perfekten Kuss. Er gibt Piper Raum, damit sie ihre Titten verwöhnen kann. Und damit sie aufhört zu winseln.

Nach einer halben Ewigkeit lösen sie sich voneinander. Er zieht an Pipers Haaren, sucht mit seinen Lippen ihre, küsst sie hart, während er Maras Brüste knetet. Sie wölbt sich in seine Hände. Dann dirigiert er Pipers Mund zu ihrem, lässt die beiden knutschen und widmet sich Maras perfekten Titten. Seine Lippen schließen sich um einen Nippel, den er so hart in sich hineinsaugt, dass sie laut stöhnt. Er lächelt an ihrer Haut, als er ihn mit der Zunge verwöhnt. Nicht zärtlich, sondern begehrlich und verlangend, wie es nun mal ist, wenn er nach Monaten endlich zum Zug kommt.

Er beißt in die Brustwarze, nicht fest, aber mit genügend Druck, um ihre Aufmerksamkeit zu erregen. Sie wölbt sich in seine Berührungen hinein, gibt ihm zu verstehen, dass sie mehr braucht. Er war noch nie in seinem Leben glücklicher als in diesem Augenblick. Er darf seine Traumfrau berühren. Endlich. Endlich. Und sie mag es ...

Er küsst sich zum anderen Nippel und beißt fester zu als vorher. Sie stöhnt laut auf, eine Hand legt sich auf seinen Hinterkopf und hält ihn dort. Aber so haben sie nicht gewettet. Er greift nach ihrer Hand, schlingt seine Finger durch ihre und pinnt sie dann in die Matratze, gleichzeitig beißt er fester zu, was ihr kleine Schreie entlockt, die Piper nicht komplett mit ihrem Mund stoppen kann.

Mara hebt ihr Becken an, ganz klar, dass sie Reibung braucht. Er legt sich komplett auf sie, muss dabei Piper ein Stück zur Seite schieben. Kaum liegt er zwischen ihren Beinen, presst sie ihre Muschi gegen ihn, reibt sich an ihm. Er kann ihren Duft riechen, diesen wunderbaren Geruch von aufgegeilter Frau. Er will sie lecken, will all ihre Nässe aufsaugen, bevor er in sie stößt und sie fickt, bis sie nur noch seinen Namen schreien kann. Nein, nicht ficken, wird ihm da bewusst. Er will sie mit Liebe überschütten. Und dieser Gedanke raubt ihm beinahe den Atem.

Trotz all dieser Gedanken in seinem Kopf hält er sich zurück, will sie nicht überfordern, ist dankbar, dass sie ihm dieses Geschenk macht. Außerdem muss er sich ins Gedächtnis rufen, dass sie Jungfrau ist, es nicht in Frage kommt, dass er sie beim ersten Mal hart nimmt, sondern mit Liebe und Zärtlichkeit, die jede Frau bei ihrem ersten Mal verdient hat.

Piper unterbricht ihren Kuss und Mara keucht: »Genug, genug.«

Beinahe widerwillig lässt er von ihr ab, aber es ist keine Frage, dass er es tut. Schließlich erhofft er sich noch viel mehr hier von.

Piper küsst sanft ihre Wange. »Alles okay, Lovely?«, fragt sie.

Mara nickt. Dann tastet sie suchend nach ihrem Hemd und zieht es unter seinem Bein hervor. Er hilft ihr, bevor sie es über ihre Brust legt, was ihm absolut nicht gefällt, aber immerhin durfte er ihre köstlichen Titten schon mal probieren.

»Ich bin so froh, dass du zu uns gekommen bist, Lovely«, flüstert Piper ihr ins Ohr, streichelt zärtlich ihre Wangen. »War es für dich okay?«

Mara nickt wieder. Sie schaut zögernd zu Mike, der sie anlächelt. Einladend und freundlich, wie er hofft. Er sieht ein kleines Lächeln an ihrem Mundwinkel ziehen und weiß, dass er den ersten Schritt gemacht hat, um ihr Vertrauen zu gewinnen. Gut, dass er sich unter Kontrolle hat.

Mara steht langsam auf, hält sich den Stoff über den Busen und verlässt ein wenig schüchtern das Schlafzimmer. Er kann ihre nackten Füße hören, wie sie die Treppenstufen hinabeilen, dann die Tür ihres Ateliers zustoßen.

Er schaut Piper aus den Augenwinkeln an und sieht ihren kritischen Blick. Weil er Zickerei jetzt gar nicht gebrauchen kann, zieht er sie hart in die Arme, küsst sie stürmisch, drückt sie in die Matratze, streift ein neues Kondom über und dringt in einer schnellen Bewegung in sie ein.

Er stößt tief in sie, bringt sie zum Höhepunkt, bevor er sein Sperma auf ihre Titten spritzt und sich dabei vorstellt, dass er sich auf die beiden perfekten Brüste ergießt, mit denen er gerade spielen durfte.

Was zum Teufel war das denn, frage ich mich verwirrt. Ich wollte nur kurz zusehen und plötzlich war ich mitten drin. O mein Gott! Habe ich mich tatsächlich von Mike küssen lassen, meine Brüste von ihm kneten lassen, sie lecken lassen?

Ich spüre noch immer seine Lippen auf meinen. Ich fahre mit dem Finger über sie, sie sind leicht geschwollen, wund geküsst. Aber was war das auch für ein Kuss? Gott, war das gut! Ich wusste gar nicht, dass solche Küsse existieren können. Vielleicht auch nur, wenn man keine Gefühle für die andere Person hat, denn sonst würde man doch nicht so grob sein, oder?

Ich kann mir nicht vorstellen, dass ich Piper irgendwann so küssen werde. Nein, sie würde ich immer nur zärtlich küssen, liebevoll. Und das ... Das war animalisch. Es fühlte sich an wie ... Ich weiß nicht, wie ... Ich finde keine Worte. Es war ein unglaublicher Kuss. Ich bin nie so geküsst worden, so ... weltenverändernd.

Mein Mundwinkel zuckt und ich fahre mit den Fingern zu ihm, als wollte ich dieses Gefühl einfangen, nur für einen Moment.

Es war ein wunderbares Gefühl, dass sie gleichzeitig meinen Mund und meine Brüste verwöhnt haben. Piper war zärtlich mit meinem Busen und Mike kein bisschen. Und doch ... doch hat es mich unglaublich angemacht, dass er sich einfach genommen hat, was er wollte, mir praktisch aufdiktiert hat, was ich zu mögen habe. Und er hatte Recht! Verdammt, er hatte Recht! Ich spüre noch seine Finger um meine Nippel, fühle die unbefriedigte Lust in meinem Inneren pulsieren.

Gott, worauf habe ich mich da nur eingelassen? Ich hoffe sehr, dass Piper das zu schätzen weiß ...

KAPITEL SIEBEN

»Du musst unbedingt mitkommen«, meint Emma lachend.

Er schaut sie an. »Ich hab aber keine Lust, diese Frau kennenzulernen.«

»Aber sie ist heiß!«, argumentiert sie.

»Das ist mir egal.«

»Drew!«, wendet sie sich mit einem frustrierten Augenrollen an seinen Bruder.

»Was, Bug?«

»Sag Mike, dass Keira heiß und genau sein Typ ist.«

Drew grinst und zeigt mit seinen Händen Riesenmöpse an. »Sie ist voll dein Typ.«

Mike schüttelt den Kopf. »Ich danke euch für die Sorge um mein Sexleben, aber nein danke. Ich hab wirklich, wirklich keine Lust, irgendeine Frau kennenzulernen.«

Drew wirft ihm einen merkwürdigen Blick zu. »Was soll das denn? Du lässt doch sonst nichts anbren... Fuck! Du bist verknallt!«, ruft er dann.

»Schrei doch einfach noch lauter, Kleiner, man konnte dich in Australien noch nicht hören«, gibt Mike grummelnd von sich.

Drew ist einen Moment perplex. »Es stimmt also.«

»Wer ist sie?«, fragt Emma aufgeregt.

»Kennt ihr nicht. Können wir jetzt das Thema beenden?«

»Natürlich nicht«, sagt Emma und rutscht näher an ihn heran. »Wann kann ich sie kennenlernen?«

»Äh, gar nicht?«, sagt er ungläubig.

»Wieso denn nicht?«

»Weil du dich nicht benehmen kannst.«

»Was meinst du denn damit?«

Drew schaut sie amüsiert an. »Du kannst dich echt nicht benehmen, Bug.«

»Das stimmt doch gar nicht!«

»Du fängst in den unpassendsten Augenblicken an von Penis-Piercings zu berichten«, meint Mike.

»Oder du erzählst, dass sich Analvibratoren den Darm hochfräsen, wenn man sie aus der Hand lässt«, steuert Drew bei.

»Wie war das noch mit dem Sexleben der Eintagsfliege?«, fragt Mike.

»Ich erinnere mich noch lebhaft an ...«

»Jaja, schon gut, schon gut! Und wenn ich verspreche, nicht über irgendwas Sexuelles zu reden?«, fragt Emma.

Mike lacht. »Emma, du weißt, ich bin verrückt nach dir, aber ich würde dich nie einer Frau vorstellen, die ich behalten will.«

Sie funkelt ihn böse an. »Dann erzähl wenigstens von ihr! Bitte!«

Er kratzt sich am Kopf. »Du kannst aber nichts davon für einen Roman verwenden!«

Sie hebt sofort die Hand. »Ehrenwort!«

»Das wird dir noch leidtun«, murmelt Mike, trinkt einen Schluck und sagt dann: »Als wir vor ein paar Monaten zusammen in diesem Club waren, habe ich so eine Barbie kennengelernt. Wir haben gevögelt, es war gut. Einige Zeit später haben wir uns zufällig wiedergetroffen, gevögelt, es war gut. Und irgendwie hat sich das wiederholt.« Er trinkt noch einen Schluck. »Und dann hat sie mir erzählt, dass sie eine Freundin hat.«

Drew bekommt große Augen. »Eine Freundin?«

»Yep«, sagt Mike zufrieden. »Ich hab sie natürlich gefragt, wie das sein kann, warum sie mit mir vögelt, wenn sie ein Mädchen hat. Und sie sagte, dass das okay ist, ihre Freundin ihr das erlaubt.«

»Wow«, macht Drew und fängt sich einen Schlag gegen die Schulter von Emma ein. Er grinst sie nur an und schlingt seinen Arm um sie.

»Ich geb's zu. Die Idee, dass ich vielleicht mit beiden rummachen könnte, ist mir durchs Gehirn geflattert. Und dann habe ich sie kennengelernt und bereits in der ersten Sekunde hat sie mein Herz berührt. Sie ist so ... gleichzeitig so verletzlich und so stark. Piper hat mir gesagt, dass sie die Dominante in ihrer Beziehung ist. Am Anfang war sie auch stark und tough, aber mittlerweile unterwirft sie sich mir so vollständig, dass es schon ein wenig nervig ist. Aber Mara ... nein, sie nicht. Sie hat Feuer und ist wunderschön. Sie ist wow, einfach wow. Ich ...«

Er schaut in die lächelnden Gesichter von Emma und Drew. »Dass ich das noch erleben darf«, grinst Drew. »Mein großer Bruder total verschossen.«

Mike zieht sich am Ohrläppchen. »Naja.«

»Erzähl weiter«, fordert Emma.

»Hmmh ... Sie haben mir das Angebot einer Dreiecksbeziehung gemacht, weil Piper offensichtlich Gefühle für mich entwickelt und Mara sie glücklich machen will. Ich nahm das Angebot an, weil Mara angedeutet hat, dass sie eventuell mit einem Dreier einverstanden ist. Jetzt hab ich Piper drei Monate gevögelt und gestern ist Mara dann zum ersten Mal dazugekommen. Ich hab sie geküsst und mit ihren Brüsten gespielt ... Vielleicht mag es euch entgangen sein, aber ich bin voll verknallt in sie.«

Drew lacht. »Wär mir nicht aufgefallen.«

Mike trinkt sein Bier leer. »Das einzige Problem ist, dass die beiden sich wirklich lieben. Und Mara sich nur mit mir abgibt, weil Piper mich mag. Und ich bin ein Arsch, weil ich Pipers Gefühle für mich ausnutze, um an Mara ranzukommen.«

»Kann ich mein Versprechen zurücknehmen?«, fragt Emma.

»Nein«, lacht Mike.

»Hmmh, das wäre die perfekte Story für ein Buch.«

Er legt ihr die Hand auf den Arm. »Emma, nein.«

»Jaja, schon gut. Also ...«

»Also?«, fragt er und bemerkt, das seine Stimme hoffnungsvoll klingt.

Sie grinst. »Du liebeskranker Welpe.« Sie umarmt ihn rasch. »Also, eigentlich würde ich sagen, dass du dich da raus halten solltest, weil man einfach nicht in den Beziehungen anderer Menschen für Chaos sorgt.«

»Bitte lass ein *aber* kommen«, meint er.

»Aber ... aber es hört sich so an, als wären die Mädels beide recht offen. Vielleicht ist das ja ein Zukunftskonzept, du und sie beide. Hast du mir nicht von deinem Kumpel erzählt, der drei Frauen hat?«

»Nein, ich hab dir von Simons Bruder erzählt, der gemeinsam mit zwei anderen Männern eine Frau hat.«

»Ach, ja, richtig. Wenn das bei denen klappt, warum dann nicht auch bei euch?«

Mike legt beide Hände in den Nacken und schaut an die Decke. »Ich will sie für mich allein.«

»Alter, was geht! Du kannst zwei heiße Frauen haben und willst nur eine?«, fragt Drew entgeistert und stößt gleich darauf abrupt die Luft aus, als Emma ihm in den Magen boxt. Er schaut sie böse an. »Es geht hier nicht um mich, Bug!«

»Ja, aber das klang so, als hättest du da schon drüber nachgedacht«, rechtfertigt sie sich.

Mike trinkt die Hälfte des neuen Biers in einem Zug leer. »Ich mag sie halt.«

»Das hast du super eingefädelt«, meint Drew und grinst. »Verliebst dich in eine Lesbe.«

Mike grummelt verstimmt vor sich hin. »Fuck, ja! Warum kriegst du eine Emma und ich kann keine Mara haben?«

Drew lacht. »Also das, was ich mit diesem Sturkopf hier durchgemacht habe, wünsche ich nicht mal meinem schlimmsten Feind.« Er fängt Emmas Arm ein, bevor sie ihn berühren kann, zieht sie eng an sich und flüstert in ihr

Ohr: »Wenn du weiterhin so frech bist, Bug, dann habe *ich* heute mal Migräne.«

Emma lacht sich kaputt. »Das glaubst du ja wohl selber nicht.«

Drew grinst und beißt ihr ins Ohrläppchen, was sie sofort verstummen lässt.

»Nehmt euch ein Zimmer«, murrt Mike und trinkt sein Bier aus. Gott, verliebte Pärchen sind ätzend.

Als er später in seinem Bett liegt – nachdem er sich einen runtergeholt und dabei nur an Maras heiße Lippen gedacht hat, die er sich um seinen Schwanz wünscht – denkt er über die ganze Situation nach.

Er sieht nicht wirklich eine Zukunft, ein Happyend schon mal gar nicht, aber alles in ihm sträubt sich dagegen, sie aufzugeben, auch wenn ein Ende mit Schrecken besser wäre. Er sieht genau, wo dieser Weg ihn hinführt. Zu einem gebrochenen Herzen. Und wenn es wider Erwarten nicht sein Herz sein sollte, das gebrochen wird, dann ist es Pipers. Das will er nicht. Er mag sie, auch wenn er keine weitergehenden Gefühle für sie hat. Darüber hinaus ist sie ein Mensch und hat es daher verdient, dass man sie nicht vorsätzlich verletzt.

Trotz allem kann er Mara nicht vergessen. Es geht einfach nicht. Er kann sie nicht aufgeben, genauso wenig wie er das Atmen aufgeben könnte. Sie gehört nach wenigen Treffen schon jetzt zu seinen liebsten Menschen. Fuck, wenn es doch nur eine Lösung gäbe, mit der alle zufrieden sein könnten. Wieso will er keine Beziehung mit beiden?

Weil du dann immer Angst hättest, dass sie Piper mehr liebt als dich ...

Ich laufe durch Bloomingdales, um eine Marc Jacobs-Tasche für Chrissa zu besorgen. Nein, nicht eine, sondern *die* Handtasche, die sie sich mehr als alles andere wünscht. Da sie siebenhundert Dollar kostet, legen Lila und ich zusammen. Piper kommt nicht mit, was ich mir gedacht habe, aber es ärgert mich trotzdem. Ich gehe auch immer mit zu ihren langweiligen Freundinnen, die nichts weiter im Kopf haben als das Aussehen der Schuhe der neuen Dior-Kollektion. Ja, gut, ich kaufe Chrissa gerade eine Scheißhandtasche, die vollkommen überteuert ist, aber Chrissa hat Herz. Und das haben diese High Society-Schnepfen nicht.

Jedes Mal, wenn ich dabei bin, geben sie mir das Gefühl, dass ich minderwertig bin, nicht wie sie bin. Piper weiß, wie ich mich dabei fühle, aber sie tut es ab, als wäre das irgendein Unfug. Ich verstehe, dass sie ihre Freundinnen liebt, wirklich. Aber manchmal wäre es auch ganz schön, wenn sie für mich einstehen könnte.

Boah, denke nur ich das oder bin ich ganz schön zickig momentan? Was ist nur los? Unsere Beziehung war so toll, doch momentan habe ich das Gefühl, dass ich tausend kleine Fehler finde. Ich will aber keine Fehler finden! Ich will uns zurück, uns als glücklichstes Paar der Welt. Ich hasse das.

Vielleicht sollte ich einen schönen Abend mit Piper planen. Ich könnte bei dem kleinen Italiener die Pasta kaufen, die sie so mag. Eigentlich gibt es da kein Take-out, aber für Piper und mich macht Giovanni eine Ausnahme. Ich könnte eine Flasche Wein mitnehmen und sie danach ein bisschen massieren. Heute Morgen ist mir aufgefallen, dass sie nicht ganz gerade gelaufen ist. Ein untrügliches

Zeichen dafür, dass sich ihre Schultern wieder verspannt haben. Sie arbeitet aber auch zu viel!

Ich bin in Gedanken, laufe um eine Ecke und knalle gegen eine harte Brust in Lederjacke.

»Vorsicht«, sagt jemand und hält mich fest, als ich drohe hinzufallen. Die Stimme kenne ich doch ...

Mein Blick fliegt zu seinem Gesicht und ich sehe in seine grauen Augen. »Danke«, murmel ich und löse mich von ihm. Verlegen schaue ich auf den Boden. Ich hab Mike seit unserem Rummachen vor zwei Wochen nicht mehr gesehen, habe es vermieden, zu Hause zu sein, wenn er mit Piper gevögelt hat.

»Hi, Mara«, sagt er mit seiner dunklen Stimme, die immer ein bisschen brummig klingt.

»Hi«, sage ich.

»Alles klar bei dir? Ich hab dich schon länger nicht mehr gesehen«, stellt er fest.

»Ja, alles klar. Und selbst?« Ich bemühe mich überall hinzuschauen, nur nicht zu ihm.

»Mara, schau mich an«, sagt er sanft.

Ich schüttel den Kopf.

Er zieht mich ein Stück zur Seite, um uns ein bisschen Privatsphäre zu geben, man muss ja nicht mitten im Gang stehen.

»Ist es dir unangenehm, dass ich dich geküsst habe?«, fragt er leise.

Ich starre auf meine Hände. »Irgendwie.«

»Hat es dir nicht gefallen?«, fragt er enttäuscht.

»Doch.«

»Schau mich an«, bittet er noch einmal.

Ich hebe langsam den Blick. Er lächelt mich an. »Mir hat es auch gefallen.«

Ich schlucke nervös. »Ich ... es ist mir unangenehm, dass ich mich so ... hmmh ... dazwischen gedrängt habe.«

»Piper und ich haben uns beide gewünscht, dass du dazukommst. Wir haben mehrmals darüber gesprochen, wollten dich aber nicht drängen.«

Ich nicke.

»Du kannst jederzeit wieder dazukommen.«

»Mike?«, ertönt da eine Stimme und eine hübsche, braunhaarige Frau dreht sich suchend um die eigene Achse.

»Hier, Emma«, sagt er und schaut zu ihr.

Sie lächelt. »Da bist du ja! Also, lieber das hier oder lieber das hier?«, fragt sie und hält zwei Kleider hoch.

Mike schaut sie belustigt an. »Ich weiß echt nicht, warum du mich zum Einkaufen mitnimmst.«

Emma schaut mich interessiert an.

»Mara, das ist meine Fast-Schwägerin Emma. Emma, das ist Mara.«

»Als ob ich Drew heiraten würde«, schnaubt Emma und reicht mir dann lächelnd die Hand. »Schön, dich kennenzulernen.«

»Danke, ebenso«, sage ich.

Sie hält mir die beiden Kleider hin. »Welches nehme ich?«

Ich schaue sie mir beide an. »Hast du sie anprobiert?« Sie nickt. »Fallen bei dem hier deine Brüste raus?« Ich zeige auf das Rechte. Sie schüttelt den Kopf. »Dann das.«

Sie grinst. »Es passt erstaunlich gut. Ich hatte auch die Befürchtung, dass die Mädels raushüpfen, wenn ich mich bewege. Gut, das ist entschieden. Gehen wir Mittagessen.«

Sie bezahlt das Kleid und marschiert los, als wäre es beschlossene Sache, dass ich mitkomme. Und ehrlich. Sie ist so interessant, dass ich gar nicht anders kann, als mitzugehen. Wir gehen in ein nettes Restaurant ein paar Blocks entfernt.

Emma bestellt Schokoladenkuchen zum Mittagessen. Ich muss grinsen und sie wirft mir einen amüsierten Blick zu. »Naja, man muss ja schauen, wie man seine Kalorien zu sich nimmt.«

Mike lacht. »Du gehst doch jeden Morgen laufen.«

Ich schaue sie interessiert an. »Ach echt?« Sie ist kurvig, aber nicht dick. Von der Figur ein bisschen wie ich, auch wenn ich ein bisschen größer und schlanker bin als sie und nicht so eine ausufernde Oberweite habe, wie ich mir eingestehen muss.

»Ja, du auch?«, fragt sie und trinkt ihren Kaffee.

Ich nicke.

»Wo läufst du?«, fragt sie mich.

»Clinton am Hudson.«

»Kann man da gut laufen?«, fragt sie interessiert.

Ich nicke. »Es ist schön, am Wasser zu laufen.«

»Ich laufe immer im Central Park, aber vielleicht könnten wir uns ja mal zum Laufen verabreden? Für jeden Tag wohnen wir zu weit auseinander, aber einmal in der Woche könnten wir es riskieren.« Sie lächelt mich an.

»Gerne«, sage ich und sie reicht mir ihr Handy, damit ich meine Nummer einprogrammieren kann.

»Was machst du so?«, fragt sie mich.

»Ich male.«

Sie grinst. »Wirklich? Kannst du davon leben?«

Ich wackel mit dem Kopf. »Mehr oder weniger. Es wird besser.«

Mike schaut mich interessiert an. »Ich wusste nicht, dass du davon lebst.«

»Naja, ich versuche es«, antworte ich. »Aber ich wollte nie etwas anderes machen und deswegen habe ich keine andere Wahl. Hätte ich Piper nicht, würde ich nebenbei kellnern und in einem Rattenloch wohnen.«

»Ich finde es schön, dass du deiner Leidenschaft nachgehst.«

Ich streiche mir verlegen eine Strähne aus dem Gesicht.

»Vielleicht zeigst du mir mal was?«, fragt er.

Ich schaue ihn überrascht an. »Echt jetzt?«

Er nickt und lächelt mich mit seinem perfekten Lächeln an, das mir schon ein wenig den Atem raubt. »Ich würd gern was sehen.«

Ich überlege. »Hier um die Ecke ist eine kleine Galerie, die meine Werke ausstellt.«

Emma lacht. »Dann wissen wir ja, was wir gleich machen.«

»Was machst du eigentlich?«, frage ich Mike, um vom Thema abzulenken, da ich ungern im Mittelpunkt stehe.

»Ich bin Anwalt.« Ach ja, das hatte Piper erwähnt.

»Irgendwas Bestimmtes?«, frage ich.

»Kartellrecht.«

Ich hab keine Ahnung, was das beinhaltet.

»Kennst du daher Jace?«

Er schüttelt den Kopf und grinst schelmisch. »Nein, Jace hab ich in Oxford kennengelernt.«

»Oxford in England oder Oxford in Mississippi?«, frage ich neugierig.

Er lacht. »Ersteres.«

»Du hast in Oxford studiert?«, frage ich.

Er bestätigt es.

»Krass.«

Emma lacht. »Ja, ich konnte mir auch nicht vorstellen, dass jemand, der aussieht, als könnte er bei den Bodybuilding-Weltmeisterschaften mitmachen, an der renommierten Oxford University studiert hat.«

Mike streicht sich durch seine kurzen dunkelbraunen Haare. »Naja, jedenfalls hab ich da Jace und neun andere Jungs in der Einführungsveranstaltung kennengelernt. Seitdem sind wir Freunde.«

»Sie haben sich *Society of badass debauchery* genannt und nach allem, was ich von Drew gehört habe, war Mike hier der schlimmste«, grinst Emma.

Mike fährt sich durch die Stoppeln auf seinem Gesicht. »Emma, du wolltest dich benehmen, wenn ich dich mit in die große weite Welt nehme.«

Ich grinse. »Nein, erzähl mehr. Ich find das toll.«

Und dann ist Emma in ihrem Element. *Die geborene Geschichtenerzählerin*, denke ich. »Die Jungs hatten die ganze Unizeit eine Wette laufen. Wer die meisten Mädels flachlegen kann. Manche schossen sich schon frühzeitig ins Aus, indem sie sich verliebten, aber unser Mike hier gibt sich mit so was ja nicht ab.« Sie lacht. »Und die Tate-Männer sind ehrgeizig. Wenn es einen Wettbewerb gibt, dann wollen sie ihn auch gewinnen.«

»Emma!«, fleht Mike.

»Halt die Klappe«, sagt sie liebevoll. »Also, im letzten Jahr lagen er und Tyler gleich auf. Ich werde dir die Zahl ersparen, denn dann würdest du dich vor Ekel übergeben. Es waren nur noch zwei Wochen bis zum Abschluss. Anstatt wie alle anderen zu lernen, dachte sich Mike, fahre ich mal in den Club und schaue mir an, was da so rumläuft. Immerhin galt es, eine Wette zu gewinnen.« Sie schaut ihn belustigt an, während er die Augen verdreht.

»Er fand schließlich eine willige Frau, zog sie in irgendeine Ecke, fing an sie zu betatschen. Sie war äußerst willig. Also dachte sich Mike, geh ich mal direkt in die Vollen.«

»Emma, bitte!«

»Er schob ihr Kleid hoch, doch da kam gerade jemand vorbei, so dass er sie noch ein Stück weiter aus dem Sichtfeld schob. Er achtete nicht darauf, wo er hinging, hatte nur eines im Sinn.«

»Ich hasse dich.«

»Du liebst mich. Also, er wollte die Kleine nageln. Er zog ihr Kleid hoch, ihr Höschen verschwand – oder sie hatte gar keine Unterwäsche an, kann auch sein. Er öffnete seine Hose, benutzte hoffentlich einen Gummi und steckte ihn ihr rein. Sie konnten die wummernden Beats hören, sie schrie laut, als er in sie stieß. Mike hielt sie fest, schlang ein Bein um seine Hüften.«

Ich hänge an ihren Lippen. »Und dann?«

Sie lacht. »Und dann ging der Vorhang auf, weil die Band auftreten sollte. Nur stand Mike mit heruntergelassenen Hosen und der Frau auf der Bühne.«

Ich schlage mir die Hand vor den Mund. Ich schaue ihn an und er hat den Anstand, ein wenig beschämt auszusehen. »Nein!«, quietsche ich.

Emma lacht sich kaputt und nickt vehement. »Doch! Und anstatt sie von der Bühne zu führen, vögelte er sie unter dem Applaus aller Gäste weiter, bis der Vorhang wieder zuging.«

»Ich hab sie danach auch noch weitergevögelt. Bis zum Ende. Sie ist schreiend gekommen«, grinst Mike. So peinlich scheint ihm die Geschichte nicht zu sein.

»Du hattest es faustdick hinter den Ohren, was?«, frage ich ihn lachend.

»Was heißt denn hatte?«, fragt Emma.

Mike streicht wieder über seinen Drei-Tage-Bart. »Naja, sagen wir es mal so, ich war nicht bereit, die Wette zu verlieren.«

»Hast du gewonnen?«, frage ich ihn neugierig.

Er nickt.

»Wie viele?«

Er lacht und um seine Augen entstehen lauter kleine Fältchen, die ihm ein äußerst sympathisches Aussehen verleihen. »Das, meine liebe Mara, wirst du hoffentlich nie erfahren.«

Ich ziehe meine Nase kraus. »Bitte.«

»Nein. Aber du darfst meinen Karottenkuchen probieren«, bietet er an. Er teilt ein Stück ab und hält es mir hin. Als würde ich mir das zweimal sagen lassen.

Der Moment, in dem sich ihre Lippen um die Gabel schließen, lässt ihn hart schlucken. Gott, sie ist so sexy! Er spürt mal wieder, dass seine Hose zu eng wird, mittlerweile ist er an diese Reaktion gewöhnt. Sein Körper will sie, aber was noch wichtiger ist, sein Herz will sie auch.

Als Mara die Toilette aufsucht, beugt sich Emma zu ihm: »Gott, ist sie süß! Bitte mach, dass sie sich in dich verliebt.«

»Ich soll mich doch aus der Beziehung raushalten«, meint er.

Sie zuckt mit den Schultern. »So wie es aussieht, kannst du das nicht mehr. Du bist total in sie verknallt. Das sieht ein Blinder.«

»Weiß sie das auch?«, fragt er und sie schüttelt den Kopf. Er weiß nicht, ob ihn das freut oder nicht. Als Mara wiederkommt, zahlen sie. Mara greift in ihre Tasche und zieht einen Umschlag heraus, den sie in das Menü legt. Mike und Emma schauen sie fragend an.

Als sie rausgehen, sagt Mara: »Das ist ein aufmunternder Brief für den Finder.«

Emma beginnt zu strahlen. »Dieses Liebesbriefprojekt?«

Mara nickt. »Genau. Der Brief ist genau für den bestimmt, der ihn findet.«

Mike weiß zwar nichts über das Projekt, aber er kann sich vorstellen, um was es geht. »Was hast du reingeschrieben?«

Sie schaut ihn verlegen an. »Dass ich der Person Glück wünsche und Liebe und ein tolles Leben.«

Mike schaut sie einen langen, einen sehr langen Moment an. Dann nickt er langsam. *Kann sie eigentlich noch toller werden*, fragt er sich.

»Was?«, fragt sie unsicher.

Er zuckt mit den Schultern, weiß, dass er ihr nicht sagen kann, dass er dabei ist, sich in sie zu verlieben. Zum ersten Mal wird ihm klar, dass er mehr von ihr will. Mehr als nur Sex, mehr als wild rummachen. Er will sie kennenlernen. Jedes bisschen, das er an ihr entdeckt, bringt ihn dazu, sie ein wenig mehr in sein Herz zu schließen. Gefährliches Terrain, denn seit Diane hat er niemanden mehr an sich heran gelassen. Aber vielleicht ist sie es ...

Sie laufen die wenigen Meter bis zu der kleinen Galerie. Die Besitzerin begrüßt sie freundlich. Sofort wird er von einem schwarz-weißen Bild angezogen. Es ist ein Porträt einer jungen Frau, die auf dem Boden sitzt, die

Knie angezogen, die Arme um diese geschlungen. Das Besondere ist ihr Gesicht. Eine Hälfte zeigt den traurigsten Ausdruck, den er je gesehen hat. Zweittraurigsten, korrigiert er sich, als ihm Maras Gesicht in der Bar einfällt. Der jungen Frau ist die Verzweiflung anzusehen, sie zerbricht an der harten, einsamen Welt.

Die andere Hälfte zeigt ein strahlendes Gesicht, als wäre dieser Person noch nie im Leben etwas Schlimmes zugestoßen, als hätte sie immer nur auf der Sonnenseite gelebt. Hätte ihm jemand von diesem Bild erzählt, hätte er es nicht glauben können, hätte es für unmöglich gehalten, dass es so etwas gibt. Aber es funktioniert, so unglaublich, dass er sich sofort in dieses Gemälde verliebt.

Mara steht schweigend neben ihm. »Wer hat das gemalt?«, fragt er berührt.

»Ich.«

Er dreht seinen Blick ungläubig zu ihr. »Das ist dein Bild?«

Sie nickt und auf einmal ist all ihre Schüchternheit wieder da.

»Mich hat noch nie ein Bild so berührt wie dieses«, sagt er leise.

Ihre Augen suchen seine, versuchen zu sehen, ob er ehrlich ist, ob er es ernst meint. Er lässt seine Augen nicht von ihr weichen, will, dass sie sieht, was er für dieses Bild fühlt. Ein Lächeln stiehlt sich auf ihr Gesicht. Nie hat er etwas Schöneres gesehen.

Als sie sich später verabschiedet haben, geht er mit Emma in die Galerie zurück, um das Bild zu kaufen. Fünfzehntausend Dollar sind kein Pappenstiel, aber er kann nicht anders.

Emma lehnt ihren Kopf an seine Schulter. »Ich hoffe, sie verliebt sich in dich, Mike. Sie würde perfekt zu dir passen.«

Ja, verdammt, das weiß er auch.

Ich decke den Tisch, öffne den Rotwein, richte das Essen des Italieners auf zwei Tellern an. Ich setze mich auf einen Stuhl, habe nur ein Höschen und mein Malhemd an, weil sie mich so mag. Sie wollte um acht zu Hause sein. Ich hab extra noch einmal nachgefragt und sie hat mir eine Nachricht geschickt.

Viertel nach acht. Halb neun. Neun. Zehn. Mitternacht. Den Tränen nahe und vollkommen enttäuscht schleiche ich die Treppe nach oben, mache mich fertig fürs Bett. Ich lege mich hin und schlafe trotz der Traurigkeit schnell ein.

Ich werde wach, als sie sich hinter mich legt, die Arme um mich schlingt. Ich tue so, als würde ich schlafen. Sie knetet meine Brüste, leckt an meinem Ohr. Sie schiebt mir von hinten die Hand zwischen die Beine und massiert meine Klit.

»Wach auf, Lovely«, murmelt sie.

»Nicht, Piper«, bitte ich.

Sie stoppt ihre Bewegungen. »Ich will dich, Mara.«

Ich versuche mich von ihr zu lösen und sage die schwersten Worte, die ich je gesagt habe. »Ich hab heute keine Lust.«

»Wie bitte?«, fragt sie. »Komm schon, Lovely. Ich brauch jetzt deine Zunge in mir.«

Sie dreht mich auf den Rücken, zieht mir meinen Pyjama aus.

»Piper, bitte. Ich will nicht.«

Sie legt mir beide Hände ans Gesicht, küsst mich innig. Nach einem Moment Widerstand öffne ich den Mund für sie. Sie küsst mich leidenschaftlich, hat ihre Hand zwischen meinen Beinen und reibt sanft meine Klit.

»Nur kurz, Lovely«, bittet sie. »Ich brauche ein bisschen Stressabbau.«

Ich seufze leise, drehe sie auf den Rücken, lege mich zwischen ihre Beine und zeige ihr einmal mehr, wie gut ich lecke.

Es dauert tatsächlich nicht lange, bis wir Arm in Arm einschlafen.

KAPITEL ACHT

»Kannst du nicht mitkommen?«, frage ich sie.

Sie verdreht die Augen. Sie glaubt, ich sehe es nicht, aber sie spiegelt sich in der Fensterscheibe. »Tut mir leid, Lovely. Ich muss arbeiten.«

Ich schlucke. Sie sagt jedes Mal, dass sie arbeiten muss, wenn sie keinen Bock hat, meine Freunde zu besuchen. Wir mögen ein Paar sein, aber wir haben gleichzeitig auch getrennte Leben. Oder sagen wir besser, ich habe ein Leben, an dem sie nicht teilnimmt. Das betrifft sowohl meine Familie als auch meine Freunde. Es tut weh. Weil sie von mir erwartet, dass ich mitkomme, wenn ihre Freunde eine Party geben.

»Okay«, sage ich daher nur.

Sie dreht sich zu mir und lächelt. »Aber ich freue mich schon auf heute Nacht«, murmelt sie und zieht mich für einen Kuss an sich. Ihre Lippen sind warm und weich und es ist keine Schwierigkeit, mich in ihnen zu verlieren.

Kurze Zeit später verlasse ich das Haus und nehme ein Taxi zu Chrissas und Jace' Wohnung. Sie wohnen auf der Upper West Side. Chrissa ist Senior Partnerin einer der angesehensten Kanzleien der Stadt. Und dabei ist sie gerade mal dreißig. Jace arbeitet auch für eine tolle Firma, aber nach den Boxring-Aktivitäten ist er aufs Abstellgleis manövriert worden und muss ein Jahr länger auf seine Beförderung warten. Ich weiß, dass ihm das nicht schmeckt. Er ist ehrgeizig, will in allem der Beste sein. Manchmal frage ich mich, ob es ihn stört, dass Chrissa mehr verdient als er. Aber dann denke ich, dass er das sagen würde. Jace ist niemand, der mit seiner Meinung und seinen Gefühlen hinter dem Berg hält.

Ich falle Chrissa um den Hals, als ich endlich oben vor der Tür stehe. »*Happy birthday*, Süße«, flöte ich und ziehe sie eng an mich.

Sie lacht. »Oh, Mara, dein Busen fühlt sich immer so gut an.«

Ich grinse. »Du Spinnerin. Mach mich nicht an, wenn du keine Absicht hast, deinen idiotischen Freund zu verlassen.«

»Das hab ich gehört«, knurrt Jace, bevor er mir zuzwinkert. Er küsst mich auf die Wange und zieht mich in die Wohnung.

»Dein *Fuckbuddy* ist schon da«, lacht er, als er mir meine Jacke und meine Tasche abnimmt.

Ich würdige das mit keiner Antwort und mache mich auf die Suche nach Lila, die mir getextet hatte, dass sie schon da ist. Dass ich die Nachricht rechtzeitig gelesen habe, ist allerdings ein absolutes Wunder, denn ich vergesse mein Handy ständig. Überall.

Als ich sie entdecke, hält sie mir die Karte hin, die sie für Chrissa besorgt hat. Ich unterschreibe und zeige ihr *die* Handtasche, bevor wir uns auf die Suche nach Chrissa begeben, von der Bar jedoch kurz abgelenkt werden. Ich bestelle ein Bier und Lila einen bunten Cocktail. Echt, nur Jace ist so bekloppt, eine komplette Bar für die Geburtstagsfeier seiner Freundin zu besorgen, inklusive Barkeeper, der mit nacktem Oberkörper Cocktails mixt.

Lila tropft der Sabber aus dem Mund. Beinahe zumindest. Mich lässt das kalt. Zum einen steh ich nicht auf Männer, zum anderen habe ich eine andere Brust vor Augen. Bitte, wer kann es mir übel nehmen, dass ich Mike heiß finde? Er ist es ja auch. Ich müsste blind sein, um es nicht zu bemerken. Und ganz ehrlich, diese kleinen Schauer, die durch meinen Körper jagen, wenn ich an Sex mit ihm denke, sind gar nicht so unangenehm. Obwohl er ein Mann ist.

Ich fasse an Lilas Hand und ziehe sie mit mir. Wir geben Chrissa ihr Geschenk, das sie mit vielen falschen Bekundungen von »Das wäre doch nicht nötig gewesen« bedenkt.

»Halt die Klappe«, lache ich.

Sie grinst und umarmt die Tasche. »Ich liebe sie jetzt schon. Die schläft heute bei mir.«

»Und Jace?«

»Wer?«

»Chrissa!«, ruft Jace aufgebracht.

Chrissa lacht. »Du darfst auch bei mir schlafen.«

Er schlingt seine Arme um sie. »Das versteht sich von selbst.« Er küsst ihren Nacken. »Warum bist du nur zufrieden, wenn du mich quälen kannst?«

»Ich würd nicht sagen, dass ich nur dann zufrieden bin, aber es macht Spaß«, gibt sie zurück.

»Hmmh«, schnaubt er und flüstert ihr dann etwas ins Ohr, das ich nicht verstehe. Sie wird rot.

»Was zum Teufel?«, frage ich irritiert. »Was hat er gesagt, dass du rot wirst?«

Chrissa winkt verlegen ab.

»Nein, raus mir der Sprache«, beharrt auch Lila.

Sie grinst frech. »Er hat mir gesagt, was er alles tun wird, um *mich* zu quälen.«

»Und was ist daran so versaut, dass du rot wirst?«, frage ich. Chrissa wird nie rot! Sie ist die toughste Frau auf diesem Planeten.

»Das, liebe Mara, erzähle ich dir, wenn du keine Jungfrau mehr bist«, neckt sie mich.

Jace lacht und ich strecke ihm die Zunge raus.

Ich spüre, dass *er* hier ist, bevor ich ihn sehe. Ich weiß nicht, wieso, aber ich bekomme eine Gänsehaut.

»Hey, Mara«, sagt er leise und küsst mich auf die Wange.

»Hey«, gebe ich ein bisschen verlegen zurück.

Chrissa grinst mich wissend an und ich verdrehe die Augen. Sie beugt sich zu mir: »Das Gästebett ist frisch bezogen, wenn du ihm die Kleider vom Leib reißen willst.«

Lila lacht. »Du würdest es nicht bereuen.«

Ich schaue sie überrascht an. »Wie bitte?«

Mike wird neben mir unruhig.

Sie schaut von ihm zu mir. »Hast du ihr nicht erzählt, dass wir es getan haben?«

Ich bin sprachlos. Einen Moment zumindest. Mike hat mit Lila geschlafen? »Ihr beide ...?« Mein Mund fühlt sich plötzlich trocken an und ich frage mich, warum ich Eifersucht empfinde. Mike kann schlafen, mit wem er will.

Er fasst nach meiner Hand und zieht mich von den anderen weg.

»Mara ...«

Ich schüttel den Kopf. »Es tut mir leid.«

Er zieht die Augenbrauen hoch. »Was?«

»Es tut mir leid. Es geht mich überhaupt nichts an, mit wem du schläfst. Sorry.«

Er streicht mir über die Wange. »Das war vor dem Deal mit euch.«

Ich nicke. »Okay.«

»Okay?«, fragt er noch mal nach.

Ich nicke erneut. »Ja, es ist deine Sache. Ich hab nicht gedacht, dass du vor Piper noch Jungfrau warst.«

Er grinst und zieht mich kurz an sich. Er fasst nach meiner Hand und führt mich zu einem Sessel. Er setzt sich und zieht mich dann auf seinen Schoß. Ich sitze stocksteif da, bevor er seine Arme um mich schlingt und mich an seine Brust zieht. Ich sitze auf seinem Schoß. Wie ist das passiert?

»Relax, Mara. Du sitzt nur auf meinem Schoß. Das bedeutet nichts«, flüstert er mir ins Ohr. »Es ist sonst kein Platz mehr frei.«

Ich nicke. Er hält mir sein Bier hin und ich lasse meine Flasche gegen seine stoßen. Er grinst und wir trinken beide einen Schluck.

Irgendwann fühle ich mich wohler, aber die Schuldgefühle nagen an mir. Hintergehe ich Piper? Wie kann ich auf seinem Schoß sitzen? Piper hat mir nicht erlaubt, mit Männern rumzumachen, also was genau tue ich hier eigentlich?

Aber das Bier zeigt seine Wirkung. Es muss der Alkohol sein, anders kann ich mir nicht erklären, warum ich meinen Kopf gegen seine Schulter sinken lasse. Nüchtern würde ich das nie tun. Wieso fühlt es sich nur so richtig an? »Erzähl mir was von dir«, bitte ich.

»Was denn?«, brummt er. Ich spüre die Vibrationen in seiner Brust und lächel leicht.

»Was machst du so?«

Er trinkt noch einen Schluck. »Ich geh ins Fitnessstudio, treffe mich mit Freunden ... Ganz normal eben.«

»Wie heißt dein bester Freund?«

Er grinst. »Jace.«

Ich lache und drehe mich ein wenig, sodass ich ihn anschauen kann. Ich mag seine grauen Augen, stelle ich fest. Auch wenn ich nicht auf Männer stehe, so sehe ich doch, dass er wirklich gut aussieht. Er ist kein Schönling, hat Ecken und Kanten. Er sieht männlich aus, ein wenig verwegen, aber ich weiß genau, warum so viele Frauen auf ihn stehen. Ich spüre seinen muskulösen Körper unter mir und weiß ja, wie er nackt aussieht. Das hilft gar nicht beim Beruhigen, wird mir klar. Aber je länger ich auf seinem Schoß sitze, desto wohler fühle ich mich. Verrückt. Der Alkohol ist Schuld, wirklich.

»Was ist dein Lieblingsfilm?«, frage ich nach einem Schluck aus meiner Flasche.

»*Der schmale Grat.*«

»Wieso mögen Jungs Kriegsfilme?«

Er zuckt mit den Schultern. »Keine Ahnung, vielleicht der unterdrückte Wunsch Dinge kaputtzumachen und in die Luft zu sprengen?«

Ich schaue ihn an. »Aber darum geht es in solch realistischen Filmen doch nicht. Die Antwort würde ich gelten lassen, wenn du gesagt hättest, dein Lieblingsfilm ist *Stirb langsam.*«

Sein Mundwinkel zuckt amüsiert nach oben, bevor er sagt: »Okay. Ich mag den Film, weil er gerade so realistisch ist. Man merkt, dass der Autor des Buches aus Erfahrung schreibt, dass er weiß, wie es war.«

»James Jones hat selbst an dieser Schlacht teilgenommen«, meine ich.

Er zieht kurz die Augenbraue hoch. »Ja, genau. Er hat seine Erlebnisse in *Die Insel der Verdammten* niedergeschrieben. Es ähnelt Hemingway, wenn er von seinen Erlebnissen erzählt.«

»Oh, bitte«, schnaube ich.

»Kein Freund von Hemingway?«, fragt er.

»Ich bin generell keine Freundin von Frauenhassern«, antworte ich.

»Ich glaube nicht, dass er misogyn war. Er war Traditionalist.«

Ich bin überrascht. Ich hätte nicht gedacht, dass Mike Ahnung von Literatur hat, noch dazu eine Meinung. »Ein konservatives Weltbild schließt aber Respekt vor Frauen nicht aus. Die Art und Weise, wie er sein Leben gelebt hat, zeigt, dass er keinen hatte.«

»Du meinst also, wenn jemand mit vielen Frauen schläft, ist er automatisch ein Frauenhasser?«, fragt er mich.

»Vielleicht nicht unbedingt, aber besonders viel Respekt kann so ein Womanizer nicht haben«, stelle ich fest.

Er zieht die Augenbraue hoch. »Vielleicht mag er Frauen und tut es genau deswegen.«

»Ja, klar. Das ist eine total blöde Ausrede. Ein Womanizer mag keine Frauen, er mag es, sie zu vögeln.«

»Und wenn das ein und dasselbe ist?«

»Denkst du das wirklich?«

Er zuckt mit den Schultern. »Ich glaube nicht, dass man Frauen hasst, nur weil man viele gevögelt hat.«

»Ich weiß, du hattest viele«, sage ich.

Er sagt ohne zu zögern: »Ja.« Aber man sieht ihm an, dass er lieber etwas anderes geantwortet hätte. Ich rechne ihm seine Ehrlichkeit hoch an. Ich finde es gut, dass er mir die Wahrheit sagt, auch wenn er sich nicht sicher sein kann, dass ich weiterhin eine gute Meinung von ihm habe. Ich mein, er kann eigentlich überhaupt nicht wissen, was ich fühle, aber die Tatsache, dass ich auf seinem Schoß sitze und mich mit ihm unterhalte, sollte zumindest zeigen, dass ich ihn nicht hasse.

»Und hast du mit ihnen gevögelt, weil du sie mochtest?«

»Ich sehe deinen Punkt, Mara. Ich habe mit ihnen geschlafen, weil ich Sex mag, weil ich die Frau interessant genug für eine Nacht fand, manchmal auch für länger.«

»Aber ...«

»Nein«, sagt er. »Ich habe nicht unbedingt alle Frauen tatsächlich auch gemocht, mit denen ich geschlafen habe. Manche fand ich einfach nur geil.«

Ich lächel leicht, weil er so ehrlich antwortet. »Bist du ein Traditionalist?«

»Ist das deine Art zu fragen, ob ich Frauen hasse?«

Ich grinse. »Nein, ich will wissen, wie dein Weltbild aussieht.«

Er streicht sich über den Kopf. »Hmmh. Ich würd sagen, ich bin in manchen Punkten konservativ und in anderen liberal.«

»Erklär.«

Er trinkt einen Schluck. »Ich war verheiratet, und als ich Diane heiratete, dachte ich, es würde für immer halten. Und das war, was ich wollte. Anfangs schienen wir auch gut zueinander zu passen, aber dann wollte sie unbedingt Kinder haben und ich nicht. Wir kamen über diesen Punkt nicht hinweg, daher trennten wir uns. Meine Eltern waren immer ein leuchtendes Vorbild und ich dachte, dass ich auch nur einmal im Leben heiraten werde. Das würde ich schon als traditionelles Weltbild bezeichnen. Andererseits will ich kein kleines Frauchen, das mir die Füße küsst. Ich mag es, im Bett die Kontrolle zu haben, aber ich wünsche mir eine Frau, die stark ist, die ihr Leben lebt, die sich nichts sagen lässt, auch nicht von mir. Ich will eine Partnerin, nicht nur eine Frau. Macht das Sinn?«

Ich nicke. »Sehr viel sogar.« Ich blicke ihn einen langen Moment an. »Ich gebe Piper die Kontrolle.«

Er nickt. »Ich weiß.«

Ich schaue auf den Boden, weiß nicht, was ich sagen soll.

»Mara, darf ich dich was fragen?«

Ich nicke.

»Bist du eigentlich damit einverstanden, dass Piper mit Männern schläft?«

Ich zucke mit den Schultern. »Es ist okay.«

»Aber es verletzt dich«, stellt er fest.

Ich zucke mit den Schultern. »Nur, wenn sie sich verliebt ...«

Mike liegt in seinem Bett und denkt an Mara. Er mochte sie vom ersten Augenblick, aber jedes Mal, wenn er sie wiedertrifft, ist er fasziniert von ihr. Alles, was sie sagt, alles, was sie tut, bestätigt seine Meinung. Er liebt, dass sie intelligent ist, dass sie witzig ist, dass sie für ihre Meinung einsteht, dass sie ihn dazu bringt, seine Ansichten zu überdenken.

Jedes Mal, wenn er mit ihr zusammen ist, spürt er, dass er sie mehr und mehr mag. Seine Brust wird jedes Mal ganz warm, wenn sie ihn anlächelt, ihm zeigt, dass sie sich für ihn interessiert. Er hatte gedacht, dass er nach Diane keine Frau mehr lieben könnte. Sein Herz hat sich verschlossen, hat Gefühle ausgesperrt. Aber sie, sie macht sein Herz ganz weich.

Sein Schwanz zuckt und er umfasst ihn beinahe grob. Ja, und sie macht seinen Schwanz hart. Er pumpt auf und ab, denkt an ihre schönen Augen, an ihr liebes Gesicht, an ihre vollen Lippen, denkt an den Geschmack ihrer süßen Titten, ihren Geruch, wenn sie aufgegeilt ist. Es wundert ihn irgendwie gar nicht, dass er nach nur ein paar Minuten wie ein hormongesteuerter Teenie kommt.

Ein paar Tage später stehe ich vor einem kleinen alternativen Kino, in dem heute *Denn sie wissen nicht, was sie tun* gezeigt wird. Und wieso? Weil James Dean ganz eindeutig der heißeste Typ ist, der je gelebt hat, und der einzige Mann, in den ich so ein kleines bisschen verschossen bin. Ich weiß, dass er sein Leben nicht zu seinem vollen Potenzial ausschöpfte, viel zu früh verstarb und auch sonst einige Macken hatte. Aber es ist James Dean. *James Dean.* Und ich meine nicht James Deen, den Pornostar.

Keine Ahnung, woher ich das schon wieder weiß. Wahrscheinlich ist Chrissa schuld. Ich wünschte, sie hätte mir dieses Wissen nicht mitgegeben. Aber klar, da denkt sie nicht an meine jungfräulichen Ohren.

Ich kaufe mir ein Ticket, halb gesalzenes, halb süßes Popcorn (unten salzig, oben süß und da, wo sich die beiden Sorten mischen, schmeckt es am besten) und eine Coke. Ich warte in dem winzigen Vorraum. Ganz allein. Aber das bin ich gewohnt. Ich war noch nie in einem vollen Kino, weil die Filme, die ich mag, nicht das ganz große Publikum anziehen. Dafür sind sie besonders. Es gefällt mir, dass ich kleine Perlen finde, die den meisten Menschen unbekannt bleiben.

Das ist natürlich bei diesem Film anders, aber es ist klar, dass er seinen Zenit überschritten hat. Ich denke, jeder hat ihn schon mindestens einmal gesehen, manche auch mehrmals. Vielleicht nicht jeder siebenundzwanzig Mal, aber das ist okay. Ich mache niemandem einen Vorwurf daraus.

Die Tür wird geöffnet und ich gehe hinein, setze mich auf meinen Lieblingsplatz und fange an mein Popcorn zu essen. Ich mag es, hier allein zu sein. So ein bisschen Wohnzimmerfeeling. Und ich mag es, ganz allein mit James Dean zu sein. Niemand wird irgendetwas von meinen unreinen Gedanken erfahren. Ich hole den vorbereiteten Liebesbrief heraus und lege ihn auf den Stuhl neben mir, halb in die Ritze, damit er nicht runterfallen kann. Ich hoffe einfach, dass er beim Saubermachen nicht weggeworfen wird. Oder dass vielleicht die Putzfrau ihn liest ...

Der Vorhang zum Vorraum wird zurückgezogen und ein Mann kommt herein. Im ersten Augenblick bin ich sauer, dass es jemand wagt, meinen Nachmittag zu stören, aber dann erkenne ich Mike.

Er lässt seinen Blick durch den halbdunklen Raum schweifen. Als sein Blick auf mich fällt, verzieht sich erst sein Gesicht, dann sehe ich Verblüffung. Er lächelt mich an und kommt zu mir, setzt sich neben mich.

»Du sitzt auf meinem Lieblingsplatz«, sagt er grinsend.

»Ich sitze auf meinem Lieblingsplatz«, stelle ich fest.

»Ich gebe dir fünf Dollar, wenn du dich auf den Platz daneben setzt«, scherzt er. Obwohl ...?

Ich schnaube. »Kein Interesse. Ich hab ja meinen Platz.«

Er lacht leise. In dem Moment geht der Vorhang auf und das Licht aus. Mike steht auf, hebt mich hoch. Ich protestiere lautstark, aber er grinst nur. Er setzt sich auf meinen Platz! So ein Schurke! Nur weil er dreimal so stark ist wie ich, kann er mir doch nicht einfach meinen Platz klauen!

Er platziert mich auf seinem Schoß und greift in mein Popcorn. »Süß oder salzig?«

Ich schneide ihm eine frustrierte Grimasse. »Beides.«

Er grinst und schiebt sich ein paar Bällchen in den Mund. »Perfekt.«

»Ich kann dich gar nicht leiden«, murmel ich.

Er rutscht auf dem Stuhl hin und her und zieht mich dann an seine Brust, als der Film beginnt. »Ich dich auch nicht, du Nervensäge.«

Ich grinse und kuschel mich an ihn, meine Beine lasse ich über den Vordersitz baumeln. Ich kuschel mich an ihn? Moment mal! Das mache ich nur, wenn ich betrunken bin. Sonst nicht. Wieso tue ich es jetzt?

Ich versteife mich. Mike schließt seine Arme um mich, streichelt Kreise auf meinem Bauch, murmelt mir ins Ohr, dass alles okay ist, dass mir nichts passiert, solange er da ist, dass ich mich entspannen soll. Und langsam ... langsam tue ich es. Seufzend lasse ich meinen Kopf gegen seine Schulter fallen. Seine Wange drückt sich gegen meine Haare und ich spüre ... doch, oder? Ja, ich bin mir sicher, dass er mir einen kleinen Kuss gegeben hat.

Es ist witzig, mit ihm den Film zu schauen. Wir seufzen beide an den gleichen Stellen, sprechen in den gleichen Momenten mit. Ich lache leise.

»Was?«

»Nichts.«

»Sag schon.«

»Nein.«

Mittlerweile sitze ich quer auf seinem Schoß und er wirft mir gepoppten Mais ins Gesicht.

»Du Arsch!«

Er greift noch einmal in die Tüte.

»Wehe!«

Er lacht, bevor er es isst, statt mich zu bewerfen. Seine Finger nähern sich meinem Mund und er berührt meine Lippen mit einem Stück. Automatisch öffne ich sie und genieße den Geschmack. Ja, wir sind eindeutig in der Mittelschicht angekommen, der besten von allen.

Irgendwann hat cr das Popcorn zur Seite gestellt und seine Arme um mich geschlungen. Ich weiß nicht so recht, was ich davon halten soll, aber es fühlt sich nicht schlecht an, also lasse ich sie erst mal da.

Als die traurigen Szenen kommen und mir die Tränen in die Augen treten, wischt er sie zärtlich fort, hält mich fest und macht es dadurch besser. Viel besser.

Als ich nach Hause komme, weiß ich nichts mit mir anzufangen. Ich denke darüber nach, wie leicht es war, mit Mike Zeit zu verbringen, wie unglaublich schön es war, in seinen Armen zu liegen. Aber wieso?

Ich gehe in mein Atelier, schaue auf das Bild, an dem ich momentan arbeite. Ich greife nach einem schmalen Pinsel, drücke verschiedene Farben auf meine Palette, mische sie, bis sie den Ton von stürmischem Grau haben, und male seine ungewöhnlichen Augen auf die Leinwand. Der Rest ergibt sich von selbst. Nach einer Weile stelle ich fest, dass ich ein Porträt von ihm gemalt habe.

Ich höre Piper und verstecke schnell das Bild. Es ihr zu zeigen, fühlt sich verkehrt an.

»Kommst du mit ins MoMa?«, frage ich Piper an einem schönen Sonntagmorgen ein paar Wochen später. Es hat sich alles irgendwie eingependelt. Piper und Mike vögeln zweimal in der Woche, aber ich bin nicht noch einmal hochgegangen. Meist versuche ich nicht zu Hause zu sein, wenn er kommt. Es ist nicht so, dass ich sie beide nicht beim Sex sehen möchte, ich will lediglich ihn nicht sehen ... Naja, so ganz stimmt das auch nicht. Ich will ihn schon sehen, aber nicht mit Piper ...

Häh? Ich verstehe meine eigenen Gedanken nicht. Verstehe nur eins. Die paar Male, die ich Mike allein gesehen habe, haben mir sehr gefallen. Er war ganz anders, als er in Pipers Gegenwart ist. Er war nett und witzig und kultiviert, auch wenn ich das normalerweise als Schimpfwort bezeichnen würde. Er hatte was. Er ist genau die Art Mann, mit der ich befreundet sein könnte.

Wenn er hier ist, mit Piper agiert, dann ist er anders. Sie wirft sich ihm quasi vor die Füße und er ist so dominant, so ... ich weiß gar nicht, wie ich das nett ausdrücken kann. Er ist ein Macho, oder? Okay, ich hab nicht wirklich Kontakt mit ihm, rede kaum mit ihm, wenn er hier ist, aber er wirkt ganz anders. Nicht so wie der Mann, der mich auf seinen Schoß hievt und mir Popcorn ins Gesicht wirft.

Ich mag Piper nicht, wenn sie sich wie ein kleines Mädchen verhält, das sich ihrem Sugar Daddy um den Hals wirft. Aber ich mag ihn in der Rolle auch nicht. Sie beide kommen mir wie Karikaturen ihrer Selbst vor. Als wäre unser Leben ihre Bühne und sie sind dabei, eine Tragödie zu performen. Beide scheinen nicht sie selbst zu sein, wenn sie zusammen sind. Als würden sie versuchen die Person zu sein, die der andere haben will. Sie scheinen einander nur nicht gut genug zu kennen ...

Mike hatte mir gesagt, dass er kein unterwürfiges Püppchen will. Wieso spielt Piper dann genau das? Denkt sie, dass er das möchte? Ob Piper so einen dominanten Macho haben will, weiß ich nicht. Ich hätte bisher immer nein dazu gesagt, weil sie eine starke, selbstbewusste Frau ist, die Kerlen in den Hintern tritt. Aber so, wie sie sich verhält, scheine ich sie nicht zu kennen.

Irgendwas stimmt in diesem Schauspiel nicht. Sie treffen sich nur, um miteinander zu schlafen, gehen nicht mehr aus, so wie am Anfang. Ich habe beinahe das Gefühl, als hätten sie keine Lust mehr aufeinander. Aber das kann nicht stimmen, da Piper den lieben langen Tag von Mike erzählt. Mike dies, Mike das. Immer und immer wieder. Ich weiß gar nicht, ob sie eigentlich noch andere Themen hat.

Ich schüttel den Kopf, versuche die Gedanken zu verjagen und bekomme gerade eben noch Pipers Antwort mit.

»Heute nicht, Lovely«, antwortet sie.

»Hast du was anderes vor?«

Sie schlingt ihre Arme um mich, küsst mich sanft auf die Wange. »Ich liebe nichts mehr, als mit dir durch langweilige Ausstellungen zu laufen und zu sehen, wie sehr du dich über all den Unsinn freust.«

»Sehr witzig, Piper«, grummel ich.

Sie lacht und drückt ihre Lippen auf meine. »Ich liebe dich.«

Ich erwidere ihren Kuss und es dauert nicht lange, bis wir wild knutschen. Ich lege meine Hände an ihr Gesicht, ziehe sie näher an mich.

»Gott, Lovely«, murmelt sie immer wieder, während ich mich darauf konzentriere, ihr all meine Liebe zu zeigen.

Schwer atmend lösen wir uns voneinander. Sie grinst. »Wir leiden jedenfalls nicht an LBD.«

»LBD?«, frage ich, weil mir das Akronym noch nie untergekommen ist.

»*Lesbian bed death*«, grinst sie.

Ich muss lachen. Denn an Leidenschaft hat es uns beiden noch nie gemangelt. Wir waren von Anfang an scharf aufeinander. Und da Piper nicht nur auf kuscheln, sondern auch auf Action steht, kann es nicht passieren, dass wir irgendwann vor lauter Kuschelei nicht mehr zum Vögeln kommen.

Sie streicht über meine üppigen Kurven. »Wie soll irgendjemand auch diesen Reizen widerstehen?«

Ich lächel verlegen. »Ich will nur, dass eine mir nicht widerstehen kann.«

Sie küsst mich unglaublich zärtlich und doch mit so viel Feuer. »Da brauchst du dir keine Sorgen machen.«

Wir gehen gemeinsam nach unten. Piper steigt in ein Taxi, um zu arbeiten. An einem Sonntag! Das schreit geradezu nach Wiedergutmachung! Ich hoffe, sie denkt sich was Tolles aus. Ich laufe zur Metro und fahre zum Museum of Modern Arts.

Ich spaziere durch die Sammlung, die ich schon tausend Mal gesehen habe, die mich jedes Mal aufs Neue fasziniert. Jackson Pollock, Edward Hopper, Otto Dix und all die anderen namhaften Künstler, die es hier zu entdecken gibt. Ich liebe das MoMa ebenso wie das Guggenheim. Und einmal mehr danke ich wem auch immer, dass ich in New York lebe, dem kulturellen Nabel der Welt.

Nach zwei Stunden setze ich mich auf eine der Sitzlandschaften, die auf den verschiedenen Ebenen stehen, und widme mich meiner zweitliebsten Beschäftigung hier. Menschen anschauen. Aber nicht nur Menschen, sondern Museumsbesucher.

Es gibt nicht *den* Museumsbesucher, stelle ich immer wieder fest. Es gibt ältere, distinguierte Menschen, von denen man beinahe erwartet, dass sie in eine Ausstellung gehen. Es gibt junge Menschen, die mit DocMartens durch die Gegend laufen und »*Holymotherfucking*, ist das ein geiles Bild« sagen, Männer im Anzug, die sich vorstellen, sie würden so gut wie Matt Bomer aussehen, es aber nicht tun. *Außer der da,* denke ich plötzlich. Mein Blick fällt auf einen breiten Rücken, an dem der edle Stoff beinahe wie eine zweite Haut anliegt. Kein Anzug von der Stange. Definitiv nicht.

Mike spürt, dass ihn jemand anstarrt, aber er ist viel zu sehr in die Skulptur von Seymour Lipton vertieft, um dem Beachtung zu schenken.

Als er weitergeht, wirft er doch einen Blick zurück. Er grinst und läuft in langen Schritten zu Mara. Er setzt sich neben sie, küsst sie auf die Wange.

»Stalkst du mich?«, fragt sie ganz ernsthaft.

Er lacht. »Würde ich auf jeden Fall tun.«

»Ich hätte dich nicht für einen Museumsgänger gehalten«, erklärt sie dann.

»Wieso nicht?«

Sie grinst. »Du bist zu sexy.«

Er schaut sie überrascht an.

Sie beugt sich zu ihm und deutet dann verstohlen auf einen Mann im dunkelblauen Anzug, dem ein Zipfel seines Hemdes aus der Hose hängt. »Der da ist ein typischer Museumsgänger.« Sie zeigt auf ein älteres Pärchen mit grauen Haaren, die vor einem Picasso stehen und angeregt miteinander reden. »Und die da auch.« Sie richtet ihren Finger auf eine junge Frau mit Dreads, die Kaugummi kaut. »Und die da ebenso. Aber du«, sie mustert ihn von oben bis unten, »gehörst eher auf einen Laufsteg.«

Er grinst und freut sich über das Kompliment. Oder war das gar keins? Mara interessiert sich nicht sonderlich für Mode, wenn er ihren Kleidungsstil – er verwendet das Wort lose – betrachtet. Jeans und eine geblümte Bluse mit Chucks. Ja, wohl eher kein Kompliment.

»Hast du mich gerade ausgecheckt?«, fragt er sie.

Sie schaut ihn verlegen an.

Er lacht leise, bevor er fragt: »Wieso bist du nicht im MET?«

Sie schaut ihn überrascht an. »Wieso sollte ich?«

»Na, fünfundachtzig Prozent der Aktbilder dort sind weiblich.«

Ein kleines Lächeln erscheint auf ihren Lippen. Sie schaut weg und er sieht, dass sie versucht es zu unterdrücken. »Nun ja, nackt zu sein ist offenbar der einzige Weg für eine Frau ins MET zu kommen.«

»Ganz offensichtlich gibt es nicht viele Künstlerinnen«, scherzt er.

Sie wirft ihm einen anklagenden Blick zu. »Was ist mit Frida Kahlo, Käthe Kollwitz, Louise Bourgeois oder Hannah Wilke?«

Er hebt die Hände. »Das war ein Scherz.«

Sie schnaubt aufgebracht. »Ja, aber dein Scherz ist die Realität von vielen Künstlerinnen, die verschmäht werden. Auch hier im MoMa. Nur fünf Prozent der zeitgenössischen Werke sind von Frauen, aber es gibt vierundzwanzig Picassos, die ausgestellt werden. Wenn man alle Werke zusammennimmt, sind es sogar nur lumpige ein Prozent. Das ist wahrlich eine Schande, obwohl es unglaublich viele tolle Künstlerinnen gibt.«

»Ich stimme dir voll und ganz zu, Mara, kein Grund mir den Kopf abzureißen.« Er schenkt ihr ein charmantes Lächeln und sieht, dass es seine Wirkung nicht verfehlt. Auf ihre Wangen legt sich ein zartes Rosa, sie schaut ein wenig scheu zur Seite. *Gott, ist sie süß.*

»Tut mir leid«, murmelt sie.

Er legt ihr die Hand ans Kinn und bringt sie dazu, ihn anzusehen. »Entschuldige dich nicht. Dafür besteht kein Grund.«

Sie kaut auf ihrer Unterlippe, woraufhin sein Schwanz in seiner Hose aufgeregt zuckt.

Er lässt sie los und steht auf. »Bist du hier fertig?«, fragt er sie.

Sie nickt.

»Dann lass uns was essen gehen. Ich verhungere.« Er grinst sie an und geht vor, so dass sie gar keine andere Wahl hat, als ihm zu folgen. Hofft er zumindest. Aber wenn er sich jetzt umdreht, um zu schauen, ob sie ihm hinterherläuft, wäre das uncool.

»Mike«, hört er ihre Stimme, die nah, sehr nah klingt.

»Was?«

»Wo gehen wir hin?«

Innerlich gibt er sich ein *High Five* und sagt dann nonchalant: »Es gibt hier um die Ecke einen Marokkaner. Hast du Lust?«

Er hört ihr perlendes Lachen. »Und ob!«

Er bleibt stehen und reicht ihr dann seine Hand. Es dauert nur drei Sekunden, bis ihre in seiner liegt und er seine starken Finger um ihre feinen wickelt. Hand in Hand führt er sie aus dem Museum und in eines seiner Lieblingsrestaurants. Es könnte sein, dass er hier schon eine Million Mal war.

»Mike«, sagt Rashid erfreut. »Du warst diese Woche noch gar nicht hier. Sonst kommst du drei Mal.«

Mike lacht. »Viel zu tun, dafür bringe ich eine hübsche Lady mit.«

Er sieht, dass Mara fragend die Augenbraue hochzieht. Er lacht leise und zuckt mit den Schultern.

»Also, dann gebe ich euch meinen besten Tisch«, verkündet Rashid, gibt Mara einen formvollendeten Handkuss und weist ihnen den Weg.

Sie bekommen Speisekarten, doch Mike legt seine Hand auf ihre, um sie am Öffnen zu hindern. Sie schaut ihn überrascht an.

»Wenn es dir nichts ausmacht, würde ich gern für uns beide bestellen.«

Sie zieht die Stirn kraus. »Wieso?«

Er lächelt. »Weil ich dir meine Lieblingsgerichte vorstellen möchte.«

Sie schaut skeptisch, stimmt dann aber zu.

Mike dreht sich zu Rashid. »Wie immer für zwei Personen.«

Einen Moment schweigen sie beide, bevor ihnen Rashid eine Flasche Wasser, Ayran und Pita mit Hummus bringt.

»Das ist ...«, beginnt Mike.

Sie grinst. »Ich weiß. Ich liebe Hummus. Gibt es auch Babaganoush?«

Er nickt. »Aber wir essen heute meine Lieblingsgerichte. Und ganz ehrlich«, seine Stimme wird leiser, »das Babaganoush ist nicht so gut wie das Hummus.«

Sie zuckt mit den Schultern und taucht ihren Teigfladen in das Kichererbsenpüree. »Hmmh«, macht sie, als die würzige, leicht ölige Creme ihre Zunge berührt.

Er schluckt. Sexlaute. Ganz eindeutig. Diese Verführerin. Er versucht nicht daran zu denken, denn einen Ständer kann er hier nicht so gut verbergen. Sie sitzen auf Polstern auf dem Boden vor einem tiefen Tisch. Maden, Kakerlaken, Pinguine ...

»Magst du Pinguine?«, fragt er sie unvermittelt.

Sie schaut ihn überrascht an. »Pinguine? Ja, die sind süß.«

»Ich find die blöd.«

»Wieso?«, fragt sie neugierig.

»Die tun immer nur so süß mit ihren kleinen Fracks und ihrem witzigen Gang, aber in Wirklichkeit sind das ganz miese Ganoven.«

Sie ist einen Moment verblüfft, bevor sie schallend lacht. »Du bist lustig.«

Er grinst. »Ich weiß.«

Sie schaut überrascht, als Rashid mit einem riesigen Tablett mit unzähligen Schüsselchen zurückkommt. Er beginnt sie sorgfältig, dicht an dicht, auf dem Tisch zu verteilen. Er schaut in ihre Augen und sieht, dass sie anfangen zu leuchten. Er freut sich, dass sie offensichtlich Spaß am Essen hat.

»Und jetzt?«, fragt sie.

»Jetzt bekommen wir noch Brot und dann können wir anfangen.«

Er zeigt auf die einzelnen Schüsseln und erklärt ihr, was sich für Leckereien in ihnen befinden. Tajine und Falafeln, Lammkoteletts und Ajvar, gegrillte Auberginen und frittierter Käse, Couscous-Salat und cremiger Joghurt.

Er beobachtet sie während des Essens. Sie probiert alles und sie mag alles. Immer wieder kommen kleine Laute des Wohlbefindens über ihre Lippen. Er freut sich sehr, dass es ihr so gut schmeckt.

Nach einer Weile lehnt sie sich zurück. »War das gut«, grinst sie und streicht sich leicht über den Bauch. Mikes Blick wandert zu ihren Fingern. Ihre Bluse rutscht ein Stückchen hoch und er sieht ihre helle Haut hervorblitzen. Er schluckt unmerklich. Diese Verführerin.

Er überredet sie zu einem Dessert und schaut zu, wie sie auch dieses genüsslich verspeist.

»Danke, Mike«, sagt sie, als sie draußen stehen. »Das war einfach super. Piper mag kein exotisches Essen, daher gehen wir nicht so oft. Danke, wirklich.«

Er küsst sie zum Abschied auf die Wange und ist äußerst zufrieden, als er nach Hause geht.

KAPITEL NEUN

»Das kannst du nicht anziehen«, sagt Piper, als ich die Treppe runterkomme.

Ich schaue an mir herunter. »Wieso nicht?«

»Du siehst aus wie ein Hippie. Ich hab dir was rausgelegt.«

Ich denke an das schwarze Minikleid, das eher ihren Stil trifft als meinen. »Ich dachte, das ist für dich.«

»Geh dich bitte umziehen.«

Ich seufze leise. »Wieso kann ich nicht tragen, was mir gefällt?«

»Darüber haben wir schon mehrmals gesprochen. Ich will, dass du schön und sexy bist. Daher wirst du das Kleid und deine Louboutins tragen.«

»Piper, ich fühl mich darin nicht wohl.«

Sie schaut mir in die Augen. »Lovely, geh dich umziehen. Ich will dich in dem Kleid sehen.«

Ich gehe nach oben, ziehe mein Blümchenkleid und die süßen Flip-Flops aus, quetsche mich in das Kleid. Ich nehme meine bunten High Heels mit nach unten.

»Kann ich die anziehen?«, frage ich sie.

Sie schaut nur kurz von ihrem Handy auf. »Nein, die Louboutins.«

Ich ziehe sie an. Sie steckt ihr Smartphone in die Tasche und lächelt. »Du bist wunderschön.«

»Ich seh nicht wie ich aus.«

»Setz dich auf den Stuhl«, sagt sie, geht in unser Bad und kommt mit ihrem Make-up-Koffer wieder. Sie malt mich an, steckt meine Haare hoch.

Als sie fertig ist, erkenne ich mich erst recht nicht mehr, aber sie ist zufrieden.

Sie küsst mich lange und leidenschaftlich. »Lovely, du bist so wunderschön. Ich wünschte, wir könnten jetzt ins Bett gehen.«

Ich lege meine Arme um ihren Hals. »Lass uns das tun.«

Sie lacht leise. »Du weißt nicht, wie gern ich das täte.«

»Wieso machen wir das nicht?«, frage ich nach.

»Los jetzt.«

Sie greift nach meiner Hand und läuft mit mir die Treppen hinunter. Vor der Haustür winkt sie einem Taxi, in das wir zügig einsteigen und das uns zu einer Party auf der Upper East Side bringen wird, die ihre Freundin Christine organisiert hat.

Wir werden mit albernen Luftküsschen begrüßt. Piper stellt mich ein paar Leuten vor, aber vermisst mich auch nicht wirklich, als ich mich entschuldige. Ich wandere durch das riesige Apartment, schaue mir die Kunst an den Wänden an. Eines muss man diesen Schnöseln ja lassen, sie haben Interesse an Malerei, wenn auch nur als Geldanlage. Ein echter Monet. *Nice.*

»Ach, hier bist du«, sagt Christine und lächelt ihr Plastiklächeln auf ihrem Plastikgesicht und streckt mir ihre Plastikbrüste ins Gesicht.

»Ich schaue mir eure Kunstwerke an. Ich bin begeistert. Das hier ist neu, nicht?«

Sie macht eine wegwerfende Handbewegung. »Sweetie, ich weiß, du willst Piper eine gute Freundin sein, aber wenn sie sich die ganze Zeit Sorgen darüber machen muss, ob du dich langweilst, dann kann sie den Abend nicht genießen. Und für dich ist es doch auch besser, wenn du unter deines gleichen bist.« Sie streichelt mitfühlend meinen Arm auf und ab.

»Ach, ist schon okay, Christine«, sage ich und will zu Piper zurückgehen.

Ihre Augen werden hart. »Sag Piper, dass es dir nicht gut geht.«

»Nein.«

Sie beugt sich zu mir und zischt mir zu: »Wir alle wissen nicht, was in Piper gefahren ist, dass sie sich so einen Bauerntrampel aus Arkansas geschnappt hat, aber wir werden nicht zulassen, dass du ihr Leben ruinierst! Sie hat heute die Chance, einige wichtige Kontakte zu knüpfen, du wirst ihr das nicht versauen. Also geh jetzt!«

Ich nage an meiner Unterlippe. Piper hat mir nicht gesagt, dass das hier teilweise ein geschäftliches Treffen sein würde. Ich bekomme ein schlechtes Gewissen, weil ich einen Aufstand wegen des Kleides gemacht habe.

Christine sieht, dass sie fast gewonnen hat. »Komm, Sweetie, ich bring dich zum Ausgang.«

Ich nicke traurig. Ist wohl besser so.

»Schreib Piper eine Nachricht, Sweetie. Sie wird es verstehen.«

Sie ruft beim Conciergeservice an, um mir einen Wagen zu bestellen, gibt mir Luftküsschen und schließt dann die Tür vor meiner Nase. Ich drücke auf den Knopf für den Aufzug, schreibe Piper eine Nachricht.

Ich lasse mich ein paar Blocks von unserer Wohnung entfernt absetzen. Die Schuhe drücken, also ziehe ich sie aus und wandere barfuß durch die Straßen. Nicht unbedingt das Sicherste, was man tun kann, aber heute kann ich da nichts dran ändern. Ich brauche noch ein wenig frische Luft, muss den Kopf freibekommen. Ich umarme mich selbst, steche mir die Absätze in die Rippen. Scheiße. Ich bin kurz davor, sie in die Tonne zu kloppen. Nur weil Piper sie mir geschenkt hat, tue ich es nicht.

Pipers Freundinnen waren nie nett zu mir, aber heute hat mich das erste Mal eine von ihnen rausgeschmissen. Es tut weh. Ich kann sie nicht leiden, finde sie dumm und total arschig, aber es tut weh. Ich würde mich so gern mit ihren Freundinnen verstehen, hätte so gern, dass sie sich mit meinen versteht. Wieso geht das nicht?

»Mara?«, höre ich hinter mir jemanden fragen und drehe mich um.

Ich erkenne Mike, aber ich hab jetzt keinen Nerv dafür, mich mit ihm zu beschäftigen. »Ich kann jetzt nicht«, murmel ich, Tränen treten mir in die Augen. Ich drehe mich schnell um und eile weiter.

Ich höre Schritte hinter mir und dann werde ich an eine harte Brust gezogen. Er schlingt seine Arme um mich, es ist genau das, was ich gerade brauche. Menschliche Zuwendung. Ich drehe mich in seinen Armen, vergrabe das Gesicht an seinem Shirt und weine bitterlich. Weine, weil meine wunderbarste Beziehung der Welt auch nur ein Lügengebilde ist, wie so viele andere auch. Weine, weil ich meine Piper vermisse, meine beste Freundin, die Liebe meines Lebens. Weine, weil ich – so unwahr dies auch ist – mich gerade fühle, als würde alles Leid der Welt auf meinen zarten Schultern lasten.

Mike sitzt mit Jace und Evan in einem Pub. Er trinkt einen Schluck seines Biers und schaut aus dem Fenster. In dem Moment sieht er Mara vorbeilaufen. Sein Herz macht einen Sprung und er läuft auf die Straße, läuft ihr hinterher. Als er diesen gebrochenen Gesichtsausdruck sieht, kann er nicht anders, nimmt sie in die Arme.

Sie dreht sich um, kuschelt sich gegen seine Brust und weint. Er streichelt ihren Rücken, ihre Schultern, ihre Arme. Weiß nicht, was sie hat, aber kann sich auch gerade nicht vorstellen, irgendwo anders zu sein als hier bei ihr. Wenn seine Mara Kummer hat, dann will er alles tun, um diesen zu vertreiben.

Sie lässt sich eine lange Zeit von ihm halten. Es ist ruhig zwischen ihnen, sie wechseln keine Worte, nur ihr leises Schluchzen ist zu hören.

»Es tut mir leid«, wimmert sie irgendwann und hebt ihren Kopf.

Sofort fühlt er sich einsam und verlassen. »Was denn?«

»Dass ich dich vollheule.« Sie reibt an einem Fleck auf seinem weißen Shirt. »Normalerweise trage ich kein Make-up.«

»Scheiß auf das Shirt«, erwidert er und zieht sie noch einmal eng an sich.

Als sie sich endgültig löst, fragt er sie: »Willst du darüber reden?«

Sie schüttelt den Kopf. »Nein. Ich will vergessen.«

Er grinst, greift nach ihrer Hand und zieht sie Richtung Pub. »Nein, Mike, ich sehe furchtbar aus.«

»Du bist wunderschön, immer.«

Sie lässt von ihrem Widerstand ab, lächelt niedlich und er bringt sie erst mal zu den Toiletten, damit sie sich das ganze Zeug aus dem Gesicht waschen kann. Was soll das denn nur? Sie ist so wunderschön, sie braucht so eine Kriegsbemalung gar nicht.

Als sie nach fünf Minuten rauskommt, ist ihr Gesicht sauber, ihre Haare fallen ihr ein wenig durcheinander auf die Schultern. Ihre Augen sind noch ein wenig rot, ihre Nase ebenso, aber er hat noch nie eine schönere Frau gesehen. Sie schenkt ihm ein aufrichtiges Lächeln. Er nimmt wieder ihre Hand und bringt sie zu dem Tisch, an dem Jace und Evan sitzen.

»Jace kennst du ja«, sagt er, »und das ist Evan.«

Evan reicht ihr die Hand, Jace umarmt sie und schaut sie prüfend an. »Alles okay bei dir?«

Sie nickt. »Ja, alles okay.«

»Was willst du trinken, Mara?«, fragt Mike.

»Ein Bier.«

Er grinst und gibt dem Kellner ein Zeichen.

»Wieso läufst du nachts alleine rum, Süße?«, fragt Jace. Mike macht eine *Cut-off*-Geste vor seinem Hals, aber er ignoriert ihn.

»Weil dann nicht so viele Spinner draußen sind«, erwidert Mara.

Jace grinst. »Das halte ich für ein Gerücht.«

Sie nickt. »Ich mittlerweile auch, schließlich bin ich auf euch gestoßen.« Sie lächelt Evan an. »Nichts gegen dich.«

Evan lacht. »Keine Sorge, ich verstehe dich voll und ganz.«

Jace haut ihm auf den Arm. »Wenn man Freunde wie dich hat, braucht man keine Feinde mehr.«

»Alter Verräter«, stimmt Mike ein. Er beobachtet Mara unauffällig, achtet auf ihre Körpersprache, auf ihre Gesten und ihre Mimik, ist bereit, jederzeit einzuschreiten, wenn er sieht, dass sie sich unwohl fühlt, aber sie ist entspannt.

Jace bestellt eine Runde Shots. »Okay, Süße, da du das einzige Mädchen bist, musst du deinen Shot ohne Hände trinken.«

»Was ist denn das für eine Regel?«, fragt sie.

Jace zuckt mit den Schultern. »Meine.«

»Wie soll das denn gehen?«

Evan grinst sie an. »Das Shotglas steht vor dir, du beugst dich drüber, schließt deine Lippen um den Rand, hebst den Kopf und lässt es dir den Rachen runterlaufen.«

»Aha.«

Jace grinst. »Ich hab dir auch einen besonderen Kurzen bestellt, Süße.« Er stellt ein Schnapsglas mit Sahne oben drauf vor sie.

Sie schaut ihn entgeistert an. »Wieso dürft ihr Richtige trinken und ich bekomm so was?«

»Das ist ein Blowjob«, informiert Jace sie.

Mike macht sich bereit einzugreifen, ist aber doch gespannt, wie sie darauf reagiert.

Sie zieht die Brauen zusammen. »Und was soll ich damit? Einen Cunnilingus hatten sie wohl nicht.«

Sie lachen alle. Jace hebt sein Glas. »Okay, dann runter damit.«

Mara legt die Hände auf den Rücken, beugt sich über ihr Glas, nimmt es zwischen die Lippen, richtet sich auf und wirft den Kopf nach hinten. Sie applaudieren alle lachend. Mike nimmt ihr das Glas ab. Und muss jedes kleine bisschen Kontrolle aufbieten, um seinen Schwanz zu beruhigen, der bei der Idee, dass Mara ihn mit den Händen auf dem Rücken bläst, lebendig wird.

»Boah, ist das widerlich«, sagt sie und schüttelt sich.

Evan lacht. »Fuck, Honey, du kannst das Selbstbewusstsein eines jeden Mannes erschüttern.«

Sie zuckt lässig mit den Schultern. »Ihr seid eh zu arrogant.«

»Ich hab gehört, beim Blowjob wart ihr auch noch nicht«, scherzt Jace und fängt sich einen Schlag von Mike ein.

Mara schaut grinsend zu Mike. »Wenn er so weitermacht, kommen wir da auch nie hin.«

Mike lacht und kann nicht anders, als sie kurz an sich zu ziehen. Sie presst auch flüchtig ihre Wange gegen seine Brust. Einen Moment hatte er befürchtet, dass Jace zu weit gegangen sein könnte. Aber sie ist perfekt, reagiert perfekt. Sie ist witzig und schlagfertig, macht jeden Scheiß mit, ist ein Kumpel. Trinkt Bier! Ganz weit oben auf seiner persönlichen Highlightliste. Und als Evan, der futtert wie ein Elefant, sich Pommes bestellt, nascht sie von seinem Teller.

Alle Frauen lieben Evan, denkt Mike. Wenn er schwul wäre, wäre er der schwule beste Freund, so ist er eben nur der beste Freund.

»Noch eine Runde, Süße?«, fragt Jace und Mara nickt.

Sie bedeutet Mike sich zu ihr zu beugen. »Würdest du mich nachher nach Hause bringen? Wenn ich noch was trinke, ist es keine gute Idee, noch alleine zu laufen.«

Er hatte eh vor, sie nach Hause zu bringen, freut sich aber, dass sie das offensichtlich genauso sieht. Ohne irgendwas vorauszusetzen natürlich.

Er streichelt ihre Wange. »Klar, Baby.« Er stockt einen Moment, unsicher, wie sie das auffassen wird, aber sie lächelt bloß dankbar.

Jace zwinkert ihm verschwörerisch zu. Es tut unglaublich gut, in ihrer Nähe zu sein. Und dass seine Freunde sie auch mögen, ist das Sahnehäubchen.

Sie entschuldigt sich, um auf die Toilette zu gehen, und schwankt schon ein bisschen auf ihren Heels, die sie sich wieder angezogen hat, weil sie der Sauberkeit hier nicht traut. Als wäre es auf der Straße besser ...

»Fuck, Alter«, grinst Evan und haut ihm auf die Schulter. »Was ein Mädchen!«

»Hände weg«, scherzt Mike und grinst so stolz, als wäre sie sein Verdienst.

Jace lacht. »Scheiße, Alter! Du verknallter Teenie.«

Mike fährt sich über das stoppelige Kinn. »Ich befürchte, da ist was Wahres dran.«

»Ich kann dir das nicht mal verübeln. Sie ist toll«, meint Evan.

»Und sie sieht so scheißgeil aus«, murmelt Mike, als er ihren Hintern betrachtet, der sich wiegend von ihnen entfernt.

»Das einzige Problem ist, dass sie auf Frauen steht«, wirft Jace ein.

Mike zuckt mit den Schultern. »Da ist leider was Wahres dran. Aber die Hoffnung stirbt bekanntlich zuletzt.«

Als sie wiederkommt, stolpert sie, und Mike fängt sie auf.

»Danke«, murmelt sie und lächelt.

Wenn er nicht sowieso schon in diese Frau verknallt wäre, dann wäre es spätestens jetzt um ihn geschehen.

Es hat gut getan, mit Mike und den Jungs zu albern. Ich mag Jungs, also nicht so, aber ich mag, dass sie reden, wie ihnen der Schnabel gewachsen ist, dass sie nicht zimperlich sind, dass sie mich aufgezogen haben, mit mir gescherzt haben. Und doch habe ich mich jede Sekunde angenommen gefühlt, wohl gefühlt. Sie haben mir das Gefühl gegeben, dass sie mich mögen, wie immer ich auch bin. Es war ... besonders. Vor allem nach diesem Abend.

Ich lege meine Hand in Mikes Armbeuge, gemeinsam laufen wir zu uns nach Hause. Wir reden nicht. Es ist kein peinliches Schweigen, sondern ein freundschaftliches. Die Luft ist warm, die Geräusche der Stadt sind um uns, während wir unseren Gedanken nachhängen.

Einen Moment überlege ich, was er wohl denken mag, aber dann drifte ich ab. Mein Gehirn bringt mich einmal mehr zu Piper. Die letzten fünf Jahre habe ich nicht einen Tag unsere Beziehung in Frage gestellt, habe immer gewusst, dass sie *es* für mich ist. Immer. Nicht eine Sekunde habe ich gezweifelt. Bis sie anfing mit Mike zu schlafen. Und seitdem scheint unser gemeinsamer Weg jeden Tag steiniger zu werden, der Boden wackelig.

Vielleicht ist es komisch, dass ich Piper dafür böse bin, aber Mike offensichtlich nicht, schließlich spaziere ich

Arm in Arm mit ihm durch die Nacht. Aber es ist eben so, wie ich es Chrissa gesagt habe. Wenn unsere Beziehung auf soliden Füßen stände, hätte Mike überhaupt keine Chance zwischen uns zu kommen.

Ich weiß nicht, warum wir uns immer weiter voneinander entfernen. Ich will es aufhalten, aber ich weiß nicht wie. Ich will sie nicht verlieren. In meiner Verzweiflung beschließe ich mich Morgen erneut zu Piper und Mike zu gesellen. Vielleicht kann ich sie an mich binden, wenn ich ihr das gebe? Also einen Dreier, mein ich.

Mike bringt mich bis zur Wohnungstür, lächelt mich an, küsst mich auf die Wange und wartet, bis ich drinnen verschwunden bin.

Ich lehne mich gegen die Tür und denke an den wunderschönen Abend zurück, auch wenn er so furchtbar angefangen hatte.

»Wo zum Teufel warst du?«, schreit Piper von oben.

»Ich war ein Bier trinken«, erwidere ich und ziehe meine Schuhe aus, die mich umbringen. Wahre Folterinstrumente.

Piper stürmt die Treppe runter. »Wie kannst du mir das antun, Mara?« Sie funkelt mich wütend an.

Ich bin einen Moment sprachlos. »Wie ich dir das antun konnte? Christine hat mir mitgeteilt, dass ich nicht willkommen bin und gehen soll.»

»Oh, bitte! Nicht schon wieder die alte Leier, dass meine Freundinnen dich nicht leiden können. Das wird langsam alt.«

»Aber es ist so!«

»Hör auf, Mara! Christine mag dich und würde dich nie ausladen.«

Ich schaue auf den Boden, versuche meine Emotionen gut verpackt zu lassen, um nicht auszuflippen. »Du glaubst mir nicht?«

»So wie ich das sehe, hattest du keinen Bock und bist gegangen, obwohl ich dich unbedingt da haben wollte. Dich da haben musste, deine Unterstützung brauchte, weil da ein paar dicke Fische schwammen. Aber du bist mal wieder so egoistisch und denkst nur an dich und deinen Komfort.«

Ich schlucke merklich. »So denkst du also über mich.«

Sie schaut mir hart in die Augen. »Ich erwarte von meiner Freundin, dass sie mich unterstützt, dass sie für mich da ist, wenn ich sie brauche.«

»Aber Christine ...«

»Scheiß auf Christine! Du kannst selber denken! Selbst wenn sie dich aufgefordert hat zu gehen, hättest du nicht gehen müssen. Ich bin unglaublich enttäuscht von dir!«

Ich gehe ein paar Schritte in den Raum hinein, bevor ich mich umdrehe. Ich brodel beinahe, als ich mit hart erarbeiteter Ruhe sage: »Es geht immer nur um dich, Piper! Um dich und deine Gefühle und deine Arbeit. Nie geht es um mich! Dir ist es vollkommen egal, ob ich leide oder nicht.«

Sie schnaubt. »Klar, Mara, spiel mal wieder das Opfer, das von der großen, bösen Piper unterdrückt wird.«

»Dir sind meine Gefühle scheißegal«, zische ich.

»Mir sind deine Gefühle nicht egal, aber ich stelle sie auch nicht ständig in den Vordergrund. Weil es manchmal eben auch um mich geht.«

»Manchmal?«, frage ich sarkastisch.

»Es reicht, Mara! Ich lasse mir das nicht länger gefallen! Du wirst dich jetzt endlich wie eine Erwachsene verhalten und nicht wie ein verzogenes Kind!«

»Was?«

Sie kommt auf mich zu, funkelt mich an. »Ich hab dein kindisches Verhalten satt! Deine ständigen Meinungswechsel, dein ewiges Hin und Her. Ich kann es nicht mehr hören. Den einen Tag sagst du, es ist okay, wenn ich mit Männern schlafe, den anderen wieder nicht. Hin und her! Verfickte Scheiße!«

Ich schlucke. »Und du nennst mich egoistisch. Du bist es.«

Sie baut sich vor mir auf, gibt mir keine andere Chance, als in ihre blauen Augen zu blicken. »Jetzt hörst du mir zu, Mara! Ich sage das nur ein einziges Mal. Laut unserer Vereinbarung darf ich ficken, wen ich will und wann ich will. Also werde ich Mike ficken, bis ich keine Lust mehr habe. Das ist unsere Vereinbarung! Und an die wirst du dich halten! Darüber hinaus solltest du nicht vergessen, wer hier die Hosen anhat. Hast du das verstanden, Mara?«

Ihr Blick ist fest und ein wenig herrisch. Ich versuche standzuhalten, wende dann aber doch das Gesicht ab und nicke unsicher.

Sie nickt ebenfalls. »Gut, Lovely. Mike kommt morgen. Ich hätte gern, dass du dabei bist. Okay?«

Ich nicke wieder und versuche verzweifelt meine Tränen zu unterdrücken.

Sie küsst mich hart auf die Lippen. »Okay. Lass uns ins Bett gehen.«

Ich nicke und folge ihr nach oben. Ich gehe ins Bad. Und jetzt laufen die Tränen ... Ich wasche mir das Gesicht, aber es ist nutzlos, sie lassen sich nicht aufhalten.

»Mara, komm ins Bett!«, ruft Piper.

Ich ziehe mein Schlafshirt an und gehe zu ihr.

Als sie meine Tränen sieht, wird ihr Gesicht weich. Sie tippt mit der Hand auf die Matratze neben sich. »Komm her, Lovely.«

Ich lege mich neben sie und sie nimmt mich fest in die Arme, streichelt meinen Rücken, meinen Kopf, küsst mich über und über. Ich drücke mich gegen sie, greife in ihr Shirt, will sie nicht entkommen lassen.

»Ich liebe dich, Lovely. Ich wollte dich nicht zum Weinen bringen. Es tut mir leid! Ich bin nur so sauer geworden, weil ... hmmh ... Ich hab das Gefühl, dass du mir entgleitest. Ich will dich nicht verlieren. Du bist die wichtigste Person für mich, Mara. Ich will niemand anderen als dich.«

»Ich will dich auch«, murmel ich.

»Ich kann dich nicht verlieren.«

Ich verberge mein Gesicht in ihrer Halsbeuge. »Ich kann dich auch nicht verlieren.«

»Es tut mir leid, Lovely. So leid. Bitte verzeih mir.«

Durch mich fließt eine Welle der Freude, weil Piper mich liebt, weil sie mich will. »Verzeih mir auch.«

»Immer, Lovely, immer alles.«

Ich reibe meine Wange an ihr, was sie zum Schmunzeln bringt. »Du kleines Katzenbaby.«

Ich nicke und küsse ihren Hals. »Ich liebe dich. Verlass mich nicht.«

Ihr Griff wird stärker. »Niemals, Lovely, niemals. Ich liebe dich so sehr. Ich würde dich nie verlassen.«

»Vergessen wir unseren Streit?«

Sie nickt an meinem Kopf. »Vergeben und vergessen.« Sie legt ihre Hand an mein Kinn, schaut mir tief in die Augen. »Es tut mir leid, was ich gesagt habe. Du musst morgen nicht mitmachen.«

Ich schlucke. »Ich weiß. Aber ... ich hatte da schon drüber nachgedacht.«

Sie lächelt. »Es war so heiß, dich mit Mike rummachen zu sehen, Lovely. Ich würd gern mehr davon sehen.«

»Ich bin ein bisschen nervös«, sage ich leise.

»Musst du nicht, Lovely. Hast du dir eigentlich die Pille verschreiben lassen?«

Ich nicke. »Ich nehme sie seit zwei Monaten.«

Sie lächelt wieder. »Du musst nicht mit ihm schlafen.« Sie streichelt meine Wange. »Aber ...«

»Was aber? Aber du fändest es gut?«

Sie nickt unsicher. »Ich hab diese Fantasie, dass Mike dich von hinten nimmt und du mir währenddessen die Muschi leckst.«

Ich grinse leicht. »Echt?«

»Ja.«

»Leckt Mike so gut wie ich?«

Sie lacht und schüttelt den Kopf. »Lovely, keiner leckt so gut wie du.« Sie küsst mich sanft auf die Lippen, lässt ihre Zunge durch meinen Mund streichen. »Keiner küsst so gut wie du.«

Ich lächel glücklich. Meine Welt ist wieder in Ordnung. »Ich kann nicht versprechen, dass es morgen schon so weit ist, Piper. Ich mache mit, aber ich weiß nicht, ob ich bereit bin, mit ihm zu schlafen.«

Sie schaut mich liebevoll an. »Du hast alle Zeit der Welt.«

Ich kuschel mich mit dem Rücken gegen sie, genieße ihre Hände um mich. »Gut.«

Es dauert nicht lange, bis wir beide eingeschlafen sind.

KAPITEL ZEHN

Ich stehe noch in meinem Atelier, als ich höre, dass Mike kommt. Und damit meine ich, dass er in die Wohnung kommt, nicht das andere kommen. Das passiert wohl erst gleich. Ich bin aufgeregt, weil ich nicht weiß, was passieren wird. Werde ich mit ihm schlafen? Oder nicht? Hmmh ...

Ich lege den Pinsel zur Seite und öffne die Tür. Sie sind schon im Schlafzimmer. Ich höre ihre Stimmen, sie erzählen was. Was, weiß ich nicht genau. Ich gehe in die Küche, trinke einen Schluck Wasser, als müsste ich mir Mut antrinken. Obwohl damit ja kein Wasser gemeint ist, das weiß ich auch.

Ich bewege mich langsam in die Richtung der Geräusche, bin aufgeregt, nervös. Ich kann nicht wirklich sagen, wieso. Aber es ist, wie es ist. Wie beim letzten Mal auch steige ich langsam die Treppe hoch, höre immer mehr.

Mike und Piper küssen sich und ziehen sich dabei aus. Mike steht mit dem Rücken zu mir, sein Rücken mit den vielen Tribals ist voller Muskeln, die sich bei jeder Bewegung an- und wieder entspannen. Piper sieht mich und streckt ihre Hand nach mir aus. Ich gehe die Schritte zu ihr, lege meine in ihre. Sie zieht mich zu sich, so dass ich hinter Mike stehe. Sie legt meine Hand auf seine Hüfte. Er zuckt kurz zusammen, als er mich spürt. Seine Haut ist warm und weich. Sein Körper ist hart, keine soften Kurven wie bei Piper und mir. Ich lege meine andere Hand auch an seine Hüfte. Ich drücke meine Wange kurz an seine Schulter.

Piper zieht meine Hände um ihn herum, so dass ich gegen ihn gepresst werde und mit den Fingern seine Bauchmuskeln anfasse. Sie hören nicht auf, einander zu küssen. Ich weiß nicht recht, was ich tun soll. Piper öffnet Mikes Jeans, nimmt meine Hand und legt sie auf seinen Schwanz. Ich bin unsicher, habe noch nie einen Mann so berührt. Nur beim ersten Mal ganz kurz, aber mehr auch nicht. Ich weiß gar nicht so genau, was ich tun soll. Aber es fühlt sich ... interessant an.

Piper löst sich kurz von Mike. »Lovely, greif um seinen Schwanz und reib hoch und runter.« Dann sucht sie wieder Mikes Lippen.

Ich zögere einen Moment, bevor ich mir ein Herz fasse und zupacke, ganz locker, ich will ihm ja nicht wehtun, habe keine Erfahrung, was man machen kann und was nicht. Mike umfasst meine Hand mit seiner, fest, viel kräftiger, als ich mich je gewagt hätte. Langsam führt er eine pumpende Bewegung aus, wird schneller. Er stöhnt in Pipers Mund.

Er löst seine Hand, fasst nach hinten, legt sie auf meinen Hintern und presst mich gegen sich. Er knetet sanft, während ich mich darauf konzentriere, seiner Anleitung zu folgen. Es fühlt sich ... ungewohnt an, ja, aber auch irgendwie ... gut. Ja, gut.

Sie unterbrechen ihren Kuss. »Lovely, leck mich, während Mike mich küsst.«

Piper legt sich auf den Rücken, Mike kniet sich neben ihren Kopf, seine Lippen auf ihren festgeklebt. Ich knie mich vor das Bett, ziehe ihr Höschen runter, öffne ihre Beine. Ich küsse mich von ihren Knien ihre Oberschenkel hinauf, auf beiden Seiten, stoppe kurz vor ihrem Lustzentrum. Mike massiert ihren Busen, während er sie küsst. Er hat die Augen geöffnet, schaut mir zu, was ich mache.

Ich puste leicht gegen sie und sie erzittert. Ich streiche zart an ihren Schamlippen entlang, bevor ich sie sanft küsse. Ich lutsche an ihren kleinen Lippen, sauge sie in meinen Mund, flatter mit der Zunge um sie, bevor ich mit flacher Zunge einmal komplett über sie lecke. Sie stöhnt in Mikes Mund.

Ich dringe mit zwei Fingern in sie ein, stoße gegen die kleine raue Stelle, die besondere Lust verspricht, drücke meine Lippen gegen ihre Klit und sauge. Ich bin vollkommen auf diesen Moment fixiert, merke nicht, dass Mike aufgehört hat Piper zu küssen, sondern sich hinter mich kniet. Erst als er mein Hemd aufknöpft, meinen BH auszieht und meine Brust umfasst, realisiere ich es.

Piper stöhnt leise. »Mike, komm zurück«, bittet sie in diesem penetranten Tonfall, den sie immer benutzt, wenn er dabei ist.

Mike ist ein wenig unwillig, tut es dennoch, küsst sie, beobachtet dabei aber, wie ich sie verwöhne. Als sie kommt, nimmt Mike meinen Platz ein. Ich schaue auf seinen Schwanz mit Kondom und frage mich, warum er eins verwendet. Piper hatte mal angedeutet, dass sie extra einen Test gemacht haben, um auch ohne miteinander schlafen zu können. Er positioniert sich und stößt in einer schnellen Bewegung tief in sie. Sie stöhnt immer und immer wieder. Es ist interessant zu sehen, wie sein Schwanz sich raus und rein bewegt.

»Küss mich, Lovely«, bittet sie und ich küsse ihren Mund, bevor ich an ihrem Hals entlang streiche und meine Lippen ihre Brüste liebkosen. Ich schließe sie um die Nippel, sauge an ihnen.

»Lovely, bitte«, stammelt sie. »Bitte leck meine Klit.«

Einen Moment erstarre ich. Aber ... aber ... Mike fickt sie doch gerade! Und wenn ich mit der Zunge an seinen Schwanz komme? O Gott!

»Bitte, Lovely, ich will das so sehr«, sagt sie wieder.

Ich schaue zu Mike, unsicher und nervös. Er lächelt mich an, ist aber auch ein wenig angespannt. Ob er gar nicht will, dass ich seinem Schwanz so nahe komme?

Ich küsse mich Pipers Bauch entlang, bis ich kurz vor ihrer Scham ankomme.

Mara wird Piper lecken, ihre Zunge wird an seinem Schwanz sein. Er ist aufgeregt, hofft, dass sie auch mal von ihm kostet. Mara schaut noch einmal zu ihm auf, bevor sie ihre Zunge gegen Pipers Klit drückt. Piper stöhnt laut. Mikes Rhythmus ist langsam und tief und er richtet sich so weit auf, wie es geht, um Mara Platz zu geben, lehnt sich ein wenig zurück, nur so, dass es nicht unangenehm wird.

Maras Haare kitzeln seinen Bauch, ihre Wange ist gegen seinen muskulösen Unterbauch gepresst. Er muss sich zusammenreißen, um nicht sofort zu kommen. Er ist doch kein Teenie! Verdammt!

Und da passiert es! Ist es Absicht oder Versehen? Ihre Zunge berührt ganz kurz seinen Schaft. Versehen, bemerkt er, als sie zusammenzuckt. Fuck, dann wird sie es wohl nicht noch mal machen. Ist es überhaupt angenehm für sie mit Gummi?

Er legt sanft seine Hand in ihren Nacken, streichelt sie zärtlich. Gott, sein Herz schlägt viel zu schnell, weil seine Mara mitmacht. Obwohl sie ja noch nichts davon weiß, dass sie seine ist.

Und da spürt er ihre Zunge wieder und stöhnt laut. Dieses Mal war es Absicht, denn sie tut es gleich noch mal. Fuck! Er zieht weiter aus Piper raus und Mara leckt einmal über seinen Schaft. Er zittert, ist so angeturnt, dass sie seinen Schwanz probieren will, dass er kurz vorm Abspritzen steht.

Ob sie wohl ...? Er zieht seinen Schwanz ganz aus Piper, die leise protestiert. Er streift das Kondom ab. Mara schaut kurz zu ihm auf und öffnet dann ihren Mund. Vorsichtig dirigiert er seine Eichel in diesen. Piper hat sich aufgesetzt, streichelt Maras Wangen.

»Ich helfe dir, Lovely«, flüstert sie.

Sie streicht mit den Fingern Maras Lippen entlang, die sich noch nicht um seinen Schwanz geschlossen haben. Sie weiß nicht so ganz, was sie tun soll. Er will ihr helfen, weiß aber nicht wie.

Jetzt habe ich seinen Schwanz im Mund. Und nun? Was soll ich tun? Piper hat meine Unsicherheit gespürt.

Langsam streicht sie mit den Fingern an meinen Lippen entlang. Ich schaue zu ihr, flehe sie stumm an, mir zu sagen, was ich tun soll.

Sie beugt sich zu mir, ihre Zunge blitzt hervor und sie leckt langsam an meinen Lippen, bevor sie sie in meinen Mund gleiten lässt und gleichzeitig Mikes Schwanz und meinen Mund liebkost. Mike starrt gebannt zu uns herab, er stöhnt laut, ist hochgradig angeturnt.

»Schließ deine Lippen, Lovely.«

Ich tue es und mit einem perfekten O sind sie um ihn geschlossen.

»Press deine Zunge gegen seine Unterseite.«

Ich folge ihren Anweisungen und Mike stöhnt. Dann greift sie an meinen Hinterkopf und bewegt meinen Mund vorsichtig und langsam vor und zurück, vor und zurück. Sein Schaft gleitet immer ein wenig aus meinem Mund und wieder hinein.

»Gut so, Lovely, mach so weiter.«

Ihre Hand löst sich und einen Moment werde ich langsamer, bevor ich alleine weitermache.

»Fuck«, stöhnt Mike laut. An seinem ganzen Körper spannen sich Muskeln an. Ich frage mich, ob sie irgendwann reißen können?

Piper beugt sich weiter vor und nimmt seinen Hoden in den Mund. Was immer sie tut, sein Schwanz wird härter und länger. Sein Gesicht ist schmerzhaft verzogen, er kämpft gegen seinen Orgasmus. Ich hab zwar noch nie einen Mann kommen sehen, aber so kämpft man gegen einen Orgasmus.

Piper wird schneller und ich folge ihrem Vorbild. Rein und raus. Meine Zunge streicht über seine geschwollenen Adern, über die beinahe samtige Haut, die diesen harten Kern umspannt.

»Fuck«, grollt er plötzlich, fasst an seinen Schaft, zieht ihn aus meinem Mund, pumpt einmal und spritzt mir sein Sperma auf den Busen. Ich setze mich auf, schaue irritiert und interessiert auf die weiße, dicke Flüssigkeit. Ich bin neugierig und tauche meinen Finger ein.

Was tut sie da? Sie taucht ihren Finger in sein Sperma und fährt sich damit um die Brustwarze. Er ist gestorben und im Himmel aufgewacht. Und dann ... dann leckt sie ihren Finger ab!

Piper schaut ebenfalls auf ihre verzierten Brüste. Sie lächelt leicht, der Anblick macht sie an. Mittlerweile kennt er ihren Blick, wenn sie geil ist. Sie beugt sich vor und leckt über Maras Brust. Sie drückt sie in die Matratze und beginnt sein Sperma von Maras Titten abzulecken! *Scheiße, ist das geil*, denkt er mal wieder. Wie konnte er nur so viel Glück haben? Nicht nur, dass hier eine Frau einer anderen sein Sperma ableckt, auch, dass seine Mara ihm gerade einen geblasen hat. Scheiße, so viel Glück kann doch ein Mensch alleine nicht haben.

Und sie hat es perfekt gemacht! Ja, gut, sie hatte nicht wirklich Ahnung, was sie tun sollte, ihre Technik war mies, aber *sie* hat es getan, also war es perfekt. Er beugt sich vor, legt Mara die Hand in den Nacken, zieht sie zu sich. Sein Mund findet ihren und ihre Zungen machen da weiter, wo sie beim ersten Mal aufgehört haben. Sie stöhnt leise, was ihn wieder hart werden lässt. Er drückt seinen Ständer gegen sie. Sie versteift sich, aber dann fasst sie an seinen Schwanz, pumpt hoch und runter, wie er es ihr gezeigt hat.

Er löst sich, schaut sie fragend an. »Willst du es?«

Sie nickt und lächelt. Piper hat sich aufgesetzt, ihr Ausdruck gespannt. Sie hält ihre Hand. Mike stellt Maras Beine auf und öffnet sie. Scheiße, ist das eine perfekte Muschi! Seine. Ganz allein seine. Nur er wird sie besitzen. Er reibt ihre Klit und sie beginnt zu stöhnen. Sie beißt sich auf die Lippen.

»Ich will dich hören«, raspelt er.

Er lässt einen Finger in sie gleiten, stößt ihn langsam und vorsichtig in sie, sein Daumen an ihrer Klit. Er sieht, wie sie die Hände ins Laken krallt, ihre Augen sich vor Lust verdrehen. Sie will es.

Er zieht seinen Finger aus ihr, nimmt seinen Schaft in die Hand, streift ein neues Kondom über, positioniert sich, seine Eichel stupst gegen ihre Klit. Sie stöhnt.

Und auf einmal fühlt es sich falsch an. So falsch. Er steht auf, dreht sich fluchend um, greift nach seiner Jeans und läuft die Treppe runter. Er kann das nicht! Ihr erstes Mal sollte mit ihm allein sein, er würde sie liebkosen, ihren Körper anbeten, sie würde darum flehen, dass er sie endlich nimmt. Er will sie lieben und sie soll ihn lieben, denn so sollte das erste Mal sein. Liebevoll, zärtlich. Es sollte auf keinen Fall so sein, dass er sie hier unter den Augen ihrer Freundin nimmt, die die Vorstellung erregend findet. Fuck, nein! So geht das auf keinen Fall!

Er zieht sich die Jeans an, wird den Gummi los, setzt sich unten auf die Couch, vergräbt das Gesicht in den Händen. Er hört Schritte.

Piper kniet sich vor ihn, legt ihre Hände auf seine Knie. »Was ist los, Mike?«, fragt sie mit ihrer Kleinmädchenstimme, die sie offenbar nur für ihn reserviert hat.

»Ich kann das nicht«, sagt er leise.

»Was kannst du nicht?«

Er schaut sie an, als wäre sie dämlich. »Ich kann Mara nicht entjungfern, weil ich finde, dass sie ihr erstes Mal mit einem Mann erleben sollte, der sie über alles liebt, den sie über alles liebt. Es soll der Beweis ihrer Verbindung und die Kumulation aller Zuneigung sein. So ...«, er macht eine Handbewegung nach oben, »sollte es auf keinen Fall ablaufen.«

Sie schaut ihn unsicher an. »Findest du sie nicht sexy?«

Er schnaubt. »Darum geht es nicht! Mara ist sexy, aber das ändert nichts. Ich kann nicht ihr erster Mann sein! Ihr erstes Mal sollte in Liebe geschehen.«

Ich ziehe mir einen Bademantel über. Was ist da gerade geschehen? Wieso hat er es abgebrochen? Mag er mich nicht? Bin ich nicht attraktiv genug? Ist meine Muschi nicht schön?

Ich bin unglaublich unsicher, als ich nach unten gehe. Piper kniet vor der Couch, hat ihre Hände auf Mikes Knien.

»Ihr erstes Mal sollte in Liebe geschehen.«

Oh ... ooooooh, denke ich. Es hat offensichtlich nur peripher was mit mir zu tun. Er will nicht, dass mein erstes Mal in dieser eigenartigen Situation geschieht, sondern mit einem Mann, den ich liebe. Aber das wird nie passieren ...

Ich gehe verlegen an ihnen vorbei, eile in die Küche.

»Es ist nicht so, dass ich dich nicht heiß finde, Mara«, sagt er gerade.

Ich drehe mich um, sehe, wie er aufsteht und in meine Richtung kommt. Ich nehme ein Glas, halte es unter den Kran, trinke in gierigen Schlucken. Er bleibt an der Frühstückstheke stehen.

»Es tut mir leid, wenn ich dir ein schlechtes Gefühl gegeben habe«, meint er. »Es liegt nicht an dir.«

»Sondern an dir?«, frage ich und ziehe spöttisch eine Augenbraue hoch.

Er schluckt. Er sieht unsicher aus, verlegen. »Ich verstehe, wenn du verletzt bist.«

»Oh, bitte«, sage ich sarkastisch. Obwohl ich mich ganz und gar nicht so fühle. Es tut schon ein bisschen weh, dass er Piper schon hundert Mal gevögelt hat, aber bei mir einen Rückzieher macht. Ich bin offensichtlich nicht so hübsch wie sie. Und ... und ich frage mich unwillkürlich, warum ich mir darüber den Kopf zerbreche. Das kann mir doch vollkommen egal sein, ob er mich schön findet oder nicht. Ich will doch nur Piper.

»Sei nicht so zickig, Lovely«, sagt Piper und mein Kopf schnellt zu ihr. Ich schaue sie ungläubig an. Sie ist auf seiner Seite?

Mike kommt näher zu mir, legt mir die Hände an die Oberarme und fängt meinen Blick ein. Selbst wenn ich wollte, könnte ich ihn nicht abschütteln. »Du bist die schönste Frau, die ich je gesehen habe«, flüstert er so leise, dass Piper es nicht verstehen kann, »darüber hinaus bist du auch noch witzig, klug und cool. Ich will mit dir schlafen, aber nicht so. Es ist dein erstes Mal, das solltest du mit jemandem erleben, den du liebst, nicht einfach so.«

Ich nicke leicht. Er küsst mich auf die Wange. Er streichelt an meinen Armen entlang, dreht sich dann zu Piper. »Tut mir leid, Prinzessin, aber ich kann das so einfach nicht.«

»Was soll das heißen?«, fragt sie aufgeregt und läuft ihm hinterher.

Er kratzt sich am Kinn, wie er es immer macht, wenn ihm etwas unangenehm ist. Ich schlage mir innerlich vor den Kopf, weil ich schon so was über ihn weiß. Das ist doch albern.

»Dieses ganze Arrangement.« Ich horche auf. Er will Piper nicht, weil er mich nicht entjungfern will?

»Das ... das kannst du nicht tun!«, ruft sie geschockt. »Mike, bitte. Ich will dich.«

»Piper, komm schon. Du hast eine tolle Freundin. Vielleicht solltest du dich ein klein wenig auf sie fokussieren.«

»Aber ... aber ich will dich, ich brauche dich«, jammert sie.

Ich glaub, mir wird schlecht! Mike ist ihr wichtiger als ich?

»Piper, du wusstest, dass ich keine Gefühle für dich habe«, sagt er leise und schuldbewusst.

»Ich habe aber Gefühle für dich. Ich ... ich liebe dich.«

Mir laufen Tränen das Gesicht herunter. Sie liebt ihn? Sie liebt ihn? O Gott! Ich habe es doch gewusst! Wie kann das passieren? Wie kann unsere großartige Beziehung so in die Brüche gehen?

Ich kann hier nicht bleiben, wird mir gerade klar. Ich renne an ihnen vorbei, die Treppe runter. Mir fällt ein, dass ich nur einen Bademantel trage, den ich umso enger um mich ziehe. Barfuß stürze ich auf die Straße, werde praktisch von den Geräuschen der Großstadt erschlagen. Wo soll ich hin?

Ich renne einfach nach links und laufe und laufe. Irgendwann komme ich an einer Bank vorbei, setze mich dort hin. Ich vergrabe das Gesicht in den Händen, die Gefühle, die in mir eingesperrt sind, bringen mich zum Zittern. Das ist das Ende.

Ich will nicht, dass es das Ende ist. Und doch wird mir klar, dass es so ist. Diese Erkenntnis sickert in jede Pore. In jede einzelne. Ich kann mich nicht dagegen wehren, es wird zur Wahrheit. Ich bin so traurig, so unendlich traurig.

»Ist alles in Ordnung mit Ihnen?«, fragt eine Frau neben mir besorgt.

Ich schüttel den Kopf.

»Kann ich irgendwas für Sie tun? Brauchen Sie Hilfe?«

Ich schaue auf. »Darf ich vielleicht kurz Ihr Handy benutzen?«, schluchze ich.

Sie kramt es aus ihrer Tasche und ich wähle Chrissas Nummer, die ich auswendig kenne, weil ich zu den Personen gehöre, die ständig ihr Handy vergessen.

»Ja?«

»Chrissa«, weine ich in den Hörer.

»Was ist passiert?«

»Kannst du mich abholen? Ich bin ...« Ich schaue mich um, während die nette Frau mir souffliert. »Kannst du mich abholen?«

»Ich bin in zehn Minuten da.«

Ich reiche ihr das Handy, bedanke mich. Sie bleibt neben mir sitzen, wartet, bis Chrissa mit einem Taxi ankommt. Chrissa wirft nur einen Blick auf mich, schließt mich in die Arme, nimmt mich im Taxi mit, nachdem ich mich dreitausend Mal bei der netten Dame bedankt habe.

»Was ist passiert?«, fragt sie besorgt.

»Piper ... Piper hat ... hat Mike gesagt ...«, ich breche ab, dicke Tränen kullern meine Wangen hinunter.

»Was, Süße?«

»Dass sie ihn liebt.«

»O Gott«, murmelt Chrissa und schließt ihre Arme fest um mich.

Als wir in ihrer Wohnung ankommen, sucht sie mir ein paar Klamotten raus, die alle ein bisschen eng sind, weil Chrissa kleiner und dünner ist als ich, aber ich bin froh, dass ich jetzt nicht mehr befürchten muss, aller Welt meine Vagina zu präsentieren.

Sie öffnet eine Flasche Weißwein und wir setzen uns auf die Couch.

»Erzähl.«

Und dann erzähle ich ihr alles ... Von der Party gestern, von Christine, von Mike und Jace und Evan und unserem Abend im Pub und dann von heute. Es sprudelt alles ungefiltert aus mir heraus, jedes Detail, auch Dinge, die sie bestimmt nie wissen wollte, etwa wie Mikes Sperma schmeckt.

»Und dann kam der Moment. Ich wollte mit ihm schlafen, doch kurz bevor wir soweit waren, sagte er, dass er das nicht kann, und floh nach unten.«

»Was kann er nicht? Dich entjungfern?«, fragt sie ein bisschen ungläubig.

Ich nicke. »Ja, weil mein erstes Mal mit jemandem sein sollte, den ich liebe und der mich liebt.«

»Das ist echt süß«, lächelt Chrissa.

Ich schnaube. »Da kann man geteilter Meinung drüber sein, da er doch weiß, dass ich lesbisch bin und das alles eigentlich nur für Piper tue.«

Chrissa grinst. »Aber es ist doch total süß! Er glaubt an die Liebe.«

Ich wische mit der Hand durch die Luft. »Wie auch immer! Jedenfalls sagte er dann, dass er unser Arrangement beenden will. Piper hat ihn angefleht, das nicht zu tun. Und dann ... dann ...«, und dann sind die Tränen wieder zurück, in voller Stärke.

»Und dann hat sie ihm gesagt, dass sie ihn liebt?«

Ich nicke.

»Was hat er gesagt?«

Ich zucke mit den Schultern. »Keine Ahnung, ich bin rausgerannt.«

»Was meinst du, wie viele Menschen haben heute deine Vagina gesehen?«, neckt mich Chrissa.

Obwohl ich traurig bin, muss ich lachen und werfe ihr ein Kissen an den Kopf. Sie schlingt ihre Arme um mich, zieht mich eng an sich.

»Ach, Süße. Es tut mir alles so leid.«

Ich schniefe. »Ich war so blöd, mich überhaupt auf so was einzulassen.«

Chrissa zuckt mit den Schultern. »Du wolltest Piper. Wer weiß, ob sie sich für dich entschieden hätte, wenn du nein dazu gesagt hättest.«

»Ich wünschte, du wärst nicht so realistisch.«

Chrissa küsst mich auf den Kopf, gerade als Jace zur Tür reinkommt. In seinem Schlepptau ... Mike.

»Raus hier!«, faucht Chrissa und weist auf die Tür.

»Chrissa!«, sagt Jace beschwichtigend.

Sie löst sich von mir und steht auf. »Nein, nichts da!« Sie tippt ihren Zeigefinger gegen Mikes Brust. »Du bist ein Arsch! Wie konntest du das tun?«

Mike will an ihr vorbeigehen, aber sie gibt nicht auf, sie ist eine Kämpferin und schafft es, zwischen mir und Mike zu bleiben.

Ich weiß nicht, was ich bei seinem Anblick fühlen soll. Ich bin sauer, ja, aber auf ihn? Ich weiß nicht. Im Endeffekt kann er nichts dafür, aber es ist ja nicht so, als ob er nicht involviert wäre. Das ist immer so typisch. Männer stellen sich das so einfach vor. *Ich hab keine Gefühle für dich, das ist nur Sex.* Als könnte man Gefühle abstellen oder sich davor in irgend einer Weise schützen. Als gäbe es ein Kondom zum Schutz gegen Gefühle. Mir war von Anfang an klar, dass Piper sich in Mike verknallen würde, wenn sie nur oft genug mit ihm vögelt.

Tja, und jetzt hat er sie. Ich habe keine Ahnung, ob er darüber erfreut ist oder nicht, aber es ist mir auch egal, ehrlich gesagt. Meine Beziehung zu Piper ist vorbei, alles andere ist gerade irrelevant.

»Ich will mit ihr reden«, knurrt er, aber Chrissa lässt ihn immer noch nicht zu mir.

Mike packt sie um die Taille, lässt sie quasi in Jace' Arme fallen und kommt zu mir, setzt sich neben mich.

»Mara«, flüstert er.

»Lass sie in Ruhe, Mike! Du hast schon genug angerichtet! Lass mich los, Jace.«

Jace denkt gar nicht daran und trägt sie aus dem Zimmer. Ich kann ihr empörtes Geschrei noch lange hören.

»Mara«, sagt er noch einmal leise. Er greift nach meinen Händen, die ich ihm aber entziehe. Er schaut mich traurig an.

»Es tut mir so leid.«

Ich zucke mit den Schultern und drehe mich ein bisschen zur Seite, weil ich nicht will, dass er meine Tränen frontal sieht.

»Gott, nicht weinen, Baby, nicht weinen«, murmelt er. Er zieht mich in seine Arme, ich kämpfe dagegen an, gebe mir aber nicht wirklich Mühe, weil ich ... ja, weil ich mich in seinen Armen beschützt und geborgen fühle.

Ich bette meinen Kopf an seiner Schulter und er streichelt meinen Kopf, meinen Rücken. »Es tut mir so leid«, murmelt er immer und immer wieder.

Ich kann gar nicht aufhören zu weinen. Ich hatte eine unglaublich perfekte Beziehung bis zu dem Zeitpunkt, an dem sie es eben nicht mehr war. Und das tut weh. Sehr weh.

Und deswegen bin ich hier in Mikes Armen, an seine Schulter gekuschelt. Ich weiß, wie dermaßen surreal das alles ist, dass ich mich hier bei meinem Rivalen ausheule. Ich weiß, dass er der Letzte ist, bei dem ich mich so wohlfühlen sollte. Ich weiß, dass er, obwohl es nicht seine Schuld ist, dass ich verletzt wurde, doch auch einiges dazu beigetragen hat, wenn auch unabsichtlich. Und trotzdem ... Ich lehne mich an ihn, nehme den Trost an, den er mir gibt.

Als ich irgendwann aufhöre zu weinen, frage ich: »Seid ihr jetzt zusammen?« Ich weiß nicht, ob ich auf eine positive oder eine negative Antwort hoffe. Es würde wehtun, wenn sie jetzt zusammen wären, es würde wehtun, wenn sie nicht zusammen wären, weil Piper dann unglücklich verliebt wäre. Und das will ich nicht. Sie hat ja auch nicht wirklich etwas falsch gemacht, auch nichts richtig, ja, man kann Gefühle nun einmal nicht steuern. Sie sind eben da. Sie hat sich in Mike verliebt und das muss ich akzeptieren, so weh es tut. Klar bin ich sauer, weil sie mit dem Feuer gespielt hat, aber für ihre Gefühle kann sie nichts.

»Nein, Mara. Ich liebe sie nicht.«

»Du hast also nur dafür gesorgt, dass sie sich in dich verliebt, um sie dann wie eine heiße Kartoffel fallen zu lassen?«

Er schaut mich irritiert an. »Natürlich nicht. Was denkst du denn von mir? Es war nur Sex. Das hatten wir vorher abgesprochen.«

Ich setze mich auf, rücke von ihm weg. »Newsflash, Arschloch. Ich hatte mit ihr auch abgesprochen, dass sie Sex mit anderen Männern haben kann, aber keine Gefühle entwickeln darf. Hat auch super funktioniert.«

»Du hast jedes Recht sauer zu sein.«

»Ja, danke.«

»Mara! Kann ich mal etwas erklären?«, fragt er frustriert.

»Nein, kannst du nicht! Ist sie plötzlich nicht gut genug für dich? Zum Ficken reicht's, aber mehr ist sie nicht wert?«

»So ist es doch gar nicht.«

»So sieht es aber aus! Wie kannst du dich denn so in unsere Beziehung einmischen und dann verwundert sein, wenn sie zerbricht?«

»Ich wollte nie ...«

»Ja, super! Der Weg zur Hölle ist gepflastert mit guten Vorsätzen. Was hast du denn gedacht?«

»Ehrlich gesagt ...«

»Ja, das solltest du dir ehrlich mal überlegen. Es ist einfach total unmöglich! Du hast dich einfach in unsere ...«

Der Rest kommt nur noch als unverständliches Gebrabbel heraus, weil Mike mir die Hand auf den Mund gelegt hat.

»Jetzt rede ich, Mara! Es tut mir leid! Ich habe am Anfang nicht gewusst, dass es dich verletzt, wenn ich mit ihr schlafe. Als ich es erfahren habe, wollte ich mich zurückziehen, aber dann kamt ihr mit eurer Dreier-Idee. Ich bin auch nur ein Mann! Wenn mir zwei schöne Frauen das Angebot machen, mit beiden ins Bett zu gehen, soll ich dann ablehnen? Fuck, nein! Das konnte ich schon nicht, weil ich dich mag.«

Er schaut mir in die Augen und ich schlucke. Ich fasse an seine Hand und ziehe sie weg. »Du magst mich?«

Er lächelt. »Ich mag dich.«

»Wie in *Lass uns beste Freunde sein*?«

»Nicht ganz.«

Ich schlucke. »Oh.«

Er zuckt mit den Schultern. »Ja, oh.«

»Das tut mir leid.«

Er nickt. »Das heißt, ich werde wohl niemals darauf hoffen können?«

Ich schüttel den Kopf. »Eher nicht.«

Sein Blick ist voller Traurigkeit. »Okay. Danke, dass du ehrlich bist.«

Er muss hart schlucken, als sie ihm sagt, dass sie wohl nie die gleichen Gefühle für ihn haben wird wie er für sie. Er hatte es sich ja auch schon gedacht. Immerhin steht sie auf Frauen, und wenn er etwas nicht ist, dann weiblich. Aber da war auch immer noch Hoffnung ... In diesem Augenblick realisiert er, dass die ganz umsonst war. Sie werden vielleicht Freunde sein können, aber das, was er sich wünscht, was sein Herz sich wünscht, wird es nie geben.

Es ist hart, dass zu akzeptieren, aber was soll man gegen Gefühle – oder eben keine Gefühle – machen?

Sie legt ihre Hand auf seine. »Es tut mir leid, Mike. Alles, was ich dir anbieten kann, ist Freundschaft.«

Freundschaft ... Nie fand er ein Wort beschissener.

»Das reicht mir nicht«, murmelt er. Dann schaut er sie wieder an. »Es tut mir leid, Mara. Wirklich. Wenn ich gewusst hätte, wo das alles endet, dann hätte ich mich nicht auf irgendwas mit Piper eingelassen. Ich ...« Er kratzt sich über die Bartstoppeln. »Ich wollte dich nie verletzen. Bitte verzeih mir.«

Sie nickt. Er küsst sie auf die Wange und steht dann auf, verabschiedet sich. Er weiß nicht, was er jetzt tun soll. Zum ersten Mal in seinem Leben tut sein Herz scheißweh. Nicht so wie bei Diane, das war ein Mückenstich verglichen mit den heutigen Schmerzen. Sein Herz zieht sich zusammen bei dem Gedanken an Mara, wie verletzt und gebrochen sie ausgesehen hat. Wie konnte er das nur tun? Tief im Inneren hat er gewusst, das Piper Gefühle für ihn hat. Er hätte schon viel früher einen Schlussstrich ziehen sollen. Er könnte sich in den Arsch treten.

Er holt zu Hause seine Sporttasche und fährt in sein Fitnessstudio. Das ist eindeutig der richtige Moment, um einen schuldlosen Sandsack zu verprügeln. Und danach ... Da wird er zu Emma fahren. Und Drew. Er wundert sich kaum, dass er zuerst an Emma und dann an seinen Bruder gedacht hat. Schließlich wird er von letzterem sowieso nur blöde Sprüche hören.

Jace und Chrissa kommen wieder ins Wohnzimmer, nachdem Mike gegangen ist.

»Alles okay?«, fragt Chrissa besorgt.

»Wie viel habt ihr gehört?«, frage ich misstrauisch.

»Alles«, gibt sie zu. »Es könnte sein, das ich die Tür einen Spalt geöffnet habe.«

»Dass Mike Gefühle für mich hat?«

»Ja, aber das wussten wir auch schon vorher«, meint Jace.

Ich schaue zu Chrissa. »Wir? Du auch?«

Sie nickt verlegen. »Ja, aber es war nicht mein Geheimnis. Ich konnte es dir nicht sagen.«

Ich vergrabe mein Gesicht in den Händen und seufze.

Jace setzt sich neben mich und legt mir die Hand aufs Knie. »Mike ist jetzt erstmal egal, verstanden? Es geht hier um dich und Piper. Was willst du tun?«

Chrissa setzt sich auf meine andere Seite. »Was kann ich tun?«

»Nun, du solltest zunächst herausfinden, ob sie noch Gefühle für dich hat.«

Ich überlege. »Aber sollte ich nicht auf mich hören?«

»Natürlich«, meint er. »Aber du musst alle Fakten kennen, damit du das Richtige für dich tun kannst.«

»Und wenn sie noch Gefühle hat?«, frage ich.

»Dann kannst du ihr entweder noch eine Chance geben oder nicht.«

Ich schaue Chrissa an, die den Kopf schüttelt. »Nein, Süße, das musst du selber wissen.«

Ich nicke langsam. Sie hat recht, aber es wäre mir mal wieder lieber, wenn jemand anderes die Entscheidungen für mich treffen würde. »Ich bin ihr schon bei der Sache mit Mike entgegen gekommen.«

Sie nicken beide.

»Und damals, als sie mir sagte, dass sie mit Männern schlafen will.«

Sie nicken beide.

»Müsste da nicht vielleicht auch mal etwas zurückkommen?«

Sie nicken beide.

»Aber das kann dir niemand anderes sagen«, meint Jace. »Es ist egal, ob wir denken, dass du dir schon zu viel gefallen lassen hast. Es zählt einzig und allein deine Meinung, Süße. Wenn dein Herz dir sagt, dass du noch eine Chance mit Piper hast, dann folge deinem Herzen. Es ist egal, was andere darüber denken.«

»Aber ihr denkt, dass ich mir schon zu viel gefallen lassen habe?«

Sie nicken beide.

Ich nicke auch. »Vielleicht muss ich jetzt mal nach Hause.«

Sie nicken beide.

KAPITEL ELF

»Du siehst schrecklich aus«, begrüßt ihn Emma.

Mike läuft mit hängendem Kopf in die Wohnung und lässt sich stöhnend auf die Couch fallen.

»Ich bin der einzige Mann, der in dieser Wohnung stöhnt«, ruft Drew aus der Küche.

»Mach keine blöden Witze«, meint Emma, »er sieht voll scheiße aus.«

Er legt den Kopf auf die Lehne und schließt die Augen. »Vielleicht war es doch nicht so gut, hierher zu kommen. Ihr beide seid gar nicht empathiefähig. Vielleicht hätte ich Natalie besuchen sollen.«

»Sie ist in Chicago, was du auch weißt«, meint Emma.

Er grummelt vor sich hin. »Ja, deswegen bin ich doch ins Haus des Schreckens gekommen.«

Drew kommt aus der Küche, ein Geschirrtuch über seiner Schulter. »Du siehst scheiße aus.«

»Ach, echt?«, fragt Mike mürrisch.

»Was ist passiert?«, fragt Emma und setzt sich neben ihn.

»Mara wollte Sex mit mir.«

Emmas Augen leuchten auf. »Das ist doch super!« Mike schüttelt den Kopf. »Das ist nicht super?«

Er stöhnt wieder. »Ich wollte es ja tun! Aber als ich kurz davor war, kam mir die Situation so bizarr vor. Sie sollte ihr erstes Mal mit jemandem erleben, der sie liebt, den sie liebt. Nicht, weil ihre Freundin es geil findet, wenn sie von einem Mann gevögelt wird.«

»Korrigier mich, wenn ich falsch liege, Alter, aber sie hätte es doch mit einem Mann getan, der sie von ganzem Herzen liebt.«

Er vergräbt sein Gesicht in den Händen. »Jedenfalls habe ich es abgebrochen. Piper ist mir hinter gekommen und ich hab ihr gesagt, dass ich unsere Vereinbarung lösen will. Da hat sie mich angefleht, das nicht zu tun, und mir dann gesagt, dass sie mich liebt, während Mara danebenstand.«

»Was?«, fragt Emma ungläubig und wütend.

Mike nickt. »Ja, genau das war auch meine Reaktion.«

»Wo ist sie jetzt? Wie geht es ihr? Hast du ihre Nummer?«

Mike reibt sich über den Kopf. »Sie ist bei Chrissa und Jace. Es geht ihr scheiße und ja, ich habe ihre Nummer.«

»Gib sie mir.«

»Wieso?«

»Weil ich sie anrufen will, du Idiot!«

»Auf die Gefahr, dass ich mich wiederhole. Wieso?«

Emma schaut ihn an, als wären ihm drei Köpfe gewachsen. »Sie ist verletzt, ich will wissen, ob ich was tun kann.«

»Auf keinen Fall! Du hältst dich da raus, Emma!«

»Mike ...«

»Nein.«

»Aber es könnte für dich auch positiv sein.«

Er schüttelt den Kopf. »Ich habe vorhin bei Chrissa mit ihr gesprochen und angedeutet, wie es um mich steht, aber sie hat gesagt, dass sie nie das Gleiche für mich fühlen wird.«

Emma schaut ihn mitfühlend an. »Ach, Mike ...«

»Schon gut, Em, ehrlich. Ich bin ja selbst schuld. Wer verliebt sich auch in eine Lesbe?«

Drew legt ihm die Hand auf die Schulter. »Bier?«

»Bier.«

Sein Bruder steht auf und kommt kurz darauf mit zwei Flaschen Bier und einem Glas Wein zurück, das er Emma reicht.

»Lassen wir uns volllaufen«, meint er. »Essen ist auch gleich fertig.«

Mike trinkt einen Schluck. »Was gibt es denn?«

»Chili und Zupfbrot.«

Mikes Magen knurrt. »Ich liebe Zupfbrot.«

Emma lächelt leicht. »Es gibt auch noch *Monkey Bread*, das eure Mom geschickt hat.«

»Die Frau muss man einfach lieben.«

Emma setzt sich neben ihn, legt ihren Kopf an seine Schultern. »Das ist echt abgefuckt.«

»Ja, das kannst du laut sagen.«

Chrissa gibt mir Geld für ein Taxi, so dass ich nach Hause fahren kann. Ich klingel und nach dem dritten Schellen macht Piper auf. Als ich oben ankomme, steht sie mit verheulten Augen an der Tür.

»Mara«, schluchzt sie und will mich in die Arme nehmen.

Ich weiche ihr aus und drücke mich an ihr vorbei in die Wohnung. Ich setze mich auf die Couch. Sie setzt sich auf einen der beiden Sessel. Einen langen Moment starren wir uns an.

»Es tut mir so leid«, flüstert sie dann.

Ich nicke. »Ja, mir tut es auch leid.«

»Was tut dir leid?«, fragt sie.

»Dass wir vorbei sind«, entgegne ich.

Sie schaut mich entsetzt an. »Nein, Mara, nein! Wir sind nicht vorbei! Ich liebe dich!«

»Ich liebe dich auch, Piper. Aber ich bin an einem Punkt angekommen, an dem ich mir nicht mehr in die Augen sehen kann, wenn ich jetzt keinen Schlussstrich ziehe.«

»Aber ...«

»Es war einfach zu viel, verstehst du? Ich war damals schon nicht wirklich begeistert von deiner Idee, dass du mit Männern schläfst. Ich habe es akzeptiert, weil ich dich glücklich machen wollte. Aber wirklich, Piper ... Wenn man jemanden liebt, will man doch nicht mit anderen schlafen.«

Tränen laufen ihre Wangen runter, während ich merkwürdig gefasst bin. »Ich wusste, dass du dich in Mike verlieben würdest. Als klar war, dass du mehr als nur einmal mit ihm schlafen wirst, wusste ich, dass du Gefühle für ihn entwickelst. Und auch da hätte ich schon nein sagen sollen.«

»Ich liebe dich.«

»Das stelle ich auch nicht in Frage, Piper. Wie gesagt, ich liebe dich auch, aber ich habe die Selbstliebe und den Selbstrespekt sehr vernachlässigt in letzter Zeit. So ein Arrangement mag für manche Menschen klappen, aber es funktioniert nicht für mich. Und eigentlich wusste ich das auch schon vor fast fünfeinhalb Jahren.«

Sie schluckt. »Hättest du damals nein gesagt, hätte ich mich exklusiv für dich entschieden.«

Ich schüttel den Kopf. »Das ist lieb, dass du das sagst, aber so ist es nicht. Das wissen wir beide.«

»Doch, ganz bestimmt.«

»Meinetwegen, das ist momentan nicht zielführend. Wir können die Vergangenheit nicht ändern.«

»Aber wenn du mich liebst, wenn ich dich liebe, dann musst du mir doch noch eine Chance geben, Mara! Du kannst uns doch nicht so einfach zerstören.«

Ich fahre mir mit den Händen durchs Gesicht. »Ich führe nur den letzten Handstreich aus, Piper. Zerstört ist unsere Beziehung längst.«

Sie kommt zu mir, nimmt meine Hand. »Ich höre auf, Männer zu treffen. Versprochen.«

»Du liebst Mike.«

»Ich ... ich ... Das war nicht so gemeint.« Sie schaut verlegen durch die Gegend, während sie meine Finger streichelt.

»Doch, Piper, das war so gemeint. Es tut mir leid, dass er deine Gefühle nicht erwidert. Ich wünsche dir nur das Beste, wirklich, Liebe und Glück und Freude. Ich hätte dir gegönnt, dass er dich ebenso liebt und du mit ihm glücklich wirst.«

Ich stehe auf.

»Was tust du jetzt?«, fragt sie.

»Ich packe ein paar Sachen und fahre nach Florence für ein paar Tage. Wenn ich wieder da bin, melde ich mich, dann können wir besprechen, wann ich meine Sachen hole.«

»Du kannst die Wohnung haben«, sagt sie.

Ich lächel traurig. »Wir wissen beide, dass ich sie mir nicht leisten kann.«

Sie nickt. Ich gehe nach oben, hole einen Koffer vom Schrank, packe ein paar Sachen ein. Was mir eigentlich wichtig wäre mitzunehmen, muss warten, bis ich ein neues Zuhause habe. Gott, wie soll ich mir eine neue Wohnung leisten?

Sie wartet unten an der Treppe auf mich. Ich küsse sie auf die Wange. »Mach's gut, Piper.«

Sie nickt und ihre Augen quellen über. Sie tut mir leid. Ich nehme sie in die Arme, halte sie einen Moment.

»Es tut mir so leid«, murmelt sie immer und immer wieder.

»Ich weiß, ich weiß.«

Und dann stehe ich mit meinem Koffer auf der Straße und atme durch. Es tut weh, aber doch irgendwie nicht so sehr, wie ich es erwartet hatte. Vielleicht, weil ich mehr als vier Monate darauf gewartet habe, das genau das passiert. Vielleicht ist es nicht so schlimm, weil es schon die ganze Zeit gezwiebelt hat. Vielleicht tut es auch nicht so weh, weil ich die ganzen Jahre unterbewusst damit gerechnet habe. Ich weiß es nicht.

Ich fahre zum Flughafen, Chrissa hat mir bereits einen Flug gebucht. Was würde ich nur ohne sie machen?

Und dann bin ich in Mississippi. Meine Eltern überschlagen sich beinahe, um es mir recht zu machen. Meine Mom kocht alle meine Lieblingsgerichte, meine Schwestern kommen mit Eis und Wodka vorbei. Meine kleinen Nichten und Neffen kuscheln mit mir und beschweren sich auch nur manchmal, dass sie von meinen Tränen nass werden.

Wenn ich mal gerade nicht betrunken oder vollgefuttert bin, gehe ich spazieren. Ich denke nach, überlege, frage mich, was ich jetzt tun soll.

Eines ist klar, ich werde hier nicht ewig bleiben, sondern zurück nach New York gehen, immerhin liebe ich diese Stadt. Ich könnte mir nicht vorstellen, woanders zu leben. Aber dann muss ich schauen. Manhattan werde ich mir nicht leisten können. Vielleicht Brooklyn? Ich will nicht nach Queens ziehen müssen. Oder noch schlimmer nach Jersey. Wenn ich ganz viel Glück habe, finde ich etwas in Alphabet City. Das wäre super.

Und dann denke ich natürlich die meiste Zeit an Piper. Ich weiß nicht, ob ich die Vergangenheit damit umschreibe, aber mir wird klarer und klarer, dass unsere Beziehung nicht so perfekt war, wie ich dachte. Wir funktionierten nur so gut, weil ich unglaublich viel akzeptiert habe. Wenn ich jetzt darüber nachdenke, war ich nie wirklich ich selbst. Als hätte ich immer das Gefühl gehabt, dass sie mich nicht mag, wenn ich ihr nicht entgegenkomme.

Es tut mir leid, dass ich zu so harschen Erkenntnissen komme. Ich will unsere Beziehung nicht schlecht machen.

Wir hatten eine schöne Zeit, aber vielleicht ... ganz vielleicht ist es nicht verkehrt, dass wir getrennte Wege gehen. Vielleicht war sie doch nicht *die* Liebe meines Lebens, sondern nur *eine* Liebe meines Lebens. Vielleicht haben wir jetzt beide die Chance wirklich glücklich zu werden.

Ich habe nicht gelogen, ich wünsche ihr nur das Beste. Ich hoffe, sie wird glücklich. Ich möchte nicht, dass sie traurig und unglücklich ist, wirklich nicht. Aber irgendwie hoffe ich doch auch, dass sie nicht morgen schon jemand Neues hat.

Trotzdem ich von mehr Menschen umgeben bin als in New York fühle ich mich einsam. So lieb ich meine Familie habe, wir haben wirklich nicht viel gemeinsam. Hatten wir auch nie.

Mich überkommt das gleiche Gefühl wie damals, als ich hier noch zur Schule ging. Isoliert in meiner liebevollen Familie.

Ich weiß, ich muss zurück nach Hause. Ich kann hier nicht länger bleiben. Ich schaue mir freie Wohnung an und finde eine winzig kleine in Brooklyn. *Gut, das ist nicht Manhattan, aber doch gar nicht so schlimm*, denke ich.

Ich sage zu, ohne sie gesehen zu haben, weil ich nichts finden werde, was besser passt. Da muss man auch ein wenig realistisch sein. Ich hoffe nur, dass die Fotos nicht komplett gephotoshoped sind. Zumindest die Eckdaten sollten stimmen, mit allem anderen kann ich mich arrangieren.

Als ich drei Wochen später in New York lande, steht Chrissa in der Ankunftshalle und hält ein Schild hoch. *Hot*

Bitch Mara Clare. Ich grinse, als ich es sehe und falle ihr dann um den Hals.

»Wird Zeit, dass du deinen hübschen Hintern wieder nach Hause bewegst«, lacht sie.

»Mein Hintern ist wirklich hübsch«, gebe ich zurück und bekomme direkt einen Klaps auf eben diesen.

»Ich hab dich so vermisst, Süße. New York ist nicht dasselbe ohne dich.«

Sie nimmt mir meinen Koffer ab, was albern ist, aber sie macht es trotzdem.

»Wo geht es hin?«, fragt sie mich.

»In euer Gästezimmer?«

Sie lacht. »Gott sei Dank schlägst du das selber vor, sonst müsste ich dich dahinzerren.«

Wir nehmen ein Taxi und sie fragt mich, wie es mir geht. Ich bin mir nicht ganz sicher, was ich darauf antworten soll. Denn eigentlich geht es mir ... gut.

»So doof es sich anhört, Chris, aber es gut mir gut.«

Sie schaut mich prüfend an und ich lächel. »Ohne Scheiß?«

»Ja, ohne Scheiß«, sage ich. »Ich hatte auch was anderes erwartet, aber ... hmmh ... Ich hab nachgedacht, hab mich mit meinen Schwestern betrunken, also mit Carrie, Stacey ist ja schwanger, und hab in mich hinein gehorcht. Und ... ja, es geht mir gut. Ich glaub, auch wenn ich es selbst nicht wusste, habe ich in den letzten Wochen und Monaten bereits mit unserer Beziehung abgeschlossen. Vielleicht nicht abgeschlossen, aber zumindest habe ich angefangen, mich zu entfernen. Macht das Sinn?«

Sie nickt. »Das macht sogar sehr viel Sinn, Süße. Ich habe dir das ja schon mal gesagt, wenn man jemanden wirklich liebt, hat man nicht das Bedürfnis mit anderen zu schlafen. Du weißt, ich hab es wild getrieben, doch sobald Jace auf der Bildfläche erschien, wollte ich nur noch ihn.«

»Ich glaube schon, dass man solche Beziehungen führen kann, in denen man mehr als eine Person liebt, aber dann müssen sich alle damit wohlfühlen. Unsere Ménage-à-trois war zum Scheitern verurteilt, weil ich nur mitgemacht habe, weil ich Piper liebe, und Mike mitgemacht hat, weil er mich mag. Das kann ja nicht funktionieren.«

Chrissa atmet tief ein. »Piper hat eine neue Freundin.«

Es tut weh, es sticht, aber ich nicke. »Das habe ich mir schon gedacht, dass sie nicht lange brauchen wird.«

»Wie geht es dir damit?«

»Es tut weh«, sage ich und mir läuft eine Träne das Gesicht herunter.

Sie schlingt den Arm um mich. »Tut mir leid! Hätte ich es dir nicht sagen sollen?«

»Doch, es war richtig, aber es ändert nicht, dass es weh tut, dass sie nach drei Wochen eine Neue hat. Weißt du, wer es ist?«

»Dinah.«

»Was?«, frage ich entsetzt.

Dinah ist die Frau, die sich nach etwa zwei Jahren in unsere Beziehung drängen wollte. Piper hat geschworen, dass sie nichts mit ihr hatte, aber ich hatte immer so ein komisches Gefühl.

»Ich konnte es auch nicht fassen«, sagt Chrissa traurig.

»Das tut sie doch nur, um mich zu verletzen.«

Und mit einem Mal frage ich mich, ob ich eigentlich dumm bin. Verdammt dumm. Unglaublich dumm. Ich stelle gerade alles in Frage, was man in Frage stellen kann. So hätte ich Piper nie eingeschätzt. Ich war blind und dumm und naiv und ... Ach, noch so viel mehr!

Mike sitzt bereits an einem Tisch, als Drew in den Pub kommt.

»Hey, Mann«, sagt er grinsend und pflanzt sich neben ihn.

»Hey, Kleiner«, lacht er, dabei ist Drew größer als er. Wenige Zentimeter, aber immerhin. Dafür ist Drew nur halb so breit. Es ist nicht so, dass er es darauf angelegt hätte, viele Muskeln zu bekommen, aber er war in seiner Beziehung mit Diane manches Mal so frustriert, dass er anfing, seine Unzufriedenheit im Fitnessstudio abzubauen. Manchmal sieben Tage die Woche, denn das bedeutete, dass er nicht nach Hause musste zu einer Frau, die er nicht liebte. Und so wuchsen die Muskeln in Abhängigkeit zum Unglück in seiner Ehe.

Mittlerweile ist es eine Angewohnheit, trainieren zu gehen. Es fehlt ihm etwas, wenn er es nicht tut. Aber er hat es runtergeschraubt, drei bis vier Mal in der Woche reicht auch. Natürlich hat er gar nichts gegen den Nebeneffekt einzuwenden, dass Frauen ihn mit ihren Blicken ausziehen. Zumindest bisher nicht, momentan will er nur eine Frau ausziehen.

»Alles klar?«, fragt Drew und gibt der Kellnerin ein Zeichen, dass er ein Bier möchte.

»Soweit.«

»Immer noch in Trauer?«

»Du kannst manchmal ein unsensibles Arschloch sein.«

Drew grinst. »Du verbringst zu viel Zeit mit den Mädels.«

Mike lacht. »Ich bin eben ein Frauenversteher.«

»Aha«, meint Drew trocken. »Wenn dir Titten wachsen, würde es mich nicht wundern.«

»Das wär irgendwie cool. Dann hätte ich mein liebstes Spielzeug immer bei mir«, scherzt Mike.

Drew schüttelt nur den Kopf. »Du bist so ein Spinner. Ich kann gar nicht fassen, dass wir zur gleichen Familie gehören.«

»Als fändest du es nicht cool, Emmas Titten immer dabei zu haben.«

Drew zuckt mit den Schultern. »Naja.« Er hält Mike die Faust hin. Sie lachen beide, weil sie ganz offensichtlich doch zu einer Familie gehören.

Als Mike sich umdreht, um die Kellnerin zu rufen, fällt sein Blick auf eine blonde Barbie ohne Titten. Er zieht die Augenbrauen zusammen. Darauf kann er heute gut und gerne verzichten. Dann weiten sich seine Augen leicht. Sie hat schon eine neue Freundin! Mara und sie sind gerade einmal drei Wochen getrennt und sie hat schon eine Neue!

Er schüttelt den Kopf.

»Was?«, fragt Drew.

»Dahinten ist Piper.«

»Die Blonde ohne Titten?«

Mike nickt und Drew lässt seinen Blick über sie wandern. »Sie hat aber nicht lange gebraucht, um für Ersatz zu sorgen.«

Mike schüttelt betrübt den Kopf. »Ich hätte das nie gedacht. Ich hab wirklich geglaubt, dass sie Mara aufrichtig liebt.«

Drew schaut ihn an. »So sieht keine Frau aus, die vor drei Wochen die Liebe ihres Lebens verlassen hat.«

Mike muss ihm da recht geben. »Meinst du, ich sollte sie mal anrufen?«

»Piper?«, fragt Drew entsetzt.

»Arschloch! Mara natürlich.«

»Oh ... Klar, wieso nicht? Emma hat mindestens zweimal in der Woche mit ihr gesprochen. Du hättest ihr nicht die Nummer geben sollen. Jetzt sieht sich Emma auf der Mission, Mara davon zu überzeugen, dass es manchmal nur um die Person geht und nicht darum, ob sie einen Schwanz oder eine Muschi hat.«

Mike schaut ihn interessiert an. »Und was sagt sie dazu?«

Drew verdreht die Augen. »Idiot, sie macht das natürlich subtil!«

»Emma ist subtil wie eine Bohrmaschine.«

Drew lacht und lässt seine Flasche gegen Mikes stoßen. »Das ist mein Mädchen.«

Einen Moment sitzen sie schweigend da, bevor Drew ihn ernst anschaut. »Jetzt mal ganz ehrlich, Mike. Liebst du sie wirklich? Kannst du dir ein Leben mit ihr vorstellen? Oder bist du nur geil auf sie?«

Mike schluckt. »Ich bin total verrückt nach ihr. Ich weiß nicht, wie ich mein Leben ohne sie leben soll. Ich vermisse sie. Sie, wie sie mit mir scherzt, wie sie sich nichts gefallen lässt, wie sie dreckige Witze macht. Ich weiß, ich kenne sie noch nicht lange, aber ... Du hast mal gesagt, du wusstest sofort, dass Emma die Frau für dich ist. So geht es mir mit Mara auch.« Sein Mundwinkel verzieht sich. »Und geil bin ich auch auf sie.«

Drew grinst. »Dann mach, was man immer macht.«

»Und was ist das?«

»Mach ihr den Hof, Alter. Verabrede dich, triff dich mit ihr, mach Dinge, die sie mag. Horch Chrissa aus, was sie gerne macht. Wenn es sein soll, wird es sein. Und wenn nicht, dann hast du vielleicht eine gute Freundin gewonnen. Das ist doch auch was.«

»Ich will keine gute Freundin.«

»Du weißt, was ich meine. Aber geh dabei nicht so brachial vor, sei feinfühlig. Gib ihr nicht das Gefühl, dass es für dich nur darum geht, sie flachzulegen, sondern dass du sie kennenlernen willst, weil du Interesse an ihr hast. Als Mensch. Mach ihr Komplimente, aber mach das nicht plump. Fass sie ruhig an, aber wie ein Freund. Wenn sie dir vertraut, sich wohl bei dir fühlt, wird sie vielleicht auch zulassen, dass sie sich in dich verliebt. Wenn sie es denn überhaupt merkt.«

»Hast du das aus der Cosmopolitan?«

»Quatsch.« Er trinkt einen Schluck. »Aus GQ.«

»Da steht so was drin?«, fragt Mike.

»Yep. Da steht so was drin.«

»Sachen gibt's.«

»Hast du das auch alles verstanden? Interesse zeigen, aber nicht mit dem Holzhammer. Kapiert?«

Mike nickt. »Ja. Meinst du, ich sollte mir schon mal ein paar Kondome besorgen?«

»Dir ist doch nicht zu helfen.«

»Das war ein Scherz«, lacht Mike.

Aus den Augenwinkeln sieht er, dass Piper auf ihn zukommt.

»Hallo, Mike«, schnurrt sie und legt ihm die Hand auf die Schulter.

»Hi, Piper«, sagt er notgedrungen.

Sie beugt sich zu ihm, hält ihre nicht vorhandenen Brüste in sein Gesicht und flüstert ihm heiser ins Ohr: »Meine Freundin und ich hätten Lust auf einen echten Dreier mit dir.«

Er schaut sie ungläubig an. »Du glaubst doch nicht wirklich, dass du einfach Mara austauschst und ich dann mit dir vögele?«

Sie schaut verwundert. »Aber du weißt doch, dass ich dich liebe. Und ich weiß, dass du gern einen echten Dreier gehabt hättest. Dinah hatte schon Sex mit einem Mann, da brauchst du dir keine Gedanken machen. Es ist perfekt.« Sie reibt seinen Arm auf und ab, setzt sich auf seinen Schoß.

»Runter von mir, Piper«, knurrt er.

»Aber was hast du denn, Liebling?«

Er schiebt sie von seinem Schoß. »Ich will nichts von dir, Piper. Es tut mir leid, dass du Gefühle für mich entwickelt hast. Aber ich habe keine für dich.«

Sie starrt ihn an. »Das wird dir noch leidtun!«

»Es tut mir bereits leid«, murmelt er, als sie auf ihren High Heels davonrauscht.

Mike läuft zu dem kleinen Café, in dem er mit Chrissa und Jace verabredet ist. Es ist eiskalt. Winter in New York ist echt beschissen. Eigentlich ist es ein blöder Ort zum Leben. Im Sommer zu heiß, im Winter zu kalt. Ätzend.

Als er endlich ins Warme kommt, sendet er ein Stoßgebet gen Himmel. Gott sei Dank sind ihm die Eier nicht abgefroren. Bei diesen Temperaturen könnte es bald geschehen.

Er schaut sich suchend um. An einem Tisch am Fenster sitzt Mara. Allein. Er steuert natürlich genau auf sie zu. Das lässt er sich doch nicht entgehen.

»Hey«, sagt er, als er bei ihr ankommt.

Sie zuckt zusammen, war offensichtlich in Gedanken versunken. Dann richten sich ihre Augen auf seine und sie lächelt. »Hey. Willst du dich zu mir setzen?«

»Gern. Was machst du hier?«

»Chrissa hat gesagt, dass ihr euch trefft, und gefragt, ob ich mit will. Da ich nichts zu tun hatte, hab ich ja gesagt.«

»Du gehst mir also nicht aus dem Weg?«

Sie lächelt wieder und er spürt genau, wie sich in seinem Hals ein Kloß bildet. »Natürlich nicht. Ich war drei Wochen in Mississippi und bin erst seit ein paar Tagen wieder in der Stadt.«

»Okay.«

»Ich hab auch direkt ein Attentat auf dich vor«, sagt sie verlegen.

Er grinst. »Okay. Spuck's aus.«

»Ich ziehe am Samstag in meine neue Wohnung.«

»Und?«, lacht er. Er weiß, was sie will, möchte sie aber ein klein bisschen hängen lassen.

Sie grinst. »Komm schon, Mann. Du weißt, was ich will.«

Er tippt sich mit dem Finger an die Lippe. »Hmmh, was könnte das wohl sein?«

Sie lacht und er hat noch nie ein schöneres Geräusch gehört. »Schnapp dir ein paar große, starke Freunde, zieht meinetwegen eure Hemden aus und helft mir umzuziehen.«

»Du willst mich also nackt sehen.«

Sie verdreht genervt die Augen, aber sie lachen gleichzeitig. »Unbedingt, Mike. Seit ich deinen Hintern das erste Mal gesehen habe, bin ich hin und weg.«

»Ich dachte, ich soll mein Hemd ausziehen, von der Hose war nicht die Rede.«

Sie lacht leise. »Ertappt. Ich will, dass du nackt durch den Schnee läufst.«

»Miststück.«

»Wieso? Wird dir dann so kalt?« Sie zeigt drei Zentimeter mit den Fingern an und er kann sich nicht mehr halten vor Lachen. Sie hat einen Knall, ganz eindeutig.

»Wie viele Sachen hast du denn?«

Sie zuckt mit den Schultern. »Nicht viel.« Er zieht eine Augenbraue hoch. »Echt nicht. Drei, vier Kisten mit Kleidung und die Sachen aus meinem Atelier. Das sind ein Schreibtisch, ein Sessel, Staffeleien, Leinwände, Farben. Wirklich nicht viel.«

»Mehr nimmst du nicht mit?«, fragt er ungläubig.

Sie schüttelt den Kopf. »Mehr gehört mir nicht.«

Er nickt langsam. »Wo ziehst du eigentlich hin?«

»Brooklyn.«

»Ach, da kann man auch wohnen?«, scherzt er.

Sie zuckt mit den Schultern. »Ich würd gern in Manhattan bleiben, aber die Mieten sind einfach zu hoch.«

Er schaut sie verlegen an. »Kommst du denn jetzt klar?«

Sie nickt langsam und zuckt dann doch mit den Schultern. »Keine Ahnung. Die letzten Jahre musste ich mir keine Sorgen um Geld machen. Ich hab zwar auch immer einen Anteil bezahlt, aber eigentlich hat Piper alles finanziert.« Sie lächelt traurig. »Naja, wenn es gar nicht geht, kann ich ja bei Hooter's anfangen.«

Er grinst frech. »Aus Erfahrung kann ich sagen, dass sie dich da auf jeden Fall nehmen würden.«

Sie lacht leise. »Ja, die Mädels sind schon toll.«

Er wirft einen begehrlichen Blick auf ihr Dekolleté, was sie zum Lachen bringt. Sie stupst ihn gegen die Schulter. *Ein gutes Zeichen*, denkt er. *Hoffentlich.*

In dem Moment kommen Chrissa und Jace rein und setzen sich zu ihnen. Jace trägt gefühlte hundert Einkaufstaschen.

Mike schaut ihn fragend an.

»Frag nicht. Das sind Geschenke für die Kids in Chicago. Bei Chrissa reicht nicht eins pro Kind«, sagt er genervt, küsst Mara auf die Wange.

»Du bist also im Stress?«, fragt sie unsicher.

Er lacht. »Keine Sorge, Süße, ich steh am Samstag auf der Matte.«

»Danke. Dir auch, Mike.« Sie lächelt ihn so lieb an, dass er sich beinahe vorstellen kann, dass sie ihn doch ein kleines bisschen mehr mag. Gott, er steht auf sie.

Ich bin erleichtert, dass sie beide zugesagt haben. Noch erleichterter bin ich, dass Chrissa auch mitkommt. Ist es schlimm, dass ich Angst habe, Piper allein gegenüberzutreten? Naja, nicht wirklich Angst, aber so ein unheimliches Gefühl irgendwie. Sie ist nicht mehr die Frau, die ich kannte. Nie hätte ich gedacht, dass sie mit Dinah zusammenkommt. Wer weiß, was sich noch alles geändert hat?

Ich hatte ja befürchtet, das es komisch sein würde, Mike wiederzutreffen, aber das ist ganz und gar nicht der

Fall. Er ist wie immer. Locker, nett, witzig, aufmerksam, scherzt mit mir, neckt mich. Ich mag das sehr, bemerke ich. Ich hoffe, dass wir es schaffen, Freunde zu werden, dass seine Gefühle für mich uns nicht im Wege stehen.

»Süße, du kommst doch mit zu der Gala?«, fragt Chrissa.

Ich winde mich verlegen.

Sie sieht es. »Dein Gedeck ist schon bezahlt.«

Ich schaue sie entsetzt an. »Ich will nicht, dass du für mich Geld ausgibst!«

»Das war nicht ich, das war dein Tischherr.«

»Mein was?«

»Dein Date, dein Plus eins, dein Galan, was weiß ich.«

Mein Ausdruck wandelt sich von Entsetzen zu Verwunderung. »Wer ist denn mein Galan?«

Sie grinst. »Das wirst du dann sehen. Zieh dir dieses heiße Teil an, das du immer ganz hinten in deinem Schrank versteckst.«

Ich werde leicht rot. »Damit kann man nicht in die Öffentlichkeit gehen.«

Sie lacht. »Dann hat er einen Grund, dir ganz galant seine Smokingjacke überzuwerfen.«

»Das Kleid ist quasi Unterwäsche«, meine ich.

»Klingt gut«, meint Jace grinsend.

Ich stoße ihm mit dem Ellenbogen in die Seite. »Es ist ein Nacktkleid.«

»Umso besser«, lacht er.

Ich schaue hilfesuchend zu Mike, aber da kann ich offensichtlich lange warten, denn er sieht aus, als hätte er gerade mit seinen ... nennen wir es Emotionen ... zu kämpfen.

»Chrissa!«, jammere ich.

»Von wegen, du ziehst das an, und bist die heißeste Frau auf der Party. Und dann werden dich die anderen Frauen wie Motten das Licht umkreisen.«

»Du bist eine ganz schlechte Freundin«, sage ich.

»Überhaupt nicht wahr, Süße, ich bin eine tolle Freundin, weil ich will, dass du heiß aussiehst.«

»Das kann man sehen wie man will.« Dann fällt mir ein, dass es ja noch bei Piper ist. Das ultimative Argument. »Ich kann es gar nicht anziehen, weil es ja noch bei Piper ist.«

Chrissa zuckt nicht mal mit der Wimper. »Hast du noch deinen Schlüssel?«

»Ja«, sage ich gedehnt.

Sie grinst frech. »Dann kannst du es abholen.«

»Ich weiß nicht.«

»Soll ich es für dich holen?«

Ich wäge das kurz ab. »Versprichst du, nur das Kleid zu holen, aber ihr keine Stinkbombe ins Bett zu legen?«

Sie verzieht das Gesicht. »Wenn's sein muss.«

»Ich glaub dir kein Wort.«

»Du bist gemein.«

»Ich kenn dich nur.« Ich grinse sie an. »Nein, ich geh allein.« Ich mache eine mentale Notiz, dass ich Piper eine kurze Nachricht schreibe, dass ich etwas vor dem Umzugstag abholen möchte. Ich denke, es ist besser, alles so offen wie möglich zu halten.

»Wann machst du eigentlich deine Einweihungsparty?«

Ich schaue sie ungläubig an. »Chrissa, ich ziehe nach Brooklyn, das muss man nicht feiern.«

»Dann mach daraus eine Trauerfeier«, scherzt sie.

Hmmh ... das ist gar keine schlechte Idee ...

»Du magst die Idee«, stellt sie fest.

»Vielleicht.«

Wir bestellen noch mehr Kaffee, bevor Jace fragt: »Wie geht es eigentlich der Babyfabrik?«

Ich wohne seit drei Tagen bei ihnen, aber bisher hab ich mit Jace noch nicht über meine Familie in Mississippi gesprochen. »Stacey sieht aus, als wäre sie kurz vorm Platzen, dabei hat sie noch Wochen vor sich«, erzähle ich lachend.

»Gibt es Pläne, die Fabrik zu schließen?«

»Offensichtlich nicht. Stacey hat bereits zwei Jungen und so wie es aussieht, gibt es jetzt noch mal zwei Jungs. Sie hat schon angekündigt, dass sie weitermachen will, bis ein Mädchen kommt.«

»Scheiße«, meint Chrissa. »Deine Schwestern haben einen Knall.«

Ich grinse und nicke. »So was von. Aber sie sagen, solange ich keine habe, liegt unser Durchschnitt momentan bei drei, und das wäre okay.«

»Drei ist auch schon ein bisschen viel«, meint sie und schaut Mike an. »Wie viele Geschwister hast du nochmal?«

»Fünf.«

»Ganz schön verrückt.«

Er grinst. »Sie haben alle einen Knall, aber das ist okay. Meine Mom kommt in drei Wochen nach New York. Bisher hat sie dreimal Emma besucht, dieses Mal will sie auch mal ihre Kinder sehen.«

Chrissa lacht. »Also, diese Emma will ich unbedingt kennenlernen.«

»Sie ist cool«, sage ich. »Wir haben beschlossen, jetzt tatsächlich mal miteinander joggen zu gehen.«

»Joggen will ich nicht«, meint Chrissa, »aber vielleicht gehen wir mal Kaffee trinken?«

»Lasst sie die nächsten zwei Wochen in Ruhe«, meint Mike. »Sie versucht ihre Deadline einzuhalten. Da schließt sie sich ein, ernährt sich von Schokolade und Wein, quartiert Drew aus, nimmt zehn Kilo in zehn Tagen zu.«

»Was für eine Deadline?«, fragt Jace.

Mike grinst. »Emma ist die Autorin von *Kiss the frog to get the prince*.«

Ich bekomme große Augen. »Was? Das ist Emma?«

Chrissa lacht. »O mein Gott, jetzt muss ich sie unbedingt kennenlernen! Ich will sie natürlich nicht bei ihrem neuen Meisterwerk stören, aber in zwei Wochen gehen wir auf jeden Fall Wein trinken, scheiß auf Kaffee.«

»Ja, das ist Emma. Sie ist die *Queen of Mommy Porn*, wie sie selbst sagt«, lacht Mike.

»Ich liebe ihre Bücher«, schwärme ich.

»Tut das nicht jeder?«, fragt Mike augenzwinkernd.

»Ich war immer ein bisschen in sie verknallt«, gebe ich zu.

Mike grinst. »Wie weit ging denn diese Verknalltheit?«

Ich lache. »Nicht, was du denkst.«

»Was denke ich denn?«, neckt er mich.

»Nur versaute Dinge.«

Er nickt langsam. »Wo sie recht hat ...«

Jace lacht. »Ist sie so sexy wie ihre Bücher?«

Ich nicke voller Überzeugung. »Oh ja! Sie ist echt sexy und dazu noch supernett.« Und dann sage ich nonchalant: »Vielleicht weite ich diese Vernarrtheit jetzt aus ...« Ich schaue aus den Augenwinkeln zu Mike und sehe, dass er schluckt. Hmmh ...

Jace sieht es auch und feixt: »Sie mag zwar nur auf Muschis stehen, aber sie weiß, wie sie einen Mann um den Verstand bringt.«

Mike streicht sich verlegen übers Gesicht. »Hmmh.«

In dem Moment geht mir auf, dass es nicht besonders nett von mir ist, Mike mit Anspielungen zu quälen.

Ich schaue ihn an. »Entschuldige, Mike. Ich bin nicht besonders nett.«

Er legt seine Hand auf meine und zwinkert mir zu. »Ich hab ja auch nie gesagt, dass ich dich nett will.«

Ich grinse. »Dann ist alles okay?«

Er nickt. »Immer, Baby.«

Es dauert fünf Minuten, bis mir auffällt, dass er mich erneut Baby genannt hat. Als wäre es vollkommen normal, dass er mich so nennt. Als wäre ich eben Baby ...

KAPITEL ZWÖLF

Weil Chrissa kein Nein akzeptiert, hole ich mein Kleid bei Piper ab und zwänge mich in das sexy Teilchen, das ich immer im hintersten Winkel meines Kleiderschranks versteckt habe. Ich glaube, nicht einmal Piper wusste, dass ich es habe. Chrissa weiß es, weil sie mich gezwungen hat, es zu kaufen.

Es ist sehr eng, wirklich beinahe unanständig eng. Es liegt wie eine zweite Haut an. Es geht bis zur Hälfte des Oberschenkels, ist trägerlos, was bei meiner Oberweite gefährlich ist. Daher klebe ich es gut fest und hoffe, es passiert nichts, für das ich mich schämen muss. An der rechten Seite verläuft ein Band mit Pailletten. Oh, und es ist schwarz, nicht hautfarben, aber das tut wirklich nichts zur Sache, denn es ist einfach so eng, dass man alles sieht, jede Kurve, jede Form. Man kann sogar sehen, dass ich zwei kleine Grübchen im Kreuz habe, so eng ist es.

Warum Chrissa will, dass ich es trage, weiß ich nicht, aber sie hat mir keine andere Wahl gelassen, als zu tun, was sie sagt. Das oder sie erzählt heute Abend, wie ich im betrunkenen Zustand mal versucht habe, aus einer Pfütze zu trinken. Ja, ich weiß auch nicht, was mich da geritten hat. Ich fände es furchtbar peinlich, wenn Jace, Mike und Lila die Geschichte erfahren würden. Wie ich Chrissa kenne, erzählt sie sie sowieso, aber ich will sie zumindest nicht motivieren.

Ich ziehe meine schwarzen High Heels an, die mir Piper mal geschenkt hat, daher haben sie tatsächlich ein Label. Sonst bin ich eher nicht so bei den Designern unterwegs.

Eigentlich war das mit Hooter's ein Scherz, aber so wie es aussieht, muss ich mir doch einen Job suchen, der mich über Wasser hält, bis mein Name bekannter wird. Ich verkaufe ganz gut, aber es ist halt nicht jeder bereit, fünfzehntausend Dollar für ein Gemälde zu bezahlen, wie der Herr, der mein Lieblingsbild gekauft hat. Das Geld kam wie gerufen, denn sonst hätte ich wahrscheinlich in Mississippi bleiben müssen. So kann ich mir zumindest ein paar weitere Monate in meiner Lieblingsstadt gönnen.

Chrissa ruft, dass das Taxi da ist. Ich atme tief durch und gehe in den Flur. Jace zieht erstaunt die Augen zusammen und pfeift dann anerkennend.

»Wow, du heißer Feger«, grinst er. »Mike werden die Augen rausfallen.«

Chrissa lacht. »Ich sag doch, sie wird die heißeste Frau der Gala sein.«

»Für mich bist du natürlich die Heißeste, Baby, aber ja ... Wow. Du siehst atemberaubend aus«, sagt er und gibt mir einen Kuss auf die Wange.

Als wir an der Location ankommen, reicht Jace Chrissa und mir jeweils einen Arm, und wir lassen uns von ihm reingeleiten.

Chrissa meint: »Dein Tischherr ist auch schon da.«

Ich schaue auf und mein Blick fällt auf Mike, der in dem Smoking wirklich verboten gut aussieht. Man erkennt, dass er gut gebaut ist, jedoch nicht so massig, dass er nicht mehr richtig laufen kann. Ihr wisst, was ich meine. Manche Männer sind so aufgepumpt, dass sie vor lauter Muskeln nicht mehr normal gehen können. Das sieht furchtbar aus.

»Mike?«, frage ich und Chrissa nickt lachend.

»O Gott, Chrissa! Ich will nicht, dass Mike für mich zweitausend Dollar bezahlt!«

Sie zuckt mit den Schultern. »Zu spät.«

Er lächelt mich an, als ich auf ihn zukomme. Als mir Jace meinen Mantel abnimmt, fallen Mike fast die Augen raus. Sein Blick fährt über jeden fast entblößten Zentimeter und er schluckt merklich.

Jace lacht leise. »Ich glaub, du hast ihm gerade einen unangenehmen Abend beschert.«

»Wie meinst du das?«

»Wenn er gerade keinen Ständer bekommen hat, fresse ich einen Besen.«

Unwillkürlich schaue ich auf Mikes Schritt. Als ich bei ihm ankomme, küsst er mich auf die Wange und flüstert mir ins Ohr: »Der Abend wird hart, Baby.«

Fuck ist alles, was er denken kann, wenn er Mara ansieht. Chrissa hatte nicht übertrieben, als sie sagte, dass sie in dem Kleid die Heißeste sein würde. Wenn man es genau nimmt, ist sie es für ihn ja immer, aber solche Kleider gehören verboten.

Er befindet sich gerade in einer klassischen Zwickmühle. Zum einen würde er nichts lieber tun, als ihr sofort seine Jacke überzuwerfen, damit niemand außer ihm ihre wunderbaren Kurven anstarren kann. Andererseits will er sich selbst dieses Anblicks nicht berauben.

Er spürt die Enge in seiner Hose, die mit Sicherheit nicht mehr weggehen wird, auch wenn er sich dreimal einen runterholen würde. Wieso musste er sich auch in die heißeste Frau der Welt verlieben? In die heißeste Frau, die keine Männer mag. Das ist doch ein verfickter kosmischer Scherz.

Er geleitet sie zu ihrem Tisch, rückt ihr den Stuhl zurecht, schaut ihr dabei über die Schulter direkt in ihr beeindruckendes Dekolleté. Wenn er sich nur an die Wonnen erinnert, die diese Titten ihm gebracht haben. Er hat sie geleckt, geküsst, geknetet ... Niemals hatte er sich besser gefühlt als in dem Moment.

Er setzt sich neben sie, kontrolliert sein Bedürfnis sie die ganze Zeit zu berühren. Er beugt sich zu ihr und sagt leise: »Du bist wunderschön.«

Er sieht, dass eine zarte Röte ihr Gesicht überzieht. »Danke«, murmelt sie verlegen.

Und in dem Moment macht er es zu seiner Mission, ihr oft zu sagen, dass er sie schön findet, denn ganz offensichtlich hat sie bisher nicht oft genug Komplimente bekommen.

Als das Dinner serviert wird, sieht er, dass sie das Amuse-Gueule, gebackene Auster mit Kaviar, nicht anrührt.

»Magst du keine Austern?«, fragt er.

»Nicht wirklich.«

Er lächelt. »Aber die hier sind nicht mehr glibberig.«

»Wirklich?«

»Wirklich.«

Sie schaut ihn zweifelnd an, sodass er scherzt: »Okay, wenn sie widerlich ist, küsse ich dich, sodass du sie elegant in meinen Mund gleiten lassen kannst.«

Sie lacht. »Ich nehm dich beim Wort. Ich will kein zweitausend Dollar Dinner ausspucken.«

Er fragt sich, wieso er sich selbst das Leben so unglaublich schwer macht, denn nun kann er nur noch daran denken, sie zu küssen. Er hofft beinahe, dass es ihr nicht schmeckt.

Sie öffnet ihre Lippen, führt die Schale zum Mund. Die Auster gleitet hinein, sie kaut vorsichtig und er sieht, wie sich ihr Gesicht verzieht. *Fuck, ja*, denkt er, beugt sich zu ihr.

»Bitte«, flüstert sie.

Er legt ihr die Hand an die Wange, drückt seine Lippen gegen ihre, öffnet ihren Mund. Statt nur die Auster zu übernehmen, lässt er seine Zunge durch ihren Mund gleiten, küsst sie länger als erforderlich. Als er sich schließlich löst, schluckt er grinsend die Auster.

»Was bitte war das denn?«, fragt Chrissa amüsiert.

Mike zuckt mit den Schultern. »Mara mag keine Austern.«

Jace hält ihm die Faust hin, was er sich natürlich nicht zweimal sagen lässt. Immerhin hat er gerade seine Liebste in der Öffentlichkeit geküsst. Sie mag eventuell denken, dass es nur eine Rettungsaktion war, aber für alle anderen ist klar, dass er sie will, sie markiert hat. Sie gehört ihm.

Er legt Mara die Hand aufs Knie und sie legt ihre oben auf. »Danke«, flüstert sie. »Obwohl du die Situation ja schamlos ausgenutzt hast.«

Er grinst. »Dir hat es gefallen.«

»Nein«, sagt sie schnell, zu schnell.

Er beugt sich näher an sie. »Deine Nippel sind hart geworden und ich hoffe, du hast ein Höschen an, denn sonst läuft dir gleich deine Feuchtigkeit die Beine runter.«

Sie erzittert leicht und er lässt seine Hand ein Stück nach oben gleiten. Sie presst die Beine zusammen, stoppt ihn.

»Mach die Beine weiter auf, Baby«, murmelt er in ihr Ohr.

Sie schüttelt leicht den Kopf.

»Ich verspreche, ich bleibe auf deinem Bein.«

Er sieht den Kampf, den sie ausfechtet. Sieht die Gänsehaut, die seine Berührung hervorruft. Sieht, dass er sie anturnt, obwohl sie bisher noch kein Mann angeturnt hat. Langsam öffnet sie ihre Beine ein Stück und er schiebt seine Hand nach oben, einen Zentimeter vor ihrer Muschi stoppt er und streichelt in kleinen Kreisen ihre Haut. Sie zischt leise.

Seine Finger pressen sich sanft in ihre Haut, liebkosen sie, zeigen ihr, dass er sie will, dass er sie braucht.

Sie legt ihre Hand auf seine, stoppt ihn. »Mike, es tut mir leid. Es ist nicht so, dass du mich nicht anmachst. Du siehst die Reaktionen meines Körpers, aber ... aber ich kann dir nicht geben, was du willst, verstehst du? Wenn du mit mir schlafen willst, können wir das tun. Ich würde mit keinem anderen mein erstes Mal erleben wollen, aber es wäre Sex, ohne Gefühle. Willst du das?«

Er seufzt leise. »Nein, Baby, das will ich nicht.« Er streicht ihr Bein wieder runter, nimmt seine Hand weg. »Du weißt, das ist ganz und gar nicht, was ich will.«

Sie nickt. »Es tut mir so leid.«

Er nickt ebenfalls. »Freunde dann?«

Sie schlingt ihre Arme kurz um ihn, küsst ihn auf die Wange. »Freunde.«

Später finde ich mich in seinen Armen auf der Tanzfläche wieder.

»Ich hab letztens Piper gesehen«, sagt er vorsichtig.

Ich schaue ihn an. »Hattet ihr ein Date?«

Seine Augenbrauen ziehen sich zusammen. »Erzähl doch nicht so einen Blödsinn. Ich habe dir gesagt, dass ich nichts von ihr will.«

»Okay.«

»Sie war mit einer anderen Frau da.«

Meine Augen trüben sich kurz ein, bevor ich es wegblinzel. Weichei. »Das ist Dinah.«

Er schaut mich überrascht an und ich zucke mit den Schultern. »Chrissa hat es mir schon erzählt. Sie ist eine alte Flamme von Piper. Und offensichtlich auch eine neue.«

Er streichelt sanft meinen Rücken. Es fühlt sich schön an. »Verletzt es dich?«

Ich nicke und vergrabe meinen Kopf an seinem Hals. »Ich bin froh, dass ich morgen nicht allein bin.«

»Ich lass dich nie wieder allein, wenn du es nicht möchtest.«

»Versprochen?«

»Versprochen, Baby.«

»Du kannst mich nicht Baby nennen.«

»Wieso nicht?«

Ich schaue ihn an. »Das solltest du für die Frau in deinem Leben reservieren oder nennst du jede Frau Baby?«

Er lächelt leicht. »Ich hab noch keine einzige Frau Baby genannt.«

»Auch nicht Diane?«

»Niemanden.«

»Hmmh.«

Er zieht mich wieder enger und ich kuschel mich in seine Arme. Ich fühl mich beschützt und gut aufgehoben und unglaublich sicher wie noch nie zuvor. Mike würde nicht zulassen, dass mir etwas passiert.

»Danke, Mike.«

»Wofür?«

»Dass du mich eingeladen hast.«

Er zuckt mit den Schultern. »Ich wollte dich dabei haben.«

»Danke.«

»Hör damit auf.«

»Womit?«

»Mit dem Bedanken.«

»Aber er ist nun mal sehr nett von dir.«

Er grinst. »Ich will das aber nicht. Es ist selbstverständlich, dass ich Dinge für dich tue. Wir sind Freunde.«

Ich schaue ihn unsicher an. »Aber ich will nicht, dass ... dass ...«

»Du willst nicht, dass ich Dinge für dich tue, weil ich tiefergehende Gefühle für dich habe?«

Ich nicke.

Er seufzt leise. »Ich glaube nicht, dass ich das trennen kann, Baby. Aber es ist egal. Ich tue es, um dir eine Freude zu machen, ob aus Freundschaft oder einem anderen Gefühl ist nebensächlich.«

»Aber ...«

»Kein aber. Freust du dich mit mir hier zu sein?«

Ich nicke. »Sehr. Ich freue mich immer, Zeit mit dir zu verbringen.«

»Das, Baby, war das Schönste, was du sagen konntest. Dann sei jetzt brav und ruinier den Moment nicht«, neckt er mich.

Ich gebe ihm einen Klaps auf die Brust. »Du bist hier der, der frech ist.«

Er zieht mich eng an sich, eine Hand umfasst meine, die andere liegt tief auf meinem Rücken.

»Kannst du dir wirklich nicht vorstellen, was mit Mike anzufangen?«, fragt mich Chrissa, als wir uns beide die Nasen pudern.

Ich zupfe an meinem Kleidchen, habe die ganze Zeit Angst, dass ich es verlieren könnte. »Wenn ich je was mit einem Mann anfangen würde, dann mit ihm. Aber ... hmmh ... ich steh halt nicht auf Männer.«

»Ihr seht so süß zusammen aus«, meint sie. »Und er ist so dermaßen in dich verschossen, das ist schon fast ekelig.«

Ich lächel leicht. »Ich will ihm nicht wehtun. Ich mag ihn.«

Sie schaut mich einen Moment prüfend an. »Folgendes, Süße. Ich glaube daran, dass wir uns in Menschen verlieben, unabhängig davon, was sie für ein Geschlecht haben, was sie für eine Hautfarbe haben, wie alt sie sind, was auch immer. Wir verlieben uns in einen Menschen, weil er einfach toll ist. Mike ist toll. Ich kenne ihn noch nicht so lange, aber er gehört schon jetzt zu meinen liebsten Personen. Also bitte, sei offen. Verschließ dich nicht vor der Idee, dass du dich in ihn verlieben könntest, obwohl er ein Mann ist. Vielleicht verliebst du dich auch nicht, das ist okay. Aber lehn das nicht kategorisch ab, weil du bisher nur auf Frauen standst. Okay?«

Ich blicke sie skeptisch durch den Spiegel an. »Ich glaub nicht dran, aber wenn es passieren sollte, dann lasse ich es zu. Keine Sorge. Nur bezweifel ich eben, das es tatsächlich geschehen kann.«

»Solange du es nicht ablehnst, bin ich zufrieden.«

»Gut«, lächel ich.

»Mike sind ja fast die Augen ausgefallen, als er dich in dem Kleid gesehen hat.«

Ich grinse. »Oh ja.«

Sie hält mir ihre Hand hin und ich lache, als ich einschlage. Wir sind schon ein klein wenig verrückt.

Als wir zu den Jungs zurückgehen, wird Chrissa von einer Kollegin aufgehalten. Ich gehe allein weiter und spüre plötzlich eine Hand auf meinem Hintern.

»Hey«, drehe ich mich um und schlage die Hand zur Seite.

»Was denn, Honey? Wer so scharf rumläuft, muss sich nicht wundern, wenn er angegraben wird«, sagt ein schmieriger Typ, dem man den Anwalt schon von Weitem ansieht.

»Wag es ja nicht, mich noch mal anzufassen«, zische ich.

Unter dem erheiterten Gebrabbel seiner ebenso ekeligen Freunde legt er mir eine Hand auf die Taille.

»Lass das.« Ich versuche mich loszumachen.

Plötzlich wird seine Hand unsanft von mir gelöst und ich werde hinter einem gutgebauten Männerköper versteckt.

»Fass sie nicht an«, knurrt Mike und ich denke unwillkürlich, dass ich nie wollen würde, dass er sauer auf mich wird.

Ich lege meine Hand leicht auf seinen Arm, spüre, wie angespannt er ist.

»Komm schon, Mann, sie ist heiß«, versucht der Typ zu erklären.

Mike beugt sich nah an den Kerl, so nah, dass dieser vor Angst schluckt. »Sie ist heiß und sie gehört zu mir.« Seine Stimme ist nur ein leises Raspeln, gefährlich hört sie sich an.

»Das wusste ich nicht. Sorry«, erwidert er nervös.

»Selbst, wenn sie nicht zu mir gehören würde, hättest du kein Recht, deine Hände auf sie zu legen, wenn sie es dir nicht erlaubt. Verstanden?«

»Ver... verstanden«, stottert er.

Mike dreht sich zu mir um, fasst mich sanft am Ellenbogen und bringt mich an unseren Tisch. Jace steht nur zwei Meter hinter uns, wie mir auffällt.

»Alles okay?«, fragt Mike besorgt. Er streichelt meine Arme hoch und runter.

Ich nicke, doch mir ist der Schreck in alle Glieder gefahren. Gott sei Dank war Mike da. Was so ein paar Muskeln alles ausrichten können.

»Komm her«, murmelt er und zieht mich in die Arme. »Alles okay. Nichts passiert.«

Ich nicke an seiner Schulter und beruhige mich wieder. An seine Brust gedrückt fühle ich mich gleich wieder sicherer.

»Was ist passiert?«, fragt Chrissa beunruhigt und streichelt meinen Rücken.

»So ein Penner hat Mara an den Arsch gefasst«, meint Jace.

»Was?«

Er legt ihr den Arm um die Schulter. »Keine Sorge. Mike hat ihm die Leviten gelesen.«

»Ich hoffe, er ist jetzt einen Kopf kürzer«, grummelt sie. »Alles okay, Süße?«

Ich löse mich von Mike. »Ja, alles okay. Das Kleid war eine beschissene Idee.«

»Nein, nein, so nicht, junge Dame! Du kannst anziehen, was du willst, trotzdem hat niemand das Recht dich anzugrabschen.«

»Aber ...«

»Nein! Er ist ein Wichser, das hat gar nichts mit dir und deinem Aussehen zu tun. Lass dir so einen Blödsinn gar nicht erst einreden.«

Ich nicke und schlucke. Ich sehe Mike an.

»Chrissa hat vollkommen recht.«

»Sag ich doch«, grinst sie.

Ich lehne mich gegen ihn und sein Arm legt sich wie selbstverständlich um mich. Und beinahe ... beinahe kann ich mir vorstellen, dass Chrissa tatsächlich richtig liegt, wenn sie sagt, dass es um den Menschen geht und nicht um das Geschlecht, wenn man sich verliebt.

Am nächsten Morgen fahre ich mit Jace und Chrissa zu meiner alten Wohnung. Jace fährt den kleinen Lieferwagen, den ich gemietet habe. Mike, Evan und ein anderer Mann, der wohl Drew sein muss, stehen schon auf der Straße.

Mike küsst mich auf die Wange, stellt mich seinem Bruder vor, Evan umarmt mich schnell, dann gehen wir gemeinsam nach oben. Ich klingel, obwohl ich noch meinen Schlüssel besitze. Wir haben vereinbart, dass ich heute meine Sachen abhole, aber man weiß ja nie.

Hinter der Tür ertönt lautes Stöhnen. Zuerst kann man keine Worte ausmachen, aber dann hören wir Dinge wie »Weiter, Lovely«. Dieser Teilsatz stößt mir einen Dolch mitten ins Herz.

»So eine Schlampe«, murrt Chrissa hinter mir.

Ich klingel noch einmal, aber sie hören nicht auf, das Stöhnen wird stattdessen lauter und lauter. Ich klingel wieder und noch mal. Irgendwann steht Piper dann halb angezogen und mit zerzausten Haaren in der Tür.

»Oh, Lovely, ich hatte ganz vergessen, das du kommen wolltest«, gurrt sie und lächelt dabei liebevoll.

»Ich ... ich hol nur meine Sachen, dann bin ich wieder weg«, sage ich leise.

»Klar, kein Problem.«

Während die Jungs schon mal die schweren Sachen hinuntertragen, werfen Chrissa und ich alles, was ich mitnehmen will, in Kartons. Egal wie, Hauptsache es geht schnell, damit wir aus der Hölle verschwinden können.

Als ich aus meinem Atelier trete, sehe ich, wie sich Piper an Mike ranmacht. Mir wird beinahe schlecht. Wie kann sie nur?

»Ähm, Mike«, sage ich. Er dreht sich zu mir um. »Die Kartons im Atelier.« Er nickt und macht sich an die Arbeit.

Ich gehe nach oben. Dinah rekelt sich auf dem Bett.

»Hi, Maya«, grinst sie.

»Hi«, sage ich und ziehe meine Sachen aus dem Kleiderschrank. Ich reagiere nicht darauf, dass sie mir einen falschen Namen andichtet.

Piper ist mit nach oben gekommen. »Wie geht's dir, Lovely?«

Ich zucke mit den Schultern.

Sie kommt einen Schritt näher, legt mir eine Hand auf den Arm. »Es tut mir leid, wenn du uns gehört hast. Das war nicht besonders nett.«

Sie streichelt langsam meinen Hals entlang, legt ihre Hand an meine Wange. Ich schmiege mich einen Moment in sie, bevor ich sie mit traurigen Augen ansehe.

»Oh, Lovely, nicht traurig sein«, sagt sie und zieht mich an sich. »Du hast Schluss gemacht, schon vergessen? Ich wollte nicht, das war allein deine Entscheidung. Tut mir leid, wenn du jetzt nicht mehr mit ihr leben kannst.«

Ich nicke und löse mich von ihr. Mechanisch packe ich weiter ein. Von unten höre ich: »Wo ist Mara?«

Drew sagt, dass ich oben bin, woraufhin ich Chrissas polternde Schritte auf der Treppe höre.

»Hände weg von ihr, Piper!«, faucht sie, als sie sieht, dass Piper mich noch immer berührt. »Du hast schon genug angerichtet.«

Piper schnellt herum. »Ja, klar, ich bin die Böse. Sie hat Schluss gemacht.«

»Weil du sie immer und immer wieder verletzt hast!«

Piper baut sich bedrohlich vor ihr auf. »Wir hatten eine tolle Beziehung, die sie in den Mülleimer geworfen hat. Nach fünf gemeinsamen Jahren konnte sie mir einen Fehler nicht verzeihen. Und ich bin gemein, weil ich weiterlebe? Du hast doch eine Vollmeise, Prinzesschen.«

Bevor Chrissa ihr an die Gurgel springen kann, ist Jace bei uns, drückt ihr einen Stapel Jacken in die Hand und zerrt sie sanft in Richtung Treppe.

»Aber ...«

Jace blickt sie ruhig an und sie geht tatsächlich. Er dreht sich zu mir, hilft mir meine Sachen zu packen. Als wir fertig sind, nimmt er einen Karton, schiebt mich zum Ausgang, lässt mich keine Sekunde allein.

»Oben sind noch fünf Kartons, dann sind wir fertig«, informiert er die anderen, die mit dem Ausräumen des Ateliers fertig sind.

Piper kommt nach unten und jetzt erkenne ich die Traurigkeit in ihren Augen.

»Fuck, Lovely«, murmelt sie betreten.

Ich hole den Schlüssel aus meiner Tasche und reiche ihn ihr.

»Komm her«, sagt sie und zieht mich in die Arme. »Es tut mir leid, Lovely. Ich wollte dich nicht verletzen. Ich ... ich bin nur so traurig, dass ich dich verloren habe, dass ich ... keine Ahnung ... sicherstellen wollte, dass es dir auch mies geht.«

Ich nicke, umarme sie kurz, bevor ich mich löse. »Leb wohl, Piper.«

In ihren Augen stehen Tränen. »Ich ...«, fängt sie an, sieht dann aber wohl ein, dass es nichts mehr zu sagen gibt. »Leb wohl, Lovely.«

Und so endet dieses Kapitel in meinem Leben.

Es dauert nicht lange, bis sie alle Sachen in ihre kleine Wohnung gebracht haben. Sie hat nur ein Schlaf- und ein Wohnzimmer, wobei Mara aus letzterem ihr Atelier macht. Sie ist hübsch und sieht genauso aus wie auf den Bildern, sagt sie. Nichts retuschiert, alles so, wie angepriesen. Sie ist zufrieden und Chrissa auch, die schon befürchtete, dass sie in ein Drecksloch ziehen würde.

Als sie fertig sind, sagt Chrissa: »Da unten an der Ecke ist ein Pub. Lasst uns was essen und trinken. Das haben wir uns nach diesem ... ähm ... nervenaufreibenden Tag verdient.«

Mike beobachtet Mara bei diesen Worten und fragt sich, wie es ihr geht. Sie wirkt niedergeschlagen, ein bisschen aus der Bahn geworfen. Wie Piper so eine Scheiße abziehen konnte, versteht er einfach nicht. Sie war eine nette Frau, vielleicht ein wenig nervig, aber nett. Wie konnte sie das Mara antun? Wie konnte sie das jemandem antun, den sie aufrichtig liebte? Mike hatte die Gefühle zwischen den beiden gesehen. Das war keine Show, kein Schauspiel. Das war Liebe. Wieso konnte sie sich dann wie so eine kaltherzige Schlampe verhalten und ihr ihre neue Beziehung so unter die Nase reiben?

Er will sie trösten, weiß aber nicht so richtig wie. Was kann er tun? Es zerreißt ihm das Herz, sie traurig zu sehen. Schließlich legt er ihr einfach den Arm um die Schultern und zieht sie an sich. Er fühlt, wie ihr die Tränen kommen, wie sie an seinem Körper erzittert. Er gibt den anderen ein Zeichen, das sie schon mal vorgehen sollen.

Ihre Hände krampfen sich in sein Shirt, sie drückt sich eng an ihn, weint still vor sich hin. Sein Oberteil wird feucht, aber das ist ihm egal, wichtig ist nur, dass es ihr besser geht.

Es dauert lange, bis sie aufhört zu zittern, bis sie sich von ihm löst, die Tränen abwischt. Er legt seine Hände an ihr Gesicht, lächelt sie liebevoll an, küsst sie zart auf die Stirn.

»Es tut mir so leid, Baby«, murmelt er.

»Mir auch.« Sie geht einen Schritt zur Seite. »Ich wasch mir kurz das Gesicht und dann hätte ich gern etwas Ablenkung, okay?«

»Natürlich, was immer du willst.«

Als sie im Pub ankommen, steht bereits das Essen auf dem Tisch. Mara nascht von Chrissas Pommes, bestellt selbst einen Burger.

Er sieht sie leise mit Chrissa reden und dreht sich zu Drew, der sich vergewissert, dass Mara nicht schaut und dann beide Daumen nach oben zeigt. Er grinst, ja, das weiß er auch. Aber schön, dass sein kleiner Bruder ihm seinen Segen gibt.

»Noch immer keine Superstürme?«, fragt er Evan.

Der schüttelt den Kopf. »Nein, kein einziger. Bisher ist es ein ruhiger Winter. Aber das ist auch okay, so kann ich Zeit mit meinem Liebling verbringen.«

»Mit deiner Freundin?«, fragt Drew.

Evan schüttelt lachend den Kopf. »Nein, mit Emily, meiner Patentochter.«

Jace lacht. »Wieso sie dich zum Patenonkel ernannt haben, versteht keiner. Du stirbst doch eher als die beiden.«

Evan zuckt mit den Schultern. »Wahrscheinlich, aber sie lieben mich halt.«

»Liam auch?«, fragt Mike.

»Yep. In den letzten paar Wochen ist er ein echt guter Kumpel geworden. Und Emily ist einfach der Hammer. Sie wird selbstredend nie daten und schon gar nicht so Arschlöcher wie uns.«

Mike grinst. »Du musst nicht immer von dir auf andere schließen.«

»Ich war ja schon schlimm, Mikester, aber du hast eindeutig den Vogel abgeschossen«, scherzt Evan.

»Inwiefern?«, fragt Mara interessiert und Mike verdreht die Augen. Ausgerechnet in diesem Augenblick muss sie dem Gespräch folgen.

Evan lehnt sich zurück, grinst ihn an und erzählt: »Wir hatten da so eine Wette ...«

»Die Geschichte kennt sie schon«, meint Mike. Mara nickt, als Evan sie fragend anschaut.

»Okay, dann weißt du ja auch, dass er ein Anwärter auf den Sieg war.« Er schlägt Mike auf die Schulter. Sie nickt wieder. »Tyler und er kämpften mit harten Bandagen um den Sieg. Wir wussten alle nicht so recht, warum, schließlich gab es nichts zu gewinnen außer den Titel *King of badass debauchery*. Und mal ehrlich, das ist nicht wie der Nobelpreis, für den man Geld bekommt.« Evan grinst. »Naja, jedenfalls wollten sie es beide unbedingt. Und da schlugen sie auch schon mal über die Stränge. Wie das eine Mal auf der Verbindungsparty ...«

Mike stöhnt auf, als ihm klar wird, was Evan erzählen will. »Komm schon, Alter! Chrissa und Mara werden mich umbringen.«

»Zu recht«, grinst Evan und dreht sich zu den beiden Frauen. Maras Augen leuchten auf und er denkt sich, dass seine Demütigung okay ist, wenn sie dafür ihr Leid für einen Moment vergisst. Es ist echt um ihn geschehen.

»Tyler und Mike hatten bei dieser Party die Extrawette laufen, wie viele Telefonnummern sie in einer Nacht kriegen konnten. Und die beiden sind wirklich rangegangen. Wir hatten schon Angst, dass die Campuspolizei anrücken würde.« Evan trinkt einen

Schluck, während Drew seinem Bruder spöttisch auf die Schulter klopft.

»Jaja«, meint Mike ein klein bisschen verlegen.

»Sie hatten natürlich nicht viel Zeit, konnten daher nicht um den heißen Brei herumreden. Wir wissen nicht alle Details, aber ein paar Dinge sind uns zu Ohren gekommen. Etwa, dass Mike einer der Frauen erzählt hat, dass sie schöne Melonen hat.«

»Je weiter der Abend fortschritt, desto schlimmer wurden ihre Sprüche«, grinst Jace. »Dann kam da schon mal so was wie ›deine Augen sind so schön groß‹. Wenn sie dann verwirrt war, weil sie offensichtlich eher kleine Augen hatte, fasste er ihr an die Brüste und sagte: ›Ich meine diese hier.‹ Wie viele Ohrfeigen hast du an dem Abend bekommen, Mike?«

Mike streicht sich verlegen über das Gesicht. »Drei.«

Mara schaut ihn mit großen Augen, dieses Mal sind wirklich ihre Augen gemeint, an. Er schaut unsicher zu ihr und zuckt mit den Schultern. »Ich weiß nicht, warum Männer Brüste als Augen bezeichnen sollten«, sagt sie dann. »Melonen verstehe ich, aber Augen?«

Er schaut sie überrascht an. Es scheint sie nicht zu stören. »Naja, du weißt schon ... Schau mir in die Augen, Kleines, und dann schauen Kerle auf die Titten.«

»Tun sie das?«, fragt sie nach.

Jace lacht. »Dir mag es nicht auffallen, aber als du reinkamst, haben bestimmt sieben Männer auf deinen Busen gestarrt.«

»Echt?«

»Echt.«

Chrissa lacht. »Mara versteht kein Flirten. Man muss ihr schon genau sagen, was man will, sonst wird das nichts.«

Mara streicht sich ein paar Haare aus dem Gesicht. »Ja, okay, das kann sein.«

»Das ist so.« Chrissa stupst sie in die Seite.

»Okay, ist ja gut. Es ist so.«

Mike schaut sie interessiert an. Kann es tatsächlich sein, dass sie gar nicht versteht, dass er mit ihr flirtet? Wenn das so ist, muss er seine Avancen vielleicht ein wenig verstärken, damit auch sie es versteht.

Er legt seine Hand auf ihren Oberschenkel und drückt leicht. Sie ist überrascht über die Berührung, entspannt sich aber sogleich wieder, was ihm ein gutes Gefühl gibt. Sie vertraut ihm und dieses Vertrauen will er nicht verlieren.

Seine Hand bleibt den ganzen Abend da, während sie lachen und scherzen, erzählen und trinken. Als sie sich verabschieden, greift er nach ihrer Hand und bringt sie zu ihrer neuen Wohnung. Sie steht unschlüssig vor der Tür.

»Ich hab noch nie allein gewohnt«, sagt sie leise.

»Hmmh.«

Sie schaut ihn bittend an. »Würdest du ... würdest du heute Nacht bei mir bleiben?«

Er ist überrascht, aber als Anwalt kann er auch in Situationen, mit denen er nicht gerechnet hat, blitzschnell verhandeln. »Ich schlaf nicht auf dem Boden, du hast keine Couch, das heißt, ich schlafe in deinem Bett. Mit dir.«

Sie nickt. »Okay.«

»Okay«, grinst er und gemeinsam gehen sie die Treppe hoch, nachdem Mara die Haustür aufgeschlossen hat. Sie geht als erstes ins Bad und kommt mit Shorts und

Shirt heraus. Sie steigt ins Bett, während er sich die Zähne mit einer Extrazahnbürste putzt, die Mara ihm gegeben hat. Er zieht sich bis auf seine Boxer Briefs aus und geht dann ins Schlafzimmer zurück.

Er zieht die Decke hoch, schlüpft neben sie. Sie liegen beide auf der Seite, schauen einander an.

»Alles okay, Baby?«, fragt er leise.

Sie nickt. »Danke, dass du bei mir bleibst heute Nacht.«

»Ich würde alles für dich tun.«

»Mike?«

»Hmmh?«

»Nutze ich dich aus?«

Er zieht die Augenbrauen zusammen. »Wie kommst du denn auf so einen Unsinn?«

Sie zuckt mit den Schultern. »Du hast Gefühle für mich, vielleicht tust du all das nur, weil du mich magst.«

Er lächelt. »Natürlich tue ich all die Dinge, weil ich dich mag, aber ich würde das auch für Chrissa tun und Emma, die ich auch mag, aber nicht so wie dich.«

Sie schaut ein bisschen verlegen und er fragt: »Was?«

»Naja, wärst ... hmmh ... würdest du ... Ich mein, ich brauch ein bisschen ... hmmh ... Körperkontakt.«

Er lacht, dreht sie um, so dass er sie mit dem Rücken gegen seine Brust ziehen kann. »Du kannst immer in meinen Armen liegen, Baby. Aber ich kann nicht dafür garantieren, dass mein Schwanz ruhig bleibt.«

Sie kichert leise. »Das ist okay. Ich ... mag deinen Schwanz irgendwie.«

Er grinst und küsst sie sanft auf die Schultern. Sie kuschelt sich eng an ihn, seine Arme schlingen sich fest um sie.

»Nacht, Baby«, murmelt er, weiß aber, dass sie bereits eingeschlafen ist.

KAPITEL DREIZEHN

Am nächsten Tag sitzt Mike gedankenverloren in seinem Büro. Er hat Mara die ganze Nacht in den Armen gehalten und es gibt nichts, was ihm je besser gefallen hat. Ihr langer, schlanker Körper hat sich gegen seinen geschmiegt. Es hat sich so gut angefühlt. Sein Schwanz war die ganze Zeit gegen ihren sexy Arsch gepresst und immer, wenn sie sich im Schlaf bewegt hat, hat sie sich näher gegen ihn geschoben. Heute Morgen musste er sich unter der Dusche erst mal Erleichterung verschaffen.

Seit sie nicht mehr mit Piper zusammen ist, haben sich seine Gefühle mehr und mehr entfaltet. Er macht sich manchmal Vorwürfe, weil er ihre Beziehung zerstört hat, aber dann ruft er sich wieder ins Gedächtnis, dass man etwas nicht zerstören kann, was nicht sowieso schon einen Riss hat. Das nützt zwar nicht so viel, aber die schlimmste Spitze seiner Schuldgefühle wird abgemildert. Zumindest etwas.

Aber er weiß nicht, was er tun soll. Das Richtige in dieser Situation wäre wohl, ihr Freiraum zu geben, damit sie erst mal mit ihrer Beziehung abschließen kann, um sich selbst wiederzufinden. Aber sein Instinkt sagt ihm zu pushen, sie keine Sekunde im Unklaren über seine Gefühle zu lassen.

Verlangt er damit zu viel? Macht er damit kaputt, was sie haben? Er ist ihr bester Freund, das weiß er. Sie mag ihn, das weiß er. Wenn er sie unter Druck setzt, wird sie sich dann von ihm zurückziehen? Er könnte es nicht ertragen, sie zu verlieren. Lieber hat er sie nur als Freundin in seinem Leben als gar nicht.

Sein Handy vibriert.

Tyler: Wieso musste ich von Evan erfahren, dass mein *Wingman* vom Markt ist?

Mike grinst. Natürlich passt es Tyler nicht, dass er jetzt nicht mehr rumhurt. Auf den letzten Klassenfahrten haben sie gemerkt, dass es viel besser ist, gemeinsam zu jagen, als sich wie auf dem College zu bekämpfen. Hätten sie damals schon gewusst, was sie jetzt wissen, wären die Ergebnisse ihres Wettbewerbs ganz anders ausgefallen.

Mike: Sorry. Aber ich war machtlos.

Tyler: Wie kannst du dich auf eine festlegen, wenn du alle haben kannst?

Mike: Wenn die Eine so großartig ist wie sie, dann fällt es nicht schwer.

Jace: Ich hab es doch gewusst ... Und es prophezeit.

Mike: Ja ja, Jace, das Orakel von Delphi.

Ethan: Mike hat `ne Freundin?

Mike: Naja, so was in der Art zumindest.

Pete: *What the fuck?*

Jace: Sag das nicht zu laut. Mike ist sehr besitzergreifend was Mara angeht.

Evan: Zurecht. Sie ist ein tolles Mädchen.

Mike: Das ist sie.

Tyler: Wieso hast du nichts von ihr erzählt?

Mike: Weil wir noch gar nicht zusammen sind. Ich arbeite bisher nur daran.

Ethan: Was heißt, ihr seid nicht zusammen?

Jace: Das heißt, dass Mara sich gerade erst von ihrer Freundin getrennt hat und noch ein bisschen Zeit braucht, um sich in Mike zu verlieben ...

Mike: *What he said ...*

Jacob: Freundin?

Pete: Freundin?

Tyler: Freundin?

Simon: Freundin?

Mike: Ja!

Tyler: Du stehst auf eine Lesbe?

Mike: Ja.

Ethan: So richtig lesbisch?

Mike: Ich wusste nicht, dass man auch halb lesbisch sein kann.

Ethan: Bi heißt das.

Mike: Nee, schon richtig lesbisch.

Pete: Aber dir ist schon klar, dass du ein Kerl bist. Oder hast du Identitätsprobleme?

Mike: Wichser.

Pete: Hey, ich verurteile dich nicht. Ich hätte nur nie gedacht, dass du ein Transgender bist.

Mike: Wenn ich das nächste Mal in London bin, poliere ich dir die Fresse.

Ethan: Du bist aber nicht sehr tolerant.

Jace: Das ist kein Thema zum Spotten. Mike ist bis über beide Ohren verliebt und die Kleine glaubt, dass sie sich in ihn nicht verlieben kann, weil er einen Schwanz hat.

Jacob: Hmmh. Traurig irgendwie.

Evan: Ja, aber sie glaubt das ja nur. Ihre ganze Körpersprache sagt, dass sie Mike auch will, aber ihr Verstand weigert sich noch das anzuerkennen. Eines Morgens wird sie aufwachen und sehen, was alle anderen auch sehen.

Pete: Was für ein Arsch Mike ist!

Mike: Geh mal lieber deine verlorene Frau suchen.

Pete: Autsch. Tiefschlag!

Mike: Entschuldige ...

Pete: Nein, hast ja recht. Ich sollte mich um meine eigenen Probleme kümmern.

Tyler: Ich drück dir die Daumen, dass alles hinhaut, auch wenn ich meinen *Wingman* vermissen werde ...

Jace: Aber was man mit Mara total gut machen kann, ist Frauen beobachten. Sie könnte dein neuer *Wingman* werden.

Tyler: Ist sie heiß?

Jace: Scheißeheiß.

Evan: Super heiß.

Mike: Fuck ja.

Tyler: Dann ernenne ich Mara zum *Wingman.* Arbeite dran, Alter. Nächstes Mal will ich Ergebnisse sehen.

Mike: Aye, aye.

Mike grinst vor sich hin. Es gibt nichts Besseres, als mit seinen besten Freunden zu quatschen, auch wenn sie so viel Scheiße labern, das geht auf keine Kuhhaut.

Ich bin mit Emma zum Mittagessen verabredet. Da wir beide die einzigen sind, die keinen vorgefertigten Tagesablauf haben, treffen wir uns momentan ständig irgendwo. Entweder zum Essen oder im Museum oder zum Spazierengehen. Es ist schön, mit ihr zu quatschen, sie ist witzig und klug. Sie wäre auf jeden Fall die Art Frau, in die ich mich verlieben würde. Vielleicht, ganz vielleicht, hab ich mich auch in sie verknallt, oder ich schwärme nur ganz ausgeprägt für sie.

Ich bin auf jeden Fall Fangirl Nummer eins. Ich hab all ihre Bücher gelesen. Sie sind unglaublich schön, auch wenn es bei ihr immer nur um Männer und Frauen geht. Aber das tut dem ganzen keinen Abbruch. Die Geschichten, die sie erzählt, sind besonders, weil es nicht um irgendwelche Milliardäre geht, die ihre Nannys vögeln, sondern um ganz normale Menschen mit ganz normalen Problemen. Ja, teilweise haben sie auch viel Geld, aber das ist dann nicht das Wichtige an der Geschichte. Auch sind ihre Charaktere nett. Sie sind gute Menschen, was ich wichtig finde. Ich meine, es gibt auch böse Leute, aber ich lese viel lieber die Geschichten von denen, die sich dafür entschieden haben, keine Zuhälter, Drogenbosse oder Arschlöcher zu werden, sondern die ein großes Herz haben, die für die Menschen in ihrem Leben alles tun würden, die lieben und geliebt werden.

Ich komme in das kleine Restaurant und sehe Emma an einem Tisch mit einer hübschen blonden Frau sitzen. Ich steuere auf sie zu und sie steht auf, um mich zu umarmen.

»Mara, das ist Kate, meine beste Freundin«, stellt sie mir die Blondine vor.

Sie lächelt freundlich. »Ich hab schon so viel von dir gehört«, sagt sie und reicht mir die Hand.

»Wirklich?«, frage ich erstaunt und setze mich nach dem Händeschütteln hin.

»Ja, wirklich. Mike redet ja nur noch von dir.« Sie lacht.

Ich werde rot. Ich hatte gehofft, seine Zuneigung zu mir würde sich legen. Obwohl ... hoffe ich das wirklich?

Emma lacht. »Ach, Mara, ich wünschte wirklich, du würdest dem armen Kerl eine Chance geben. So verliebt habe ich noch nie jemanden gesehen.«

Kate grinst. »Oh, doch, Drew war auch nicht besser.«

Emma schaut zufrieden. »Ja, der Typ liebt mich.«

Wir lachen alle drei, denn es ist offensichtlich, wie sehr Drew in sie verliebt ist.

»Ich mag ihn ja auch«, sage ich. »Aber nicht so. Ich glaube auch nicht, dass ich ihn jemals so mögen werde.«

»Hast du ihm das gesagt?«, fragt Kate.

»Natürlich! Aber es interessiert ihn nicht. Er macht einfach weiter.«

»Ja, so sind sie, die Tates. Drew hat mir ein halbes Jahr lang jeden Tag eine SMS geschrieben, obwohl ich nicht eine beantwortet habe.«

»Wieso hast du sie nicht beantwortet?«

»Naja, weil ich irgendwie vergessen hatte, dass ich ein Handy habe.«

Ich schaue sie an, weil ich nichts verstanden habe.

Sie lacht. »Also, das war so. Ich bin von Ala-*fucking*-bama nach New York gezogen. Und dann wollte Drew meine Nummer haben, aber ich hatte kein Handy. Also hat er mir eins gekauft. Als wir uns dann gestritten haben, hat er ständig versucht mich zu erreichen, also habe ich es ausgemacht. Weil ich nicht daran gewöhnt war, ein Handy zu haben, bin ich nicht auf die Idee gekommen, es wieder anzumachen. Erst als Drew mich nach einem halben Jahr gefragt hat wo mein Handy ist, hab ich wieder dran gedacht.«

»Du hast dein Handy sechs Monate einfach vergessen?«

Sie nickt. »Ja, so war das. Als Drew mich nach dem Handy fragte, waren wir bei seiner Familie in Boston. Ich hatte zufällig die gleiche Handtasche wie damals dabei. Als er mich fragte, ob ich das Handy mithabe, ist mir das eingefallen. Aber jetzt mal ehrlich, wie oft räumt man schon seine Tasche auf? Was da drin ist, kann für Jahre in den Untiefen verschwinden, bevor es wieder auftaucht.«

»Das ist eine … erstaunliche Geschichte«, grinse ich. »Wieso warst du denn ein halbes Jahr sauer auf ihn?«

Kate lacht. »Mal schauen, ob du mittlerweile eine bessere Erklärung gefunden hast. Falls nicht, wird Mara es auch nicht verstehen. Wie sonst auch niemand.«

»Sehr witzig, Kate«, meint Emma und schaut ein wenig verlegen zu mir. »Seine Exfrau ist plötzlich aufgetaucht und war schwanger. Sie hat behauptet, das Kind sei von ihm. Naja, ich war jedenfalls schneller weg als Drew schauen konnte. Statt in New York zu bleiben, bin ich nach LA geflogen. Kindisch und albern, aber ich hab mich einfach nicht in der Lage gesehen, mich meinen Gefühlen zu stellen, mich ihm zu stellen und zu erfahren, dass es zwischen uns aus ist. Ich … ich war bereits so sehr in ihn verliebt, dass ich mir nicht vorstellen konnte, nicht mit ihm zusammen zu sein. Irgendwie dachte ich dann wohl, wenn er mir nicht sagt, dass Schluss ist, dann besteht noch Hoffnung. Also habe ich die Konfrontation gescheut. Immer und immer wieder. Albern. Ja. Aber es ändert nichts an der Tatsache, dass es eben so war.«

Sie schaut mir die ganze Zeit in die Augen und ich kann jede Emotion in ihnen lesen. Sie verschließt sie nicht, lässt mich an ihrem Schmerz teilhaben, zeigt mir, dass es sie wirklich fertig gemacht hat. Ich bin überwältigt von diesem Geschenk. *Vertrauen.* Ja, das ist es. Sie schenkt mir ihr Vertrauen. Ein Kloß bildet sich in meinem Hals und ich muss schlucken, weil ich mich frage, ob ich es überhaupt verdiene, dass sie mir vertraut.

Sie greift nach meiner Hand, drückt sie kurz. Ihr Lächeln ist noch nicht ganz so herzlich wie sonst, die Nachwehen der Vergangenheit sind noch zu präsent in diesem Moment.

»Es tut mir leid«, flüstere ich beinahe.

»Du kannst ja nichts dafür, Liebes«, grinst sie und die Schatten werden von ihrem sonnigen Gemüt vertrieben.

»Aber dann habt ihr wieder zusammengefunden?«, frage ich das Offensichtliche.

Sie nickt. »Ja, es war eine lange Reihe von Missverständnissen und jeder Menge Leid auf beiden Seiten, aber wir haben es geschafft. Es sind jetzt etwa zwei Jahre, die wir zusammen sind, und es könnte nicht besser sein. Ich bin noch genauso verliebt in ihn wie am Anfang.«

Ich lächel. »Wieso hast du gesagt, dass du Drew nicht heiraten würdest?«

Kate zieht interessiert die Augenbraue hoch. »Ach?«

Emma streicht sich eine Strähne aus dem Gesicht. »Ach, das war nur Spaß. Ich glaube nicht wirklich an die Ehe. Er weiß das, deswegen fragt er mich nicht. Er weiß auch, dass ich ja sagen würde, wenn er mich fragen würde. Aber er will mich zu nichts drängen.«

»Stört dich das? Dass er dich nicht fragt?«

Sie schüttelt den Kopf und lacht. »Nein, kein bisschen. Ich muss nicht heiraten. Aber ihn ... ihn würde ich heiraten.«

»Bist du dir sicher, dass Drew das weiß?«, hakt Kate nach.

»Ja, wir haben schon darüber gesprochen. Er wird mich fragen, aber erst, wenn er glaubt, dass ich bereit bin.«

»Und wie will er das feststellen?«, fragt sie.

Emma zuckt mit den Schultern. »Keine Ahnung. Er wird sich was ausdenken.«

Kate lacht. »Ihr beide seid solche Spinner.«

Emma grinst. »Kann schon sein. Aber wir sind verliebte Spinner.«

»Tate, kann ich Sie kurz sprechen?«, fragt sein Chef ihn, als er gerade den Raum verlassen will.

»Natürlich, Sir«, antwortet er sogleich und fragt sich, ob das ein gutes oder ein schlechtes Zeichen ist. Sein Boss schließt die Tür und bedeutet ihm, Platz zu nehmen.

»Ich bin niemand, der um den heißen Brei herumredet.« Er schickt ihm einen bohrenden Blick, der Mike ein unangenehmes Gefühl bereitet. »Ich habe Ihre Arbeit beobachtet, Sie haben jeden Ihrer Fälle überzeugend bestritten. Wir sind sehr beeindruckt. Und das ist gewiss nicht leicht. Bei der Einstellung hatten wir Ihnen gesagt, dass Sie mindestens ein Jahr brauchen werden, um Senior Partner zu werden, aber wir wollen Ihnen das jetzt bereits ermöglichen.«

Mike schaut ihn überrascht an. »Wieso?«

Sein Chef räuspert sich. »Eigentlich wäre Monroe dran. Nach gewissen Ereignissen ist er nach wie vor auf Bewährung und wird erst im nächsten Jahr dran kommen. Niemand ist so gut wie Sie, daher bieten wir Ihnen die Chance.«

Mike weiß, dass er auf Jace' Konflikt mit dem Gesetz anspielt, den er vor ein paar Monaten hatte. Chrissa hat ihn da herausgehauen und seine Weste ist offiziell rein geblieben. Es war klar, dass seine Karriere nicht so weitergehen würde wie zuvor. Dass aber nun ausgerechnet er, sein bester Kumpel, den Schritt auf der Karriereleiter nach oben geht, ist gelinde gesagt verfickte Scheiße.

Mike streicht sich über das Gesicht. Er würde gern erst mit Jace reden, aber eigentlich steht seine Entscheidung fest. Er will das, er will diesen Schritt tun. Ein Bild taucht vor seinem inneren Auge auf. Er würde sehr viel mehr verdienen als jetzt und könnte Mara unterstützen. Nicht, dass sie das wollen würde, aber ein Mann kann träumen, nicht?

»Danke, Sir. Ich fühle mich geehrt.«

Zum ersten Mal erscheint ein Lächeln auf dem Gesicht seines Chefs. Ein winzig kleines, aber immerhin ein Lächeln. »Ich leite alles in die Wege. Sobald Sie sich eingekauft haben, sind Sie drin.«

Er steht auf, reicht ihm die Hand und Mike ergreift sie. »Danke, Sir.«

Als er verschwunden ist, setzt er sich wieder auf den Stuhl und atmet tief aus. Fuck! Damit hätte er nicht gerechnet. Er holt sein Handy aus der Tasche.

Ich hol dich um acht ab. Ich hab was zu feiern und du bist dabei. Zieh was Heißes an, Baby ;-)

Er erwartet keine Antwort und ist nicht überrascht, dass keine kommt. Mara vergisst immer ihr Handy, hat es stumm geschaltet oder der Akku ist leer. Aber dann hat sie um acht eben nur ein paar Minuten Zeit, um sich umzuziehen. Er grinst und fragt sich, wie sie darauf reagiert.

Er geht in Jace' Büro, klopft kurz an den Türrahmen. Jace schaut auf und grinst.

»Hey, Alter. Was gibt's?«

»Kann ich kurz mit dir reden?«

»Klar.« Jace lehnt sich auf seinem Stuhl zurück und schaut ihn gespannt an.

Mike schließt die Tür.

»Scheint ernst zu sein«, kommentiert Jace.

Mike setzt sich auf den Stuhl, der vor seinem Schreibtisch steht. »Ich weiß nicht, wie ich es dir sagen soll, also sag ich es einfach.« Jace zieht irritiert die Augenbrauen zusammen. »Jackson hat mir die Senior Partnerschaft angeboten.«

Jace' Augen leuchten auf. »Das ist fantastisch! Warum schaust du wie drei Tage Regenwetter?«

Mike streicht sich über das Gesicht. »Naja, weil du eigentlich dran warst.«

Jace lacht. »Alter, ich bin froh, dass ich meinen Job noch habe. Es war eine der Vereinbarungen mit Lemmon, dass ich ein Jahr später Senior Partner werde. Außerdem habe ich momentan gar keine Zeit dazu. Ich muss meine Stunden absitzen, erst danach kann ich neue Aufgaben wahrnehmen. Ich freu mich für dich.«

»Das ist okay für dich?«

»Klar, Mann! Ich hoffe aber, dass du keine Küsschen erwartest«, scherzt Jace.

Mike schaut ihm in die Augen. Jace erwidert den Blick offen und ehrlich und Mike nickt. »Okay.«

»Komm schon! Du bist mein bester Kumpel, fast wie ein Bruder für mich. Ich missgönne dir doch nicht deinen Erfolg!«

Mike grinst. »Du weißt nicht, was mir für ein Stein vom Herzen fällt.«

»Wir flechten uns nicht die Haare, dass das gleich klar ist«, meint Jace.

Mike streicht sich über den Kopf. »Da ist auch nicht viel zu flechten.«

Ich hab Mikes Nachricht um halb acht gesehen und bin dann in hektische Betriebsamkeit ausgebrochen, um zu duschen, mich zu frisieren, zu schminken und anzuziehen. Ich stehe unschlüssig vor dem Kleiderschrank und ziehe verschiedene Kleider hervor. Die Auswahl ist nicht groß und zum ersten Mal bereue ich, dass ich keine der Frauen bin, die einen riesigen Kleiderschrank mit einer Million Kleider besitzen. Da Mike zwei meiner vier Kleider schon kennt, nehme ich das pflaumenfarbene Kleid, das mir Piper vor ein paar Jahren gekauft hat, weil es meinen Busen betont. Der Gedanke an sie sorgt für einen kleinen Stich. Ja gut, es ist ein Dolchstoß ins Herz. Ich ziehe mich schnell an, gleite in meine schwarzen Pumps und betrachte mich im Spiegel. Ich richte meinen Busen, streiche den Stoff über meinen Hüften glatt. *Doch, so kann man sich mit mir sehen lassen*, denke ich.

In dem Augenblick klingelt Mike und ich eile zur Tür. Ich sage über die Gegensprechanlage »Bin gleich unten«, aber er sagt, dass er raufkommt.

Ich warte an der Tür auf ihn. Er lächelt mich an, umarmt mich zur Begrüßung. Dann schaut er mich von oben bis unten an.

Er grinst. »Ich wollte nur sicherstellen, dass du weißt, was heißes Outfit bedeutet.«

Ich streiche mir eine Strähne aus dem Gesicht. »Und?«

»Offensichtlich ja.«

Ich weiß nicht wieso, aber ein kleiner Schauer jagt durch mich. Es ist irgendwie schön, dass er mich anziehend findet.

»Danke«, murmel ich verlegen.

Er grinst und hält mir seine Hand hin, die ich ohne zu zögern ergreife.

Unten hält er mir die Autotür auf. Als er ebenfalls einsteigt, schaue ich ihn gespannt an. »Was gibt es zu feiern?«

»Nicht so ungeduldig, Baby. Alles zu seiner Zeit«, neckt er mich.

»Komm schon«, bitte ich.

Er lockt mich mit seinem Finger näher und ich beuge mich zu ihm. Ich bin gespannt, was er zu sagen hat.

Als er mir leise ins Ohr sprechen kann, sagt er: »Ich sag es dir später, aber ich danke dir für den unglaublichen Blick auf deine Titten.«

Ich setze mich abrupt auf und er lacht. Seine niedlichen Lachfältchen erscheinen und ich kann ihm fast gar nicht mehr böse sein.

»Du Arsch!«

Er grinst schelmisch. »Entschuldige bitte, glaubst du wirklich, ich würde mir einen Blick auf deine Hammertitten entgehen lassen?«

Meine Nippel werden steif, als er vor ihnen herum gestikuliert. Er sieht es sofort. Er zögert einen Moment, bevor er eine Brust sanft umfasst und mit seinem Daumen über die Nippel streicht.

Ich stöhne leise auf, weil es sich so gut anfühlt. Ich schließe die Augen, nicht ohne vorher einen Blick auf sein Gesicht zu werfen, das ein zufriedenes Lächeln ziert. Seine andere Hand greift ebenfalls zu und er stimuliert beide Brustwarzen gleichzeitig. Ich wölbe mich in seine Berührung.

»Mike«, stöhne ich leise.

Seine Finger ziehen mein Kleid runter, befreien meinen Busen aus den BH-Körbchen. Es ist mir egal, dass wir in der Öffentlichkeit sind, als er seine Lippen senkt und einen Nippel in den Mund nimmt. Meine Hände fahren über seine kurzgeschorenen Haare. Ich spüre, dass ich nass werde. Mal wieder. Diese Reaktion auf Mike empfinde ich ja beinahe schon als normal. Ich kann es zwar nicht ganz verstehen, aber mein Körper will diesen Mann. Unbedingt. Und ich kann mich nicht dazu bringen, dies zu ändern. Ich wünschte, ich wünschte wirklich, dass mein Herz ihn ebenso lieben würde, wie es mein Körper ganz offensichtlich tut. Ich verstehe nicht, wieso das beides getrennt ist. Wieso will mein Körper das Eine und mein Herz etwas ganz anderes?

Er entlässt meinen Busen aus seinem Mund und küsst sich mein Dekolleté hinauf, meinen Hals entlang, bevor seine Lippen auf meine treffen. Ich stöhne leise, als ich meinen Mund für ihn öffne. Eigentlich will ich gar nicht, aber ich kann es auch nicht *nicht* tun. Ich sollte mir dringend eingestehen, dass das, was wir hier tun, ganz sicher kein normales Verhalten für Freunde ist. Schließlich küsse ich Chrissa nicht so.

Seine Hände umfassen meine Hüften und mit einem Ruck sitze ich auf seinem Schoß. Mein nackter Busen wird gegen den Stoff seines Jacketts gepresst. Seine Hände liegen auf meinem Rücken und er zieht mich eng an sich. Sein Kuss verwandelt sich von einem gefühlvollen zu einem leidenschaftlichen und es dauert nicht lange, bis ich außer Atem bin. Ich keuche leise, kann mich nicht dazu bringen, diesen wunderbaren, diesen so wunderbaren Kuss abzubrechen. Hmmh. Ich bin noch nie so geküsst worden. Ich spüre all seine Gefühle für mich in diesem Moment. Mir wird bewusst, dass er nicht nur mit mir schlafen will, sondern dass er mich wirklich und aufrichtig liebt.

Und das ist der Moment, in dem ich unseren Kuss unterbreche, abbreche. »Ich kann nicht, Mike«, flüstere ich. »Es tut mir so leid. Aber ich kann dir das nicht antun.«

»Was, Baby?«, fragt er nach.

»Du turnst mich an, wirklich, aber ... aber ich werde dir das Herz brechen.«

»Lass es doch einfach«, murmelt er leise.

»Ich werde nie das gleiche empfinden«, sage ich. Ich flüstere beinahe, aber die Worte sind klar und verständlich.

Er versteift sich und lässt den Kopf gegen den Sitz fallen. Dann schaut er mich wieder an. Seine Hände legen sich um mein Gesicht und er küsst mich noch einmal zärtlich auf die Lippen. »Tut mir leid, Baby«, murmelt er. »In deiner Gegenwart kann ich mich kaum benehmen.« Er zieht meinen BH wieder hoch, bemüht sich, mich nicht zu berühren, zumindest halbherzig. In Wirklichkeit streicht er immer wieder an meinen Nippeln entlang.

Er tupft zärtliche Küsse auf meinen Busen. »Ich hätte gern weiter mit euch gespielt«, murmelt er leise.

Vollkommen unpassend in der Situation, aber ich beginne zu lachen. Er schaut überrascht zu mir auf. »Sprichst du mit meinem Busen?«

Er lacht leise. »Deine Titten sind der Wahnsinn, Baby. Ich werde sie vermissen, aber ich verspreche, von jetzt an sind wir wirklich nur Freunde, nichts weiter. Ich werde mich beherrschen und dich nicht weiter bedrängen.« Er wird ernst. »Es tut mir leid, Mara. Du hast es mir jetzt mehrmals gesagt. Versprochen, ich hab's jetzt verstanden.«

Das ist es, was ich will. Oder? Wieso schleicht sich ein leises Bedauern in mich?

Er zieht mein Kleid wieder hoch und setzt mich auf den Beifahrersitz. Ich schaue aus dem Fenster. Ich hätte erwartet, dass sich um uns eine Schar Menschen befindet, die unsere Pornoshow bewundert, aber ganz offensichtlich interessiert es niemanden, wenn man in Brooklyn seine Brüste zeigt.

Mike fährt uns zu einem Restaurant in Manhattan. Einen Moment bin ich verlegen, dass er so viel hin- und herfahren muss, aber er hat es ja angeboten. Es ist nicht so, dass er nicht wusste, wo ich wohne.

Er öffnet mir die Tür, reicht mir seinen Arm und lässt sich vom Parkservice den Abholschein für seinen Wagen geben.

»Sagst du mir jetzt, was wir feiern?«, frage ich neugierig.

»Hmmh ... nein.«

Ich stupse gegen seine Schulter. »Du bist echt gemein.«

»Und du bist furchtbar neugierig.«

Ich zucke mit den Schultern. »Ja, und? Als würde es dich nicht freuen, dass ich alles über dich wissen will.«

Er wirft mir einen vielsagenden Blick zu. Er ist erfreut, dass er mir wichtig ist. Oh, Mann. Ich schaffe es aber auch immer wieder, mich in merkwürdige Situationen zu bringen.

Wir werden zu unserem Platz geleitet, einem Tisch für zwei. Ich schaue ihn überrascht an. »Wo sind die anderen?«

»Welche anderen?«, fragt er, als er mir den Stuhl zurechtrückt.

»Na, deine Freunde, mit denen du feierst.«

Er grinst. »Ich feiere meinen Erfolg mit dir.«

Meine Augen werden groß. »Nur mit mir?«

Er nickt und schaut mich unsicher an. Er ist sich nicht sicher, was ich davon halte.

In mir steigt ein schönes Gefühl auf. Er will seinen Erfolg mit mir feiern. Nur mit mir. Dann frage ich mich, was das schon wieder soll. Ich kann ihm doch nicht sagen, dass ich keine Gefühle für ihn habe, und dann alle drei Sekunden so agieren, als hätte ich welche. Das ist total daneben. *Reiß dich am Riemen, Mara!*

Er bestellt Champagner, aber nur zwei Gläser, keine Flasche. Er grinst, als ich ihn fragend ansehe. »Naja, wir trinken beide nicht gern Champagner, aber Erfolge muss man mit Blubberwasser genießen.«

Ich lächel und nicke leicht. »Auf jeden Fall.«

Der Kellner bringt unsere Getränke und ich schaue ihn erwartungsvoll an.

Er hebt sein Glas und ich tue es ihm nach. »Ich bin heute zum Senior Partner ernannt worden.«

Ich stelle mein Glas ab, springe beinahe von meinem Sitz auf und umarme ihn stürmisch. »O Gott, das ist ... das ist ...«

Er lacht, als er seine Arme um mich schließt. Ich küsse ihn auf die Wange. Oder sagen wir besser, ich will ihn auf die Wange küssen, stattdessen treffe ich seinen Mundwinkel. Ich zucke leicht zurück, aber er lächelt so lieb, dass ich nicht anders kann. Sanft drücke ich meine Lippen gegen seine.

Als ich mich löse, schaue ich ihm in die Augen. »Ich weiß nicht, ob man das so sagen kann.«

»Was, Baby?«

»Ich bin unglaublich stolz auf dich.« Ich kaue auf meiner Lippe, beobachte seine Reaktion.

Er schluckt hart. »Du hättest nichts Besseres sagen können«, sagt er dann heiser.

Ich lege meine Hände an seine Wangen und küsse ihn noch einmal. Meine Augen schließen sich und ich stöhne leise, als seine Zunge in meinen Mund gleitet.

Als ich wieder auf meinem Platz sitze, lasse ich mein Glas gegen seines klingen, bevor ich das ekelige Zeug hinunterschlucke. Es ist, als würden wir einen Wettbewerb austragen – wer kann die Plörre als Erstes hinunterwürgen. Er gewinnt, aber ich habe nur leichten Rückstand.

Danach bestellt er einen Scotch und ich ein Bier. Er grinst mich an, als er mir zuprostet.

Als wir die Vorspeise hinter uns haben, gebe ich mir einen Ruck. Ich weiß nicht, wieso es mir schwerfällt, mit ihm zu reden. Doch ... ich weiß es schon. Ich will ihm keine Hoffnungen machen.

»Mike?«

»Yep?«

»Ich ... ich bin mir unsicher, ob es okay ist, wenn ich ... nun ja ... wenn ich Zeit ... also ... hmmh ... Zeit mit dir verbringen will?«

Er schaut mich überrascht an. »Wie kommst du auf so einen Unsinn?«

»Naja, ich will dir nicht wehtun?«

Er zieht die Augenbrauen zusammen. »Du tust mir nur weh, wenn du so einen Scheiß laberst.«

»Also ... also darf ich Zeit mit dir verbringen?«

»Nein.«

Ich schlucke. »Oh.«

»Du musst Zeit mit mir verbringen«, sagt er dann und ich sehe erleichtert auf. Er lächelt mich an. »Was glaubst du denn, Mara? Ich will natürlich Zeit mit dir verbringen, am liebsten jeden Tag. Ich will nicht, dass du in irgendeiner Weise verlegen bist, wenn du mit mir sprichst. Behandel mich wie Jace.«

»Ich soll dir sagen, dass du Scheiße bist?«, necke ich ihn.

Er lacht. »Ja, wenn es sein muss! Rede mit mir wie mit deinen Freunden. Ich bin dein Freund. Wenn nichts anderes, dann zumindest das.«

Ich nicke. Ich streiche über seine Hand, die auf dem Tisch liegt. »Danke.«

Er verwebt unsere Finger und lässt mich den ganzen Abend nicht mehr los.

»Mike? Was ich fragen wollte ...«

»Yep?«

Ich grinse. »Also, ich würde gern zur Ausstellungseröffnung von diesem englischen Fotografen gehen. Morgen Abend im West Village. Hast du Lust?«

»Ich kann erst ab neun. Passt das?«

Ich nicke. »Das passt super. Danke.«

Er drückt meine Hand. »Versprich mir was.«

Ich schaue ihn fragend an. »Was?«

»Hab keine Angst.«

Ich schlucke und nicke dann. »Ich versuch es.« Ich weiß genau, was er damit meint. Er braucht es nicht ausführen. Ich soll keine Angst haben, ihn ebenso zu behandeln wie jeden anderen Menschen in meinem Leben. Ich soll keine Angst haben, ihn zu verletzen. Ich soll keine Angst haben, dass er wieder aus meinem Leben verschwinden könnte. Das wird er nicht. Er bleibt.

»Danke.«

Eine Zeitlang essen wir schweigend. Es ist ein wenig schwierig, alles mit nur einer Hand zu essen, aber er weigert sich standhaft, meine Hand loszulassen. Er ist süß, oder? Oder einfach nur ein bisschen verrückt. Aber dann würde er ja zu mir pass... Whoa, wo kommt das denn her? Mike passt doch nicht zu mir. Kein bisschen. Er hat einen Schwanz. Genug gesagt.

»Meine Mom kommt am Wochenende. Willst du sie kennenlernen?«

Ich schaue ihn überrascht an. »Möchtest du das denn?«

Er nickt. »Ich würde dich gern vorstellen.«

»Als?«

Er grinst. »Als zukünftige Schwiegertochter.«

»Das ist nicht komisch.«

Er hebt lachend seine freie Hand, was nicht den gleichen Effekt hat, wie beide Hände zu heben. »Doch. Du hast ja deinen Gesichtsausdruck nicht gesehen.«

Ich lächel leicht, immer noch ein wenig geschockt. »Das war gemein.«

»Nur ein bisschen«, gibt er zu und streichelt sanft über meine Wange.

Dann schaut er mich verschmitzt an. »Du hättest eh keine Chance, Lieblingsschwiegertochter zu werden. Meine Mom liebt Emma heiß und innig.«

Meine Augen verengen sich. »So, meinst du?«

»Ja, meine ich.«

»Jeder mag mich.«

Er grinst. »Das ist wahr, aber meine Mom liebt Emma wirklich.«

Ich schnaube kurz und er zwinkert mir zu. So ein Arsch. Jetzt werde ich natürlich die ganze Zeit versuchen, sie von meinen potentiellen Fähigkeiten als

Schwiegertochter zu überzeugen, obwohl ich gar nicht ihre Schwiegertochter werden will. Abgefahren.

»Wir könnten am Samstag brunchen gehen, dann lernst du sie kennen.«

»Okay.«

»Drew, Emma und Natalie kommen auch.«

»Wer ist Natalie?«

»Meine Schwester, sie lebt auch in New York.«

Ich schaue ihn an. »Du hast fünf Geschwister, richtig?«

Er grinst. »Ja. Neben Drew und Natalie gibt es noch Jen, Jason und Tom.«

»Wow.«

»Und du zwei Schwestern?«

»Genau. Carrie und Stacey, die beide eine Kinderfabrik haben.«

»Dann bist du ja aus dem Schneider«, scherzt er. Ich muss lachen.

»Mike, darf ich dich noch was fragen?«

»Immer alles, Baby.«

Ich hole tief Luft. »Wie du weißt, hatte ich noch nie Sex mit einem Mann.« Er nickt, kneift die Augen ein wenig zusammen, nicht sicher, wohin meine Frage zielt. »Ich hatte auch nie das Bedürfnis. Aber ...« Ich breche ab.

»Aber jetzt hast du es?«, fragt er leise.

Ich nicke leicht. »Ich mochte, was du mit mir gemacht hast.«

Ein träges Lächeln erscheint auf seinem Gesicht. »Ich weiß.«

»Und jetzt frage ich mich, wie es ist.«

Er schluckt. »Mara ...«

»Ich weiß«, antworte ich schnell.

Fuck, sagt sie ihm gerade, dass sie mit ihm schlafen will? Dass sie will, dass er ihr erster Mann ist? Okay, sie hatte schon Sex mit Frauen, aber das ist nicht das Gleiche. Was soll er machen? Natürlich will er sie ficken. Nein, so stimmt das nicht. Er will sie lieben, mit ihr schlafen, Liebe mit ihr machen. Unbedingt sogar, aber er will sie als seine Freundin, als seine Partnerin, als seine ... Frau. Nicht als Betthäschen, das er mal so im Vorbeigehen entjungfert. Er will ihr erster Mann sein, aber er will auch ihr einziger Mann sein. Und nicht nur, weil sie danach nie wieder mit einem Kerl schläft, sondern weil sie dann nur noch mit ihm schläft und mit niemandem sonst. Jemals wieder.

Was soll er dazu sagen? Er kann keine Worte finden, weiß, dass sie enttäuscht sein wird. Er kann sie nicht enttäuschen, aber er kann auch nicht einfach bedeutungslosen Sex mit ihr haben. Er wird erst mit ihr schlafen, wenn sie ihm ihr Herz geschenkt hat.

»Ich kann nicht«, murmelt er.

Sie schaut ihn aus großen Augen an. Das Grün ist so intensiv wie nichts anderes. Sie schluckt. »Okay.«

Er drückt ihre Hand. »Ich liebe dich.«

Das hatte er gar nicht sagen wollen, aber es ist einfach so aus ihm gesprudelt. Er schaut sie wachsam an. Ihre Züge werden unglaublich weich. In ihren Augen spiegelt sich ... Ja, was? Sehnsucht? Ja, das ist es. So als hätte ihr Körper schon längst begriffen, dass sie zu ihm gehört, aber ihr Verstand kann es noch nicht begreifen. Plötzlich hat er wieder Hoffnung. Gott, sie wird ihm gehören! Er kann es fühlen.

Eine innere Ruhe legt sich über ihn. Jetzt, da klar ist, dass es nur ein Resultat geben wird, kann er relaxen. Früher oder später wird sie in seinen Armen liegen. Da, wo sie hingehört. Er hofft auf früher, aber er ist bereit, auf sie zu warten.

Er liebt mich? Das hat er doch gerade gesagt, oder? O Gott. Was ... was? Ich mein, was soll ich dazu sagen?

Vergessen ist, dass ich ihn fragen wollte, ob er mit mir schläft. Unter diesen Umständen kann ich ihm das nicht antun. Niemals. Er liebt mich, er will nicht nur Sex mit mir. Ich ... ich hab keine Ahnung, aber es fühlt sich an, als würde ich ihm das Herz brechen.

Das ändert alles. Ich kann keinen Kontakt mehr mit ihm haben. Es würde immer nur schlimmer werden. Er ist so ein toller Mensch und ich tue ihm weh. Ich will nicht, dass er verletzt wird. Wie kann ich ihm daraus helfen?

Ein ganz kleiner Teil in mir sonnt sich in seinem Geständnis. Dieser wunderschöne und so überaus tolle Mann liebt mich. Und dann ist da noch eine Stimme, die sagt: *Ich könnte dich auch lieben* ... Könnte ich?

»Es tut mir leid«, flüstere ich. Ich will meine Hand wegziehen, aber er hält sie fest, streichelt meine Finger. Er lächelt mich an.

»Alles okay, Baby. Ich erwarte keine Erwiderung, ich wollte nur, dass du weißt, wie ich fühle. Und daher, so leid es mir tut, kann ich nicht mit dir schlafen. Wenn wir es tun, dann, weil wir uns lieben, weil wir verrückt nacheinander sind. Nicht, weil wir uns kratzen wollen, wenn es mal juckt.«

Ich nicke und fühle sowohl Erleichterung als auch Enttäuschung. Letzteres, weil ich ihn mag, seinen Körper mag, weil ich mochte, was er mit mir getan hat, weil ich weiß, dass ich nun niemals mit einem Mann schlafen werde. Und Erleichterung, weil ich das Glück habe, von einem tollen Mann geliebt zu werden.

Als er sie nach dem Essen nach Hause bringt, parkt er seinen Wagen. Er öffnet ihre Tür, nimmt ihre Hand und bringt sie zu ihrer Haustür.

»Alles okay?«, fragt er leise.

Sie nickt. »Ja, alles okay. Danke.«

Sie schaut auf den Boden und er legt seine Hand unter ihr Kinn. »Schau mich an, Baby.«

Langsam hebt sie den Blick. Er schaut in ihre wunderschönen Augen, legt seine Hände an ihr Gesicht und küsst sie. Als sie mit einem leisen Stöhnen ihren Mund öffnet, lässt er seine Zunge in sie gleiten, reibt sich an ihrer, umtanzt sie. Als er spürt, dass sie nachgibt, intensiviert er seinen Kuss. Sein Schwanz ist schmerzhaft hart, weil er sie will, aber er beherrscht sich. Stattdessen fahren seine Hände an ihren Seiten entlang, bis sie sich an ihren Oberschenkeln befinden. Er geht leicht in die Knie und zieht erst ein Bein nach oben und schlingt es um seine Hüfte, dann das andere. Er presst sie gegen die Tür, sich selbst gegen sie. Sie stöhnt auf, als sie seinen Ständer zwischen ihren Beinen spürt, der genau dort drückt, wo sie es am meisten braucht.

Seine Hände wandern wieder nach oben, halten ihren Kopf, neigen ihn ein wenig, bringen ihn in einen besseren Winkel. Und dann beginnt er ihren Mund zu ficken, härter und härter. Er hört ihre angeturnten Laute, spürt, dass sie sich ihm voll und ganz hingibt. Also hatte Piper doch recht. Sie mag vielleicht in ihrem Leben sagen können, was Sache ist, aber im Bett gibt sie sich hin. Bei diesem

Gedanken lächelt er leicht. Sie werden viel Spaß miteinander haben, das ist ihm jetzt schon klar.

Sie macht keinerlei Anstalten den Kuss zu unterbrechen, drückt sich gegen ihn, zeigt ihm, dass sie es mag. Langsam reibt er sein Becken gegen sie. Sie keucht auf. Ihre Finger, die bisher seine Schultern umfasst haben, pressen sich tief in seine Muskeln. Sie gibt jede Menge sanfte Lustlaute von sich. Ihre harten Nippel reiben sich an seiner Brust.

Er verstärkt seinen Kuss. Sie gibt jeden Versuch auf, sich ihm zu entziehen, küsst ihn mit allem, was sie hat, drückt ihr Becken gegen ihn, will mehr Reibung. Als er sicher ist, dass sie so dermaßen geil ist, dass sie kaum noch ihren eigenen Namen kennt, löst er sich von ihr. Erst seinen Mund. Sie wimmert leise, will den Kontakt nicht verlieren. Dann seinen Köper. Sacht stellt er sie auf die Beine. Er hält sie, bis sie selber stehen kann.

»Mike«, murmelt sie. »Nicht aufhören.«

Er schenkt ihr ein halb bedauerndes, halb animalisches Lächeln. »Sorry, Baby.«

Sobald sie wieder zu Luft kommt, funkelt sie ihn an, dreht sich um, schließt die Tür auf. Kurz bevor sie die Tür hinter sich schließt, sagt sie: »Ich weiß genau, was du da tust, Mike. Das ist nicht nett.«

Er lacht, als sich die Tür mit einem Krachen schließt. Vielleicht nicht nett, aber durchaus effektiv. Sein Schwanz drückt gegen den Stoff seiner Anzughose. Er reibt sich einmal kurz, bevor er alles so richtet, dass es am wenigsten unangenehm ist. Er wird sich darum kümmern, wenn er zu Hause ist.

KAPITEL VIERZEHN

Nach dem gestrigen Abend hatte ich eigentlich vor, Mike den Schwanz abzuschneiden, wenn ich ihn das nächste Mal sehe. Stattdessen öffne ich am nächsten Tag um neun Uhr meine Wohnungstür und stelle verblüfft fest, dass es Mike ist. Der hat Nerven!

»Hey, Baby«, sagt er und zieht mich in seine Arme. Seine Lippen finden ohne Umschweife meine und er gibt mir einen weiteren dieser ... dieser ... dieser ganz furchtbaren Küsse, die dafür sorgen, dass mein Herz schneller klopft, meine Knie zu Gelee werden und eine ganze Armee von Schmetterlingen durch meinen Körper jagt. Ich hasse sie.

Als er sich von mir löst, grinst er mich selbstgefällig an. So ein Arsch!

»Was willst du hier?«, frage ich und versuche betont ruhig zu klingen.

»Wir sind verabredet«, sagt er lapidar.

»Du glaubst doch nicht, dass ich nach dem, was du gestern abgezogen hast, noch mit dir abhängen will?«, frage ich ehrlich erstaunt.

»Ich hab nichts *abgezogen*«, grinst er. Er beugt sich zu mir. »Hast du es dir danach selbstgemacht, Baby? Hattest du deine Finger in deiner Muschi und hast dir vorgestellt, dass es meine wären? Dass es mein Schwanz ist?«

Seine Worte turnen mich an, alles an ihm macht mich an, er macht mich ganz wuschig! Ich kann es gar nicht ab, wenn er das tut. Kein bisschen. Unwillkürlich presse ich meine Oberschenkel zusammen.

Er schenkt mir einen wissenden Blick. »Oh ja, Baby, du hattest letzte Nacht Spaß mit dir selbst. Hast du deinen Vibrator gevögelt?«

Ich schüttel den Kopf. »Ich hab keinen.«

Er schaut mich verblüfft an. »Ich dachte, dass Lesben jede Menge penetratives Spielzeug nutzen.«

Ich schenke ihm einen vernichtenden Blick. »Ich bin kein Fan von Penetration.«

Er lacht leise, drückt sich an mir vorbei in meine Wohnung. Als ich die Tür schließe, drängt er mich mit dem Rücken gegen sie.

»Aber, Baby, du bist ein Riesenfan von Penetration. Erinnere dich, wie geil es sich angefühlt hat, als ich meinen Finger in dir hatte. Deine Muschi war so eng und deine Muskeln so stark, dass du mir fast den Finger gebrochen hast. Und dann hab ich ihn raus- und reingepumpt. Du hast gestöhnt und nach mehr verlangt. Willst du meinen Finger in dir, Baby? Willst du?«

Ich nicke unwillkürlich und er lacht leise. »Ich weiß, Baby. Du willst mich.«

Seine Lippen krachen erneut auf meine und in einem schier endlosen Kuss gebe ich mich ihm komplett hin. Ich weiß nicht, wieso, aber ich erkenne seine Dominanz ohne Widerrede an. Nicht wie bei Piper. Oh, ich hab mich ihr untergeordnet, aber nur, weil es einfacher war. Nicht, weil mein Körper das für sich allein entschieden hat. Aber Mike ... Gott, ich kann gar nicht anders, als mich ihm hinzugeben. Und ich weiß nicht, was das soll!

Ich will das nicht! Ich will nicht, dass er über meinen Körper befehlen kann! Ich will mich nicht so einem lächerlichen Schwanzträger unterordnen! Ich will nicht so furchtbar klein und schwach sein. Ich bin stark!

Aber es ist so gut und so richtig und so natürlich, dass ich mich ihm hingebe. O Gott! Es fühlt sich an, als wäre das genau richtig für mich. Ich habe mich noch nie so gefühlt, noch nie. Es ist das wunderbarste Gefühl, das ich kenne. Ich weiß, dass mir nie etwas geschehen wird, dass er auf mich aufpassen wird, dass ich sicher bei ihm bin. Vollkommen sicher. Es ist ein unglaubliches, einzigartiges Gefühl ...

Und ich hasse es! Wieso, wieso reagiert mein verräterischer Körper so auf ihn?

Mike lässt eine Hand in meine Yogahose gleiten, findet zielstrebig den Weg. Unwillkürlich öffne ich meine Beine weiter, gebe ihm mehr Spielraum. Sein Finger taucht in mich ein.

»Hast du es so gemacht, Baby?«, murmelt er gegen meine Lippen.

Sein Mund wandert meinen Hals entlang, küsst und neckt und saugt und knabbert an meiner Haut. Ich habe eine Hand an seinem Hinterkopf und die andere um seine Schultern geschlungen. Ich kann nichts anderes tun, als zu stöhnen und zu wimmern, während er seinen Finger immer und immer wieder in mir versenkt.

»Antworte, Baby. Hattest du deinen Finger so tief in dir? Oder waren es zwei?«

Er beißt sacht in die Haut über meinem Schlüsselbein. Ich werfe den Kopf zurück und stöhne laut auf.

»Komm schon, Baby, antworte mir.« Er hebt seinen Kopf, schaut mir geradewegs in die Augen. Ich schlucke, als ich die Stärke und Willenskraft in ihnen sehe.

Ich lecke meine Lippen. »Ein Finger und nicht so tief«, flüstere ich heiser. Das kostet mich das letzte bisschen Energie, das ich in mir habe.

Er zieht seinen Finger aus mir und steckt dann zwei Finger in mich. Ich krampfe um seine Finger, presse meine in seine Muskeln.

»Alles okay, Baby, alles okay«, murmelt er beruhigend. »Entspann dich. Ich bin sanft mit dir.«

Ich nicke, ich weiß, dass er das ist. Ich entspanne mich und der Druck in meiner Vagina hört auf, wird angenehm. Er schaut in meine Augen und erkennt den Moment. Er beginnt seine Finger in mir zu bewegen. Zuerst langsam, dann schneller. Ich kralle mich an ihm fest, sonst würde ich umfallen. Sein Daumen zirkelt um meine Klit, während seine Finger genau die richtige Stelle treffen, immer und immer wieder. Ich werfe den Kopf zurück, ein stummer Schrei kommt über meine Lippen. Ich bin fast da ...

Und dann zieht er seine Finger aus mir. Mit einem verruchten Grinsen steckt er sie sich in den Mund und leckt sie ab.

»Du schmeckst fantastisch, Baby«, murmelt er mit einer so tiefen und dunklen Stimme, dass ich allein davon beinahe komme. Er presst seine Lippen auf meine. Hungrig öffnet er meinen Mund mit seiner Zunge. Ich bekomme noch einen Mundfick, bevor er sich endgültig von mir löst.

Ich rutsche langsam an der Tür hinab, bis ich auf dem Boden ankomme. Ich lehne gegen das Holz, keuche, atme schwer, mein Brustkorb hebt und senkt sich schnell.

Mike kommt aus meiner Küche, ein Glas Wasser in der Hand. Er schaut mich belustigt an, während er langsam trinkt. »Alles klar, Baby?«, fragt er.

»Du bist ein Arsch«, stelle ich fest.

Er lacht und setzt sich mir gegenüber auf den Boden. Er reicht mir das Glas und ich trinke es gierig leer. Gott, hab ich einen Durst.

»Wieso tust du das?«, frage ich nach einer Weile.

»Ich will dich.«

»Du quälst mich«, sage ich.

Er grinst frech. »Und es macht unglaublich viel Spaß.«

»Ich hasse dich.«

»Tust du nicht.«

Tu ich nicht, aber ich werde den Teufel tun und es ihm verraten. So!

»Gehen wir noch zu der Eröffnung?«, fragt er nach einer Weile.

Ich schüttel den Kopf. »Ich kann nicht mehr.«

Er lacht zufrieden. Er steht auf, hilft mir vom Boden hoch und legt uns beide in mein Bett. Er macht den Fernseher an, während er sich eng an mich presst. Wie zufällig liegt seine Hand dabei auf meinem Busen und hilft natürlich in keinster Weise, mich zu relaxen. Gott, er ist ein Arsch. Und ich liebe es.

Es gibt nichts Schöneres, als sie fest in den Armen zu halten, denkt er, während sie gleichmäßig atmet. Sie sieht so friedlich aus, wenn sie schläft, ganz mit sich im Reinen. Er streicht sanft eine Strähne hinter ihr Ohr und sie zuckt leicht, dabei zieht sich ihre Nase kraus, was ihn anturnt.

Wen will er denn verarschen, alles an ihr turnt ihn an. Besonders, wenn sie wütend auf ihn ist. Gott, war das niedlich. Er hat gemerkt, dass sie innere Kämpfe ausgefochten hat. Dass ein Teil sich widersetzen wollte. Er weiß nicht, wie er damit umgehen soll. Er wird sie fragen, was das ist, was der Grund ist. Vielleicht kann er ihr ihre Ängste nehmen, vielleicht kann er sie bestärken, dass alles in Ordnung ist, dass es okay ist, wenn sie akzeptiert, dass er die dominantere Person ist. Er will sie nicht verlieren. Er weiß, dass er sie noch nicht hat, aber er kann es sehen. Er sieht, dass sie sich ihm immer weiter öffnet. Sie vertraut ihm, genießt seine Nähe, lässt ihn machen, was er will.

Sie weiß, dass er nichts tun würde, was ihr wehtut, ihr schadet. Sie weiß all das, nicht nur mit ihrem Kopf, auch mit ihrem Herzen und ihrem Körper.

Naja, außer, dass er sie bis kurz vor den Höhepunkt gebracht und sie dann hängen gelassen hat. Er muss grinsen, als er sich an ihre Wut erinnert. Sie ist so niedlich. Es macht Spaß, sie zu ärgern, aber das ist natürlich nicht der Hauptgrund. Der Hauptgrund ist, dass er ihr zeigen will, wie gut sie zusammen wären. Vielleicht, ganz vielleicht, das ist zumindest seine Hoffnung, kann das die Waagschale in die richtige Richtung bewegen.

Er löst sich von ihr, aber sie dreht sich mit dem Gesicht zu ihm und greift in sein Hemd. Sie kuschelt sich eng an ihn. Er lächelt leicht. Eigentlich wollte er heute Abend noch nach Hause, weil er morgen früh raus muss, aber wenn sie nicht will, dass er geht, dann bleibt er eben. Er zieht sein Handy aus der Tasche, stellt seinen Wecker und schlingt dann seine Arme fest um sie. Sie seufzt zufrieden.

Fast da, denkt er. Er ist fast da.

»Mach den Lärm aus«, murmel ich verschlafen. Draußen ist es dunkel, da wird nicht aufgestanden.

»Morgen, Baby«, murmelt eine dunkle Stimme an meinem Ohr und küsst mich sanft.

Ich rekel mich leicht, genieße die Zärtlichkeit. »Morgen, Mike«, flüstere ich.

Ich spüre sein Lächeln an meiner Haut.

Ich reiße die Augen auf. *Morgen, Mike?* O mein Gott! Was ist gestern passiert?

Er beißt mir sanft ins Ohrläppchen und ich schmelze. Aber ich lasse mir nichts anmerken, sondern setze mich auf. Ich bin ziemlich stolz auf mich, dass ich es offensichtlich schaffe, verschlafen seinen Fängen zu entkommen. Ha!

»Was machst du hier?«, frage ich.

»Wir sind gestern hier eingeschlafen«, sagt er.

Ach ja, richtig. »Wieso bist du nicht gegangen?« Uups, das hört sich gemeiner an, als ich es beabsichtigt hatte.

Er grinst nur und greift nach meinem Arm. Mit einem Ruck liege ich wieder in seinen Armen. »Sei nicht zickig, Baby. Ich bin nicht gegangen, weil du mich festgehalten hast. Du wolltest nicht, dass ich gehe.«

»Hmmh«, mache ich.

Er lacht und küsst meinen Mundwinkel. Ob ich will oder nicht, ich lächel ihn an. Es gibt ja auch wirklich Schlimmeres, als neben so einem Prachtexemplar aufzuwachen.

»Als wir gestern Abend rumgemacht haben, was ist da passiert?«, fragt er vorsichtig.

»Wie meinst du das?«, frage ich und arrangiere mich in seinen Armen, damit ich bequemer liege. Seine Wange ist gegen meinen Kopf gepresst.

»Ich hatte das Gefühl, das du innere Kämpfe ausgefochten hast.«

Oh, das hat er gemerkt? »Hmmh, ja.«

»Warum?«

»Weil ich es liebe und hasse, dass du solch eine Macht über mich hast.«

Er streichelt sanft meine Arme. »Wieso hasst du es?«

»Weil ... weil ich mein eigenes Leben leben will, mich nicht von jemandem dominieren lassen will, nicht einfach jemand anderen bestimmen lassen will.«

»Ist es das, was du willst, oder das, was du denkst, was du wollen solltest?«

Ich überlege und entscheide mich dann für die Wahrheit. »Mein Körper will dich und deine Dominanz.«

»Ich weiß. Und dein Kopf?«

»Nicht.«

»Sei ehrlich.«

Oh, Mann, wenn er jede kleine Kleinigkeit bemerkt, dann muss ich mir echt ein Pokerface zulegen. »Mein Kopf will es zu fünf Prozent nicht.«

»Und das war der Kampf?«

Ich nicke. »Die fünf Prozent sind wirklich halsstarrig.«

Er küsst meine Wange, meinen Mundwinkel, zärtlich meine Lippen. »Hör mir zu, Mara. Ich will nicht dein Leben dominieren, du bist erwachsen und tust, was du für richtig oder falsch hältst. Im Bett ist das eine ganz andere Sache. Ich liebe es, die Kontrolle zu haben. Ich will, dass du dich mir hingibst, weil du mir vertraust, und du weißt, dass ich nie etwas tun würde, was dir schadet. Tief in dir ist verankert, dass du dich hundertprozentig auf mich verlassen kannst, dass ich nur das Beste für dich will und dir niemals wehtun werde. Aber das heißt nicht, dass du alles über dich ergehen lassen musst. Nein, Baby, wir sind immer und zu jeder Zeit Partner, auch im Bett. Wir beide entscheiden, was uns beiden gefällt, und das tun wir. Wenn du keinen Bock auf die Art von Sex hast, die ich mag, dann probieren wir so lange aus, bis wir etwas gefunden haben, was uns beide befriedigt.« Er lächelt und streichelt meine Wange. »Aber ich hoffe natürlich, dass es dir gefällt, dich mir im Bett hinzugeben.«

Ich nicke und bin über mich selbst überrascht. Aber ja, genau das will ich. Ich habe in diesem Moment vollkommen vergessen, dass wir keinen Sex haben, weil Mike nur mit mir schläft, wenn ich mich in ihn verliebe. Dass ich gar nicht auf Männer stehe. Dass ich so blöde Machtspielchen nicht mag. Es fühlt sich richtig an.

»Sag es.«

»Ich werde mich dir im Bett hingeben«, flüstere ich aufgeregt.

Ein Lächeln ziert sein Gesicht und mein Atem stockt einen Moment. Er schaut mir in die Augen und ich erschrecke beinahe, als ich die Gefühle sehe, die mir entgegenschlagen. Gott, er liebt mich wirklich. Und ich spüre den ersten zarten Flügelschlag, der mir sagt, dass ich auch ihn lieben könnte ...

Ohne Zögern hat sie ihm gesagt, dass sie seine Dominanz anerkennt, dass er mit ihr machen kann, was er will. Eigentlich, was sie will. Denn er würde nie etwas tun, was sie nicht will. Seine Lippen senken sich auf ihre und sie öffnet ihren Mund beinahe sofort, ohne jedes Zögern lässt sie ihn ein.

Er lässt seine Zunge durch ihren Mund gleiten, seine Hand legt sich um eine Brust. Zärtlich streichelt er sie, neckt ihren Nippel. Sie stöhnt leise. Er dreht sie auf den Rücken, legt sich auf sie, öffnet ihre Beine. Er drückt seinen Ständer gegen sie und sie schlingt ihre Beine um seine Hüften. Sie presst sich gegen ihn, reibt ihr Becken an ihm. Sie stöhnt und seufzt und keucht.

Er fasst unter ihr T-Shirt, zieht es hoch, bis ihr Busen freiliegt. Seine Lippen schließen sich um einen Nippel. Sie wölbt sich gegen ihn, als er ihn hart einsaugt. Sie keucht auf, krallt ihre Hände in seinen Rücken.

Er beißt sie leicht und sie ruft seinen Namen, stöhnt immer wieder, dass es gut ist. Er widmet sich der anderen Seite, massiert die erste Seite kräftig mit der Hand. Dann drückt er fest zu, während er ihr in den Nippel beißt. Sie wirft den Kopf in den Nacken und schreit seinen Namen.

»Mike, Mike«, fleht sie. Will, dass er sie erlöst, aber sie wird ihren ersten Orgasmus erst haben, wenn er in ihr steckt, nicht vorher. Daher bringt er sie bis an den Rand und lässt dann von ihr ab.

»Nein, nein, Mike, bitte, bitte«, fleht sie und schaut ihn mit ihren großen, schönen Augen an. Er küsst sie sanft auf die Lippen.

»Sorry, Baby. Du kommst das erste Mal mit meinem Schwanz in dir.«

»Dann fick mich, bitte!«

Er lacht leise und küsst sie auf die Lippen. »Ich werde dich ficken, Baby, aber erst, wenn du vollkommen verrückt nach mir bist.«

»Du machst mich verrückt«, wirft sie ihm vor.

»Nicht gut genug, Baby.« Er schaut auf sein Handy. »Ich muss los. Ich hol dich heute Abend um acht ab.«

»Wozu?«

Er grinst sie an. »Das ist eine Überraschung.«

»Ich hasse Überraschungen.«

Er küsst sie noch einmal voller Leidenschaft. »Du liebst Überraschungen, du Verrückte.«

Dann springt er auf und lässt sie sexuell frustriert zurück.

Dieser Arsch! Ich bin sauer auf ihn, dass er mich immer und immer wieder hängen lässt. Natürlich weiß ich, wieso er das macht. Und es ist eine gute Taktik, eine sehr gute. Sie funktioniert nämlich, aber ich hasse, dass er mich so hängen lässt! So ein Arsch!

Ich weiß, dass ich es mir auch selbst machen könnte, aber ich will, dass er es tut. Je öfter er mich anturnt, bis an den Rand bringt, desto mehr kreisen meine Gedanken um ihn. Um ihn. Um Mike. Es ist kaum für etwas anderes mehr Platz außer für ihn. Auch, wenn er nicht da ist, kontrolliert er jedes kleine bisschen. Es ist zum Ausrasten!

Ich lege mich auf den Rücken, verschränke die Arme hinter dem Kopf und denke an den Tag zurück, an dem er mich beinahe gevögelt hätte. Sein Schwanz in meinem Mund war einfach großartig. Hmmh, das würde er mich doch bestimmt wiederholen lassen. Oder? Ich richte mich auf. Ich werde ihn ebenso in den Wahnsinn treiben wie er mich!

Ja, ich weiß auch nicht, warum ich nicht darüber nachdenke, dass ich ja eigentlich gar nichts von ihm will. Ist mir ganz offensichtlich entfallen.

Ich male den ganzen Tag, genieße die Wintersonne, die durch meine Fenster scheint. Ich weiß nicht, was er geplant hat, daher tue ich mich schwer, ein Outfit zu wählen. Jeans und Pulli müssen reichen, denke ich. Ich binde meine Haare zu einem Pferdeschwanz und betrachte mich im Spiegel. Meine Augen blitzen, meine Lippen sind noch ein bisschen geschwollen von seinen Küssen. Wenn ich es nicht besser wüsste, könnte man meinen, ich sei frisch verliebt.

Er klingelt und ich hüpfe die Treppe hinunter. Wir begegnen uns auf halber Höhe und er grinst, als ich mich ihm um den Hals werfe.

»Hey, Baby«, murmelt er und küsst mich sanft.

»Selber hey«, necke ich ihn und drücke mich eng an ihn.

»Wieso hast du so gute Laune?«, fragt er.

Ich schaue ihn einen Moment verdutzt an. »Ich bin glücklich«, sage ich dann, weil es stimmt.

»Bist du das?«, fragt er liebevoll nach.

Ich nicke und küsse seine Lippen. »Ja, sehr.«

Er grinst mich zufrieden an, reicht mir seine Hand und ich lege meine in seine. Wir laufen zu seinem Auto und steigen ein.

»Wo geht es hin?«, frage ich.

Er lacht leise. »Das geht dich nichts an.«

Ich schmolle, muss aber auch grinsen, weil ich ja vorher schon wusste, dass das nichts bringt.

Wir parken in der Nähe des Central Parks und laufen Händchen haltend durch die Kälte. Ich hätte eine Strumpfhose unter der Jeans anziehen sollen! Meine Jacke ist warm und meine Hand, die er hält, auch. Die andere vergrabe ich in der Jackentasche. Handschuhe habe ich natürlich vergessen. Aber seien wir mal ehrlich, ich vergesse eh ständig alles.

Ich sehe die Lichter näher kommen.

»Schlittschuhlaufen?«, frage ich aufgeregt.

Er nickt. »Gut oder nicht so?«

»Zeigst du mir, wie es geht?«

»Bist du noch nie gelaufen?«, fragt er ungläubig.

Ich lache. »Ich komme aus Mississippi.«

»Okay, entschuldigt«, scherzt er. »Willst du es probieren?«

Ich nicke. »Unbedingt. Hältst du meine Hand?«

»Immer.«

Er hilft mir beim Schuheanziehen und hält dann tatsächlich meine Hand, als ich wackelig auf den Kufen neben ihm herstake. Er tritt als Erstes aufs Eis und hält mir seine Hand hin. Ich klammere mich an den Rand und an seine Hand. Und kaum habe ich den ersten Schritt getan, rutsche ich auch schon weg. Scheiße!

Er lässt mich nicht fallen, sondern hält mich, bis ich wieder ausbalanciert bin. Ich lächel ihn dankbar an.

»Ich lass dich nicht fallen, Baby. Niemals«, murmelt er in mein Ohr, küsst mich auf die Wange und gleitet elegant neben mir her, während ich abgehackte Schritte mache, die nicht wie Schlittschuhlaufen aussehen, sondern eher wie ein Pferd auf dem Eis. Oder war es eine Kuh? Egal.

Nach einer Runde an der Bande entlang greift er nach beiden Händen, dreht sich mit dem Rücken in Fahrtrichtung und zieht mich mit sich. Ich schreie vor Schreck auf, aber er lacht nur und erhöht das Tempo.

»Nein, Mike, nein, bitte!«, flehe ich ihn mal wieder an, aber er hört nicht, sondern fährt weiter.

Ich schließe die Augen.

»Augen auf, Baby«, lacht er und zieht mich weiter. In einem Affentempo flitzen wir über die Eisbahn. Nicht einmal straucheln wir, obwohl ich es die ganze Zeit befürchte. Er bringt uns zurück zum Ausgangspunkt, bremst und ich knalle ungestoppt in seine Arme. Ich kralle mich an ihm fest.

»Woher kannst du das?«, frage ich.

»Ich hab Eishockey gespielt«, antwortet er.

»Oh.«

»Ich würde dich nie fallen lassen, Baby. Nicht auf dem Eis und auch sonst nirgendwo.«

Ich nicke.

»Willst du es noch einmal langsam versuchen?«

Ich schüttel den Kopf. Ich löse mich von ihm und schaue ihn an. »Noch mal schnell.«

Er grinst, schlingt seinen Arm um meine Schulter, küsst mich lange und murmelt: »Das ist mein Mädchen.«

Ich treffe mich mit Lila und Chrissa zum wöchentlichen Kaffeetrinken. Da ich weiß, wie wenig Zeit Chrissa hat, plane ich immer großzügig Zeit ein, um sie ja nicht zu verpassen. Ich laufe gerade durch die eisige Dezemberkälte, als hinter mir jemand sagt: »Mara Clare? Bist du das?«

Verdutzt drehe ich mich um. Vor mir steht eine Frau, die mir vage bekannt vorkommt, doch ich kann sie nicht einordnen.

»Ich bin's. Meghan Taylor. Ich mein, Meghan Query. Ich hab Dan Taylor geheiratet.«

»Oh. Hi«, sage ich, obwohl ich ihr eigentlich vor die Füße spucken will. Mache ich nicht. Immerhin habe ich Südstaatenmanieren. Mich umzudrehen und sie stehenzulassen, kommt leider auch nicht in Frage. »Wie geht's?«, setze ich hinzu.

Sie lächelt mich an, warmherzig und freundlich. *Das muss ein Trick sein*, denke ich. »Hast du Zeit für einen Kaffee?«, fragt sie.

Ich schaue auf die Uhr, obwohl ich weiß, dass ich noch genug Zeit habe. Aber was soll ich mit Meghan bereden? Sie war das Miststück, das mich immer und immer wieder in der Highschool gequält hat. »Okay«, sage ich dann trotzdem.

Wir gehen in das Café, vor dem wir passenderweise stehen. Wir setzen uns und bestellen etwas zu trinken.

»Wie geht es dir, Mara? Es ist ja eine Ewigkeit her, seit wir uns gesehen haben! Du bist nach der Highschool sofort verschwunden und kommst kaum mehr nach Florence.«

Ich zucke mit den Schultern. »Ich hab an der Kunsthochschule studiert und direkt im Sommer angefangen.«

»Ja, hab ich gehört«, lächelt sie freundlich. »Carrie zeigt mir manchmal Bilder von dir.«

»Wie bitte?«, frage ich irritiert.

Sie trinkt einen Schluck. »Ich treffe mich manchmal mit Carrie. Hat sie das nicht erzählt?«

Ich schüttel den Kopf und mache eine mentale Notiz, dass ich meine Schwester töten werde, weil sie mit meiner Erzfeindin Kontakt hat. »Kein Wort.«

Ihr Lächeln verschwindet und sie schaut mich ernst an. »Naja, wahrscheinlich hat sie nichts gesagt, weil sie von unserer ... nun ja ... Vergangenheit weiß.«

Ich ziehe die Augenbrauen hoch. »Wovon sprichst du?«

Sie schaut mich unsicher an. »Weil ich so eine Bitch zu dir war.«

Ich bin verblüfft, dass sie das einfach so sagen kann. Ich weiß nicht, wie ich darauf reagieren soll, daher bleibe ich einfach still.

Sie streicht sich eine imaginäre Strähne aus der Stirn. »Es tut mir leid. Es war absolut scheiße, wie ich dich damals behandelt habe. Ich schäme mich, wenn ich daran denke. Ich weiß, es ändert nichts, aber es tut mir wirklich herzlich und aufrichtig leid.«

Sie wirkt ehrlich. Sie schaut mir offen in die Augen, zeigt mir, dass sie es so meint, wie sie es sagt. Ich sehe Reue und auch ein wenig Scham. Ich nicke bloß.

»Ich erwarte nicht, dass du mir verzeihst, aber ...«, sie schluckt, »vielleicht hasst du mich nicht mehr so sehr.«

»Ich hasse dich nicht«, antworte ich und das stimmt. Jemanden zu hassen ist anstrengend und zeitraubend. Dafür habe ich keine Energie. Ich will positiv sein, nicht negativ.

»Wirklich?«, fragt sie und klingt hoffnungsvoll, als wäre es wichtig für sie.

»Wirklich.«

Sie lächelt wieder, weiß irgendwie nicht, was sie sagen soll.

»Wie ist es dir ergangen?«, frage ich.

Sie streicht sich erneut nicht vorhandene Strähnen aus dem Gesicht. »Ich hab direkt nach der Highschool Dan geheiratet. Neun Monate später kam das erste Kind und ein Jahr später das zweite. Ein weiteres Jahr danach haben wir uns getrennt.«

»Das tut mir leid«, murmel ich.

»Das muss es nicht. Ich weiß, wir waren das Traumpaar schlechthin. Der Quarterback und die Cheerleaderin. Was ein Klischee.« Sie lacht auf. »Das war, was meine Eltern wollten, was jeder erwartet hat. Also habe ich es gemacht. Glücklich war ich damit nicht.«

»Du hast immer so sicher gewirkt, dass es das ist, was du willst«, werfe ich ein.

Sie nickt. »Na, du weißt doch. *Fake it 'till you make it.* Oder vielleicht weißt du es auch nicht, weil du dich nie verstellt hast.«

»Naja, ich hab immer versucht es zu verbergen.«

»Ja, aber es ist dir nicht gelungen«, sagt sie leise. »Gott, ich schäme mich so!«

»Es ist okay.«

»Nein, das ist es nicht. Es ist absolut nicht okay. Der Grund, warum ich mich von Dan getrennt habe, ist, dass ich mich neu verliebt habe.«

Ich frage mich, warum sie mir das sagt, was ich damit zu tun habe. »In eine Frau.«

Hat sie gerade Frau gesagt? Mir bleibt der Mund offen stehen.

Sie lächelt schüchtern. »Das ist eine Überraschung, was? Ja, die, die dir das Leben schwer gemacht hat, weil du auf Mädchen stehst, hat sich selbst in eine Frau verliebt. Ich bin die schlimmste Heuchlerin, die es je gab.«

»Aber ... aber ...«

Sie zuckt mit den Schultern. »Ich weiß nicht, wie es passiert ist. Ich hab mich lange dagegen gewehrt, aber irgendwann konnte ich nicht mehr. Es hat sich so richtig angefühlt und ich war es leid, zu kämpfen. Es macht so müde, gegen etwas anzukämpfen, für das du eigentlich gemacht bist. Es ist nicht so, dass ich auf alle Frauen stehe, nur auf meine.« Sie lächelt verträumt.

Ich nicke leicht. »Es kommt eben auf den Menschen an.« Unwillkürlich wiederhole ich die Worte, die mir selbst gesagt wurden, die ich aber nie glauben wollte. Stimmen sie vielleicht doch?

»Ja, es kommt nur auf den Menschen an. Ich weiß, dass es wahr ist, aber es hat lange gedauert, bis ich es akzeptiert hatte. Mein ganzes Leben wurde mir gesagt, dass Homosexualität falsch ist. Es ist nicht leicht, sich darüber hinwegzusetzen.« Sie schaut einen Augenblick in die Ferne. »Ich bin froh, dass ich dich getroffen habe, weil ich so die Gelegenheit bekommen habe, mich zu entschuldigen.« Sie schaut auf ihre Uhr. »Falls du mal wieder im Süden bist, komm doch mal zum Kaffee vorbei. Wir würden uns freuen.«

»Wie kommt denn Dan damit klar?«, frage ich plötzlich.

Sie lacht. »Er fand es schwer, es zu begreifen, aber er hat sich an sie und an uns gewöhnt. Für ihn war es auch besser so. So hatte er ebenfalls die Chance neu anzufangen, nicht aus falsch verstandenem Pflichtgefühl, sondern aus Liebe. Win-win. Und bei dir?«

»Ich habe mich gerade von meiner Freundin getrennt«, sage ich wahrheitsgemäß.

»Das tut mir leid.«

»Danke.«

»Kommst du klar?«, fragt sie mitfühlend.

Ich nicke. »Ja, erstaunlicherweise ja. Wir waren fünf Jahre zusammen, aber ich weiß, dass es so besser ist.«

Sie lächelt leicht. »Aber es tut weh.«

»Es tut weh.«

Sie drückt kurz meine Hand. »Ich wünschte, ich könnte dir irgendwas Tolles und Weises sagen, aber alles ist total abgedroschen und hilft in keinster Weise.«

»Ich weiß.« Und zum ersten Mal während dieses Gesprächs fühle ich mich wohl.

In einvernehmlichem Schweigen trinken wir unseren Kaffee. »Mir fällt doch noch was Tolles ein«, sagt sie plötzlich und grinst. »Sei froh, dass du nicht mehr in Mississippi wohnst!«

Ich muss tatsächlich lachen. »Aber wirklich!«

Sie lacht ebenfalls und es tut gut, mit jemand aus der Vergangenheit über die Zukunft zu lachen.

»Wie hältst du das aus?«

Sie zuckt mit den Schultern. »Mittlerweile haben sich in Florence alle daran gewöhnt. Aber am Anfang ... Meine Mutter fing jedes Mal an zu weinen, wenn sie mich sah. Das war ganz schön abgefahren. Viele von Dans Freunden machten anzügliche Bemerkungen, nach dem Motto, lass uns mal zusehen.« Sie schüttelt sich. »Aber das Gute an einer Kleinstadt im Süden ist ja, das es morgen schon wieder was Neues zu lästern gibt.«

Ich nicke. »Ein echter Vorteil.«

»Oder? Aber jetzt haben wir unseren Status als Kuriositätenkabinett verloren und das Leben geht weiter. Die Welt ist nicht untergegangen, das Jüngste Gericht nicht gekommen. Alltag halt.« Sie zuckt mit den Schultern.

»Du kennst das ja. Ich mein, deine Familie hat dich immer unterstützt.«

»Zumindest meine Kernfamilie«, sage ich. »Sie mussten sich allerdings auch erst daran gewöhnen.«

Sie schaut wieder auf die Uhr. »Es tut mir wahnsinnig leid, Mara, aber ich muss los. Carrie hat meine Nummer. Ruf an, wenn du in Florence bist, ja? Dann können wir noch ein bisschen quatschen.« Sie steht auf und umarmt mich schnell und ein bisschen verlegen.

Ich gehe mit raus, verabschiede mich und eile zu Chrissa und Lila.

»Entschuldige die Verspätung«, sage ich zehn Minuten später zu Lila. »Wo ist Chris?«

Lila steht auf, um mich zu umarmen. »Sie hat abgesagt. Sie hat gerade eine Nachricht geschrieben.«

Ich schaue sie verlegen an. »Ich hab mein Handy vergessen.«

Sie grinst. »Das dachte ich mir.«

»Danke, dass du gewartet hast«, sage ich.

»Kein Thema. Ich hab gedacht, dass wir auch alleine Kaffee trinken können.«

»Klar«, sage ich lächelnd.

Als wir die dampfenden Tassen vor uns haben, sagt sie: »Es trifft sich auch ganz gut, dass wir uns alleine sehen, weil ich mit dir reden wollte.«

Ich schaue sie gespannt an. »Worüber?«

»Über Mike.«

»Mike?«

»Du weißt, dass ich mit ihm geschlafen habe.«

Ich nicke, weiß aber nicht genau, worauf sie hinaus will.

»Es tut mir leid.«

Irritiert frage ich: »Äh, wieso?«

»Naja, weil er doch dir gehört und ich ... ich mag dich. Ich will nicht, dass das zwischen uns steht. Es war nur einmal. Es war gut, aber mehr nicht. Er hat keine Gefühle für mich, ich keine für ihn. Er gehört dir. Ich will mich da in keiner Weise zwischen euch drängen.« Sie holt tief Luft.

»Stop, Lila!« Ich grinse. »Gott! Du kannst schnell reden, wenn du willst.«

»Das ist mir wichtig. Du bist mir wichtig.«

»Das alles ehrt dich sehr, aber es ist alles gut. Zum einen kann ich weder dich noch Mike für etwas verantwortlich machen, was sich abgespielt hat, bevor ich Mike überhaupt kannte. Zum anderen gehört Mike ja gar nicht mir.«

Sie grinst wissend. »Doch, tut er.«

Verlegen schaue ich zur Seite. »Aber ...«

»Er gehört dir, auch wenn du dich noch nicht entschieden hast, ihm eine Chance zu geben.«

»Tut er nicht.«

»Frag ihn, dann weißt du, was alle anderen schon längst wissen«, sagt sie lachend.

»Meinst du, ich bin unfair ihm gegenüber?«, frage ich ein wenig nervös.

»Inwiefern?«

Ich streiche meine Haare aus der Stirn. »Naja, spiele ich mit ihm? Ich weiß, dass er Gefühle für mich hat, nutze ich das aus? Sollte ich mich ...?«

»Jetzt bist du dran mit stoppen«, sagt sie fest. »Mike ist erwachsen und er weiß, worauf er sich einlässt. Er weiß, dass du auf Frauen stehst. Klar erhofft er sich, dass du dich irgendwann in ihn verliebst. Aber du bist immer offen und ehrlich mit deiner Sexualität umgegangen, oder?« Ich nicke. »Du hast ihm gesagt, dass es sein kann, dass du seine Gefühle niemals erwidern wirst, oder?« Ich nicke erneut. »Siehst du, Süße. Alles okay. Er mag dich, er will Zeit mit dir verbringen.«

»Ich will sein Herz nicht brechen«, flüstere ich erstickt.

Sie greift nach meiner Hand. »Ich weiß, aber du kannst nicht mehr tun, als du bereits getan hast. Für den Rest ist Mike verantwortlich. Der einzige Rat, den ich dir geben kann, ist, dass du dich nicht verschließt. Vielleicht verliebst du dich in ihn, vielleicht nicht, aber du solltest es nicht kategorisch ablehnen.«

»Tu ich nicht. Glaub mir, Lila, ich wünsche mir nichts mehr, als mich in ihn zu verlieben, weil er ein guter Mensch ist und es verdient, dass er zurückgeliebt wird.«

Sie lacht. »Du verrücktes Huhn. Du solltest dir wünschen, dass du dich in die richtige Person für dich verliebst.« Sie zwinkert mir zu. »Aber vielleicht ist das ja ein und dasselbe.«

Ein paar Tage später will ich mit der Metro nach Manhattan fahren, um mit Mike und seiner Familie zu brunchen. Er wollte mich abholen, aber ich fand das albern. Mit der Linie zwei ist man ebenso schnell an der Upper West Side. Das ist schon okay. Wir haben vereinbart, dass er mich an der Haltestelle abholt. Das Ganze hat etwa dreißig Textnachrichten lang gedauert, bis er eingesehen hat, dass ich recht habe. Ich öffne die Haustür, schaue kurz auf und bleibe verdattert stehen. Natürlich steht er da und wartet auf mich.

»Du hast so einen Knall«, sage ich als Begrüßung, bevor ich ihn umarme.

Er grinst. »Ich lass dich nicht allein fahren, wenn ich es verhindern kann.«

Ich werde mich nicht beschweren, schließlich ist es in seinem Wagen schön warm und ich kann die Sitzheizung hochdrehen.

Ich greife nach seiner Hand, nachdem er auch eingestiegen ist. »Danke.«

»Immer.«

Ich ziehe die Beine an und drehe mich in seine Richtung. »Schläfst du heute Nacht bei mir?«

Er nickt. »Ich hätte auch letzte Nacht bei dir geschlafen, wenn ich nicht weggerufen worden wäre.« Er bekam einen Anruf von einem Kollegen und musste noch mal ins Büro. Auch wenn es uns beiden leidtat, haben wir beschlossen, dass es besser ist, wenn er dann bei sich schläft.

Aber ich habe ihn vermisst. Er hat erst zwei Mal bei mir geschlafen und trotzdem habe ich ihn furchtbar vermisst. Albern, oder? Er ist in der kurzen Zeit zu einem guten, einem sehr guten Freund geworden. Ich könnte mir schon nicht mehr vorstellen, was ich ohne ihn machen würde. Gott, ich hab so einen Knall.

Als wir in dem Restaurant oder Café oder was auch immer ankommen, sitzen Emma und Drew bereits mit Mikes Mutter und Schwester – zumindest nehme ich das an – zusammen.

»Hey, Leute. Sorry für die Verspätung. Der Verkehr auf der Brücke war mörderisch.« Er küsst seine Mutter auf die Wange, umarmt seine Schwester.

»Wieso warst du denn in Brooklyn?«, fragt sie ihn.

Drew lacht, während Mike mich nach vorn zieht. »Ich hab Mara abgeholt.«

Ich werde neugierig bestaunt, bevor seine Mutter sagt: »Hey, Honey, schön, dich kennenzulernen. Ich bin Mary. Ich bin entzückt, Mikes Mädchen kennenzulernen.« Anstatt meine ausgestreckte Hand zu ergreifen, umarmt sie mich.

Ich bin einen Augenblick überwältigt. Und das, obwohl ich aus dem Süden komme! Bei uns wird Herzlichkeit großgeschrieben, *y'all.* Emma zwinkert mir zu, wofür ich ihr dankbar bin. Wenn sie die beiden mag, dann sind sie nett. Keine Frage.

Ich umarme sie also zurück, bevor ich auch von Natalie in den Arm genommen werde. Dann noch Emma und Drew und die Reihe ist erledigt. Mike rückt mir den Stuhl zurecht, was mir ein wenig unangenehm ist, aber nun gut, offenbar braucht er das.

»Danke«, sage ich leise und er streicht an meiner Wange entlang.

Emma grinst mich wissend an, aber ich schüttel den Kopf. Drew zieht seine Augenbrauen zusammen.

»Warum schüttelst du den Kopf?«, fragt er dann.

»Lass sie in Ruhe, Drew«, wirft Emma ein und schaut mich entschuldigend an.

»Klappe, Bug.« Sie stößt ihm den Ellenbogen in die Rippen und er grinst. »Also, Mara, raus mit der Sprache. Was bedeutete das Kopfschütteln?«

»Lass sie in Ruhe, Drew«, mischt sich nun auch Mike ein. Ich schaue ihn dankbar an.

»Mara, sag schon.«

Mary mischt sich ein: »Andrew Tate, hör auf, das arme Ding zu bedrängen.«

Bei diesen Worten muss ich lachen. Armes Ding? Da kennt sie mich aber schlecht. »Fein, Drew, wenn du es unbedingt wissen musst. Emma hat suggeriert, dass Mike und ich zusammen sind, aber das sind wir nicht. Ich bin immer noch lesbisch und nicht an Schwänzen interessiert.«

Drew grinst, Mike muss sich das Lachen verkneifen. Ich werfe einen Blick zu Mary. Was wird sie sagen? Auf ihrem Gesicht breitet sich ein riesiges Lächeln aus.

Sie stupst Mike an. »Ich mag sie. Behalt sie.«

Er fragt: »Hast du nicht gehört, was sie gesagt hat?«

»Doch natürlich, aber ich sehe ja auch, wie sie dich anschaut.«

Wie schaue ich denn, frage ich mich plötzlich.

»*Busted*«, lacht Drew und schneidet mir eine Grimasse.

Mein Gesicht geht in Flammen auf. Mir ist die ganze Situation so was von unangenehm. Eine Hand greift nach mir und zieht mich hoch.

»Mara und ich gehen uns die Nase pudern«, verkündet Natalie und zieht mich mit sich.

Ich weiß nicht wirklich, wie mir geschieht, und folge ihr einfach. Sie zieht mich zu den Toiletten, checkt, dass wir allein sind, und sieht mich dann auffordernd an.

»Mike ist in dich verknallt, aber du magst keine Männer?«

Ich nicke. »Ja.«

»Aber du magst ihn«, stellt sie fest.

Ich nicke zögerlich. »Aber nicht, wie er mich.«

Sie grinst. »Doch tust du. Es tut meinem Bruder sehr gut, dass er sich anstrengen muss, um dich zu bekommen. All die Jahre hat er viel zu einfach Muschis bekommen.«

Ich schaue sie erstaunt an und sie lacht. »Ach komm schon! Das ist doch jedem bekannt, dass er eine männliche Hure ist oder war, meinetwegen.«

»Redest du von der *Society*?«, frage ich sie.

Sie schaut mich überrascht an. »Er hat dir davon erzählt?«

Ich nicke. »Vielmehr haben mir seine Freunde davon erzählt. Zuerst Emma, dann Evan und Jace.«

Sie wirkt noch überraschter. »Er hat dir seine Freunde vorgestellt?«

»Jace kannte ich schon. Er ist der Freund meiner Freundin Chrissa. Naja, irgendwann waren wir dann mal im Pub, wo auch Evan war.«

Sie kneift die Augen ein wenig zusammen. »Hmmh. Er mag dich wirklich.« Sie schaut mich ernst an. »Aber wenn du ihm das Herz brichst, muss ich dir leider wehtun.«

Ich lache leise. »Dann mach das lieber jetzt schon. Es wird unweigerlich mit seinem gebrochenen Herzen enden, weil er ja nicht auf mich hören will. Ich hab ihm tausendundein Mal gesagt, dass ich nicht auf Männer stehe, aber er macht einfach weiter.«

Sie grinst. »Er ist manchmal ein bisschen schwer von Begriff.« Sie kneift mir in den Arm.

»Au«, sage ich und wir lachen beide. Wir sind schon ein bisschen verrückt, oder?

»Ich mag dich«, stellt sie fest. »Du tust ihm gut.«

»Weil ich ihn nicht ranlasse?«

Sie lacht. »Ja, deswegen auch. Aber ich meinte, weil du so unprätentiös bist. Diane war so eine Möchtegern-Schicki-Micki-Diva.«

»Und ich bin das nicht?«

Sie schaut nach unten. »Von wem sind deine Stiefel?«

Ich folge ihrem Blick und zucke mit den Schultern. »Keine Ahnung.«

»Keine weiteren Fragen, Euer Ehren.«

»Das beweist doch gar nichts«, meine ich.

Sie legt mir den Arm um die Schulter. »Jede Menge sogar.«

Als wir zurück an den Tisch kommen, schauen sie mich alle an. Da hat sich die kleine Auszeit ja gelohnt.

»Was habt ihr gemacht, Mädels?«, fragt Drew amüsiert. »Titten verglichen?«

»Andrew Tate«, zischt seine Mutter und wirft ihm einen bösen Blick zu, bevor sie sich an mich wendet. »Liebes, du musst einfach lernen, die Ohren auf Durchzug zu stellen, wenn der Junge anfängt zu reden.«

»Danke, Mom«, lacht Drew, dann stupst er Emma an. »Verteidige mich.«

»Wie bitte?«, fragt sie irritiert, als hätte sie nicht aufgepasst.

»Witzig, Bug, witzig.«

Sie lacht und er zieht sie in seine Arme, um ihr einen Kuss zu geben.

Mike greift unter dem Tisch nach meiner Hand. »Alles okay, Baby?«

Ich nicke. »Alles okay.«

»Ich rette dich jederzeit«, scherzt er.

»Dann hast du ja deinen Job gerade nicht besonders gut gemacht«, necke ich ihn.

Er schaut mich reumütig an. »Nat ist halt ein bisschen schneller als ich.«

»Das kannst du dir hinter die Ohren schreiben«, grinst seine Schwester. »Und da sie auf Frauen steht, sollte ich vielleicht mein Glück versuchen.«

Ich schaue sie überrascht an, aber sie zwinkert mir nur fröhlich zu, was wahrscheinlich so viel heißen soll, wie »ich liebe es, meinen großen Bruder zu ärgern«.

»Du bist doch gar nicht lesbisch«, meint Mary.

Natalie schaut sie an. »Was würdest du denn machen, wenn ich lesbisch wäre und meine Freundin mit nach Hause bringe?«

Mary schaut sie verwundert an. »Keine Ahnung. Was würde ich machen? Kaffee und Kuchen?«

In diesem Moment verliebe ich mich in Mary Tate. Einen Moment stelle ich mir vor, wie es wäre, zu ihrer Familie zu gehören. Nicht, dass ich meine eigene nicht wie verrückt lieben würde, aber diese hier scheint auch super zu sein. Wenn, ja wenn ich mich denn in Mike verlieben könnte ...

Mike ist gerührt zu sehen, wie seine Familie Mara aufnimmt. Sie behandeln sie nach nur zehn Minuten, als hätte sie schon immer dazugehört. Er hatte es auch nicht anders erwartet. Obwohl ... Sein Bruder Jason hatte wahrscheinlich auch nicht erwartet, dass niemand seine Freundin leiden kann. Und das war, so leid es Mike auch tut, schon in der ersten Sekunde klar. Aber Shailene – der Name allein ist ja schon grässlich – ist einfach eine ganz furchtbare Person. Er kann absolut nicht verstehen, was Jason an ihr findet. Gerade Jason, der von den vier Tate-Brüdern der netteste ist, muss ein so garstiges Weib finden.

Er schüttelt den Kopf. Es ergibt gar keinen Sinn jetzt über Jason nachzudenken. Er schaut zu Mara, die sich mit

Natalie und Emma über Emmas Romane unterhält. Er grinst in sich hinein. Er kennt die Bücher seiner Quasi-Schwägerin natürlich und ihm ist auch klar, dass es nur um heterosexuelle Beziehungen geht. Dennoch ist Mara von diesen begeistert. Seine Chancen werden besser und besser.

»Gehen wir morgen boxen?«, fragt Drew gerade.

Er richtet seine Augen auf seinen kleinen Bruder, der gar nicht so klein ist. »Klar. Wir waren schon lange nicht mehr gemeinsam.«

Drew zuckt mit den Schultern. »Ich war ein paar Mal mit einem Kollegen, aber ich hau lieber dir auf die Fresse.«

Mike grinst. »Ach, Kleiner, das schaffst du doch nicht.«

Drew richtet sich auf. »Eine Wette?«

Mike nickt bedächtig. »Okay. Was schlägst du vor?«

»Wenn ich morgen gewinne, musst du endlich Nägel mit Köpfen machen.«

Mike zieht fragend eine Augenbraue hoch. »Und das heißt?«

Drew nickt zu Mara. »Hol sie dir.«

Mikes Mund verzieht sich zu einem trägen Lächeln. Er schaut zu ihr, sieht, dass sie voll und ganz in ihrem Gespräch aufgeht und nichts mitbekommt. »Ich bin schon dabei.«

Drew sieht in fragend an. »Echt?«

»Ich schlafe in ihrem Bett.«

Drew grinst. »Das ist doch schon mal ein Anfang.« Dann schaut er nachdenklich. »Wenn ich gewinne, musst du das nächste Wochenende mit Grandma verbringen.«

Mikes Augenbrauen schnellen hoch. »Auf keinen Fall! Sie hasst mich!«

Drew lacht. »Grandma hasst jeden.«

Mike schüttelt den Kopf. »Das stimmt nicht. Dich liebt sie.«

»Ja, das tut sie. Aber ich will nächstes Wochenende mit Emma raus aus der Stadt. Daher brauche ich dich.«

Mike grummelt. »Fein. Wenn das dein Wetteinsatz ist, musst du aber auch gewinnen.«

»Ich hab gedacht, dass du das als liebender, großer Bruder gerne für mich tust.« Drew grinst plötzlich schmutzig. »Und du könntest Grandma Mara vorstellen. Das wäre lustig.«

Mike lacht. »Das könnte tatsächlich interessant werden.«

»Fuck, jetzt will ich dabei sein.«

»Andrew Tate«, weist ihn seine Mutter zurecht. »Es sind Damen anwesend.«

Drew schaut sich um. »Wo denn?«

Emma schaut ihn belustigt an. Sie beugt sich zu ihm und flüstert ihm etwas ins Ohr. Was immer es auch war, plötzlich atmet er nicht mehr ganz so leicht und Mike sieht, dass er seine Hose richtet. Er grinst.

Er beugt sich zu Mara. »Willst du am nächsten Wochenende meine Grandma kennenlernen?«

Sie schaut ihn überrascht an. »Noch mehr Familie?«

Er nickt. »Aber ich muss dich warnen. Grandma hasst jeden. Sogar Emma.«

Mara reißt die Augen auf.

Emma lacht. »Das stimmt. Ich hab noch nie so eine gehässige alte Zwetschge wie diese getroffen. Und ich komme aus Ala-*fucking*-bama, dem weltweiten Zentrum für Frauen, die sich nicht nur um ihre eigenen Dinge kümmern, sondern alles kommentieren, was es gibt.«

Mara grinst. »Darf man ihr Paroli bieten?«

»Ich bitte darum«, lacht Mike.

Mara wirft Mary einen Blick zu. Sie hebt die Hände. »Sie kommt nicht von meiner Seite. Sie ist Tate durch und durch. Mich hasst sie auch.«

Drew legt seiner Mutter den Arm um die Schulter. »Und du musst sie schon so viel länger ertragen als wir.«

»Du kannst gar nicht mitreden«, weist sie ihn zurecht. »Wieso auch immer bist du ihr Liebling.«

»Wie ist das eigentlich passiert?«, fragt Emma.

Mary lacht. »Meine sechs Kinder waren wild, allesamt. Die Mädels beinahe noch schlimmer als die Jungs. Es war immer Leben in der Bude. Es verging kein Tag, an dem keine kleinen oder größeren Katastrophen passierten. Aber eine der schlimmsten Sachen war wohl, dass Thomas und Jen, die beiden Jüngsten, die Perücke ihrer Grandma gefunden haben und sich gedacht haben, es wäre doch ganz lustig auszuprobieren, ob die brennt.«

Mike schaut zu Mara, die sich schon jetzt kaum halten kann. Ihr Lachen ist so einmalig wunderbar. Wenn er nicht schon so sehr in sie verknallt wäre, würde er sich immer dann in sie verlieben, wenn sie lacht.

»Die beiden haben ihren Fund Jason, Mike und Natalie gezeigt. Drew war auf Klassenfahrt. Und dann standen die fünf Blagen im Hof und zündeten die Haare an, gerade als ihre Grandma aus dem Fenster schaute und den Schock ihres Lebens bekam. Sie schrie das ganze Haus zusammen, machte ihren Sohn fertig, mich ebenso, denn ich war ja an allem Schuld, weil ich schlechtes Blut in die Familie gebracht hatte. Sie zeigte den Kindern vielleicht die kalte Schulter, mein lieber Mann. Natürlich wussten sie, dass es falsch war, aber sie waren ja noch Kinder. Tom war sieben oder acht. Sie verstanden die Welt nicht mehr, verstanden nicht, wie es sein konnte, dass ein Erwachsener, der sie doch eigentlich lieb haben sollte, sie so behandeln konnte.« Mary schaut ein wenig unglücklich. »Naja, jedenfalls mag sie seitdem nur Drew, weil er nicht da war. Ein Gutes hatte die Sache aber dennoch.«

Ihre Kinder schauen sie gespannt an und Drew fragt: »Was denn?«

Mary grinst schelmisch. »Danach kam sie nur noch ein mal im Jahr zu Besuch und nicht mehr einmal im Monat.«

»Mom!«, kreischen alle drei Tate-Kinder, während Emma und Mara herzhaft lachen.

»Du redest immerhin über Grandma!«, meint Mike mit einem Grinsen im Gesicht, das dem seiner Mutter in nichts nachsteht.

»Garstige Gewitterhexe«, meint Mary ungerührt. »Ganz ehrlich. Wer kleinen Kindern nach fast zwanzig Jahren immer noch nicht vergeben hat, kann kein guter Mensch sein.«

Drew zieht seine Mutter an sich und drückt ihr einen Kuss auf den Kopf. Das ist so eine liebevolle Geste, dass alle vier Frauen leise seufzen.

Drew grinst sie frech an. »Gegen den Tate-Charme kommt eben keine an. Nicht mal eine Tate«, fügt er in Richtung Natalie hinzu.

Sie wirft mit ihrer Serviette nach ihm. *Alles wie immer*, denkt Mike. Er legt seinen Arm auf die Rückenlehne von Maras Stuhl. Und wie aus Versehen landet er dann auf ihrer Schulter.

»Wie ist es eigentlich, mit einer Erotikautorin zusammenzusein?«, fragt Mara Drew.

Drew lacht und wirft Emma einen frechen Blick zu. »Weißt du, ich hab sie kennengelernt und kannte ihre Bücher nicht. Das erste, was ich danach getan habe, war eines zu lesen. Da wurde mir schon ganz schön heiß. Ich dachte, *Jackpot! Wow, unser Sexleben wird so grandios sein!*« Er grinst fröhlich, hat keinerlei Probleme, vor seiner Mutter über Sex zu sprechen.

»Aber weißt du, die Realität ist die, dass sie so viele Stunden damit verbringt, diese sexy Szenen zu schreiben, dass sie gar keine Zeit hat, sie auszuleben.« Emma schlägt nach ihm, aber er hat das kommen gesehen und fängt ihre Hand einfach ein.

»Wenn ich also nach Hause komme, sitzt sie in ihren Yogapants und ihrem T-Shirt auf der Couch und schreibt vor sich hin. Ich wundere mich, dass ich sie seit beinahe einer Woche in den gleichen Klamotten sehe. Aber das kann ja nicht sein. Bug würde doch nie sieben Tage lang nicht duschen ...«

»Drew!«, kreischt Emma, während alle anderen sich vor Lachen biegen.

»Das Schlimmste ist, wenn sie ihre Sexszenen ausprobieren will.«

»Wieso ist das schlimm?«, fragt Mike amüsiert. »Solltest du nicht froh sein, dass du überhaupt Sex bekommst?«

Drew lacht und küsst Emma auf den Kopf. »Ja, das hab ich auch gedacht. Aber ich muss Tag und Nacht als Versuchskaninchen bereitstehen, immer bereit, wenn ihr versteht, was ich meine. Als wäre ich nur ein Sexspielzeug. Und dann bellt sie ihre Kommentare. *Die Hand muss da hin! Greif fester zu! Rechtes Bein ein Stück vor! Linke Hand auf meinen Hintern!* Es hört sich an, als würden wir Twister spielen.

Und wenn dann meine Schulter schon beinahe ausgekugelt ist, sagt sie so was wie: *Und jetzt in sexy.* In dem Moment möchte ich sie am liebsten würgen, aber das könnte diesem verrückten Weibsstück ja noch gefallen.«

Mara lacht ebenso wie alle anderen und Mike kann seinen Blick nicht von ihr lassen. Sie ist so wunderschön.

»Ich möchte ja nicht wissen, was für Twister du gespielt hast, aber in meiner Version wurde nie gesagt, *leg die Hand auf den Hintern*«, scherzt Emma, während sie ihm auf die Schulter haut.

Drew stört das wenig. »Schlimm ist, wenn mich meine Mutter anruft und mit mir über Kapitel sieben reden will. Zum einen weiß ich gar nicht, was da steht, zum anderen will ich gar nicht wissen, was meine Mom heiß findet!« Er schaut Mary vernichtend an, aber die zuckt nur nonchalant mit den Schultern. »Und dann muss ich doch schauen, was in Kapitel sieben steht, und o mein Gott, mein Mädchen ist versaut!« Er lacht laut auf und schlingt den Arm um Emma, die mehr oder weniger amüsiert von der Geschichte ist.

Natalie wirft ein: »Emma weiß halt, was Frauen wollen.«

Drew schaut Emma an, die ihn anfunkelt. »Ich muss heute Nacht auf der Couch schlafen, oder, Bug?«

»Nicht nur heute Nacht«, zischt sie.

Mara lacht fröhlich und greift wie zufällig nach Mikes Hand, die auf ihrer Schulter liegt. Sie schaut zu ihm und lächelt leicht. Er fragt sich, was das da in ihrem Blick ist. Liebe?

KAPITEL FÜNFZEHN

Drei Tage später steht Mike mal wieder vor meiner Tür. Ich freue mich, sehr sogar. Ich mag es, Zeit mit ihm zu verbringen. Er ist mein bester Freund. Ich kann mir mein Leben ohne ihn schon gar nicht mehr vorstellen. Und ich mag all die Dinge, die er mit mir tut. Das Küssen, das Rummachen ... Immer öfter erwische ich mich dabei, darüber nachzudenken, wie es wäre, mit ihm zu schlafen.

Ich mein, ich hatte bisher nie Interesse daran, mit einem Mann zu schlafen, aber bei ihm ... Ich fantasiere ständig darüber, wie es sich anfühlen würde, von seinem Schwanz ausgefüllt zu werden. Und dann packt mich immer ein bisschen die Angst, weil ich ja schon weiß, wie groß er ist. Ob er reinpasst?

Bei Piper hat er reingepasst, sagt eine leise Stimme in mir. Eine Welle der Traurigkeit erfasst mich. Wann wird es aufhören, wehzutun? Ist das vielleicht der Grund, warum ich mich nicht in Mike verliebe? Weil ich noch Gefühle für

Piper habe? Oder ist es einfach so, dass ich ihn tatsächlich niemals so sehen könnte? Also als meinen festen Freund. Ich weiß es nicht. Wie soll ich es herausfinden?

»Hi, Baby«, sagt er und lächelt mich an.

»Hi«, erwidere ich und halte ihm die Tür auf.

Er zieht mich eng an sich, seine Hände finden meinen Hintern und er drückt sein Becken gegen mich. Ich stöhne leise auf, als ich spüre, dass er hart wird. Gott, nur für mich.

Seine Lippen drücken sich gegen meine, aber anstatt mich leidenschaftlich zu küssen, wie ich es erwartet – und erhofft – habe, löst er sich nach einem zärtlichen Kuss. Er stellt eine kleine Tüte auf den Tisch.

»Was ist das?«, frage ich.

»Mach es auf«, grinst er.

Ich löse die Schleife, mit der die Henkel zusammengebunden sind, und lünkere in die Tüte. Er hat doch nicht …?

Ich greife in die Tasche, hole die Verpackung heraus und schaue interessiert auf den Text.

Ich schaue zu ihm auf, sehe seinen erwartungsvollen Blick und grinse. »Ich fass es nicht, dass du mir einen Vibrator gekauft hast.«

»So merkwürdig ist das doch nicht. Jede Frau sollte einen haben«, lacht er, die Lachfältchen, die mich irgendwann um den Verstand bringen werden, sichtbar.

Er reicht mir die Hand und ich lege meine in seine. Er führt mich langsam in mein Schlafzimmer. Am Fußende des Bettes angekommen, zieht er mich in die Arme, um mich zu küssen. Und da ist er endlich wieder … Dieser furchtbare Kuss, der meine Beine zum Wackeln bringt.

Er legt uns vorsichtig aufs Bett, ich öffne meine Beine und ziehe meine Knie an. Er bettet sich dazwischen, hört nicht auf, mich zu küssen. Ich stöhne leise in seinen Mund und er nimmt meine Laute gierig auf. Eine Hand wandert zu meinem Busen und massiert mich durch mein Malerhemd. Meine Hände fahren über seinen Rücken, fahren seine Muskeln entlang, bis ich den Saum seines Shirts finde und meine Finger unter dieses gleiten lasse. Ich spüre die Gänsehaut, die sich auf seinem Körper ausbreitet, als meine Haut auf seine trifft.

Er zieht mir langsam mein Oberteil aus, befreit mich von meinem BH und beginnt, meinen Busen zu liebkosen. Seine Lippen streichen über meine Nippel und ich wünsche mir, dass er sie in den Mund nimmt. Ich wölbe mich ihm entgegen, versuche ihn zu überzeugen, aber er lässt den Mund zu, neckt mich mit einem süßen Versprechen, das er nicht einlösen will.

Seine Hand wandert in meine Jeans und findet den Weg zwischen meine Beine. Er streicht durch die Feuchtigkeit, liebkost meinen Eingang. Ich drücke mich ihm entgegen, will seine Finger in mir, aber er tut mir auch diesen Gefallen nicht. Stattdessen greift er mit beiden Händen an den Bund und zieht mir Shorts und Höschen aus. Er holt den Vibrator aus der Verpackung.

»Ich hab ihn schon gereinigt und aufgeladen«, murmelt er leise. Er stellt ihn an und ich höre ein leises Surren. Mit dem breiten Kopf des B.O.B. fährt er an meinen Schamlippen entlang. Das Gefühl ist ungewohnt und ich zucke kurz zusammen. Er zieht ihn von mir weg, schaut in meine Augen.

»Alles okay, Baby?«, fragt er besorgt.

Ich nicke. »Ja.«

»Soll ich weitermachen?«

»Bitte.«

Er lächelt leicht, bevor das Silikon wieder meine Haut berührt. Ich zittere leicht, nicht vor Angst, vor Aufregung.

Er lässt die Spitze um meine Klit fahren und das Vibrieren fährt mir sofort in Mark und Bein, bis in meinen Kern. Ich krampfe die Hände ins Laken, drehe den Kopf zur Seite, beiße mir auf die Lippe. O mein Gott! Das fühlt sich so gut an!

Er öffnet meine Beine weiter und nach einem erneuten Blick in mein Gesicht dringt er sanft in mich ein. Der Vibrator ist nicht so dick wie sein Schwanz. Das Bild desselbigen hat sich mir ins Gedächtnis gebrannt. Es ist zunächst ein wenig unangenehm, als er in mir ist. Das leichte Vibrieren ist angenehm, aber dieser Druck, diese Füllung ... Er lässt mir Zeit und nach kurzer Zeit verändert sich das Gefühl. Langsam schiebt er den Penisersatz tiefer in mich, beobachtet meine Reaktion. Ich zucke kurz zusammen und er stoppt sofort, gibt mir Zeit, zieht ihn aber auch nicht zurück. Ein Mann auf einer Mission.

Es dauert einige Minuten, bis er tief in mir ist. Nach einem kurzen Moment des Drucks beginne ich, dieses Gefühl zu lieben. Es ist so ... richtig, irgendwie. Als wäre es nur natürlich, dass ein Stab aus Silikon in mir steckt.

Mike stellt die Vibration höher und beginnt, den Vibrator in mir zu bewegen. Raus und rein, raus und rein. Seine Lippen senken sich auf meine Klit und er saugt an mir. Ich wölbe mich gegen ihn, versuche ihn näher zu bekommen, will mehr. Er erhöht sein Tempo, das seiner Finger um den Vibrator und das seines Mundes. Immer heftiger saugt er meine Klit zwischen seine Lippen. Dazu das Vibrieren, die Bewegung in mir. In Windeseile baut sich mein Orgasmus auf. Kurz bevor ich komme, löst er sich komplett von mir und ich stöhne frustriert auf.

Keuchend liege ich auf dem Bett und bin mal wieder total frustriert. Dieser Arsch!

»Du solltest lernen zu vollenden, was du anfängst«, grummel ich.

Er lacht leise und legt sich neben mich aufs Bett.

Eine Weile liegen wir auf dem Rücken nebeneinander und schweigen. Durch meinen Kopf toben Gedanken, die sich alle auf seinen Schwanz beziehen. Ich richte mich auf und lege mich auf ihn.

»Hey, Baby«, grinst er mich an.

Ich küsse ihn langsam und gemächlich, lasse meine Zunge durch seinen Mund gleiten. Er stöhnt leise und ich fühle mich bestätigt. Langsam fahren meine Lippen über sein Kinn, seinen Hals. Ich schiebe sein Shirt hoch, kratze sanft über seine Nippel, die sich hart zusammenziehen.

Ich küsse meinen Weg über seine Brust zu seinem Bauch. Langsam lasse ich meine Zunge über seine Haut fahren. Er schmeckt gut, ein bisschen salzig und irgendwie männlich, auch wenn ich nicht beschreiben könnte, was das für ein Geschmack ist. Lecker jedenfalls.

Meine Finger streichen über seine Jeans, streifen ganz unabsichtlich die Beule in seiner Hose. Er zischt leise und ich spüre, dass er noch wächst. Oh ja, für ihn ist das alles ebenso eine Qual wie für mich. Ich würde ihn ja erlösen, er selbst steht sich im Weg.

Ich öffne langsam Knopf für Knopf, berühre dabei immer wieder seine Erektion, entlocke ihm Stöhnlaute, während ich seinen Unterbauch küsse. Seine Finger vergraben sich lose in meinem Haar. Er öffnet meinen Knoten, fährt durch meine dunkelblonden Haare, die einen schönen Kontrast zu seiner gebräunten Haut bilden. Wie kann man eigentlich im Winter aussehen, als käme man gerade aus dem Sommerurlaub?

»Baby«, keucht er leise, als meine Lippen sich in Richtung seines Schwanzes bewegen. »Du musst das nicht…«

Ich drücke meinen Mund gegen seinen Ständer und bringe ihn effektiv zum Schweigen. Sein Griff festigt sich ein wenig und ich lächel leicht. Ich ziehe an seinen Jeans. Er hebt seine Hüften, um mir beim Ausziehen behilflich zu sein. Ich lasse sie gemeinsam mit den Boxershorts achtlos zu Boden fallen.

Sein Schwanz liegt dick und prall auf seinem Bauch. Die Adern treten hervor, die Haut ist gespannt, die Eichel schimmert rötlich. Ich lecke mir die Lippen. Der Anblick macht mich unglaublich an. Ich höre sein Stöhnen und will ihn nicht länger quälen, auch wenn er es verdient hätte. Ich umfasse ihn mit einer Hand und sein Stöhnen wird lauter.

Ich knie mich zwischen seine Beine und beuge mich vornüber. Meine Ellenbogen sind so platziert, dass ich ihn gut erreiche. Ich öffne den Mund und nehme seine Eichel auf. Er keucht leise und seine Finger bohren sich nun in meine Kopfhaut. Gott, fühlt sich das gut an!

Meine Zunge umspielt ihn, leckt an ihm, lutscht und liebkost. Ich taste ihn ab, will mir jeden Millimeter ins Gedächtnis brennen.

Ich löse mich kurz, schaue zu ihm auf. »Mach ich das richtig?«

»Fuck, ja«, stöhnt er. »Bitte mach weiter und hör nicht auf.«

Ich lächel leicht und nehme ihn erneut zwischen die Lippen. Ich spiele mit meiner Zungenspitze an der

Unterseite seiner Eichel. Jedes Mal, wenn ich diese Stelle berühre, beschleunigt sich sein Atem. Es muss also gut sein. Dann dippe ich kurz in die kleine Vertiefung und ein lautes Stöhnen entfährt ihm. Ich bin erfreut, dass ich ihm offensichtlich Lust bescheren kann.

Mir fällt plötzlich ein, dass ich gar nichts mit meiner Hand mache. Ich beginne, auf und ab zu fahren, was ihm scheinbar gefällt. Was kann ich noch machen? Was machen sie in all den sexy Liebesromanen immer? Und was davon kann ich machen, ohne es vorher geübt zu haben?

Ich schließe meine Lippen um seinen Schaft und bewege sie hoch und runter.

»Ja, Baby, das ist so gut«, murmelt er. Meine Haare sind um seine Finger geschlungen, aber er pusht mich nicht, lässt mich allein das Tempo bestimmen. Ich bin ihm unglaublich dankbar, dass er mich erforschen, probieren und versuchen lässt. Ohne dass er es sagen musste, weiß ich, dass ich tun darf, was ich will. Irgendwie gibt mir das ein gutes Gefühl. Und auch ein bisschen das Gefühl der Macht. Ich mein, dieser heiße Mann liefert sich mir quasi aus. Sein bestes Stück ist in meinem Mund und ich darf tun, was ich will.

Ehrlich, ein Mann muss einer Frau schon sehr vertrauen, wenn er ihr so viel Macht gibt, oder? Ich frage mich, ob Männer überhaupt ahnen, dass sie in diesem Moment nicht die Fäden in der Hand halten, sondern ganz und gar der Frau ausgeliefert sind. Sie sagt, wo es langgeht. Auch oder vielleicht gerade, wenn sie vor ihm auf dem Boden kniet.

»Fuck, Baby, ich bin gleich so weit«, raspelt er.

Eigentlich sollte ich jetzt aufhören, sollte ihn seine eigene Medizin kosten lassen, aber ich will, dass er in meinem Mund kommt. Ich will ihn schmecken, will erfahren, wie es sich anfühlt, einen Orgasmus so hautnah mitzuerleben.

»Du musst jetzt aufhören«, keucht er, aber ich denke ja gar nicht daran. Für meine Mühe will ich auch wissen, wie es ist.

Ich schüttel den Kopf, was ihn laut stöhnen lässt. »Du willst, dass ich in deinem Mund komme?«, fragt er abgehackt nach.

Ich nicke.

»Fuck ja!«

Ich spüre, dass er fast so weit ist. Sein Hoden zieht sich hoch, das Blut pocht in seinen Adern und er wird noch ein bisschen härter. Seine Finger umfassen meinen Kopf, als wollte er mich in Position halten, damit ich nicht entkommen kann.

Ich sauge noch einmal an ihm, drücke meine Zunge gegen sein Bändchen. Er stöhnt laut meinen Namen, als sein Sperma aus ihm schießt. Es ist dicklich, irgendwie schleimig und salzig, aber nicht ekelig. Ich schlucke und es läuft meine Kehle runter. In langen Schüben kommt er in meinem Mund, hält mich fest, stöhnt zufrieden.

Als nichts mehr kommt, schlucke ich erneut. Seine Finger lösen sich von meinem Kopf und ich löse mich von ihm. Ich küsse ihn noch einmal auf die Spitze, bevor ich ihn sanft auf seine Leiste bette.

»Komm her, Baby«, murmelt er und hält seine Arme für mich offen.

Ich krabbel nach oben, kuschel mich gegen ihn, genieße seine Stärke und Kraft, fühle mich behütet und beschützt.

»Das war der Wahnsinn«, murmelt er und küsst mich zärtlich auf den Kopf.

»Ja? Ich war unsicher, was du magst und was nicht, was ich mach...«

Seine Lippen pressen sich auf meine, bringen mich zum Schweigen. Ich stöhne in seinen Mund und spüre, wie sich seine Mundwinkel verziehen, liebe es, dass ich ihn zum Lächeln bringe. Moment mal! Liebe?

»Das war der beste Blowjob meines Lebens«, sagt er dann, während er mir in die Augen sieht.

Ich schlucke. »Besser als der mit Piper?«

Er nickt. »Viel besser.«

»Aber ich dachte, Männer fänden die Vorstellung, mit zwei Frauen rumzumachen, erregend.«

Er küsst mich sanft. »Ich finde die Vorstellung erregend, mit dir rumzumachen. Nur mit dir.«

»Reicht dir das?«

»Du würdest mir immer reichen. Für immer und ewig.«

Mike holt Mara am nächsten Wochenende ab, um seine Großmutter zu besuchen. Die neunzigjährige Dame erfreut sich allerbester Gesundheit und lässt es sich daher nicht nehmen, einmal im Jahr in den *Big Apple* zu kommen, auch, wenn sie eigentlich in Florida lebt. Nach Boston fährt sie hingegen nicht mehr. Für so ein Provinznest ist ihr ihre Zeit zu schade.

Standesgemäß steigt sie im *Four Seasons* ab. Man gönnt sich ja sonst nichts. Hier wartet sie bereits im Café auf ihren Enkel. Warum es dieser sein muss, erschließt sich ihr nicht, aber sie kann ihrem Liebling Drew nichts abschlagen. Wenn er meint, mit seiner Freundin das Wochenende verbringen zu müssen, dann muss das eben so sein. Warum er sich kein nettes, liebes Mädchen geangelt hat, sondern diese Schreckschraube, entzieht sich ebenso ihrer Vorstellungskraft, aber wo die Liebe hinfällt, nicht? Schließlich muss sie ehrlicherweise zugeben, dass ihre eigenen Eltern auch nicht mit ihrer Wahl einverstanden waren. Aber für sie stand das gar nicht zur Debatte. Als sie sich mit achtzehn in den bedeutend älteren Stuart Tate verliebte, war es um sie geschehen. Vierundfünfzig Jahre war sie an seiner Seite, hat jeden Tag genossen und war dankbar, dass er in diesem einen Moment in ihr Leben schneite.

Sie seufzt leise. Achtzehn Jahre ist er nun schon tot und sie hat noch kein einziges Detail vergessen. Und wie immer hat sie das Gefühl, dass ihr Herz mit ihm starb. Wie ließe sich sonst erklären, dass ihr ihr eigener Enkel vollkommen egal ist?

»Hi, Grandma«, sagt dieser gerade und beugt sich zu ihr, um sie auf die Wange zu küssen.

Sie lässt es geschehen, kommt aber nicht umhin, sich zu fragen, ob es für ihn ebenso ein Anstandsbesuch ist wie für sie selbst. Ist das nicht schrecklich? Zu denken, dass man es lieber schon hinter sich hätte?

»Grandma, das ist Mara«, stellt er ihr eine schöne junge Frau vor.

Sie reicht ihr die Hand. »Sehr erfreut. In welchem Verhältnis steht ihr zueinander?«

Mike verdreht die Augen.

»Das habe ich genau gesehen, Michael Tate«, schalt sie ihn.

Mara muss grinsen. Niemand würde je so mit dem bärenstarken Mike reden. Das kann nur seine Oma, eine winzig kleine Person, fertigbringen.

»Wir sind Freunde«, erklärt sie und fügt dann hinzu: »Ich freue mich, Sie kennenzulernen.«

Eleanor Tate winkt ab. »Ich mag zwar alt sein, aber nicht senil. Ich reagiere nicht positiv darauf, wenn jemand versucht, mir Zucker in den Hintern zu blasen.«

Mara lacht leise. »Ich werde mich auf jeden Fall bemühen, Ihrem Hintern nicht mehr zu nahe zu kommen.«

Eleanor muss widerwillig schmunzeln. Das Mädel hat Schneid, das muss man ihr lassen. »Ich weiß nicht, was du für einen Grund hast, solche Worte in den Mund zu nehmen. Du bist ja noch grün hinter den Ohren. Darfst du überhaupt schon Alkohol trinken?«

»Seit gestern«, sagt sie da frech.

»Dann ist ja gut. Wir trinken also Sherry zum Kuchen.«

Der Kellner bringt das Gewünschte und ebenso den Kuchenwagen. Mara wählt ein Stück Schokotorte, während Eleanor Zeit ihres Lebens eine Schwäche für *New York Cheesecake* hatte, was der eigentliche Grund ist, warum sie einmal im Jahr die Reise auf sich nimmt. Das würde sie aber niemals jemanden mitteilen. Nicht einmal unter Androhung von schlimmster Folter.

»Nimmst du nichts?«, fragt sie Mike.

»Nein, ich bin nicht so für Süßes«, antwortet dieser.

Sie schnaubt. »Menschen, die keine Schokolade mögen, waren mir immer suspekt. Was stimmt mit ihnen nicht?«

Mara schüttelt den Kopf. »Ich hab keine Ahnung, aber ihnen muss auf jeden Fall etwas Schlimmes in der Kindheit widerfahren sein.« Sie schafft es, dabei fast ganz ernst zu bleiben. Mike sieht den zuckenden Mundwinkel, aber seine Oma ist da ignorant. Sie sieht nur, was sie sehen will.

»Wie war das mit dem Zucker?«, fragt sie nach.

»Wir reden über Schokolade«, meint Mara ungerührt, »da ist jede Menge Zucker drin.«

Und dann sieht Mike etwas, was er für unmöglich gehalten hat. Seine Grandma lächelt. Nicht stark, aber der dünne Mund ist in einer kleinen Aufwärtsbewegung gefangen. Für genau eine Sekunde, dann ist er wieder in seiner mürrischen Ausgangsposition.

»Wann hat die Jugend eigentlich aufgehört, Respekt vor dem Alter zu haben?«

»Seit alte Leute vergessen haben, was Manieren sind«, gibt Mara zurück.

Eleanor zieht eine Augenbraue hoch. »Ach? Mir scheint, es sind die jungen Menschen, die keinerlei Ahnung von Anstand und Sitte haben.«

Mara zuckt mit den Schultern. »Die einen sagen so, die anderen so.«

»Grandma, vielleicht ...«

»Papperlapapp«, wird er unterbrochen. »Trink du deinen Kaffee und sei still.«

Es ist ihm gar nicht recht, dass er vor seiner Freundin so abgekanzelt wird, aber um es nicht noch schlimmer zu machen, beschließt er die Klappe zu halten.

»Sie haben so eben mein Argument bekräftigt«, sagt Mara da. Er schaut sie überrascht an.

»Wie bitte?«

Mara lehnt sich zurück und schaut seiner Oma in die Augen. »Mein Argument, dass alte Menschen keine Manieren haben. Sie haben es soeben bestätigt. Nicht nur, dass Sie Mike rüde unterbrochen haben, nein, Sie haben ihn auch regelrecht abgekanzelt. Beides zeugt nicht von guter Kinderstube.«

Mike schaut sie bewundernd an. So hat noch niemand mit seiner Oma gesprochen. Wie ist Piper nur auf die Idee gekommen, dass sie eine unterwürfige Person ist? Das fragt er sich einmal mehr. Ganz im Gegenteil. Sie ist stark und mutig und tritt für die Menschen ein, die sie liebt. Moment, die sie liebt? Ein zufriedenes Lächeln stiehlt sich auf sein Gesicht.

»Erlaube mal, was denkst du dir denn?«, zischt Eleanor. »Du hast ebenfalls keine Manieren, wenn du so mit mir redest.«

»Anders als Sie habe ich auch nie behauptet, welche zu haben«, sagt Mara darauf.

Mike lehnt sich gemütlich in seinem Stuhl zurück und verschränkt die Arme vor der Brust. Das könnte ein spannender Nachmittag werden.

»Das ist aber ein sehr schwaches Argument, Kindchen. Ich hätte mehr von dir erwartet.«

»Okay, wie wäre es damit? Wenn eine Person, die mir sehr wichtig ist, falsch behandelt wird, dann bin ich bei der Wahl meiner Waffen nicht wählerisch. Manieren hin oder her.«

Eleanor schaut sie ruhig an. »Und Mike ist dir wichtig?«

Sie nickt ebenso ruhig. »Das ist er.«

Seine Grandma schaut ihn prüfend an. »Was findest du denn an ihm? Um ehrlich zu sein, ich habe mich nie viel mit ihm beschäftigt.«

»Das ist Ihr Verlust. Aber ganz ehrlich, Mrs. Tate, so wie Sie aussehen, können Sie es sich doch leisten, falls er noch eine Perücke in Brand stecken sollte.«

Mike zieht hart die Luft ein. Sie hat doch nicht ...?

Einen Augenblick ist alles still, alles ruhig, nichts bewegt sich. Es ist, als wäre eine gespenstische Ruhe über dem Land eingekehrt. Und dann ... Donner. Aber nein, kein Donner. Lachen. Irritiert schaut Mike in die Richtung und sieht, dass es seine Grandma ist, die da so schallend lacht. Er schüttelt den Kopf, versucht ihn freizubekommen. Seine Grandma kann lachen?

Mara grinst. »Ich hätte zu gern gesehen, wie die Perücke in Flammen aufgeht.«

Eleanor streicht sich eine Träne von der Wange. »Das war ein Anblick für die Götter. Alle fünf Kinder standen um diesen Fetzen und starrten ihn ehrfürchtig wie einen Götzen an. Und als sie mich dann hinter dem Fenster sahen, ihre Gesichter ... Herrlich. Einfach herrlich.«

»Und warum waren Sie dann so sauer, wenn es so witzig war?«, fragt Mara.

»Der Witz ist erst Jahre später bei mir angekommen. Aber seitdem ziehe ich diese kleine Erinnerung immer dann hervor, wenn ich ein wenig Freude in meinem Leben brauche.«

Mike ist verwundert über diese Entwicklung, über dieses Geständnis. Das hätte er nie im Leben gedacht, erwartet oder sonst was. Wow. So kann man sich in einer Person täuschen.

»Warum haben Sie ihnen dann nie vergeben?«, bohrt Mara nach.

Eleanor streicht die Serviette auf ihrem Schoß glatt. »Ach, Kindchen ... Kurz nach diesem Erlebnis starb mein Stuart und mein Herz mit ihm. Ich hatte nicht mehr die Kraft, jemanden in mein Herz zu lassen. Mich noch einmal verwundbar zu machen, noch einmal einen Menschen zu verlieren, den ich liebe.«

Mike lehnt sich nach vorn. Seine bärbeißige Großmutter sitzt klein und zerbrechlich in ihrem Stuhl. Er legt ihr zögerlich die Hand auf den Arm.

»Wieso lieben Sie dann Drew, aber die anderen nicht?«, fragt Mara nach. Mike wünscht sich, sie hätte nicht gefragt, obwohl er nichts mehr wissen will als diese Antwort.

»Weil ... weil er meinem Stuart von allen am ähnlichsten sieht, auch wenn er nicht dieselben Augen hat. Ich habe nie die Kraft gefunden, ihn auszusperren.«

»Oh, Grandma«, murmelt Mike bewegt. »Das tut mir so leid.«

Sie legt ihre Hand sanft auf seine, als würde sie überprüfen, ob sie überhaupt das Recht dazu hat nach ihrem abweisenden Verhalten der letzten Jahre. »Mir tut es leid, Mike.«

Er steht auf und nimmt sie in den Arm. Als wäre das der lang ersehnte Regen in der Wüste, schmilzt sie beinahe in seinen Armen. Sie klammert sich an ihm fest, schluchzt leise, zittert in seiner Umarmung.

Mara ist ganz leise, will diesen Moment nicht stören, spürt, dass die beiden ihn brauchen. Sie nimmt ihre Tasche und entfernt sich auf Zehenspitzen, was Mike nicht mitbekommt.

»Kannst du mir verzeihen, mein Junge?«, fragt Eleanor mit belegter Stimme.

»Natürlich, Grandma! Auch, wenn du ein Scheusal warst, hab ich dich lieb.«

Sie streichelt sanft über seine Wange. »Du bist ein guter Junge.«

Mike lächelt, als er sich wieder neben sie setzt. »Du bist die Einzige, die denkt, ich wäre ein Junge.«

Sie lacht. »Spar dir das für die Ladys auf.«

Mike grinst und bemerkt erst jetzt, dass Mara nicht da ist. »Scheint, als wäre meine Lady verschwunden.«

»Dann nichts wie hinterher. Worauf wartest du?«

»Kann ich dich allein lassen?«, fragt er unsicher.

»Natürlich, mein Junge. Ich bestelle mir einfach noch ein Stück Käsekuchen. Ich habe eine Schwäche für diesen.«

Mike legt seine Hand auf ihre Schulter. »Vielleicht kommst du in diesem Jahr nach Boston zu einem Familientreffen?«

Sie nickt. »Das würde ich sehr gern, wenn das okay für alle ist.«

»Aber nicht, dass du dich plötzlich in all deine Enkelkinder verliebst.«

Sie lächelt wehmütig. »Ich befürchte, genau das wird geschehen, wenn ich mein Herz nicht mehr verschlossen habe.«

Mike drückt ihr einen kleinen Kuss auf die Wange und eilt dann hinaus. Er zieht sein Handy aus der Tasche und ruft Mara an. Er wird sofort zum Anrufbeantworter umgeleitet. Das passiert ständig und trotzdem hat er ein komisches Gefühl.

KAPITEL SECHZEHN

Ich sitze im Flugzeug nach Jackson, Mississippi, und nage an meinen Fingernägeln. Nachdem ich aus dem *Four Seasons* rausgegangen war, habe ich einen Anruf von meiner Mutter erhalten, dass Stacey im Krankenhaus ist, weil irgendwas nicht mit ihren Babys stimmt. Mein Herz hat einen Schlag ausgesetzt, dann zwei, dann drei. Es fing wieder an zu schlagen, aber Schmerz breitete sich in meiner Brust aus, als ich erfuhr, dass meine beiden kleinen Neffen vielleicht nicht überleben würden.

Ich rief Chrissa an und bat sie, mir einen Flug zu buchen, was sie sofort tat. Danach war mein Akku leer, wie eigentlich immer, wenn ich mein Handy mal wirklich brauche. Ich fuhr sofort zum Flughafen. Chrissa konnte mir einen Flug über Atlanta buchen, der eine halbe Stunde, nachdem ich in Newark angekommen war, startete. Gerade rechtzeitig, aber ganz ehrlich, ich hätte es auch keine Sekunde länger am Boden ausgehalten. Lieber sofort in der Luft sein, auch wenn es dann ein paar Stunden länger dauert. Nichtstun liegt mir nicht. Verdammt zur Untätigkeit hätte ich mich nur selber verrückt gemacht, verrückter als ich schon bin, meine ich.

Und jetzt sitze ich im zweiten Flieger nach Jackson. Ich hoffe, dass alles okay ist. Mit Stacey und ihren Babys. Gott, wenn ihnen was passiert ... Meine Gedanken wandern immer und immer wieder zu diesem *Worst Case Scenario.* Ich schaffe es einfach nicht, etwas anderes zu denken. Ich will hoffen, will nur an das Gute denken, aber alles dreht sich um den Supergau. Ich glaube nicht, dass es unsere Familie überleben kann, wenn wir die beiden verlieren. Oder Stacey. Sie sind alle total verliebt in die ganze Kinderschar. Gott, meine Eltern würden es nicht verkraften.

Ich vergrabe mein Gesicht in den Händen. *Bitte, Gott, lass es ihnen gutgehen.* Zum ersten Mal seit gefühlten hundert Jahren wende ich mich an einen Gott, an den ich nicht glaube. Ich glaube nicht an ihn, weil seine Kirche mir sagt, dass ich nicht richtig bin, dass etwas an mir nicht richtig ist. Sie will mir vorschreiben, wie ich zu leben habe, wen ich zu lieben habe. Doch das geht niemanden etwas an.

Nichtsdestotrotz erfordert diese Situation drastische Maßnahmen und so bete ich. *Ich weiß, es ist ein Schock, dass ich mich nach so vielen Jahren wieder an dich wende, aber bitte, bitte, lieber Gott, lass meine Schwester und ihre Babys am Leben.* Wie ein Mantra wiederhole ich den letzten Teil.

Als wir landen, nehme ich ein Taxi zum nur sechs Meilen entfernten Krankenhaus in Jackson. Aus welchem Grund auch immer war Stacey in der Stadt, als die Schmerzen einsetzten.

Gott, bitte lass es ihr gutgehen. Ich weiß nicht, was ich ohne sie machen würde. Ja, wir sind nicht ganz so eng wie Carrie und ich, aber ich liebe sie mehr als alles und kann mir nicht vorstellen, meine besonnene, gute Schwester nicht an meiner Seite zu haben.

Mit zitternden Händen zerre ich Geld aus meiner Tasche und renne dann in das Krankenhaus. *Bitte, bitte.* Ich frage am Empfang nach und werde in den Warteraum geschickt. Ich reiße die Tür auf und sehe meine Eltern wie zusammengesunkene Häufchen Elend da sitzen. *Nein, nein, nein.* Meine Knie geben nach und ich sacke an der Tür zusammen.

Mein Dad blickt auf und ist mit wenigen Schritten bei mir. »Alles okay, Cookie? Ich habe dich. Ich habe dich«, murmelt er in mein Ohr, während er mich in seine Arme schließt.

»Stacey ...«, sage ich leise und Tränen füllen meine Augen. Ein Kloß bildet sich in meinem Hals und ich kann nicht mehr atmen. *Bitte nicht, bitte nicht.* Aber ihre ganze Haltung verrät mir, dass es keine guten Nachrichten gibt.

»Stacey geht es den Umständen entsprechend gut, Cookie. Sie lebt.«

Sie lebt? Ich kralle mich an seinem Hemd fest. »Und die Babys?«

Er schaut mich traurig an. *NEIN! NEIN! NEIN!* Immer wieder ertönt dieser Schrei in meinem Kopf. »Sie mussten sie holen, Cookie.«

Holen? Aber ... aber ... Stacey ist erst in der achtundzwanzigsten Woche! O Gott!

»Sie leben beide, Cookie. Sie sind im Brutkasten, aber sie leben. Die Ärzte sagen, die Chancen stehen nicht schlecht, aber bei Frühchen weiß man nie.«

»Was heißt eine gute Chance?«, krächze ich.

Er streicht mir die Tränen von den Wangen. »Sie sind beide schon über tausend Gramm schwer, das hilft. Aber die Ärzte können die Spätfolgen nicht genau benennen. So kleine Babys können die Entwicklung meist nicht mehr aufholen und leiden ihr ganzes Leben unter der Frühgeburt.«

Nein, nein, nein. Er hilft mir auf und bringt mich zu meiner Mutter, die mich in die Arme schließt.

»Es tut mir so leid«, flüstere ich an ihrer Brust. Egal, wie erwachsen man ist, wenn die Mutter einen hält, wird man wieder zum kleinen Kind.

»Wir müssen nun einfach auf Gott vertrauen«, antwortet meine Mutter und ich kann nicht umhin, meine Augen zu verdrehen. Aber es ist okay. Meine Mutter vertraut auf Gott und ich auf das Können der Ärzte. Das ist okay so.

Als irgendwann Carrie ins Wartezimmer kommt, lächelt sie mich traurig an. Ich stehe auf und gehe auf meine Schwester zu. Wir schließen einander in die Arme.

Sie küsst mein Haar. »Willst du sie sehen?«

Ich nicke. »Kann ich?«

»Ich bring dich zu Staceys Zimmer und danach zur Neugeborenen-Intensivstation.« Sie greift nach meiner Hand und ich bin ihr sehr dankbar für den Kontakt.

Ich versuche mein Herz zu wappnen. Für den Anblick meiner Schwester im Krankenbett. Stacey war nie krank, sie war nur für die Geburten im Krankenhaus, sonst nie. Nicht mal eine Grippe hatte sie. Und jetzt ... jetzt so was Ernstes?

Ich zögere vor der Tür des Zimmers und Carrie schiebt mich quasi durch den Eingang. Ich schließe einen

Moment die Augen, hole tief Luft. Als ich sie öffne, schaut mich Stacey amüsiert an. Sie sieht blass und mitgenommen aus, aber nicht halbtot, wie ich dachte.

»Was wird das, wenn es fertig ist?«, fragt sie leise.

Ein lauter Schluchzer löst sich aus meiner Kehle und ich eile an ihr Bett. Ich umarme sie, lege meinen Kopf an ihre Schulter. Sie tätschelt sanft meinen Rücken.

»Alles okay, Kleines. Mir geht es gut.«

Ich hebe den Kopf, analysiere ihr Gesicht, schaue, ob sie mich auch ja nicht anlügt. Da sie immer noch lebendig wirkt, hat sie mir ja vielleicht doch die Wahrheit gesagt.

Ich greife nach ihrer Hand, streichel ihren Handrücken. »Ich bin fast verrückt geworden vor Sorge.«

Sie lächelt schwach. »Tut mir leid, Kleines.«

»Hör auf, dich zu entschuldigen.« Ich wische mir die Tränen ab.

»Danke, dass du sofort gekommen bist.«

»Bedanken sollst du dich auch nicht! Ich bin deine Schwester, natürlich komme ich, wenn es dir schlecht geht.«

Sie nickt leicht. Eine Träne läuft ihre Wange herunter. »Ich hab dich lieb, Mara.«

Ich umarme sie erneut. »Wir bekommen das hin, Stace. Es wird alles gut.«

Ich küsse sie auf die Wange. »Ich geh meine Neffen besuchen.«

»Die Ärzte haben sich geirrt.«

»Was soll das heißen?«, frage ich bang.

»Es sind beides Mädchen.«

Ich schaue sie an. »Mädchen?«, flüstere ich heiser.

Sie nickt, während sich ein süßes und gleichzeitiges trauriges Lächeln auf ihr Gesicht legt. »Bitte lass sie nicht allein.«

Ich nicke. »Auf keinen Fall. Ich bleib so lange hier, bis es euch allen drei wieder besser geht.«

»Danke, Kleines.« Sie schließt die Augen.

Ich umarme Derek kurz und eile hinter Carrie her. Angekommen muss ich einen Umhang überziehen, bevor ich zu den beiden darf. Die Schwester stellt mir einen Stuhl hin und ich sehe das erste Mal meine Nichten. Mir stockt der Atem, als ich die kleinen Wesen sehe, so winzig klein, so zerbrechlich. Schläuche kommen aus ihren Körpern, die mit Pflastern an ihrer so unglaublich durchscheinenden Haut befestigt sind. Ich traue mich gar nicht, sie anzufassen. Sie sind so klein.

Ich stecke zögerlich meine Finger durch die Öffnung. Ich halte den Atem an, als ich sie das erste Mal berühre.

»Keine Sorge, sie sehen zerbrechlicher aus, als sie sind. Und Körperkontakt tut ihnen gut. Reden Sie mit Ihnen, streicheln Sie sie, seien Sie da«, sagt die Schwester aufmunternd.

Ich nicke und werde mutiger. Sanft fahre ich mit den Fingern ihre Ärmchen entlang. Sie liegen gemeinsam in einem Zwillingsinkubator. Irgendwie beruhigt mich dieser Gedanke. Sie sind nicht allein, haben einander, brauchen keine Angst haben.

Ich ziehe mir den Stuhl näher ran und lege meine Hände auf ihre kleinen Körper.

»Ich bin Mara, eure etwas verrückte Tante. Fragt eure Mom, sie wird es euch bestätigen, dass ich ein kleines bisschen durchgeknallt bin. Aber hey, so eine Tante braucht man auch im Leben, nicht? Ich werd euch immer

Süßigkeiten besorgen. Schließlich macht Schokolade glücklich und ihr sollt glücklich sein. Ich werde euch heimlich euer erstes Bier spendieren. Ihr wisst es jetzt noch nicht, aber irgendwann werdet ihr mir sehr dankbar für dieses Versprechen sein. Ich geh mit euch Achterbahn fahren. Ich will ja nichts Schlechtes über euren Daddy sagen, aber er schreit wie ein Mädchen.«

Ich lege meine Fingerspitze in die winzigen Handflächen. Sie zucken mit den Fingern, greifen aber nicht richtig zu. Ich meine mich zu erinnern, dass ich irgendwann mal gehört oder gelesen habe, dass bei Frühchen die Reflexe noch nicht vollständig ausgebildet sind. Ebenso wie vieles andere auch nicht.

»Und ich geh mit euch Eis essen und Rollschuhlaufen – ich verspreche, es vorher noch zu lernen – und wir machen Pyjamapartys. Ich zeig euch, wie man Fahrrad fährt und einen Football fängt. Vielleicht lassen wir letzteres lieber euren Daddy machen. Er mag zwar keine Achterbahnen, dafür war er ein Footballstar während der Highschoolzeit.«

»Wie schön, dass du das auch mal anerkennst«, kommt Dereks amüsierte Stimme. »Über das Bier reden wir noch.« Er küsst mich auf die Wange und setzt sich dann auf die andere Seite des Brutkastens. Er streichelt sanft über die Köpfchen.

»Habt ihr eigentlich schon Namen?«, frage ich.

»Mia und Tara.«

Ich schlucke.

Er greift nach meiner Hand. »Und wir wollten dich fragen, ob du Patentante wirst.«

Ich schlucke erneut und Tränen treten in meine Augen. »Wirklich?«

»Wirklich.«

»Aber …«

Er schüttelt den Kopf. »Das ist uns egal.«

»Aber deine Eltern …«

»Egal, Mara.«

Seit ich sechs Jahre alt bin, ist Derek wie mein großer Bruder. Er hat Stacey in der Grundschule kennengelernt und hat mich immer beschützt. Immer. Auch als herauskam, dass ich auf Mädchen stehe. Auch als seine Eltern sagten, er dürfe mit einer Familie, die so unnatürliche Kreaturen umfasst, keinen Kontakt haben. In einer Sache haben sie sich durchgesetzt. Ich bin von keiner meiner Nichten und Neffen die Patentante geworden. Nicht auf Staceys Seite und auch nicht auf Carries Seite, denn da gab es ein ähnliches Problem. Immerhin sind wir hier im Süden, *y'all.*

Dass er mir nun sagt, dass er sich gegen seine Eltern stellen will, macht mir das Herz schwer. Das ist ein solcher Liebesbeweis, dass ich kaum weiß, wie ich reagieren soll.

»Es macht mir nichts aus, dass ich nur die Tante bin«, sage ich, aber es hat mir immer wehgetan.

»Es tut mir leid, Kleines, dass ich das nicht schon früher getan habe«, sagt er leise und ich lese in seinen Augen, dass er aufrichtig ist. Es tut ihm wirklich leid.

»Schon gut, D, ich versteh das.« Ich hab es aber eigentlich nie so ganz verstanden.

»Mara, du bist eine tolle Frau, egal, wen du liebst. Es tut mir leid, dass ich dir in dieser Sache nicht beigestanden habe.«

Ich zucke mit den Schultern. »Naja, dafür hast du all die bösen Jungs verprügelt, die mich schief angesehen haben.«

»Und das mache ich auch heute noch«, grinst er.

»Oh, nein, das lässt du. Heute fechte ich meine eigenen Kämpfe aus.«

»Es schadet ja nicht, einen Back-up-Plan zu haben«, meint er.

Stacey und Derek wollen natürlich so viel Zeit wie möglich mit ihren Mädchen verbringen, aber Derek muss arbeiten, Stacey ist nach dem Kaiserschnitt ans Bett gefesselt. Darüber hinaus haben sie ja auch noch zwei andere Kinder, die ebenfalls Aufmerksamkeit verlangen. Sie sind froh, dass ich da bin und ihnen helfen kann. Und ich bin froh, dass sie mir zeigen, dass sie mich im Leben ihrer Kinder wollen.

Vielleicht bin ich auch die Einzige, die Zeit hat. Unsere Eltern kümmern sich die meiste Zeit um ihre anderen Enkel, Carrie hat genug mit ihren eigenen Kindern zu tun. Da bleibt nur die arbeitslose Mara ... Oder rede ich mir das ein? Vielleicht wollen sie mich wirklich dabei haben, irgendwie gut machen, was sie versäumt haben? Ich weiß, dass sie beide mich lieben, aber es tut weh, so lange keine Unterstützung gehabt zu haben. Ist es da nicht verständlich, dass ich ein bisschen vorsichtig bin?

Ich fahre mit Moms Oldtimer, den ich abgöttisch liebe, aus dem Krankenhaus zu meinen Eltern. Nach Hause. Auch nach sieben Jahren, die ich in New York verbracht habe, fühlt es sich wie Zuhause an, wie ein zweites Zuhause.

Ich öffne die Tür. »Mom? Dad?«

»Im Wohnzimmer, Schatz«, kommt die freundliche Stimme meiner Mom.

Ich folge ihr und bleibe abrupt in der Tür stehen. Auf der Couch sitzt Mike.

»Was machst du denn hier?«, frage ich verwundert, vielleicht ein bisschen schroffer als beabsichtigt.

Mike lässt sich davon nicht beeindrucken, kommt zu mir und schließt mich in die Arme. Ich zittere leicht, lasse mich in die Sicherheit seiner Umarmung fallen. Tränen drohen überzulaufen.

»Ich hab gedacht, du brauchst mich vielleicht«, murmelt er leise in mein Ohr, so dass nur ich ihn hören kann.

Mein Herz pocht schneller. Das ist das Netteste, was je jemand für mich getan hat. Unwillkürlich vergleiche ich ihn mit Piper. Sie wäre niemals zu mir gekommen. Sie hasst Mississippi. Und Mike ... Er hat sich einfach in den Flieger gesetzt und ist zu mir gekommen, weil er dachte, dass ich ihn brauche.

Ich schließe meine Arme um ihn, halte mich an ihm fest, während ich still weine. So hatte ich mir immer einen Partner – naja, eigentlich eine Partnerin – vorgestellt. Jemand, der für mich da ist, der mir den Rücken stärkt, der mich bestärkt, der stark ist, wenn ich schwach bin. Und der all das tut, ohne, dass ich darum bitten muss. Ganz allein, weil er es tun will.

Ich bin so überwältigt von dieser Geste, die ja eigentlich total normal sein sollte, dass ich nicht anders kann, als in seinen Armen zu zerfallen. Und er ist da, hält mich zusammen, sorgt dafür, dass die Einzelteile wieder zu einem Ganzen zusammengesetzt werden.

Meine Eltern, Carrie und Bob stehen und sitzen überfordert um uns herum, während Mike mich einfach nur hält. Sein Duft hüllt mich ein, seine Arme umfangen mich, seine Stärke schenkt mir Geborgenheit.

»Alles ist gut, Baby«, murmelt er leise in mein Ohr. »Ich bin hier. Ich hab dich und lass dich nicht los.«

Ich nicke leicht, nach einer gefühlten Ewigkeit hört das Zittern auf und ich schaffe es, mich zusammenzureißen. Ich löse mich von ihm, schaue in seine Augen. Und sehe so viel Liebe in ihnen, dass ich spüre, wie mein Herz anfängt zu flattern. Leicht nur wie der Schlag eines Schmetterlings, wie ein Wimpernschlag, aber spürbar.

Dad räuspert sich. »Alles okay, Cookie?«

Ich nicke. »Alles okay. Ihr habt Mike schon kennengelernt?«

Meine Mutter nickt. »Ja, Schätzchen, aber du musst verstehen, das kommt ziemlich überraschend.«

»Was?«

»Das war das erste Mal, dass ein Mann vor der Tür stand und nach dir gefragt hat.«

»Mike ist ...« Ich breche ab. Was ist er? Was ist er für mich? Ich schaue ihn hilfesuchend an.

»Ich bin ein Freund«, sagt er sofort.

»Ein Freund?«, fragt Carrie neugierig.

Ich nicke. »Ja, ein Freund.«

»Hmmh. Also, meine Freunde reisen nicht von New York nach Mississippi, wenn meine Schwester ein Baby bekommt«, meint Carrie.

»Dann solltest du dir vielleicht bessere Freunde suchen«, gebe ich schnippisch zurück.

Ich schaue zu Mike hoch. »Kann ich kurz mit dir reden?«

Er nickt. Ich greife nach seiner Hand und ziehe ihn hinter mir her die Treppe hinauf in mein Zimmer. Ich schließe die Tür hinter uns und falle praktisch in seine Arme.

»Danke, danke, danke«, murmel ich, während sich meine Finger in seine Schultern drücken.

»Fuck, Baby, ich würde alles für dich tun«, murmelt er gegen mein Haar.

Ich nicke nur und klammere mich an ihn. Irgendwann löst er sich leicht, hebt mein Gesicht an und drückt seine Lippen auf meine. Wohlig seufzend öffne ich meinen Mund und genieße seine sanfte Zunge, die mit meiner spielt.

Mikes Hand wandert an meinen Hintern, er zieht mich enger an sich. Ich fahre durch seine kurzgeschnittenen Haare. Ich schmiege mich an ihn, will ganz und gar von ihm umhüllt sein.

»Baby ...«, flüstert er in einer kleinen Kusspause. Ich lasse meinen Kopf in den Nacken fallen und er nimmt die Einladung an, meinen Hals zu küssen. Er drückt seine Lippen gegen meine Haut, leckt sanft mit der Zunge über meinen Pulspunkt. Sein Mund wandert zu meinem Ohr, knabbert an meinem Ohrläppchen, riecht an der zarten Haut darunter, fährt mit seiner Nase an meinem Hals entlang.

Ich stöhne leise. Es ist immer so gut, was er mit mir macht. Irgendwie hoffe ich, dass er niemals damit aufhören wird. Ist das komisch?

»Mike ...«

»Ja, Baby?«

»Danke, wirklich.« Ich löse mich, geh ein bisschen auf Abstand, um ihm in die Augen schauen zu können. »Du weißt nicht, was das für mich bedeutet.«

Er streichelt meine Wange, bevor er mich zärtlich küsst. »Es macht mich traurig, dass du denkst, dass es eine so große Sache ist. Das ist es nicht. Das sollte es zumindest nicht sein. Es sollte vollkommen normal sein, dass der Mensch, der dich liebt, dir beisteht.«

Mir läuft eine Träne aus dem Augenwinkel. »Ich weiß«, flüstere ich.

Er schlingt seine Arme wieder um mich, bettet meinen Kopf auf seine Brust. »Nicht weinen. Es tut mir so leid.«

Ich schüttel den Kopf. »Nein, es ist nur ... Ich dachte immer, dass meine Beziehung zu Piper perfekt ist. Irgendwie hab ich nie realisiert, was alles fehlte.«

Mike schaut sie einen Moment an, debattiert mit sich, ob er die Frage stellen soll oder nicht. Aber dann denkt er, *scheiß drauf. Tu es einfach.* »Ich hatte dich ja schon mal gefragt, ob du überhaupt damit einverstanden bist, dass Piper mit Männern schläft. Wieso hast du dich darauf eingelassen? Es ist ganz klar, dass du es nie wolltest.«

Er kann sehen, dass sie mit dieser Frage nicht gerechnet hat. Sie leckt ihre Lippen und es kostet ihn Überwindung, nicht selbst an ihnen zu lecken.

»Ich weiß nicht. Ich war so verknallt in Piper. Ich wollte sie so unbedingt und sie hat eben gesagt, dass das ihre Bedingung ist. Dass sie Sex mit Männern mag und sie ihn manchmal braucht.« Sie schaut ihn ein wenig verlegen an. »Ich mochte sie halt.«

Er nickt. »Mara ...«

»Verurteil mich nicht«, bittet sie mit bebender Unterlippe.

»Baby, das würd ich nie.« Er legt seine Hände an ihre Wangen. »Ich wollte dir nur sagen, dass du dich nicht mit irgendwelchen Krümeln zufriedengeben sollst. Du bist eine wunderbare Frau und die Frau, die dich irgendwann einmal bekommt, kann froh sein und sollte dir besser die ganze Welt zu Füßen legen. Gib dich nicht mit irgendwelchen Kompromissen zufrieden, wenn du doch alles haben könntest.«

Er sieht ihr in die Augen und fragt sich, was er da sieht. Ist sie betrübt? Sie beißt sich auf die Lippe, wie immer, wenn sie unsicher ist.

»Was, Baby?«

Sie schüttelt den Kopf und schaut auf den Boden.

»Mara, schau mich an und sag mir, was ich Falsches gesagt habe.«

Sie schaut wieder zu ihm. »Die Frau, die mich bekommt?«

Er schaut sie verwundert an. »Du willst doch nicht dein ganzes Leben allein sein?«

Sie schüttelt den Kopf. Er fragt sich, was er gerade verpasst. Was will sie ihm sagen?

»Aber ...« Sie kaut auf ihrer Wange, atmet tief ein und fragt dann: »Willst du mich nicht mehr?«

Meint sie ...? »Mara, was soll das heißen?«

Sei schaut weg und er dirigiert ihr Gesicht wieder so, dass sie ihm in die Augen schaut. »Was soll das heißen, Mara?«

Es ist ihr unangenehm, er sieht es ganz genau. »Es flattert in mir.«

»Was flattert? Bist du krank?«, fragt er irritiert.

Sie grinst leicht und schüttelt den Kopf. »Schmetterlinge.«

Erzählt sie ihm gerade tatsächlich, dass sie sich in ihn verliebt? »Schmetterlinge?«

Sie nickt. »Immer dann, wenn ich an dich denke.«

»Heißt das ...?«

Sie nickt. »Aber ich brauche noch Zeit, Mike.«

»Du hast alle Zeit der Welt, Baby.« Er zieht sie fest an sich. Sie verliebt sich in ihn! Er fühlt sich in diesem Moment riesengroß und bärenstark. So hat er sich noch nie in seinem Leben gefühlt. Er ist überwältigt von ihrem Geständnis, von ihren Gefühlen. Er vergräbt sein Gesicht in ihren Haaren. Sie wird ihm gehören ... Es ist eindeutig an der Zeit, den Einsatz zu erhöhen.

Mike kommt mit ins Krankenhaus, ist an meiner Seite. Meine Familie mag ihn. Ach, eigentlich ist das untertrieben. Meine Familie liebt ihn abgöttisch. Er ist nett, nimmt sich Zeit für sie, redet mit ihnen. Und er mag sie auch.

Es entwickeln sich komische Gefühle in mir. Wenn ich ihn mit meinen Nichten und Neffen sehe, dann spüre ich es in mir ziehen. Ich bin fünfundzwanzig. Das kann nicht die biologische Uhr sein. Oder?

Und doch frage ich ihn, als ich ihn am Sonntag zum Flughafen fahre: »Willst du Kinder?«

Er schaut mich überrascht an. »Bisher wollte ich nie welche.«

Ich nicke. »Und jetzt?«

Er grinst mich an. »Fragst du mich gerade, ob ich Kinder mit dir will?«

Ein bisschen verlegen schüttel ich den Kopf. »Nein, generell.«

Er lacht und um seine Augen bilden sich die wunderschönen Lachfältchen. »Generell will ich keine Kinder. Die Idee, dass du von mir schwanger bist, ist dagegen schon toll.«

Ein warmes Gefühl durchflutet mich. Mike will Kinder mit mir.

Am Flughafen angekommen, umarmt er mich fest, küsst mich und murmelt in mein Ohr: »Ich vermisse dich jetzt schon, Baby.«

»Ich dich auch.« Ich schaue ihn an. »Du weißt, dass ich erst mal hier bleibe, nicht?«

Er nickt. »Und das ist auch genau richtig so. Stacey und Derek brauchen dich.«

Ich nicke. »Ja, meine Familie braucht mich.«

Er lächelt. »Derek hat übrigens die Rede gehalten.«

»Die Rede?«

Er grinst. »Ja, wenn ich dir das Herz breche, wird er mir so wehtun, dass ich mein Leben nicht mehr genießen kann.«

»O mein Gott«, flüstere ich peinlich berührt.

Er lacht. »Keine Sorge. Das war irgendwie süß.«

»Derek hat sich schon immer wie mein großer Bruder aufgeführt«, erkläre ich. »Was früher auch gut war, denn als lesbisches Mädchen im Süden hat man es nicht leicht.«

Er streichelt sanft mein Gesicht. »Ich bin froh, dass du einen Beschützer hattest.«

»Ich werd dich vermissen«, sage ich, weil es die Wahrheit ist.

»Ich dich auch, Baby.«

Er küsst mich noch einmal, bevor er zu seinem Gate muss. Ja, ich werde ihn sehr vermissen.

KAPITEL SIEBZEHN

»Mara, Kleines, ich wüsste nicht, was ich ohne dich machen würde«, sagt Stacey und umarmt mich.

Ich drücke sie. »Ich bin deine Schwester. Das ist selbstverständlich.«

Sie schüttelt den Kopf. »Nein, Cookie. Das ist nicht selbstverständlich. Schon gar nicht, nachdem wir dich im Stich gelassen haben.«

Ich schüttel den Kopf. »Nein, Stace, nein.«

Sie legt mir die Hand an die Wange. »Doch. Es stimmt. Und ich schäme mich so furchtbar.«

»Ach, Stace ...«

»Du bist ein toller Mensch, Mara, deswegen versuchst du, mein schlechtes Gewissen zu beruhigen, aber ich fühle mich wirklich schrecklich. Du bist meine Schwester und ich habe irgendwelche Menschen, die gar nichts mit mir zu tun haben, diktieren lassen, wie mein Verhältnis zu dir sein muss.« Sie schluckt kurz und ich weiß nicht, was ich sagen soll. »Erst als ich kurz davor stand, alles zu verlieren, meine Babys, mein Leben, wurde mir klar, was wirklich wichtig ist.«

Ich ziehe sie in den Arm, halte sie fest. »Stace, zwischen uns ist alles okay. Ich liebe dich. Ich liebe Derek. Ich liebe Mia und Tara. Ihr seid meine Familie.«

»Tut mir leid, dass ich eine blöde große Schwester war«, murmelt sie unter Tränen.

»Hör auf. Du warst immer eine tolle große Schwester. Ich kann mir keine bessere vorstellen.«

In dem Moment klingelt es an der Haustür. Meine Mom öffnet die Tür und sagt freudig: »Oh, hallo, Mike!«

Stace schaut mich an und auf ihrem Gesicht erscheint ein breites Grinsen. »Mike?«

Ich zucke mit den Schultern. »Naja, er hat erwähnt, dass er zwischendurch mal vorbeikommt.«

Sie lacht. »Zwischendurch? Er war doch erst letztes Wochenende da!«

Ich werde rot. »Ja, und?«

»Oh, Mara ... Bist du in ihn verliebt?«

Ich zucke wieder mit den Schultern. »Ich glaub schon.«

»Damit hätte ich nie gerechnet ...«

Ich eile die Treppe hinunter und springe Mike in die Arme. Ich kann es nicht ändern. Ich liebe, dass er mich besucht. Ich liebe, dass er mir zeigt, wie viel ich ihm bedeute. Ich liebe, dass er meine Familie um den kleinen Finger gewickelt hat.

»Hey, Baby«, sagt er leise brummend in mein Ohr.

»Selber hey.«

»Ähm, Cookie, willst du Mike nicht erst mal reinkommen lassen?«, fragt meine Mutter amüsiert.

Er stellt mich auf den Boden und ich kann in seinen Augen sehen, wie sehr er sich über meine enthusiastische Begrüßung freut.

Ich nehme seine Hand und bringe ihn ins Wohnzimmer, wo er von Staceys Söhnen attackiert wird, die ganz begeistert von *Onkel Mike* sind.

»Ich bin getroffen«, lacht Mike, als er sich spielerisch zu Boden fallen lässt. Laut jubelnd stürzen sie sich auf ihn.

Ich kann nicht anders. Ich strahle. Es ist so schön zu sehen, dass meine Familie ihn mag, dass er meine Familie mag.

»Wir gehen heute zum Jahrmarkt«, jauchzen sie beide. »Kommst du mit?«

Mike wirft mir einen Blick zu und ich nicke. Ja, wir gehen zum Jahrmarkt. Schließlich müssen wir Mike in eine besondere Vorliebe meiner Familie einweihen. Rasenmäherrennen.

Als alle Kinder und Erwachsene angezogen sind – und es dauert Ewigkeiten! Wo ist mein Schnuffeltuch? Nein, nicht die Schuhe! Musst du noch mal zur Toilette? Nein. Mommy, ich muss mal! Kannst du mal kurz halten? Wo ist denn der Autoschlüssel? Also, das Hemd geht gar nicht zu der Hose. Er hat ... er hat ... er hat mich gehauen. Gar nicht wahr, blöde Petze. Rede so nicht mit deiner Cousine! Haben wir jetzt den Schlüssel stecken lassen? –, quetschen wir uns in die Autos. Als wir alle einen Platz haben, stehen noch zwei Kinder draußen.

Carrie seufzt. »Cookie, kannst du Moms Auto nehmen?«

Ich steige wieder aus und stupse Mike an, damit er mitkommt. Die beiden Kinder steigen ein und wir winken, während sie wegfahren.

»Wow«, meint er und wirkt total erledigt. »Ein echter Flohzirkus.«

»Du hast noch nicht erlebt, wie es ist, wenn wir alle zum See fahren«, gebe ich zurück.

Er zuckt mit den Schultern. »Kinder sind überbewertet.«

Ich lache, lege meine Hand um seine Hüfte und dirigiere ihn zur Garage. Ich öffne das Tor.

Mike bleibt fasziniert stehen. »Das ist das Auto deiner Mom?«

Ich grinse. »Das ist das Auto meiner Mom.«

»Wow.«

Ehrfürchtig umrundet Mike den türkisen 59er Chevrolet Impala. Beinahe zärtlich streicht er über die berühmten Heckflossen.

»Eine echte Augenweide.«

Ich lache. »Ja, sie ist schon ein Schmuckstück.«

»Du hast die coolste Mom der Welt«, sagt er grinsend.

Ich werfe ihm die Schlüssel zu. Er reißt die Augen auf. »Ich darf fahren?«

»Wenn du willst.«

Er kommt zu mir, zieht mich in die Arme, küsst mich auf den Mund. »Und ob ich will.«

Er öffnet mir die Fahrertür und ich rutsche auf der durchgehenden Sitzbank auf den Mittelplatz. Er steigt hinter mir ein und streichelt das Lenkrad.

»Gott, was für eine Schönheit«, murmelt er. Sein Arm legt sich um meine Schultern. Er grinst, als er sagt: »Durchgehende Sitzbänke sind klasse.«

Ich nicke und kuschel mich gegen ihn, während er langsam das Auto aus der Garage bewegt. Er grinst die ganze Zeit wie ein kleiner Junge, der zum ersten Mal einen Porno unter der Matratze versteckt.

»Beste Autofahrt aller Zeiten!«

Meine Hand liegt auf seinem Oberschenkel und mit der anderen halte ich seine Hand, die er um mich geschlungen hat. Ich kann ihm nur zustimmen.

»Wieso hat deine Mom so ein cooles Auto?«, fragt er.

»Das Auto hat ihrem Vater gehört. Es war sein größter Schatz. Er hat es ’59 neu gekauft und gehegt und gepflegt. Als wir klein waren, durften wir manchmal beim Waschen helfen und wir alle drei hatten keine größere Freude als diese. Als mein Gramps starb, hat meine Mom das Auto geerbt und es ebenso gepflegt. Da meine Eltern Carrie und Stace ein Auto gekauft haben, durfte ich den Impala zur Schule fahren, sobald ich meinen Führerschein hatte. Das war krass! Ich glaube, die anderen waren nur deswegen nicht so gemein, weil ich das coolste Auto der Schule hatte und sie hofften, dass ich sie mal fahren lasse.« Ich schaue ihn an. »Aber soll ich dir was sagen?« Er nickt. »Ich habe nie jemanden fahren lassen.«

»Bis heute.«

Ich kuschel mich enger an ihn. »Bis heute.«

Er küsst mich auf den Kopf. »Danke, Baby.«

Wie immer sorgt der Impala für Aufsehen, vor allem, da ihn jemand Fremdes fährt. Als wir parken, kommen ein paar Männer näher. Mike reicht mir die Hand zum Aussteigen. Ich lächel ihn an.

»Danke.«

»Hey, Cookie«, sagt einer der Umstehenden. »Hab mich schon gewundert, wer den Impala deiner Mom fährt.«

Ich schaue zu ihm. »Hallo, Mr. Peters.«

»Gut, dich mal wieder zu Hause zu sehen, Cookie.«

Ich greife nach Mikes Hand und wir laufen Hand in Hand zum Eingang.

»Deine Familie hat nicht gewartet«, stellt er fest, als er uns Tickets kauft.

»Weil sie wissen, dass sie leicht zu finden sind. Einfach dem größten Lärm folgen«, lache ich.

Er schlingt den Arm um meine Schultern, küsst mich auf den Kopf. »Na, dann lass uns deine Großfamilie finden.«

Wie nicht anders erwartet, ist es ganz einfach. Die Kinder fahren mit unzähligen Fahrgeschäften, spielen unzählige Spiele. Als sie hungrig werden, suchen wir uns einen Tisch in der riesigen Picknickecke. Derek, Bob, Dad und Mike gehen los, um Getränke zu besorgen. Aber meine Mom hat auch so einiges eingepackt. Dazu kommen noch meine Tanten und Onkel und Cousinen und Cousins, Dereks Familie, Bobs Familie ... Wirklich, wir könnten eine ganze Kleinstadt füllen. Alle sind sehr an Mike interessiert, alle sind sie sehr froh, dass ich endlich einen Mann habe und nicht mehr so tue, als stünde ich auf Frauen.

Ich lächel verbissen, lasse mir nichts anmerken, wünsche sie alle zum Teufel. Mikes Hand liegt auf meinem Oberschenkel, streichelt kleine Kreise. Ich weiß, dass er mich ansieht, aber ich kann nicht zu ihm sehen, weil ich sonst in Tränen ausbreche.

»Cookie, wird auch mal langsam Zeit, dass du einen Mann hast. Du willst ja nicht als alte Jungfer enden«, grölt einer der Brüder meiner Mom. Meine Mom versucht ihn dazu zu bringen, sich wieder hinzusetzen.

Mike steht auf und legt mir sanft die Hand auf die Schulter. »Okay, jetzt reicht's. Für euch mag es ja okay sein, solche Scherze zu machen, aber für mich nicht. Ich habe mir jetzt hier den halben Nachmittag anhören müssen, wie ihr die Frau, die ich liebe, für Dinge runterputzt, über die sie keinerlei Kontrolle hat. Sie kann ebenso wenig wie wir entscheiden, in wen sie sich verliebt. Wenn wir das könnten, solltest du, Harry, dich mal fragen, ob sich deine Frau willentlich in dich verliebt hätte.« Er wirft meinem Onkel einen harten Blick zu. »Statt sie zu beleidigen und niederzumachen, solltet ihr applaudieren, weil aus ihr trotz eurer unmenschlichen Sprüche eine so tolle Frau geworden ist. Sie ist ein lieber Mensch, daher hat sie euch wahrscheinlich noch nie gesagt, dass es das Letzte ist, was ihr macht. Ihre Familie sollte sie unterstützen, sollte immer nur das Beste für sie wollen, sollte ihr helfen. Stattdessen seid ihr es, die ihr einreden wollen, dass irgendwas an ihr nicht stimmt. An ihr stimmt alles, lieber solltet ihr euch fragen, ob mit euch alles in Ordnung ist.«

Er hält mir seine Hand hin. Mit Tränen in den Augen greife ich nach ihr und stehe auf.

»Lass uns gehen, Baby«, sagt er lächelnd und auch, wenn es nicht das Superlächeln ist, das mich auf der Stelle schmelzen lässt, ist es doch ein sehr liebevolles.

Ich nicke und folge ihm. Ich höre noch ein »Cookie, geh nicht« von meiner Mom, aber ich reagiere nicht.

»Sollen wir gehen?«, fragt er leise.

Ich schüttel den Kopf. »Nein, du musst doch noch sehen, wie sie mit Rasenmähern gegeneinander fahren«, sage ich leise.

Er zieht mich hinter ein Gebäude und schlingt die Arme um mich. »War das schon immer so?«

Ich nicke.

»Tut mir leid, Baby. Ich konnte das nicht ertragen.«

»Danke.«

Er umarmt mich fest, bis die letzten Tränen versiegt sind. Als ich aufschaue, streicht er mir die Feuchtigkeit von den Wangen, bevor er mich küsst.

»Danke, Mike. Wirklich.«

»Immer, Baby, immer. Du bist mein Mädchen.«

»Und du bist mein Junge?«, frage ich neckend.

Er grinst. »Dein Mann.«

»Wieso bist du ein Mann und ich ein Mädchen?«

»Weil ich älter bin als du«, scherzt er und küsst mich dann noch einmal.

Ich schaue auf seine Armbanduhr. »Wir müssen los. In dreißig Minuten geht das Spektakel los.«

Wir laufen in die Arena und suchen uns einen Platz. Bevor es losgeht, wird gemeinsam gebetet. Aber kein kleines Vaterunser, nein, Freestyle.

»Und, Herr, wenn dich jemand nicht in seinem Herzen trägt, sorge dafür, dass sein Leben miserabel ist, so dass er keine andere Chance hat, als zu dir zu finden. Amen.«

Mike schaut mich entgeistert an. »Das hat er doch nicht wirklich gesagt!«

»Oh, doch«, antworte ich. »Willkommen im Süden.«

Dann stehen alle auf, legen die Hand aufs Herz, drehen sich in die Richtung der Fahne und singen *Starspangled Banner*.

Dann geht es los. Zuerst kommen die Kinder mit ihren kleinen Fahrzeugen dran, dann die normalen Rasenmäher und dann die aufgemotzten. Mike sieht fasziniert zu und schüttelt immer wieder ungläubig den

Kopf. Ich halte seine Hand und kann es nicht ändern, ich schaue ihn die ganze Zeit an, weil es ein wahres Schauspiel ist. In der Pause holen wir uns frittierte Twinkies, bevor es dann mit den Stockcars weitergeht.

Auf einmal wird es richtig laut, als zwanzig Autos mit aufgebohrten Auspuffen gegeneinander fahren. Die kleine, mit Zementblöcken eingefasste Sandfläche erscheint nicht groß genug für so viele Autos. Aber sie ist es. Irgendwie. Mike schaut sich das Spektakel an. Ich stecke mir Papiertaschentücherstückchen in die Ohren, weil ich sonst taub werde. Er grinst und küsst mich auf die Wange.

Auf einmal kracht ein Auto so heftig in ein anderes, dass es dieses über die Absperrung stößt. Ein kollektives Raunen geht durch die Menge. Zum Glück fliegen keine Autoteile durch die Luft. Darauf muss man immer gefasst sein. Rumfliegende Reifen. Solche Rennen können tödlich enden, nicht nur für die Fahrer, auch für die Zuschauer. Daher sind Feuerwehr und Rettungswagen alle vor Ort, um sofort eingreifen zu können.

Als wir später zurück zum Impala laufen, kann es Mike immer noch nicht ganz fassen. »Ich hab ja schon davon gehört, aber wirklich geglaubt habe ich nicht, dass so etwas existiert.«

»Oh, doch«, grinse ich. »Glaub es nur, Stadtjunge.«

Er stößt leicht mit der Schulter gegen mich. »Nicht frech werden.«

Ich will zurückstoßen, aber er weicht aus. »Hey, nicht fair!«

»Komm schon, Baby«, grinst er und weicht erneut aus.

Ich kneife die Augen zusammen und renne ihm hinterher. Aber er ist zu schnell. Das klappt alles nicht so, wie ich mir das vorstelle. Wir beide lachen, und als er sich fangen lässt, schlinge ich meine Arme um seinen Hals. Er hebt mich hoch und wirbelt mich durch die Luft.

Meine Beine schließen sich um seine Hüften und er küsst mich sanft.

»Ich liebe dich, Baby«, sagt er leise, bevor er mich wieder auf die Beine stellt.

Ich wünschte, ich hätte den Mut ihm zu antworten ...

Als sie wieder am Haus ihrer Eltern ankommen, ist es schon spät. Mike fährt langsam in die Garage zurück, versucht so wenig Lärm wie möglich zu machen. Im Haus geht ein Licht an, als sie die Tür öffnen.

»Cookie?«, ruft ihre Mutter.

»Ja, Mom, wir sind es«, antwortet Mara.

Ihre Mom kommt zu ihnen und zieht Mara in die Arme. »Es tut mir so leid, Cookie.«

»Ist okay, Mom«, sagt sie und umarmt sie.

»Nein«, schüttelt sie vehement den Kopf, »es ist nicht okay. Es ist nicht okay. Dad und ich hätten das sofort unterbinden müssen, aber wir haben das immer nur als harmlose Scherze gesehen.«

Mara schluckt. »Naja.«

Plötzlich findet sich Mike ebenfalls in einer festen Umarmung wieder. »Danke, mein Junge, dass du mein Baby beschützt. Danke, dass du getan hast, was ich schon seit Jahren hätte tun sollen.«

Er nickt leicht beklommen. »Ich liebe sie.«

Maras Vater reicht ihm die Hand und bedankt sich ebenfalls. »Ich bin froh, dass sie dich hat.«

Mara schmiegt sich an ihn und er lächelt auf sie hinab. Ja, er würde immer alles für sie tun.

Langsam gehen sie die Treppe hinauf. Eigentlich ist er im Gästezimmer untergebracht, aber er folgt ihr in ihr Zimmer. Er spürt, dass sie ihn nach diesem emotionalen Tag dringend braucht. Sie ziehen sich aus und schlüpfen dann in ihr kleines Bett. Er löffelt sie, woraufhin sie sich gegen seine Brust drückt.

»Ich liebe dich. Schlaf schön«, murmelt er in ihr Ohr, bevor er sie auf die Schulter küsst.

Am nächsten Tag bringe ich Mike wieder zum Flughafen. Es ist immer so bittersüß. Ich weiß, dass er in fünf Tagen schon wiederkommt, aber ich will ihn nicht gehen lassen, weil ich ihn vermissen werde. So sehr!

Meine Familie, also meine Schwester und ihre Männer, entschuldigen sich bei mir. Besonders Derek ist zerknirscht. In der Schule hat er mich immer und immer wieder beschützt, aber vor meiner eigenen Familie nicht. Er hat ein sehr schlechtes Gewissen. Zu seiner Verteidigung muss ich sagen, dass es auch schwer zu entdecken war. Die Scherze wurden graduell immer grausamer, waren am Anfang harmlos. Vergleichbar mit der Analogie des Froschs, der in einem Topf voller Wasser sitzt, der erwärmt wird, und der nicht herausspringt, bis er gekocht ist.

Irgendwann kommen auch die anderen Verwandten, die alle beteuern, dass sie es nicht böse gemeint haben, dass sie mich lieben, so wie ich bin, dass sie mir niemals Kummer bereiten wollten. Es ist schön, das zu hören, aber noch besser wäre es gewesen, wenn sie mich gar nicht erst verletzt hätten.

Jeden Abend ruft Mike mich an und wir quatschen über Gott und die Welt. Jeden Abend verliebe ich mich ein wenig mehr in ihn.

Es ist tatsächlich so, wie Emma und Chrissa gesagt haben. Es kommt auf den Menschen an. Das Geschlecht ist im Endeffekt egal, ebenso wie das Aussehen, die Herkunft, die Religion oder was auch immer keine Rolle spielt, wenn man sich in jemanden verliebt. Wichtig ist allein, dass dein Herz für das der anderen Person schlägt, dass er oder sie ein gutes Herz hat, dass man sie von ganzem Herzen liebt. Das Herz ist schon ein erstaunliches Organ, nicht wahr? Es füllt uns mit Leben und gleichzeitig mit Liebe. Denn leben und lieben gehört ganz nah zueinander.

Und dann ist schon Weihnachten. Mike verbringt Weihnachten eigentlich immer mit seiner Familie, aber dieses Mal kommt er zu uns, zeigt mir einmal mehr, dass ich seine Priorität bin, dass ich wichtig bin. Dass ich ihm wichtig bin.

Es ist schön, ihn hier zu haben. Es ist schön zu sehen, dass meine Familie ihn mit offenem Herzen aufnimmt. Ich frage mich, ob sie das auch mit einer Frau machen würden. Piper haben sie auch willkommen geheißen, aber nicht so wie Mike. Man muss natürlich auch dazu sagen, dass Piper sich keine große Mühe gegeben hat, Anschluss zu finden. Mike dagegen tut es. Er lacht mit meinen Schwestern, scherzt mit meinen Schwagern, hilft meiner Mom beim Abwasch, spielt mit den Kids und redet mit meinem Dad, der ebenfalls Anwalt ist, über Gott und die Welt.

Während des traditionellen Auspackens hoffe ich irgendwie, dass er mir ein Geschenk gibt. Ich bin ein wenig enttäuscht, als er es nicht tut. Ich mein, ich überreiche ihm auch keins, aber ich hatte mir doch erhofft, dass er eins für mich hat. Das, was ich für ihn habe, möchte ich ihm nicht vor allen geben. Und nein, es ist nichts Versautes.

Als ich später in der Küche stehe und die Spülmaschine einräume, kommt er zu mir, schlingt die Arme um mich.

»Ist alles okay, Baby? Du wirkst traurig.«

Ich zucke mit den Schultern.

»Du musst schon mit mir reden. Gedanken lesen kann ich noch nicht«, scherzt er.

»Es ist albern.«

»Nichts ist albern.«

»Das schon.«

Er küsst meine Wange. »Vor mir muss dir nichts peinlich sein.«

Ich schnaube und auch, wenn ich mich schäme, frage ich ihn doch. »Hast du kein Geschenk für mich?«

Er lacht leise, versucht es aber zu verbergen. »Doch, hab ich.«

Ich drehe mich überrascht um. »Du hast ein Geschenk für mich?«

»Natürlich.«

Ich kneife die Augen zusammen. »Und wo ist es?«

Er lacht, die süßen Lachfalten entstehen, anschließend küsst er meine Nasenspitze. »Oben in meiner Tasche.«

Ich ziehe die Stirn kraus. »Und du sagst das nicht nur, um mich in dein Zimmer zu locken?«

»Hmmh, gute Idee ...«

Ich schaue ihn gespannt an und er grinst. »Okay, okay, du kannst es jetzt haben. Gehen wir hoch.«

Er nimmt meine Hand, gemeinsam gehen wir ins Gästezimmer. Er schläft da zwar nicht, aber wir halten den Schein aufrecht. Er greift in seine Tasche und zieht eine schmale Schachtel heraus. Er reicht sie mir.

»Du warst zwar kein braves Mädchen, aber ich geb es dir trotzdem«, scherzt er und ich strecke ihm die Zunge raus. Er grinst und versucht spielerisch, mir die Schachtel wieder abzunehmen. Aber so nicht ...

Ich öffne sie und halte mir dann die Hand vor den Mund, um nicht laut loszuschluchzen. Auf einem Bett aus Samt liegt eine filigrane silberne Kette mit einem kleinen diamantbesetzten Herzanhänger.

»Magst du sie?«, fragt er.

Ich nicke und hole sie aus der Schachtel. »Kannst du sie mir umlegen?«

Er nickt und ich drehe mich um. Ich hebe meine Haare an und er legt mir die Kette um. Er küsst mich sanft auf den Nacken. Ich schaue in den Spiegel über der Kommode.

»Sie ist wunderschön.«

»Du bist wunderschön«, sagt er und schlingt die Arme um meine Taille. Ich sinke gegen ihn und genieße es, dass er mich so festhält.

»Willst du dein Geschenk?«, frage ich leise.

»Natürlich«, grinst er.

»Es ist in meinem Zimmer.«

Er zieht die Augenbraue hoch. Ich haue ihm auf den Arm. »Nicht, was du denkst!«

»Was denke ich denn?«

»Sex.«

Er lacht. »Du kennst mich schon zu gut.«

»Sollen wir rübergehen?«

»Noch eine Sekunde, Baby. Du fühlst dich so gut in meinen Armen an.«

Ich nicke und lehne den Kopf an seine Schulter.

»Ich liebe dich, Baby.« Ich lächel bei diesen Worten.

Nach ein paar Minuten gehen wir in mein Zimmer, wo ich sein Geschenk aus dem Schrank hole. Es ist eine Leinwand.

Er reißt das Papier ab und starrt dann auf das Bild. Ich sehe, dass seine Augen glitzern, und als sein Blick meinen sucht, erkenne ich all die Gefühle, die gerade durch ihn jagen. Aber am stärksten ist die Liebe.

»Das bin ich«, stellt er heiser fest.

Ich nicke.

»Und du.«

Ich nicke wieder.

»Das ist das beste Geschenk, das ich je bekommen habe.« Er legt es ehrfürchtig aufs Bett, bevor er mich in seine Arme zieht.

»Danke, Baby.«

»Ich danke dir auch«, flüstere ich in sein Ohr.

Er küsst mich zärtlich auf den Mund, bevor er sich löst. »Du hättest ruhig einen anderen Ausschnitt wählen können.«

Ich schaue ihn fragend an.

Er lacht und streichelt sanft über meinen Busen. »Dein Dekolleté ist nackt schön und gut, aber ein bisschen Nippel wäre noch besser gewesen.« Ich haue ihm gegen die Schulter, während er mich fest an sich zieht.

Mike fühlt sich wohl in ihrer Familie. Sie sind nett und lustig. Ein bisschen wie seine eigene Familie, auch wenn sie aus vollkommen anderen Kreisen stammen. Die Tates sind liberale Demokraten, während die Clares konservative Republikaner sind. Bis auf Mara, Gott sei Dank. Auch wenn er ganz sicher nicht voreingenommen ist, ist er doch froh, dass sie beide die gleichen Wertevorstellungen teilen. Auch wenn sich Gegensätze anziehen, glaubt er doch, dass es die Gemeinsamkeiten in grundlegenden Dingen sind, die ein Paar zusammen schweißen.

Als er am Tag nach Weihnachten mit Staceys Jungs im Garten fangen spielt, kommt Derek raus.

»Hey, Mann, hast du eine Minute?«, fragt Derek ihn.

»Klar.«

Derek geht ein paar Schritte zur Seite und Mike folgt ihm.

»Ich wollte dir danken, dass du Cookie während des Rasenmäherrennens beschützt hast. Ich hätte es tun sollen. Ich hätte es schon die ganzen letzten Jahre tun sollen, aber irgendwie habe ich gar nicht wirklich gemerkt, dass es so grausam geworden ist. Also, danke.« Er hält ihm die Hand hin.

Mike schüttelt sie ein wenig zögerlich. »Alles klar.«

»Ich bin froh, dass sie dich hat«, sagt Derek und man kann ihm ansehen, dass er nicht gern über Gefühle spricht.

»Weil ich ein Mann bin?«, fragt Mike nach.

Derek schüttelt den Kopf. »Nein, weil du sie liebst.«

Mike nickt langsam. »Das tue ich.«

»Piper hat sie auch geliebt, aber da hat immer etwas gefehlt«, sagt Derek leise.

»Und was?«, fragt Mike neugierig.

»Dieses Bedingungslose. Sie hat sie sehr geliebt, aber nie selbstlos.«

Mike schaut auf den Boden, denkt kurz nach. »Ich weiß, was du meinst.«

Derek klopft ihm auf die Schulter. »Ihre Familie liebt sie und will, dass sie glücklich ist. Mit einem Mann oder einer Frau ist uns egal. Wir haben uns an den Gedanken gewöhnt, dass sie lesbisch ist. Wichtig ist uns allein, dass sie jemanden hat, der sie so behandelt, wie sie es verdient.«

»Sie verdient nur das Beste.«

»Ganz genau.«

Einen Moment herrscht Stille zwischen ihnen. »Ich will mit ihr zusammen sein.«

Derek nickt. »Wir alle sind auf deiner Seite.«

Mike grinst. »Ja?«

»Ja.« Er hält ihm die Faust zum Einschlagen hin und Mike nimmt das Angebot nur zu gerne an.

Abends sitzt er mit Mara in ihrem Zimmer. Sie schreibt ihre Liebesbriefe, von denen er sich ein paar vorlesen lässt. Er streichelt ihre Beine, während sie auf dem Bauch liegt und Seite für Seite füllt.

»Ich finde es wirklich süß, was du machst«, sagt er leise.

Sie dreht sich um und lächelt ihn an. »Es ist schön, anderen einen Freude zu machen. Aber es ist auch egoistisch.«

»Ja, klar«, sagt er ungläubig.

»Doch«, sage ich. »Mir gibt es auch total viel, wenn ich vollkommen fremden Menschen diese Briefe schreibe. Es reinigt meine Seele von allem Schlechten.«

Mike legt sich neben sie und spielt mit einer Strähne ihres Haars. »Deine Seele ist vollkommen rein.«

Sie grinst. »Das glaubst du.«

»Dann nenn mir irgendwas Dunkles«, neckt er sie.

Sie überlegt. »Düstere Gedanken kommen ja nicht immer aus einem selbst. Manchmal werden sie eingepflanzt und schlagen Wurzeln, schlimmer als jedes Unkraut, und du wirst sie nicht mehr los.«

Er nickt langsam. »Es war für dich nicht immer leicht hier, oder?«

Sie schüttelt den Kopf. »Nein. Ich liebe meine Familie, ohne Frage, aber ich war auch immer ein wenig isoliert. Mir hat das hier nie gereicht. Ich wollte immer mehr. Als Mädchen hab ich mich immer gefragt, ob das denn schon alles sein kann. Aber immer, wenn ich es ansprach, wurde mir gesagt, ich solle mit dem zufrieden sein, was ich habe. Ich weiß, sie meinten es nicht böse, wollten mir nur sagen, dass ich schon so vieles habe, aber für mich fühlte es sich immer so an, als würden sie mir eine Kette um den Fuß legen. Als würden sie sagen: *Was an dir ist so besonders, dass du noch mehr verlangen kannst?*«

Er greift nach ihrer Hand, streichelt über ihre Finger. »Und das hat in dir gewuchert?«

Sie nickt. »Es hat mich einsam gemacht, einsam inmitten meiner liebevollen Familie, weil sie nicht verstehen konnten, wie ich mit diesem Leben nicht zufrieden sein konnte. Es gab eine so große Welt da draußen, von der ich gar nichts wusste.«

»Wann hast du gelernt, dir zu vertrauen, statt auf deine Familie zu hören?«

Sie zuckt mit den Schultern. »Ich weiß es nicht genau. Aber mein Gramps hat mir immer eine Sache gesagt. *Sei mutig, Cookie.* Auch wenn ich furchtbare Angst hatte, ging ich nach New York.«

»Mara«, sagt er leise und schluckt dann. »Versprich mir, deinen eigenen Weg zu gehen. Immer. Lass dich nicht von den Menschen, die dich lieben, abhalten, das zu erreichen, was du willst.«

Sie schaut ihn mit großen Augen an. »Und was ist, wenn mein Weg nicht deiner ist?«

Er streicht sanft über ihre Unterlippe. »Wir werden eine Lösung finden, versprochen. Aber wenn du selbst nicht glücklich mit deinem Leben bist, kannst du auch nicht glücklich mit unserem gemeinsamen Leben sein.«

Sie nickt langsam und kuschelt sich eng an ihn. Seine Arme schlingen sich um sie. »Versprich es.«

»Ich verspreche es«, sagt sie leise. Er spürt ihren Atem an seinem Hals, bevor sie einen kleinen Kuss auf seine Haut drückt.

Nach ein paar Augenblicken widmet sie sich wieder dem Schreiben. Er greift nach einem Blatt und einem Stift. Sie schaut ihn überrascht an und strahlt kurz über das ganze Gesicht.

Als er fertig ist, fragt er: »Willst du wissen, was ich geschrieben habe?«

Sie nickt. Er reicht ihr den Zettel und sie lacht laut auf, als sie sieht, was da steht.

Hey, Baby.
Willst du mit mir gehen?
Kreuze an, ja, nein, vielleicht.
Ich liebe dich.
M.

»Du Spinner.«

Er lacht und greift nach einem Blatt, um einen richtigen Brief zu schreiben.

Zwei Wochen nach Weihnachten besuche ich Meghan. Ich bin ein bisschen aufgeregt. So ganz traue ich dem Frieden doch noch nicht, aber ich muss zugeben, dass ich furchtbar neugierig bin.

Als ich vor dem alten Farmhaus parke, kommt mir Meghan entgegen. »O mein Gott! Du hast den Impala immer noch! Ich war immer grün vor Neid«, lacht sie und streichelt über die Motorhaube. Hinter ihr tritt eine große Frau, die vielleicht zehn Jahre älter ist als wir, auf die Veranda. Als sie den Wagen sieht, kommt sie schnell näher. »Wow. Was ein Schmuckstück!«

Ich lächel stolz, als wäre es mein Verdienst.

»Mara, das ist meine Freundin Scarlett«, stellt Meghan sie mir vor.

»Scarlett? Wirklich?«, frage ich, als ich ihre Hand schüttel.

Sie lacht. »Naja, wir sind hier ja im Süden, *y'all*!« Ich mag sie sofort.

Meghan war immer eine kleine Diva. Immer schick angezogen, volle Kriegsbemalung, ein bisschen etepetete. Aber Scarlett ist ein bodenständiges Cowgirl, wie man es sich vorstellt. Sie ist hübsch auf eine natürliche Art, herzlich und warm. Die Art Mensch, die man sofort ins Herz schließt.

Wir gehen rein und setzen uns in die Küche. Scarlett schüttet Kaffee ein und Meghan teilt Kuchen aus. Apple Pie. Mein Lieblingskuchen.

»Sind deine Kinder auch hier?«, frage ich.

Meghan schüttelt den Kopf. »Sie sind bei Dan und Scarletts Söhne sind bei ihrem Dad. Wir haben kinderfrei sozusagen.«

»O Gott! Und jetzt störe ich eure Freizeit!«, rufe ich schuldbewusst aus.

Scarlett lacht. »Quatsch. Ein bisschen Sexpause tut uns gut.« Meghan wird knallrot und Scarlett tätschelt ihr liebevoll den Arm. »Da kann die Pfarrerstochter nicht aus ihrer Haut, was?«

»Du machst das extra«, beschuldigt sie Meghan.

»Vielleicht«, grinst Scarlett und küsst sie auf die Wange. »Setz dich, Hun, ich hol noch Milch und Zucker.«

Wir quatschen den ganzen Nachmittag und den ganzen Abend. Wir bestellen Pizza und reden immer noch. Meghan und ich erzählen Begebenheiten aus der Highschool, können uns aber auf keine einzige Version einigen. Wir lachen und albern rum.

Und ich beobachte die beiden. Ich dachte immer, dass Piper und ich die perfekte Beziehung hätten. Meine Freunde haben das auch immer so gesehen, aber wenn ich die beiden anschaue, dann weiß ich jetzt, wie die perfekte Beziehung aussieht. Sie nehmen sich beide so an, wie sie sind. In jeder Geste, in jedem Wort, auch wenn sie nicht einer Meinung sind, schwingt Respekt und Liebe mit. Sie sind Partnerinnen im wahrsten Sinne des Wortes. Sie scherzen und sind ernst, ziehen einander auf, berühren und küssen sich ohne irgendwelche Scheu. Sie gleichen ihre Schwächen gegenseitig aus, geben sich gegenseitig Raum, um ihre Stärken scheinen zu lassen.

Ein warmes Gefühl steigt in mir auf, wenn ich die beiden ansehe. Weil ich weiß, dass ich auch so jemanden habe ... Mein Gegenstück. Bei dem es vollkommen egal ist, dass er ein Mann ist und ich doch eigentlich nur auf Frauen stehe.

Ich erzähle ihnen von Mike und jedes ihrer Worte zeigt, dass sie mir das Beste wünschen, dass sie wollen, dass ich ebenso glücklich werde wie sie, auch wenn wir uns gerade erst kennengelernt haben. Sie sind nicht dogmatisch, glauben, dass es nur auf den Menschen ankommt, ebenso wie es mir Emma, Chrissa und Lila gesagt haben. Und wenn ich die beiden so ansehe, dann verstehe ich zum ersten Mal, dass ich es verdiene, blendend glücklich zu werden.

Als es beinahe Mitternacht ist, klopft es an der Tür. Scarlett und Meghan schauen sich überrascht an, bevor Scarlett aufsteht, um die Tür zu öffnen.

Als ich die tiefe Stimme höre, zieht sich in mir alles zusammen. Ich beginne zu strahlen.

Meghan schaut mich zufrieden an. »Das ist Mike?«

Ich nicke und eile zur Tür. Scarlett hat ihn gerade hereingebeten. Ich fliege ihm um den Hals. Meghan kommt hinter mir her und legt ihren Arm um ihre Freundin.

»Hey, Baby«, sagt er leise in mein Ohr und ich schmelze beinahe.

Als er mich wieder auf die Beine stellt, drehe ich mich zu meinen neuen Freundinnen um. »Das ist Mike. Mike, das sind Scarlett und Meghan.«

Scarlett grinst, als sie sagt: »Ich schätze, du hast deine Antwort.«

Ja, das schätze ich auch ...

Es ist so toll, ihn bei mir zu haben, aber dann fährt er wieder nach Hause und ich bleibe hier. Hier in Mississippi.

Das ist traurig. Ich sehne mich danach, mit ihm zusammen zu sein, richtig, jeden Tag. Nicht nur diese kurzen Momente, die wir hier teilen.

Ich vermisse, dass er mich anfasst. Ja, er hat mich immer sexuell frustriert zurückgelassen, aber hier mimt er den perfekten Gentleman. Er küsst mich, er hält meine Hand, nimmt mich in den Arm, mehr nicht. Ich vermisse es so sehr!

Der Schuft! Sein Plan ist also aufgegangen. Mein eigener Körper verrät mich. Gemein.

Es sind nicht mal die sexy Stunden, die ich am meisten vermisse. Ich vermisse ihn, weil er mich keine Sekunde an seinen Gefühlen zweifeln lässt. Ich weiß ganz genau, dass ich seine oberste Priorität bin, dass er immer auf mich acht geben wird, mich niemals absichtlich verletzen würde. Und was am wichtigsten ist: Er wird mir immer treu sein. Niemand außer uns beiden ist ein Teil unserer Beziehung.

Ich verbringe die Werktage mit Mia und Tara, versuche Stace und Derek so viel wie möglich abzunehmen. Aber die Wochenenden gehören Mike. Wir gehen Karaoke singen. Er singt *I'm Yours* von The Script für mich und ich muss mich wirklich zusammenreißen, um bei diesem so traurigen Lied nicht loszuheulen. Na gut, eine Träne ist es doch geworden. Als Revanche singe ich *Soulmate* von Natascha Beddingfield, aber bei weitem nicht so gut wie er. Er küsst mich im Anschluss und sagt mir, dass er mich liebt.

Wir fahren für ein Wochenende nach New Orleans, sind ja nur knapp drei Stunden mit dem Auto. Wir streifen durch das French Quarter, essen viel zu scharfes Gumbo, laufen auf der Bourbon Street, die das Herz des Mardi

Gras ist. Aber auch außerhalb des Karnevals ist es nachts der Ort, um zu sehen und gesehen zu werden. Wir trinken *huge-ass beers* – ich kann nichts für den Namen – aus großen Plastikbechern. Aber auch hier, abseits von meiner Familie, macht er keine Anstalten mich auszuziehen. Er wartet.

Ich bin noch nicht so weit, ihm zu sagen, dass ich ihn auch liebe ...

Ein anderes Wochenende fahren wir in den De Soto National Forest zum Wandern. Wir schlafen im Zelt, kuscheln uns aneinander, aber er wartet. Und ich auch.

Dann fahren wir nach Memphis, besuchen Graceland, Beale Street, die Heimat des Memphis Blues und die Sun Studios, in denen Johnny Cash, Elvis Presley und Jerry Lee Lewis aufgenommen haben. Nicht zu vergessen, die Heimatorte und –häuser von William Faulkner und John Grisham. Und wieder schlafen wir in einem Zimmer und ich will es ihm sagen, aber ...

Es ist frustrierend. Ich will es ihm sagen, so unbedingt!

»Wie sieht eigentlich *The Field* momentan aus?«, frage ich Derek irgendwann Ende Februar.

Er grinst. »Willst du Mike zeigen, was *Mudding* ist?«

Ich zucke mit den Schultern. »Naja, ist doch besser, wenn er alles sofort kennenlernt. Sonst kommt er vielleicht nicht wieder.«

»Jeder liebt *Mudding*«, lacht Derek.

»Jedes Landei, wie das mit so einer Stadtpflanze ist, weiß man nicht«, scherze ich. »Kann ich mir deinen Truck leihen?«

»Lässt du Mike fahren?«

»Ja, klar. Er soll doch Spaß dran haben.«

»Wie wäre es, wenn wir zusammen fahren? Carrie und Bob können ihren Truck nehmen und ich leih mir den von meinem Bruder.«

»Cool«, sage ich.

»Morgen Nachmittag?«

»Was macht ihr mit den Kindern?«

»Die diversen Großeltern müssen da mal ran«, meint er zwinkernd. »Wir haben quasi eine Verpflichtung, dem armen Kerl zu zeigen, wie man auf dem Land so richtig Party macht.«

Ich lache leise. *Mudding* macht total viel Spaß, aber je nachdem, wo man es macht, kann man schwere Umweltschäden hinterlassen. Umgeknickte Vegetation, zerstörte Wege, in Mitleidenschaft gezogene Ökosysteme. *The Field* ist ein für *Mudding* geeignetes Terrain, auf dem es sonst nichts gibt. Es gibt immer noch Idioten, die durch die Natur fahren, aber wir haben das noch nie gemacht. Die Schlammberge hier sind riesig, die Täler tief, die Autos sinken manchmal bis zu den Fenstern ein. Ein echter Spaß. Hoffentlich auch für Mike.

Mara steht am Flughafen und wartet auf ihn. Dieser Moment, wenn er aus den Türen tritt und sie warten sieht … Jedes Mal spürt er dieses Ziehen in der Brust. Und dann sieht sie ihn, strahlt über das ganze Gesicht, läuft auf ihn zu, schmeißt sich in seine Arme. In diesem Augenblick fühlt er sich, als könnte er die ganze Welt umarmen.

»Hey, Baby«, sagt er leise und küsst sie auf die Lippen. Hmmh, er liebt ihren Kirschlabello.

»Hi«, sagt sie zurück. »Bereit für ein Abenteuer?«

Er nickt. »Mit dir immer. Was machen wir?«

»Ich hab gedacht, wir gehen *mudden*.«

»Du willst unbedingt einen Redneck aus mir machen, was?«, neckt er sie und greift nach ihrer Hand.

»Vielleicht«, antwortet sie und bringt ihn zu einem gigantischen Truck.

»Wem gehört der?«, fragt er.

»Derek. Wir treffen meine Schwestern vor Ort.«

»Okay, dann los.« Sie gibt ihm den Schlüssel und er fährt sie zu *The Field*. Es ist noch relativ früh, daher sind nur ein paar Trucks unterwegs. Sie halten neben Bobs Truck und Mike wird wie ein langvermisstes Familienmitglied begrüßt.

»Dann los«, ruft Bob und sie springen alle in die Wagen. Derek verteilt die Walkie-Talkies. Hier draußen hat man nicht überall guten Handyempfang.

Mara schaut ihn aus glitzernden Augen an. »Los jetzt! Redneck-Fun!«

Er grinst und fährt Derek hinterher. »Wieso nennen dich eigentlich alle Cookie?«

Sie zuckt mit den Schultern. »So ganz genau weiß das keiner. Meine Mom sagt, weil ich immer den ersten Keks geklaut hätte. Sie nannte mich daher Cookie-Klauer, was eben abgekürzt wurde. Mein Gramps hat gesagt, er würde mich Cookie nennen, weil er nichts so lieben würde wie Schokoladenkekse. Mein Dad behauptet, dass ich im Supermarkt immer geschrien hätte: ›Will Cookies!‹. Stacey sagt, dass sie mit Derek immer Cookie als Codewort für Sex verwendet habe, und ich das immer nachgeplappert habe. Carrie erzählt, ich sei als Baby so süß wie Cookies gewesen. Man weiß es also nicht. Alles oder nichts könnte der Grund sein.«

Mike grinst. »Ich find den Namen voll bescheuert.«

Sie lacht und hält ihm die Faust hin. »Ich auch.«

Während er seine Faust gegen ihre drückt, sagt er: »Ich mag Baby.«

Sie wird leicht rot. »Ich auch.«

Derek fährt durch die erste Pfütze – Wasserloch ist eindeutig die bessere Bezeichnung! – und Mike lenkt den Wagen hinterher.

»Mehr Gas«, sagt sie und Mike tritt auf das Pedal. Um sie herum fliegt der Schlamm.

»Fuck!«, ruft Mike laut, als sie aus dem Wasser raus sind und sich den Hügel hinaufkämpfen. »Hätte nicht gedacht, dass das Spaß macht!«

Sie grinst und rutscht näher an ihn dran. Sie legt ihre Hand auf seinen Oberschenkel. Der Truck erreicht die Kuppe.

»Fahr nicht zu schnell runter, sonst setzen wir mit der Nase auf«, sagt sie, als er sich anschickt, runterzufahren. »Und das Loch ist echt tief. Es kann sein, dass wir stecken bleiben.«

»Was machen wir dann?«

»Das entscheidet die Situation.«

Er schaut sie mit einem strahlenden Lausbuben-Grinsen an und kann sehen, dass es sie glücklich macht, ihm solche Freude zu bereiten. »Halt dich fest, Baby!«

Langsam kriechen sie den Schlammberg hinunter, bevor es ins Wasser geht.

»Du musst schnell durch, sonst säuft der Motor ab, weil er keine Luft mehr bekommt. Aber nicht zu schnell, sonst drehen die Räder durch.«

»Okay, schnell, aber nicht zu schnell. Besser links oder rechts?«

»Wie du willst«, lacht sie.

Er wählt links, die bessere Variante, und mit jeder Menge Spritzwasser kommen sie aus dem Loch heraus. Sie wühlen sich durch Schlammstraßen und dann hängen sie plötzlich fest. Er gibt Gas, aber die Räder drehen durch und nichts geht mehr.

Er legt den Rückwärtsgang ein – guter Mann! – und schafft es, sie durch hin- und herfahren wieder auf den Weg zu bringen.

»Das ist so geil, Baby!«, ruft er. Er hält kurz an, zieht sie an sich und küsst sie auf den Mund.

»Ich weiß«, lacht sie. »Weiter!«

Eine Stunde lang bezwingen sie das unwegsame Terrain, bis das Walkie-Talkie knackt.

»Sitzen fest. Over.«

Sie drückt den Knopf und sagt: »Wir kommen zurück. Wo seid ihr? Over.«

Mike schaut sie fragend an.

»Der Truck hier hat eine Seilwinde. Wir können Bob und Carrie rausziehen, aber wir werden dreckig.«

Mike schaut sich um. »Macht es Derek nichts, wenn sein Truck von innen dreckig wird?«

Sie schüttelt den Kopf. »Das Baby hier hat schon einiges erlebt.«

»Na, gut.«

»Wir sind in Wasserloch dreizehn. Over.«

»Roger. Wir kommen. Over und Out.«

»Woher weißt du, wo wir sind?«, fragt er neugierig. »Es sieht alles gleich aus.«

»Wir sind hier bei Nummer sieben.«

Er schaut sie zweifelnd an. »Woher weißt du das?«

»Erfahrung.«

Er schnaubt ungläubig. »Ja, klar.«

»Wetten?«

Er grinst. »Okay, um was wetten wir?«

»Wenn ich gewinne, musst du nächstes Wochenende mit mir wieder in die Karaokebar.«

Er lacht leicht. »Fein, wenn ich gewinne, bläst du mir einen.«

»Arsch«, sagt sie amüsiert. »Aber okay, weil du nicht gewinnen wirst.«

Er hält ihr die Hand hin. »Die Wette gilt.«

Sie schlägt ein und zwinkert ihm zu.

Sie fahren weiter und zählen laut mit. Gar nicht überraschend finden sie sechs Wasserlöcher später Bob und Carrie in ihrem Truck.

»Fuck«, sagt Mike und grinst sie an.

»*Winner, winner, chicken dinner*«, jubelt sie.

Derek und Stacey sind auch schon da. Derek winkt sie heran.

»Die Seilwinde ist vorn, du musst also ...«

»Schon verstanden«, sagt er und fährt vorwärts an das Wasserloch.

Sie steigen aus und werden von Derek informiert: »Einer muss rüberwaten. Bob kann die Türen nicht öffnen, er steckt zu tief drin. Ich dachte wir ziehen Stöckchen.«

Er zeigt ihnen vier unterschiedlich lange Stöckchen und sie ziehen. Mara hat Pech und zieht das kurze Stöckchen. Sie ist kurz davor, in den Matsch zu steigen, als Mike sie zurückhält.

»Ich geh, Baby«, sagt er und nimmt das Kabel in die Hand.

Derek schaut ihn wohlwollend an. »Der Haken ist bei dem Modell mittig.«

Mike nickt. Bevor er gehen kann, schlingt sie ihre Arme um seinen Hals und küsst ihn. Zum ersten Mal vor ihrer Familie. Es kommen Pfiffe und Gejohle von allen Seiten. Mike lacht und hebt sie hoch. Beinahe automatisch schließen sich ihre Beine um seine Hüften.

»Nehmt euch ein Zimmer«, lacht Stacey.

Über das ganze Gesicht strahlend, setzt er sie ab und macht sich heldenhaft auf den Weg, ihre Schwester zu retten.

»Fuck!«, knurrt er, als ihm das Wasser bis zum Bauch reicht. Mara steht kichernd am Rand.

»Du machst das sehr gut!«, ruft sie ihm lachend zu.

»Freche Kröte!«, ruft er zurück.

Er sucht nach dem Haken und befestigt das Kabel, bevor er zurückwatet.

»Du siehst aus«, lacht Mara und er macht einen bedrohlichen Schritt auf sie zu.

Sie weicht grinsend einen Schritt zurück, aber er fängt sie ein, zieht sie an sich und macht sie ebenso dreckig, wie sich selbst.

»Gemein«, kreischt sie fröhlich.

Mit den schlammbeschmierten Händen reibt er ihr die Wangen, bevor er sie küsst. Währenddessen zieht Derek Carrie und Bob aus dem Dreck.

Hmmh, seine Küsse sind so gut! Ich liebe es, wenn er mich küsst. Mit jedem Blick, den er mir schenkt, jedem Kuss, den er mir gibt, jeder Berührung, die er mir zuteil werden lässt, verliebe ich mich ein Stückchen mehr in ihn. Manchmal frage ich mich, ob das alles wahr sein kann. Habe ich wirklich einen Menschen gefunden, der mich bedingungslos liebt? Für den ich alles bin? Kann ein einzelner Mensch so viel Glück haben?

Mike öffnet die Klappe zum Truckbett und hebt mich hoch, bevor er ebenfalls hochklettert.

»Derek, wir bleiben auf der Ladefläche!«, ruft er meinem Schwager zu, der ihm zunickt. Stacey steigt wieder in den zweiten Wagen, während wir es uns auf der Ladefläche gemütlich machen.

Mike hält mich in den Armen, während wir durchgerüttelt werden. Wir lachen und kichern, ich kreische, er knurrt. Ab und zu schnauben wir beide, bevor wir uns über die Geräusche des anderen lustig machen. Als wir raus aus dem Offroad-Labyrinth sind, zieht er mich eng an sich. Ich bette meinen Kopf an seine Brust und genieße es, dass er mit seinen Fingern durch meine Haare streicht, auch wenn er sie total schlammig macht.

Zu Hause angekommen, schlägt meine Mom die Hände über dem Kopf zusammen. »So kommt ihr nicht ins Haus!«

»Okay, okay«, sage ich und bringe Mike zum Gartenschlauch. Ich spritze zuerst ihn ab, dann er mich, bevor wir uns in der Garage die Shorts anziehen, die meine Mom rausgebracht hat.

»Ich hab euch Handtücher ins Bad gelegt«, sagt sie amüsiert, als wir an der Tür ankommen. Sie beugt sich zu mir, küsst mich auf die Stirn, bevor sie zu Mike sagt: »Was ist dein Lieblingsessen?«

Mike schaut sie überrascht an, bevor er sagt: »Pulled Pork.«

Sie lacht. »Das mach ich beim nächsten Mal, wenn du kommst. Dein Zweitliebstes?«

»Pot Roast.«

Sie schüttelt amüsiert den Kopf. »Magst du nur Dinge, für die man den halben Tag braucht?«

Er zuckt mit den Schultern. »Meist ist es nicht das Essen an sich, sondern die Emotionen, die man damit verbindet. Pot Roast und Pulled Pork sind Gerichte, die wir an Feiertagen essen, wenn die ganze Familie zusammenkommt.«

Sie lächelt ihn liebevoll an und tätschelt ihm die Wange. »Du bist ein guter Junge. Sag was, was ich heute Abend noch kochen kann.«

Er grinst. »Lasagne.«

Sie nickt. »Gut, Lasagne. Jetzt geht duschen.«

Wir laufen die Treppe hoch und ich kämpfe mit den Tränen.

»Weinst du?«

»Nein«, antworte ich schluchzend, während er mich lachend in die Arme zieht.

»Wieso weinst du denn?«

Ich zucke mit den Schultern. »Keine Ahnung.«

Er bleibt stehen, schaut mich an. »Ich mag deine Familie auch.«

»Es ist nur so toll, dass du dich auch bemühst ...«

Er streichelt mir über die Wangen. »Ich liebe dich. Natürlich hoffe ich, dass ich einen guten Draht zu den wichtigen Menschen in deinem Leben habe. Ich will es für dich ja nicht komplizierter machen.«

»Danke.«

Er schüttelt den Kopf. »Lass das ständige Bedanken.«

»Danke«, grinse ich.

Er küsst mich amüsiert auf die Nase und schickt mich ins Bad.

»Kommst du nicht mit?«, frage ich überrascht.

»Es ist für uns beide besser, wenn ich nicht mit reinkomme.«

»Wieso?«

Er grinst mich frech an. »Ich weiß nicht, was ich tun werde, wenn ich dich nackt sehe.«

»Hmmh. Ich seh nackt wirklich gut aus ...«

Er gibt mir einen Klaps auf den Hintern. »Geh jetzt duschen, du Verführerin.«

Ich schenke ihm einen – hoffentlich – eindeutigen Augenaufschlag und werfe ihm die Tür vor der Nase zu. Ich höre ihn stöhnen, als hätte er Schmerzen. Selbst Schuld.

KAPITEL ACHTZEHN

Nach drei Monaten geht es Mia und Tara so gut, dass sie mich nicht mehr brauchen. Stacey und Derek schaffen es jetzt auch ohne mich. Es tut weh, sie zu verlassen, aber ich bin bereit, in mein Leben zurückzukehren. Ich vermisse Chrissa und Jace und Lila sehr. Besonders vermisse ich Mike, obwohl ich ihn noch vor drei Tagen gesehen habe. Jedes einzelne der letzten zwölf Wochenenden hat er mit mir verbracht.

Und mit jedem Tag wurde mir bewusster, dass mein Herz nur noch für ihn schlägt. Es sind nicht nur einzelne Flügelschläge, die ich spüre, es sind ganze Armeen, die sich in meinem Bauch tummeln. Sie machen so viel Wind, dass ich nicht umhinkann, diese Gefühle anzuerkennen. Jede Sekunde, die ich mit ihm verbringe, lodert mein ganzer Körper, mein Herz, meine Seele. Einfach alles. Ich war mir nicht bewusst, dass ich zu solch kitschigen Gefühlen fähig bin, aber ich bin es. Ganz eindeutig.

Jede Minute, die er nicht bei mir ist, bin ich traurig und lustlos. Und dann ruft er mich jeden Abend an und es ist die tollste Stunde des Tages. Ich bin süchtig nach all den Textnachrichten, die er mir schickt, nach den witzigen Fotos, die er sendet, nach jedem Smiley, jedem *x*, das er ans Ende seiner Nachrichten schreibt. Ich vermisse ihn so sehr, dass ich gar nicht mehr weiß, wie ich ohne ihn sein soll.

Noch immer habe ich ihm kein Wort davon gesagt ... War irgendwie noch nicht bereit, ihm zu sagen, dass ich ihn liebe. Ich fühle in mir, dass der richtige Zeitpunkt nun gekommen ist. Heute, heute Abend werde ich es ihm sagen ...

Es ist Liebe, ganz eindeutig. Und sie ist stärker, als ich sie je empfunden habe, vielleicht, weil er ein so guter Mensch ist, der mich als Priorität ansieht und nicht als irgendwas, das man mal mitschleifen könnte. Ich weiß, ich tue Piper Unrecht. In ihrer eigenen Art hat sie mich sehr geliebt. Und es ist auch nicht so, dass ich alles richtig gemacht habe. Ich hätte von Anfang an für mich eintreten sollen, hätte meine eigenen Regeln aufstellen sollen, sagen sollen, wenn mir etwas nicht passt. Aber ich war naiv und jung und dumm. Ich wollte sie so sehr, dass es mir egal war. Vollkommen egal. Ich habe ihre Bedürfnisse vor meine eigenen gestellt und das ist immer das Rezept für eine Katastrophe.

Man sollte eine Balance finden, beide Partner sollten sich einbringen, es müssen Kompromisse geschlossen werden. Ja, ich weiß, ich hab mal gesagt, dass ich es mag, wenn Piper das Sagen hat, aber ich glaube, ich hatte einfach nur Angst, dass ich sie verlieren könnte, wenn ich einmal meine Meinung sage.

Und was ist das für eine Beziehung, wenn ein Partner Angst hat? Ich bin mir nicht sicher, ob ich im Rückblick alles akkurat beurteile und beurteilen kann. Vielleicht sehe ich momentan alles viel schwärzer als es war, einfach, weil ich so verletzt wurde und es immer noch bin.

Oder sehe ich alles falsch? Kann sein, aber es ist auch egal, oder? Ich habe das Recht auf meine eigenen Gefühle, meine eigenen Gedanken. Und wenn ich Piper dadurch falsch beurteile, *so what?* Vielleicht sehe ich es irgendwann mal anders, aber momentan ist es so.

Ich schreibe Chrissa eine Nachricht, frage sie, ob sie weiß, wo Mike heute ist. Ich will ihn überraschen. Er weiß nicht, dass ich heute nach Hause komme. Sie schreibt zurück, dass sie sich alle in dem kleinen Pub in Clinton treffen, wo ich ihn schon mal getroffen habe. Perfekt.

Als ich zu Hause ankomme, ziehe ich das Kleid an, das ich extra neu gekauft habe. Es ist Pflaumenfarben, endet an der Mitte des Oberschenkels, das Dekolleté ist tief ausgeschnitten und es hat lange Ärmel. Es ist Vorfrühling in New York, immer noch kalt, aber da kann ich keine Rücksicht drauf nehmen, schließlich will ich Mike verführen.

Ich schlüpfe in schwarze Pumps, frisiere meine Haare, trage eine Spur Make-up auf und mache mich, eingehüllt in einen dicken Mantel auf den Weg. Die Fahrt mit der Metro dauert hundert Jahre. Mit jedem Meter, den ich ihm näher komme, steigt meine Aufregung. O Gott. Hoffentlich will er mich noch!

Ich sage mir selbst, dass ich einen Knall habe, dass er doch vor drei Tagen noch in Florence bei mir war und mich küsste wie jedes Wochenende zuvor auch. Mit

Leidenschaft und Hingabe und so viel Liebe, dass es mein Herz überflutete. Er liebt mich.

Was wird er sagen, frage ich mich unwillkürlich. Wenn er klug ist, *wir gehen.* Ich grinse bei dem Gedanken. Was bin ich aufgeregt! Ich frage mich, warum. Es ist Mike! Mike, der drei Monate für mich da war, mir beistand. Mike, der mir jeden Tag gesagt hat, dass er mich liebt, dass ich wichtig für ihn bin. Mike, der mich in den Armen gehalten hat, wenn die Situation es erforderte, und der mich zum Lachen gebracht hat, inmitten all der Traurigkeit.

Ich steige aus der Metro und eile zu ihm. Ich trete durch die Tür des Pubs. Meine Augen suchen ihn, fallen auf seinen breiten Rücken. Er sitzt auf einem Barhocker, sieht mich nicht. Ich gehe langsam auf ihn zu. Chrissa und Jace sind in ein Gespräch versunken, daher sehen sie mich auch nicht.

Ich trete hinter ihn und halte ihm die Augen zu. Er erschrickt einen Moment, bevor seine Hände nach meinen tasten.

»Hmmh ...«, murmelt er zufrieden, löst meine Finger und bringt sie zu seinem Mund, um meine Handfläche zu küssen.

Diese Geste ist so liebevoll, so zärtlich, dass meine Augen feucht werden. Ich blinzel die Tränen weg und schmiege mich gegen seinen Rücken. Meine Arme schließen sich fest um ihn.

»Ist das schon wieder Piper, die ihre Finger nicht von dir lassen kann?«, ertönt Chrissas scharfe Stimme.

Piper? Ich schüttel irritiert den Kopf. Piper? Ich versteh nicht ...

Ich löse mich von ihm, aber er greift nach meiner Hand, zieht mich um seinen Körper herum. Chrissa schaut mich mit großen Augen an. Ist das Schuld in ihren Augen?

»Mara!«, ruft sie aus.

»Piper?«, frage ich und schaue Mike in die Augen. »Hast du gedacht, ich bin Piper?«

Er zieht mich an sich. »Nein, ich wusste, dass du es bist.«

Ich kann ein wenig besser atmen, aber irgendwas stimmt hier nicht. Und in diesem Augenblick sehe ich sie. Sie hat mich noch nicht gesehen. Ich stehe neben Mike, so dass sein großer Körper mich verdeckt. Sie kommt zielstrebig auf ihn zu.

»Hey, Mike«, schnurrt sie und küsst ihn auf die Lippen.

AUF DIE LIPPEN! Ich bin total geschockt. Was? Was ...?

»Nimm die Hände von mir, Piper. Ich sag es dir zum letzten Mal«, knurrt Mike. Erleichterung schwemmt durch meinen Körper. Er will nicht, dass sie ihn anfasst. Gott sei Dank.

»Komm schon, Mike, wir waren so gut zusammen. Es hat Spaß mit dir gemacht.«

Oh, nein, sie wird sich nicht in meine Beziehung zu ihm drängen. Ich trete hinter ihm hervor, schaue sie an. »Hallo, Piper.«

Als wäre sie geschlagen worden, fährt ihr Kopf hoch und sie starrt mich an.

Ich sehe, dass sie ihre Hände immer noch auf seinem Körper hat. Ich funkel sie an. »Wärst du wohl so freundlich, die Finger von meinem Freund zu nehmen?«

Mikes Mundwinkel zuckt.

»Dein Freund?«, fragt sie ungläubig, bevor sie ein abgehacktes Lachen von sich gibt. »Das glaubst du doch selber nicht.«

Ich lege Mike den Arm um den Hals und er zieht mich an sich. Seine Hand liegt auf meiner Hüfte, als gehörte sie dahin. Und seien wir ehrlich, das tut sie auch.

»Es ist mir egal, was du glaubst und was nicht«, erwidere ich.

Sie schaut ihn verletzt an. »Sie ist der Grund, dass du nicht mehr mit mir zusammen sein willst?«

»Es tut mir leid, Piper, aber ich habe nie empfunden, was du empfunden hast. Das hat nichts mit Mara zu tun. Auch ohne sie wäre aus uns beiden kein Paar geworden«, sagt Mike. Seine Stimme ist ruhig und gleichzeitig ein wenig betreten, als tue es ihm leid, dass er sie mit seinen Worten verletzt. Ich hätte auch nichts anderes von ihm erwartet. Er ist ein guter Mensch.

Ich bin es ganz offensichtlich nicht, denn ich hab versucht sie zu verletzen. Das wird mir schlagartig klar und ich möchte am liebsten in Grund und Boden versinken. Das bin nicht ich. So wollte ich nie sein.

»Und du, Mara? Auf einmal stehst du doch auf Männer?«, fragt sie kalt.

Ich schüttel den Kopf. »Ich steh nicht auf Männer. Nur auf Mike.«

Sein Griff um meine Hüfte festigt sich.

»Ich versteh dich nicht. Wenn du auf ihn stehst, warum hast du dann alles kaputtgemacht? Wir hätten alle drei zusammen sein können.«

»Hätten wir nicht«, sage ich leise. Sie schaut mich regungslos an. »Du hast ihn mehr geliebt als mich.« Sie beginnt den Kopf zu schütteln. »Und ich auch.«

»Du liebst ihn?«, fragt sie geschockt.

Ich nicke. Ich schaue nicht zu ihm, aber ich spüre seinen Blick auf meiner Haut. Seine Umarmung wird fester und ich weiß, dass ich ihn gerade sehr glücklich mache. Und Piper unglücklich. Obwohl ich die letzte Zeit einen Groll gegen sie gehegt habe, will ich nicht, dass sie traurig ist. Es bricht mir das Herz, ihren verlorenen Blick zu sehen.

»Piper ...«, murmel ich leise.

Ich sehe Tränen in ihren Augen. »Nicht, Lovely. Ich hab mir mein Grab selbst geschaufelt, nicht? Indem ich dich gezwungen habe, mich zu teilen, indem ich ihn in unsere Beziehung geholt habe. Es tut mir leid, Lovely. Wirklich. Könnte ich es ändern, würde ich es tun.«

Ich glaube ihr. »Ich weiß. Aber es hat halt nicht sollen sein.«

»Ich liebe dich«, sagt sie leise.

Mein Herz tut weh. Ich will, dass sie glücklich ist. Ja, sie war nicht immer eine tolle feste Freundin, aber sie ist mir wichtig, auch wenn wir nicht mehr zusammen sind.

Ich löse mich von Mike und schlinge meine Arme um sie. »Ich hab dich auch geliebt, so sehr«, flüstere ich in ihr Ohr.

Sie hält mich fest, hält sich an mir fest. Und es ist merkwürdig, weil die Rollen doch immer vertauscht waren.

»Ich wünsche dir nur das Beste, Piper. Werd glücklich, bitte.«

Sie nickt. »Mach's gut, Lovely. Ich werd dich vermissen.«

Ich nicke, und als wir uns lösen, kann ich nicht anders. Ich drücke ihr einen fast schon keuschen Kuss auf die Lippen. Sie lächelt traurig und geht. Ich schlinge die Arme um mich, fühle mich einen Moment verloren.

Starke Arme umfassen mich und ich lehne mich gegen Mike. Seine Lippen drücken sich gegen meinen Kopf.

»Nicht traurig sein, Baby«, murmelt er.

»Ich hab sie geliebt.«

»Ich weiß.« Er hält mich fest in den Armen.

»Können wir gehen?«, frage ich ihn.

Er nickt. »Wohin?«

»Zu dir?«

Falls er überrascht ist, zeigt er es nicht. Ich verabschiede mich von Chrissa und Jace. Erstere bedenkt mich mit einem besorgten Blick und Letzterer mit einem anzüglichen. Ich boxe ihm gegen die Schulter und er lacht.

»Kondome schützen«, ruft er uns hinterher.

Mike grinst, während wir zur Hauptstraße laufen, um dort ein Taxi zu bekommen. Als wir auf der Rückbank sitzen, dreht er sich so, dass er mich ansehen kann. Ich spiegel seine Haltung.

»Baby, was ist passiert?«, fragt er und schaut mich gleichzeitig prüfend und unbeschreiblich glücklich an. So als könnte er sein Glück noch nicht ganz fassen.

Ich zucke mit den Schultern. »Ich bin dir ganz langsam, jeden Tag ein bisschen mehr, verfallen.«

Er grinst bei meiner Wortwahl. »Und in modernem Englisch heißt das?«

Ich ziehe einen Zettel aus meiner Tasche und reiche ihm den.

Verwirrt faltet er ihn auseinander. Er schluckt schwer. Es ist sein ›Willst du mit mir gehen?‹-Brief und ich habe *ja* angekreuzt. Ich schaue ihm in die grauen Augen, die gerade ein bisschen stürmisch wirken, nicht als wäre er sauer, sondern als wären gerade ganz viele Emotionen in Aufruhr. »Ich liebe dich.«

»Meinst du das ernst?«, fragt er ein bisschen atemlos.

Ich nicke. »Ich hab noch nie etwas ernster gemeint.«

»Fuck, Baby«, murmelt er und zieht mich eng an sich. Seine starken Arme schließen sich um mich. Ich vergrabe den Kopf in seiner Halsbeuge und er verbirgt seine Nase in meinen Haaren.

Wir tun nichts weiter auf der Fahrt, als einander zu halten. Und es ist genau richtig so.

Mike kann es nicht fassen, dass sie ihm gesagt hat, dass sie ihn liebt. Mara liebt ihn! Jede Faser in seinem Körper jubiliert bei diesen Worten. Endlich. Endlich. Endlich! Er kann es noch nicht ganz glauben, aber so, wie sie in seinen Armen liegt, wird es wohl stimmen.

Und dann will sie mit zu ihm kommen! Das kann doch nur bedeuten, dass sie mit ihm schlafen will, oder? Er ist ganz aufgeregt. Gott, nicht, dass er ihr wehtut! Jetzt bekommt er auf einmal Performanceängste. Scheiße, gar nicht so einfach, mit all dem Druck umzugehen. Und keinen Hänger zu haben. Fuck. Was, wenn es ihr nicht gefällt und sie nie wieder Sex mit ihm haben möchte? Es geht gar nicht anders. Er muss gut sein, um ein erfülltes Sexleben mit ihr zu haben.

Er glaubt nicht, dass er jemals so aufgeregt war. Nicht mal bei seinem ersten Mal und da hatte er Sex mit der sehr viel erfahreneren Nachhilfelehrerin seiner Schwester Natalie. Er beglückwünscht sich heute noch, dass er mit fünfzehn die vierundzwanzigjährige Schönheit ins Bett bekommen hat. Mann, war das ein Egobooster.

Zurück zum Thema, sagt er sich entschieden und zieht Mara enger an sich. Er kann ihren weichen Busen an seinem Körper spüren und fühlt sich wie ein Teenager, der gleich das erste Mal Brüste zu sehen bekommt. *Entspann dich, Alter*, denkt er. *Ihre Titten hast du schon gesehen und im Mund gehabt.* Aber irgendwie hilft das gerade so gar nicht, seine Nervosität zu bändigen.

Als das Taxi vor seinem Haus stoppt, wirft er dem Fahrer ein paar Scheine hin. Dieser ruft ihm etwas Unverständliches hinterher, doch Mike zieht Mara zielstrebig zu seiner Haustür. Sie war noch nie bei ihm, das kommt noch hinzu. Was wird sie zu seiner Wohnung sagen? Wird sie zu ihm ziehen?

Alter, du bist gerade zwanzig Schritte zu schnell, schimpft er mit sich selbst. *Sorg erst einmal dafür, dass ihr penetrativer Sex gefällt.* Er grinst bei dem Gedanken. Sie schaut ihn überrascht an, aber er schüttelt einfach nur den Kopf. Das kann er ganz sicher nicht laut sagen.

»Mike, was denkst du gerade?«, fragt sie neugierig.

Er schüttelt den Kopf.

»Du denkst was Schmutziges«, stellt sie fest.

Er lacht leise und drückt auf den Aufzugknopf. »Vielleicht.«

»Sag es mir«, bittet sie.

Er zieht sie in den Aufzug und küsst sie sanft auf die Lippen. »Nein.«

»Komm schon«, versucht sie ihn zu überzeugen, aber er sagt kein Wort.

Stattdessen vergräbt er seine Finger in ihren Haaren und zieht sie nah an sich. Seine Lippen streifen sanft über ihre, über ihre Wange, ihre Schläfen, bis zu ihrer Stirn. Über ihre Nase zurück zu ihren Lippen. Und weil sie schon unruhig wird, gibt er ihr einen weiteren Kuss. Sie seufzt leise, sucht nach seinen Lippen, will mehr.

Zärtlich drückt er seine Zunge gegen ihren Mund, der sich für ihn öffnet. Sie empfängt mit einem leisen Stöhnen seine Zunge und gemächlich tanzen sie miteinander.

Die Aufzugtüren öffnen sich und er weist Mara den Weg zu seiner Wohnungstür. Er will nichts lieber, als sie gegen die Tür zu drücken, aber es ist ihr erstes Mal. Das soll perfekt werden. Es geht heute nicht um ihn und seine Bedürfnisse, sondern ganz allein um ihre. Sie soll eine perfekte Erinnerung an ihr erstes Mal haben. Sie soll die Gedanken immer wie einen Schatz hüten können. Ihr erstes Mal muss gut sein.

Also bringt er sie ins Wohnzimmer. Sie blickt sich um und erstarrt. Ihre Augen fliegen zu ihm.

»Mein Bild«, bringt sie keuchend hervor.

Er schaut auf das Bild, das er damals mit ihr in der Galerie gesehen hat.

»Ich hab's gekauft«, stellt er das Offensichtliche fest.

»Warum?«, fragt sie argwöhnisch.

Er zuckt mit den Schultern. »Weil es mich sofort angesprochen hat. Ich habe es gesehen und war gefesselt. Und als du dann sagtest, dass du es gemalt hast, musste ich es einfach haben.«

Sie nickt langsam. »Ich hätte dir das Bild geschenkt.«

Er legt seine Hände an ihr Gesicht. »Ich weiß, Baby, aber ich wollte es gern kaufen.«

»Ich geb dir das Geld zurück.«

»Das tust du nicht.«

»Mike ...«

»Keine Widerrede. Ich hab mir das Bild gekauft, weil ich es haben wollte. Ende der Diskussion.« Er schaut ihr fest in die Augen, bis sie sich geschlagen gibt. Aber da hat er sich wohl geirrt, denn purer Trotz blickt ihm entgegen.

»Du hast mir gar nichts zu sagen«, sagt sie mit fester Stimme.

Er seufzt leise. »Okay, Baby, verstanden, aber kannst du trotzdem bitte einfach akzeptieren, dass ich dieses Bild liebe und gern dafür bezahlt habe?«

»Kannst du nicht einfach akzeptieren, dass ich von den Menschen, die ich liebe, nicht bezahlt werden will?«

Eine Woge der Freude schwappt über ihn. »Zu dem Zeitpunkt hast du mich noch nicht geliebt«, stellt er fest.

»Gott, Mike!«

»Musst nicht gleich förmlich werden«, grinst er.

Sie boxt ihm gegen die Schulter. »Ich will dir das Geld zurückgeben.«

»Nein.« Und dann zieht er sie an sich, küsst sie so leidenschaftlich, dass alle Gedanken ihren hübschen Kopf verlassen.

»Gemein«, murmelt sie gegen seine Lippen.

Er lacht leise. »Ich liebe dich, Baby.«

Sie lächelt zufrieden. »Ich liebe dich auch.«

Sie küssen sich immer und immer wieder und langsam geleitet er sie in Richtung Schlafzimmer.

»Willst du mit mir schlafen?«, fragt er, als sie an seinem Bett stehen.

Sie lacht. »Schon seit Monaten.«

Er grinst. »So? Dann muss ich dich wohl von deinem Elend erlösen?«, scherzt er.

Sie fasst in seinen Pullover und zieht ihn eng an sich. »Und zwar schnell.«

»Oh nein. Ich nehme mir Zeit mit dir. Ich will, dass dein erstes Mal perfekt wird.«

Sie schaut mit ihren großen, grünen Augen zu ihm auf. »Es ist perfekt, weil es mit dir ist.«

Seine Lippen senken sich auf ihre. Er küsst sie, zuerst zärtlich, dann wird der Kuss immer leidenschaftlicher. Ihre Hände streicheln über seine kurzen Haare, sie zieht ihn näher, drückt ihren Körper gegen ihn.

Er riecht so gut. Ich bin ihm so nah, dass sein Duft mich umhüllt. Ich atme tief ein und drücke mich enger an ihn. Ich spüre die harten Ebenen seines Bauches und seiner Brust, die sich gegen meinen weichen Busen drücken. Mein Bauch ist auch fest, nicht so wie seiner, es zeigen sich nicht mal wirklich Bauchmuskeln, aber er ist fest.

Meine Hände gleiten an ihm herunter, finden den Weg unter seinen Pullover. Ich hebe den Saum an, komme aber nicht weit, weil er sich weigert, seine Hände von meinem Gesicht zu nehmen.

Ich grinse in seinen Kuss. »Ich will dich nackt.«

Er grummelt vor sich hin, bevor er schließlich gehorcht. Ich ziehe ihm den Pulli aus und fahre mit den Fingern über seinen perfekten Oberkörper. Sanft kratze ich mit den Nägeln über seine Nippel, die sich zusammenziehen, während er erschaudert.

Ich küsse seinen Hals hinab, knabbere sanft an seiner Haut, liebe die Geräusche, die er macht, während ich ihn liebkose. Seine Finger sind locker in meinen Haaren, er streichelt sanft meine Kopfhaut. Seine Lider sind geschlossen und seine Lippen ziert ein leichtes Lächeln. Ich küsse mich zu seinen Schlüsselbeinen, lasse meine Zunge in die kleinen Kuhlen dippen, fahre sie mit meinen Lippen entlang.

Es passiert! Jetzt passiert es. Mein erstes Mal. Ich frage mich, ob ich aufgeregt sein sollte, aber das bin ich irgendwie nicht. Es ist mit Mike. Meinem Mike. Er würde nie etwas tun, was mir schadet, das weiß ich hundertprozentig. Er sagte mal, dass tief in mir verankert sein würde, dass ich ihm vertraue. Und damit hat er recht. Es ist eine meiner zwei Wahrheiten. Meine Familie würde alles tun, um mich zu beschützen. Und Mike auch. Er liebt mich. Bedingungslos und selbstlos. Und ich ihn auch.

»Gott, Baby«, murmelt er leise. »Ich bin total verrückt nach dir.«

Ich grinse gegen seine Haut und küsse seine strammen Brustmuskeln mit den wunderschönen Tattoos. Ich lecke in immer kleiner werdenden Kreisen bis zu seinen Nippeln, bevor ich sie mit meiner Zunge berühre. Sein schneller werdender Atem lässt mich noch ein wenig hier verweilen, bevor ich mich daran mache, seinen Bauch zu erkunden.

Als ich mich immer weiter nach unten küsse, stoppt er mich. Ich schaue überrascht auf.

»Baby, das ist heute für dich«, sagt er liebevoll.

Ich richte mich auf. »Und wenn ich dir gern einen blase?«

Er grinst. »Dann kannst du das an jedem anderen Tag so oft tun, wie du möchtest, aber nicht heute.«

Ich schmolle ein wenig und er drückt mir einen Kuss auf die Lippen. »Gott, bist du süß.«

Er hebt mich spielend hoch und bettet mich in die Kissen. Er küsst mich lange und ausdauernd, bevor er anfängt mich auszuziehen. Seine Hand umfasst meine Brust, knetet sie sanft. Sein Daumen streicht über meinen Nippel, der sich ihm entgegenreckt.

Ich stöhne leise, beiße mir auf die Lippe, während er mich betrachtet, die Lust in meinen Augen sieht. Und ich in seinen. So viel Leidenschaft und Liebe schaut mir entgegen, dass ich unwillkürlich erschauere. Er streicht über die vielen kleinen Noppen, die sich auf meiner Haut gebildet haben.

»Sag mir noch mal, dass du mich liebst«, bittet er.

Ich lächel, lege meine Hände um sein Gesicht. »Ich liebe dich, Mike. Tut mir leid, dass ich es nicht früher gemerkt habe.« Und das tut es. Auf der anderen Seite ist es jedoch gut, dass ich mir jetzt vollkommen sicher bin. Das bin ich. Ich weiß tief in meinem Herzen, dass wir unser Leben zusammen verbringen werden, dass uns nichts mehr trennen kann. Dieses Wissen macht mich stark und selbstbewusst, gibt mir eine ungeahnte Kraft.

Er lächelt zufrieden, küsst mich. Seine Finger gleiten in meinen BH, ziehen die Körbchen runter. Ich dränge mich in seine Berührung. Seine Lippen wandern meinen Hals entlang, beißen sanft in die zarte Haut unter meinem Ohrläppchen. Gott, es ist so gut, was er tut!

Ich vergrabe meine Finger in seinen Haaren, ziehe ihn an mich, will nicht, dass er aufhört. Seine Hand gleitet zu meiner anderen Brust, neckt meinen Nippel, kneift zärtlich in ihn, bringt mich dazu, aufzustöhnen.

»Du hast echt die tollsten Titten, Baby«, murmelt er gegen meinen Hals.

»Dann leck sie«, murmel ich und versuche seinen Kopf in die Richtung zu dirigieren.

Er lacht leise. Ich spüre es in seinem Brustkorb rumpeln. Er tut mir den Gefallen und beginnt, die Rundung meines Busens mit der Zunge zu erkunden. Mein Atem kommt stoßweise, mein Herz klopft aufgeregt. *Es ist doch nur Mike*, versuche ich mich zu beruhigen, aber irgendwie bin ich nun doch nervös.

Er saugt sanft an meiner Haut, zieht sie zwischen seine Zähne.

»Mike ...«, bitte ich, »keine Knutschflecke, wo man sie sehen kann.«

Er nickt und markiert meinen Busen mit seinen Lippen. »Du hast nicht vor, oben ohne zu baden?«

Ich muss lachen und schüttel den Kopf. »Es sei denn, du lädst mich nach Europa ein.«

»Das können wir gerne machen, aber selbst da will ich dich nicht oben ohne in der Öffentlichkeit sehen.«

»Aber es ist doch wohl meine Entscheidung?«, frage ich ihn.

»Klar, aber vielleicht beziehst du ja *meine* Wünsche in *deine* Entscheidung mit ein.« Er sagt das so selbstverständlich, dass ich beruhigt bin.

Ich mag, dass er mich als seins markiert. Aber das sage ich ihm nicht. Er merkt es eh, weil meine Atmung weit weg von normal ist.

Er nimmt sich Zeit, will mich vorbereiten auf das, was gleich kommt, aber ich empfinde es nur als Qual. »Mike, bitte«, dränge ich ihn schneller zum Ziel zu kommen. Manchmal ist eben nicht der Weg das Ziel. Ich stehe so unter Strom, bin so feucht geworden, dass er auch sofort in mich eindringen könnte.

Aber nein, er saugt einen Nippel in den Mund, liebkost ihn mit seiner Zunge.

»Mike, ich brauch dich in mir«, bettel ich ein bisschen. Ein ganz kleines bisschen. In mir ist nun mal dieses Bedürfnis. Ich will ihn. Ich will ihn so unbedingt, will ihm zeigen, wie sehr ich ihn liebe, will, dass er mir zeigt, wie sehr er mich liebt. Ich kann es nicht erwarten, ihn in mir zu spüren.

»Ich will dich«, flüstere ich, während er sich nicht aus der Ruhe bringen lässt. »Mike«, flehe ich.

Er grinst und hebt den Kopf. »Ich liebe es, wenn du mich anflehst, Baby, und ich verspreche, dass ich dich immer erhöre, aber nicht jetzt. Jetzt muss ich dafür sorgen, dass du richtig feucht bist, damit ich dir nicht wehtue. Du denkst vielleicht, dass du bereit bist, aber du bist viel zu verspannt. So verletze ich dich. Und das will ich nicht, das kann ich nicht. Verstehst du? Ich kann dir nicht wehtun, das würde ich nicht überleben.«

Mein Herz quillt bei diesen Worten über. Ich ziehe seinen Kopf zu mir, drücke meine Lippen hungrig auf seine. Er lässt seine Zunge gegen meine Lippen schnalzen und ich lasse sie hinein. Wir stöhnen beide, als wir uns berühren.

»Ich liebe dich so sehr, Mike«, sage ich und schaue in seine schönen, grauen Augen.

Er lächelt, küsst meine Handflächen. »Ich liebe dich, Baby.«

Er küsst meine Lippen noch einmal, bevor er sich wieder an die Liebkosung meines Busens macht. Ich wölbe mich ihm entgegen, recke meine Brust in seine Richtung. Er nimmt einen Nippel in den Mund und saugt so heftig, dass meine Mitte sich zusammenzieht.

»Mike«, keuche ich auf. Ich habe das Gefühl zu zerspringen! Es sind all diese starken Emotionen in mir, die sich umeinander winden und einfach nicht genug Platz in mir haben. Ich fühle mich so angenommen, wie noch nie in meinem Leben. So behütet und beschützt. Aber vor allem, so sehr wie ich selbst. Dass die Liebe eines

Menschen, der für dich bestimmt ist, dir ein solch unglaubliches Gefühl von nach Hause kommen beschert, hätte ich nie für möglich gehalten. Ich weiß, für ihn muss ich mich nicht verstellen, bei ihm darf ich immer so sein, wie ich bin. Er liebt jede Facette an mir, jede Stärke, jede Schwäche, jedes Highlight, jeden Makel. Für ihn bin ich vollkommen. Und für mich ist er es auch.

»Noch nicht kommen, Baby«, befiehlt er und lässt seine Zunge gegen meinen Nippel flattern. Ich bin fast da, nur noch ein kleiner Schritt. Ich versuche es zu kontrollieren, will ihm seinen Wunsch, das erste Mal mit seinem Schwanz in mir zu kommen, erfüllen. Aber es ist so schwer! Gott!

Er umfasst meine Brustwarze mit den Zähnen, drückt sanft zu. Ich wölbe mich gegen ihn, werfe den Kopf in den Nacken. Er beißt fester zu und ich stöhne laut auf.

»Nicht kommen«, befiehlt er und ich spüre, dass ich machtlos bin, dass ich es nicht schaffe, es zu kontrollieren, wenn alles, was er tut, mich nur näher an die Kante bringt. Wie soll ich die Lust zügeln, wenn er versucht sie zu erwecken?

Und dann hört er auf. Er lässt von meinem Busen ab, bettet seinen Kopf einen langen Moment auf meinem Bauch. Meine Arme umfassen ihn, streicheln über seine Haare, massieren seinen Nacken.

»Du bist so wunderschön, Baby«, murmelt er gegen meine Haut. Eine Woge der Freude erfasst mich bei diesen Worten. Ich will, dass er mich attraktiv findet, will schön für ihn sein. Ich will die Eine sein, die er als seine bezeichnet. Voller Stolz und voller Liebe und voller Glück.

Mike drückt einen heißen, feuchten Kuss auf meinen Bauch, bevor er sich zwischen meine Beine legt. Er zieht meine Knie auf seine Schultern und pustet sanft gegen meine Scham. Ich winde mich unter diesem Gefühl. Er grinst leicht, ich spüre es genau.

Ich stütze mich auf meine Ellenbogen, will zusehen, was er mit mir anstellt. Er schaut zu mir hoch, ein verwegenes Lächeln auf den Lippen.

»So wird das nichts, Baby. Du wirst dich nicht mal zehn Sekunden auf den Ellenbogen halten können, wenn ich anfange.«

Ich nicke, denn er hat recht. Ich rutsche nach oben, ziehe mich am Kopfteil in eine aufrechtere Position. Er schiebt ein bisschen mit. Als ich mich gut anlehnen kann, positioniert er sich erneut.

Ich schaue zu ihm, sehe ihn zwischen meinen Beinen liegen. Allein der Anblick, wie er seine Lippen leckt, bringt mich dazu, schwer zu atmen. Er grinst, als er meinen verhangenen Blick sieht.

Langsam senkt er seinen Mund auf mich herab. Nicht eine Sekunde löst er seine Augen von meinen. Seine Zunge leckt sanft an meinen Schamlippen entlang. Ich fasse ans Kopfteil, muss mich festhalten. Ich keuche auf. Er teilt meine kleinen Schamlippen mit den Fingern, öffnet mich für sich. Ich dränge gegen ihn. Seine stürmischen Augen halten meinen Blick fest, lassen mich nicht entkommen, zeigen mir seine ganze Liebe. Ich bin überwältigt von so viel Gefühl. Ich glaube, ich wurde noch nie so geliebt. So bedingungslos, so über alle Maßen, so selbstlos.

Und dann kommt mir erneut ein Gedanke, dem ich gerade nicht den ihm gebührlichen Raum eingeräumt habe. Ich habe den einen Menschen gefunden, für den ich bestimmt bin. Es ist egal, dass er ein Mann ist und ich eigentlich nur auf Frauen stehe. Es ist egal, wie wir einander kennengelernt haben. Wichtig ist nur, dass wir zusammen sind, wir beide. Er und ich. Mike und Mara.

Es fühlt sich an, als hätte ich eine Ewigkeit gebraucht, um genau an diesen Ort zu kommen. Aber endlich, endlich habe ich es geschafft. Ich bin so unbeschreiblich glücklich, weil er mich liebt, weil er mich will.

Und das ist auch wichtig für mich. Keiner von uns braucht den anderen. Aber wir beide wollen den anderen. Ich finde es viel besser, dass er die Entscheidung trifft, mich in seinem Leben zu haben, weil er mich da haben will.

Seine Zunge leckt über mich und ich zittere. Es ist so gut, was er mit mir macht. Meine Muskeln ziehen sich erneut zusammen. Ich keuche und er schenkt mir dieses unglaubliche Lächeln, das mein Herz einen Schlag aussetzen lässt. Er weiß genau, was er da mit mir tut.

Seine Zunge dringt in mich ein und ich lasse den Kopf zurückfallen. Autsch! Das war das Kopfteil. Ein leichtes Pochen entsteht, aber im gleichen Moment beginnt Mike seine Zunge vor- und zurückgleiten zu lassen, und ich kann mich nur auf die Begierde konzentrieren, die sich in mir bildet und ihren Ausgangspunkt zwischen meinen Beinen hat. Gott, ist das gut!

Ich dränge mein Becken gegen ihn, will mehr, brauche mehr. Er ersetzt seine Zunge durch seine Finger und stößt sanft in mich. Gleichzeitig saugt er an meiner Klit und ich keuche und stöhne so laut, dass es schon fast peinlich sein könnte. Wenn ... ja, wenn ich denken könnte...

Er hält mich in diesem Moment des schieren Wahnsinns, bevor ich Erlösung finden kann. Lässt mich nicht mehr von der Klippe weg, aber verhindert mein Springen. Mein ganzer Körper zittert vor Anstrengung. Ich *muss* kommen, es ist gar keine Frage von *wollen* mehr.

In meinem vernebelten Geist registriere ich, dass Mike sich die Jeans und die Boxershorts ausgezogen hat. Er umfasst meine Oberschenkel, zieht mich vom Kopfteil weg, so dass ich wieder flach auf dem Rücken liege, und bedeckt meinen Körper mit seinem.

»Ist es okay, wenn wir ohne Gummi miteinander schlafen?«, fragt er und schaut mir in die Augen. Ich nicke. Er streichelt zärtlich meine Wange, bevor er sich auf dem Ellenbogen abstützt. Er küsst mich sanft und greift nach seinem Schwanz.

»Öffne die Beine weiter«, knurrt er leise und ein warmes Gefühl fährt in mich. Ich spüre, wie ich noch feuchter werde. Ein Tropfen löst sich und läuft auf die Laken. O mein Gott! Jetzt ist es soweit. Gleich, gleich schlafen wir miteinander. Meine Nervosität steigert sich. Sein Schwanz ist groß, ob er überhaupt passt? Ob es wehtut? Ob es auch gut für ihn ist?

Mike fährt mit seiner Eichel an mir entlang, verteilt meine Nässe, macht mich wild, weil er mir vorenthält, was ich will. Ich wölbe mich vom Bett, drücke mein Becken gegen ihn. Mein Gehirn, gerade noch voller Sorgen, ist nur noch mit einem Gedanken gefüllt. Ich will ihn!

»Mike, ich flehe dich an, bitte«, stöhne ich.

Er küsst mich sanft und ich spüre das stolze Lächeln auf seinen Lippen. Mit einer kleinen Bewegung seiner Hüften schiebt er sich in mich. Seine Hand streicht meinen Bauch entlang, über meine Brüste, meinen Hals, bis zu meiner Wange. Beide Ellenbogen sind auf die Matratze gebettet, aber seine Finger liebkosen mein Gesicht.

»Mehr«, bitte ich.

Ganz langsam dringt er tiefer in mich ein. Das Gefühl ist ... atemberaubend. Ich hätte nicht gedacht, dass es sich so anfühlt. Ich spüre, wie er mich dehnt, wie meine Vagina nachgibt, Raum für ihn schafft. Es fühlt sich voll an, aber es tut nicht weh. Er keucht leise. Ich sehe den leichten Schweißfilm auf seiner Haut. Er hält sich zurück, will es angenehm für mich machen.

Ich warte auf den Moment, in dem er auf Widerstand trifft. So wird es zumindest in all den Büchern beschrieben, die ich gelesen habe. Das Jungfernhäutchen als Widerstand, den der Mann durchstoßen muss. Aber es kommt nicht. Es ist eng, keine Frage, es zieht auch ein bisschen, aber ich habe keine Schmerzen. Es ist angenehmer, als ich es mir vorgestellt habe.

Meine Finger klammern sich an seinen Schultern fest und ich stöhne leise, während er immer tiefer und tiefer in mich gleitet. Ich wölbe mich gegen ihn. Meine Beine wickeln sich um seine Hüften und ziehen ihn tiefer. Er stöhnt leise auf.

Seine Augen halten meinen Blick gefangen, sind besorgt, beobachten meine Reaktionen. Er ist bereit jederzeit zu stoppen, wenn er sieht, dass er mir wehtut oder ich auch nur leichtes Unbehagen verspüre. Und in dem Moment liebe ich ihn noch mehr als zuvor. Gott, ich kann mir mein Leben ohne ihn nicht mehr vorstellen. Er ist perfekt, perfekt für mich.

Mit einer letzten Drehung seiner Hüften ist er tief und vollständig in mir. Ich wimmere leicht, weil es jetzt doch ein wenig stärker zieht.

»Alles okay, Baby? Ist das zu viel?«, fragt er bang. Er will schon den Rückzug antreten.

»Nein, bleib in mir«, keuche ich leise. »Du fühlst dich so gut an. Gib mir einen Moment, um mich daran zu gewöhnen.«

Er betrachtet mich, sucht nach der Lüge in meinen Augen. Aber es ist die reine Wahrheit.

»Okay«, stimmt er zu. Tief in mir bleibt er still, gibt mir einen Moment, mich an ihn zu gewöhnen. Nach ein paar Minuten ist das Ziehen verschwunden. Zurück bleibt ein unbeschreibliches Gefühl der Fülle.

Ich beginne mich langsam zu bewegen. Seine Lippen drücken sich auf meine Wange, als er anfängt meine Bewegungen nachzuahmen. Ich grinse leicht. Es fühlt sich einfach unglaublich an. Ich denke, viel liegt auch an ihm. Nicht nur, dass er offensichtlich weiß, was er tut, sondern auch, dass er mich so unglaublich liebt. Wir verbinden in diesem Moment nicht nur unsere Körper, noch so viel mehr. Sex ist nicht nur Spaß, sondern eine wichtige Ausprägung der Liebe zwischen zwei Menschen. Wir sind vollkommen offen, können nichts voreinander verstecken. Ich habe mich noch nie jemandem so nah gefühlt, nie zuvor einen so intimen Moment erlebt.

Ich spüre, dass dies geradezu etwas Magisches ist, so kitschig es sich auch anhört. Doch ich kann es nicht anders ausdrücken. Es ist so viel mehr als nur eine körperliche Verbindung, es ist wahrlich die kumulierte Summe all unserer Liebe, die wir füreinander empfinden. Ich habe nie gewusst, dass Sex so transzendent sein kann, aber es ist so viel mehr als nur der körperliche Akt. Er bringt uns einander näher als alles andere. Und ich fühle mich in diesem Moment so unendlich reich, weil ich diese Liebe erfahren darf.

Ich lege meine Finger um seinen Kopf, dirigiere seine Lippen zu meinen und küsse ihn hungrig. Unsere Zungen umwirbeln einander, wir erforschen immer und immer wieder den Mund des anderen. Je wilder unsere Küsse werden, desto schneller bewegen sich unsere Hüften. Ich stöhne und keuche, Mike knurrt und brummt. Unser Atem wird schwer. Zwischen unseren Körpern sammelt sich Schweiß, mir wird so heiß, dass meine Haut beinahe glüht. Ich sehe einen Tropfen, der seine Schläfe runterläuft, und wische ihn sanft weg. Er erstarrt einen Augenblick, bevor er mich unglaublich sanft küsst.

»Ich liebe dich, Mara«, murmelt er, während sein Blick zärtlich auf mir ruht. Seine Lippen verziehen sich zu einem süßen Lächeln und in diesem Moment weiß ich, dass dies unser Anfang ist. Und die besten Liebesgeschichten enden niemals.

EPILOG

Ein Monat später

»Ich komme nicht mit«, sage ich bestimmt und beginne die Sachen, die Mike schon in einen Karton gepackt hat, wieder auszuräumen.

»Wieso nicht?«, fragt er und legt einen Stapel Kleidung in einen weiteren Karton.

»Weil ich nicht bei dir wohnen will.«

Er schaut mich an und schafft es nicht ganz, die Verletzung aus seinem Blick zu verbannen. »Brooklyn ist scheiße. Alle deine Freunde leben in Manhattan.«

»Ich weiß.« Ich streiche mir die Haare aus dem Gesicht. »Aber ich ... ich will nicht von dir abhängig sein.«

Er fährt sich frustriert durch die Haare. »Das wärst du doch nicht.«

»Kann ich Miete bezahlen?«

»Nein.«

»Darf ich dich zum Essen einladen?«

»Nein.«

»Siehst du?«

»Was?«

»Du willst nicht, dass ich irgendwas zu unserem Leben beisteuere.«

Er grinst. »Ich will sogar, dass du jede Menge beisteuerst.«

Er kommt langsam auf mich zu. Ich weiche zurück, aber da hat er seine Arme schon um meine Taille geschlungen und zieht mich fest an sich. Er drückt mir einen Kuss auf die Lippen und lächelt mich an. Dieses Lächeln, das mein Herz dazu bringt, einen Moment auszusetzen.

»Mara, es ist albern, dass du hier in Brooklyn wohnst. Ich hab Platz, viel Platz. Es gibt ein Atelier für dich.«

»Kannst du nicht verstehen, dass ich in der Lage sein will, mein eigenes Leben zu finanzieren? Ich hab mich jahrelang auf Piper verlassen und wo hat mich das hingeführt?«

Sein Gesichtsausdruck wird ernst. »Kannst du nicht verstehen, dass ich nicht Piper bin, und dass du meine absolute Priorität bist, niemand sonst?«

Ich lasse meinen Kopf gegen seine Schulter sinken. »Warum bist du so schwierig?«

»Warum bist du so schwierig?«, fragt er und ich kann den Humor in seiner Stimme hören.

Ich grinse und beiße ihn leicht in den Hals. »Ich find dich blöd.«

Er lacht und streichelt sanft meinen Rücken. »Ich will dich bei mir haben, Baby. Ich will jeden Moment mit dir verbringen, will mit dir einschlafen und mit dir aufwachen.

Ich liebe dich so unglaublich und will einfach keine Zeit mehr verschwenden.«

»Aber ...« Ja, was aber?

»Willst du nicht mit mir zusammenwohnen?«, fragt er und ich kann hören, dass ihm das wichtig ist.

»Doch, aber ...«

Er küsst meine Stirn. »Aber was, Baby?«

»Ich will Miete zahlen.«

Er schnaubt. »Fein. Dann zahl eben Miete für dein Atelier. Es kostet einen Dollar pro Monat.«

Ich boxe gegen seine Schulter. »Du nimmst mich nicht ernst.«

Er hebt mich hoch und schmeißt mich aufs Bett. »Du kannst auch mit sexuellen Gefälligkeiten bezahlen.«

Ich lache, als er sich neben mich legt und mich in seine Arme zieht. »Mike, bitte ...«

Er streichelt sanft meine Wange. »Ich kann dir nicht widerstehen, wenn du mich anflehst.«

Ich weiß das sehr wohl. »Also, wie viel Miete zahle ich für die Hälfte der Wohnung?«

Er zieht die Augenbrauen zusammen. »Das kannst du dir nicht leisten.«

Mein Blick verfinstert sich. »Dann kann ich auch nicht bei dir wohnen.«

Er schnaubt frustriert. »Du machst mich wahnsinnig, Baby.« Er vergräbt seinen Kopf an meinem Hals. Wie von selbst finden meine Hände den Weg um seine Schultern.

»Okay, folgender Vorschlag. Du zahlst so viel, wie du hier zahlst.«

Ich überlege. »Wirst du mir sagen, wie teuer deine Wohnung ist?«

»Nein.«

»Hmmh.«

»Das ist mein letztes Angebot. *Take it or leave it.*«

»Fein, Deal.« Ich lache laut auf, als er mit den Augen rollt, um mir zu verstehen zu geben, dass ich eine blöde Zicke bin.

»Bist du selber«, sage ich und ziehe dann seinen Kopf zu mir, um geküsst zu werden.

DANKSAGUNG

Die Geschichte von Mike und Mara liegt mir ganz besonders am Herzen, weil sie für mich das Zitat aus *Dem kleinen Prinzen* belegt. ›Man sieht nur mit dem Herzen gut. Das Wesentliche ist für die Augen unsichtbar.‹ Ich glaube, wenn man sich in jemanden verliebt, dann ist alles andere egal, weil man sich in sein oder ihr Herz verliebt.

Ich habe all meinen Testleserinnen die Ohren abgekaut, ob sie den Stoff für zu provokativ halten, ob sie glauben, dass man mir Dinge unterstellen kann, die ich gar nicht aussagen will, aber ich hoffe, dass jeder, der diese ungewöhnliche Liebesgeschichte liest, sie als das erkennt, was sie ist. Die Geschichte zwischen zwei Menschen, die sich lieben.

Übrigens: *Kiss the frog to get the prince* gibt es wirklich. Auf www.annie-stone.de schreibe ich die Geschichte von Cathy und Jesse als kostenlose Fortsetzungsgeschichte.

Ich danke meiner Mama, weil sie immer zuhört, wenn ich ihr meine Plotideen erzähle, und dann mit mir gemeinsam brainstormt.

Ich danke meiner Lektorin Lea von ScriptLounge, weil sie die Texte besser macht, als ich es alleine könnte.

Ich danke meinen Testleserinnen Gudrun, Agnes, Stefanie, Juliane, Julia, Lexi, Michaela, Luise und Jenny, die Mike auf Herz und Nieren geprüft haben und mir auch jede noch so detaillierte Nachfrage verzeihen. Ganz besonders danke ich meinem Mädchen für besondere Fälle Alexandra, weil sie auch beim zehnten Mal noch nicht müde wird, zu betonen, dass das alles schon seine Richtigkeit hat. Ohne dich würde ich manchmal verzweifeln. Danke, dass du mir deine Freundschaft geschenkt hast.

Ich danke allen, die Teil meiner Gruppe *In bed with Annie* sind. Ihr seid ein immer sprudelnder Quell an Wissen. Danke, dass ihr mir immer mit Rat und Tat beiseite steht.

Ich danke all meinen Leser*innen, die meine Bücher lesen, und mir somit ermöglichen, diesen Traum noch ein wenig weiter zu leben.

Danke.

Love, Annie (August 2015)

WEITERE TEILE DER WILD BOYS

JACE – Einspruch abgelehnt! (BAND 1)
erschienen

MIKE – Farbexplosion (BAND 2)

BEN – Bruchstücke (BAND 3)
ab Anfang 2016

Die Reihe wird fortgesetzt!

7740823R00243

Printed in Germany
by Amazon Distribution
GmbH, Leipzig